Huy, le 11.4.24

Pour la boite à L....

Bonne lecture

Serge R

Ombres
sur l'autre Ville Lumière

suivez mon actualité sur
www.serge-robert.com

Du même auteur aux éditions **GUNTEN**

Ah ! Si Isokelekel était resté sur son île... - 2016

Serge ROBERT

Ombres sur l'autre Ville Lumière

ROMAN

GUNTEN

Nous tenons à remercier particulièrement
la ville de Lucerne pour son soutien.

Photo de couverture : Serge Robert
Graphisme : Richard Nattoo
Photo 4ème de couverture : Jonas Walker

© GUNTEN, 2021
ISBN : 978-2-36682-260-1

Toute ma reconnaissance à Lydie, Chantal et Nathalie qui ont patiemment relu et commenté ce roman.

Merci à…

Daniel, Anne-Sophie, Dominique, Colette et Antoinette qui m'ont éclairé de leurs précieuses expertises.

Yvan pour les corrections et Jonas pour les photographies.

Agnès et Michel pour la publication de ce deuxième livre.

Ce roman est dédié à ma mère.

1 – *La Boîte de Nuit*

—Comment peux-tu accepter de tels boulots ? On t'exploite et ça semble te plaire !

Une grimace furtive se dessina sur le visage de Didier d'Orville.

—Je t'ai déjà expliqué que ça ne me dérange pas de récupérer les commandes dont personne ne veut. Je vois surtout la chance que j'ai de pouvoir travailler comme photographe, c'est tout de même ma profession !

Depuis plusieurs semaines, cette discussion entre Didier et Sonya, sa compagne, devenait de plus en plus fréquente. Sonya avait grandi à Kiel, dans le nord de l'Allemagne. Didier, originaire du centre de la France, restait persuadé que cette divergence de point de vue était avant tout culturelle.

—Oui, bien sûr, c'est ton métier, mais tu devrais avoir plus d'ambition. À quoi rime ce contrat pour le musée historique de Lucerne ? soupira Sonya Weber.

Didier se remémora le car postal qui l'avait conduit la veille à mille mètres d'altitude, au pied du Mont *Pilatus*. Après avoir dépassé les pistes réservées au ski de fond, il avait chaussé ses raquettes et commencé l'ascension. La forte pente avait mis ses jambes à rude épreuve dès le début de la montée. Dans la forêt enneigée, en solitaire, il s'était enfin senti dans son élément. L'activité sportive lui manquait, raison qui l'avait poussé à accepter ce contrat pour le musée.

Bien qu'il se soit rendu sur cette montagne trois mois plus tôt, Didier tournait en rond. Il ne trouva le chemin caché sous l'épaisse poudreuse que deux heures plus tard. Il était arrivé à l'ancien lac de Ponce Pilate en début d'après-midi, juste à temps pour réaliser les clichés et redescendre en toute hâte. S'il ratait le dernier car postal, il lui faudrait attendre qu'une bonne âme veuille bien le prendre en stop. Ce souvenir renforça sa conviction, il devait persuader sa compagne du bien-fondé de ses choix professionnels.

—Le musée concocte une exposition exceptionnelle sur le *Pilatus*. Il présentera également les histoires qui entourent cette montagne. J'ai discuté avec le conservateur pour comprendre ce dont il a besoin. Il veut des photos des restes du plan d'eau qui aurait reçu la dépouille de Ponce Pilate. J'ai prévu de m'y rendre chaque saison et de les incorporer dans un montage audiovisuel.

—Encore cette légende, lança Sonya d'un ton moqueur.

—Tu la connais ?

—Oui, bien sûr ! Il y a longtemps de cela, à l'époque où vivaient les dragons, le corps du déicide fut immergé dans un petit lac tout là-haut, au beau milieu des belles Alpes suisses. Les notables de l'Antiquité pensaient ainsi en finir avec la série de catastrophes naturelles qui se déclenchaient partout où il avait été enseveli... Tu vois, c'est un vrai conte de fées. Plutôt que de croire à de telles sornettes, plonge-toi dans un dictionnaire de latin.

—Je ne vois pas le rapport.

—C'est simple, tu y découvriras que le mot *Pilleātus* signifie : celui qui porte un chapeau. Quand tu vis dans la région depuis plus de trois mois, tu connais bien ce nuage qui coiffe le sommet de la montagne. Pas besoin de beaucoup d'imagination pour comprendre l'origine du nom. Il y a même un dicton qui parle de ce chapeau, il commence par : « Hat der Pilatus einen Hut, ist das Wetter fein und gut »[1]. Cette légende autour de Ponce Pilate est totalement ridicule, comme celle de Guillaume Tell.

Didier mit ces remarques sur le compte de la fatigue et du stress provoqué par le départ imminent de Sonya pour l'Allemagne. C'était sans doute salutaire pour leur couple qu'elle retourne deux semaines en vacances dans sa famille, pensa-t-il, avant qu'elle ne revienne à la charge :

—N'empêche que tu dois avoir plus d'ambitions que ce seul contrat.

—J'en ai un deuxième ! Ce soir, je photographie l'inauguration de la *Boîte de Nuit* et toute la semaine prochaine je continue de bosser pour le musée.

—Ça, c'est super !

—Ne sois pas aussi dure avec moi. Je ne vis à Lucerne que depuis huit mois. J'ai besoin de plus de temps pour faire mon trou. Je ne comprends pas encore l'allemand et même si la France et la Suisse ont une frontière com-

---

[1] Si le *Pilatus* porte un chapeau, le temps sera beau.

mune, je crois que si j'habitais au Maghreb, le choc culturel n'aurait pas été aussi violent. Par contre, c'est facile pour toi, tu parles la langue locale.

Didier se retint de rire lorsqu'elle protesta :

—Je t'ai déjà expliqué que je parle l'allemand, le vrai, et qu'ici on baragouine un dialecte sans aucune structure grammaticale et c'est...

L'éclat de rire du Français interrompit le discours de Sonya.

—Tu ne marches pas, tu cours !

Plusieurs expressions se mêlèrent sur le visage de Sonya. Elle semblait hésiter, puis se joignit au rire de Didier. Elle frappa mollement du poing contre son thorax :

—Bon d'accord, tu as gagné... pour aujourd'hui. À mon retour, dans quinze jours, on en rediscutera et j'essaierai à l'aide de mes contacts professionnels de te trouver un vrai boulot de photographe.

Sonya comprenait bien que trouver un emploi valorisant ici, en Suisse centrale, sans diplôme fédéral relevait du parcours du combattant. Les formations autodidactes n'y étaient pas reconnues, et tout le monde ne jurait que par ce sacro-saint document. Didier déployait beaucoup d'efforts depuis son arrivée à Lucerne, elle en était bien consciente.

—Tu sais que tu es encore plus belle quand tu t'emportes ?

Il s'approcha d'elle et la serra dans ses bras. Après un long baiser dans le cou, le corps de Sonya se détendit. Elle embrassa son compagnon avec fougue, puis le repoussa très lentement des deux mains, afin que leurs lèvres restent quelques secondes de plus en contact.

—On n'a plus le temps pour ça, susurra Sonya, mon train part dans trente minutes. Tu me prépares un café pendant que je boucle ma valise?

Sonya retournait à Kiel pour les soixante ans de sa mère. Elle était déçue que Didier ait préféré honorer cette commande photographique autour du mont *Pilatus* plutôt que de l'accompagner. Didier lui avait également précisé qu'il voulait attendre de mieux parler l'allemand avant d'être présenté à sa belle-famille. Tout cela la troublait.

Après avoir inséré avec difficulté sa trousse de toilette dans son bagage, Sonya Weber rejoignit son compagnon à la cuisine. Il finissait de préparer le café et lui tournait le dos. Elle eut tout loisir de l'observer. Didier était à peine plus grand qu'elle et les compétitions de natation de son adolescence avaient doté le Français de larges épaules. Il s'agissait de la partie de son corps qu'elle préférait. Elle s'approcha de lui sans bruit, passa la main dans ses cheveux bruns. Il sursauta puis se retourna avec un sourire malicieux.

Malgré la force physique et morale de Didier, Sonya se rendait compte qu'elle devait le ménager: il avait quitté les geôles d'Utopia il y a moins d'un an, seulement[2]. Même s'il était combatif, cela prendrait du temps pour qu'il s'en remette complètement.

—Alors mon chéri, que fais-tu aujourd'hui?

---

[2] Voir *Ah ! Si Isokelekel était resté sur son île...* du même auteur.

— Je vais voir l'expo photo que tu m'as recommandée.
— Sabine Weiss au *Bellpark* ?
— Oui !
— Tu vas voir, c'est super ! C'est une Suissesse installée à Paris depuis l'après-guerre. Elle appartient à l'école humaniste, trois de ses photos ont été choisies pour l'exposition mythique *The Family of Man*, dans les années 50. Par les temps qui courent, ce serait probablement le bon moment de la monter de nouveau. Autre chose au programme ?

Même si elle avait étudié les arts, Didier restait impressionné par l'immense culture photographique de son amie.

— Pour garder la forme, je reviendrai à la maison à pied par la colline du Sonnenberg. La neige a fondu, la balade sera agréable.

Ils discutèrent encore quelques minutes, puis Sonya se leva d'un bond avant de s'exclamer :

— Bon, c'est pas tout ! Mais je dois y aller maintenant.

Lorsque Didier s'était installé à Lucerne, le jeune couple avait trouvé un petit logement dans la *Neustadtstrasse*. Didier n'avait aucun revenu fixe. Sonya vivait du pécule mis de côté lors de son emploi précédent, mais aussi grâce à la revente de plaques originales du photographe Eugène Atget qu'elle avait découvertes au marché aux puces de la porte de Saint-Ouen, à Paris. Ce logement bon marché, à proximité de la station de trains, leur permettait de gérer leur modeste budget.

En moins de dix minutes, ils arrivèrent à la gare. Sonya prit le temps d'acheter un café et un croissant à la boulangerie. Didier l'accompagna jusqu'au train en partance pour Bâle, d'où elle rejoindra sa correspondance qui la conduira à Kiel, sa ville natale, au nord de Hambourg. Il la serra dans ses bras en prenant garde de ne pas renverser le liquide brûlant.

Le couple se quitta dans un long baiser, puis Sonya monta dans le wagon.

—Je t'envoie un SMS dès que je suis chez mes parents.

Didier lui répondit simplement d'un signe de la main et attendit que le train s'éloigne pour retourner à la maison.

Pour l'inauguration de la *Boîte de Nuit*, Didier d'Orville était arrivé une heure avant l'ouverture des portes. Toute l'équipe s'affairait à régler les imprévus de dernière minute. Sébastien Maisonneuve, le maître des lieux, se rendit dans le débarras et revint avec une échelle double qu'il hissa au milieu de la piste de danse. Il monta avec précautions jusqu'à la boule de disco surdimensionnée et brancha le câble à la prise électrique qui pendouillait le long de l'armature métallique.

—Céline, tu pourrais vérifier que le moteur fonctionne ? cria-t-il pour se faire entendre à l'autre bout de la salle.

La serveuse déposa sur une table les bougies qu'elle alignait le long des fenêtres et se dirigea vers la console électrique en se faufilant derrière le disc-jockey qui préparait la soirée, le casque sur les oreilles.

Arnold, plus connu sous le nom de DJ Le Pariser, officiait derrière les platines. Didier appréciait la musique entraînante de ce personnage incontournable de la scène francophone lucernoise. Grâce à lui, la soirée s'annonçait particulièrement bonne.

—C'est quel bouton?

—Essaie ceux du milieu ou les deux de droite, je ne sais plus trop.

Céline enclencha les interrupteurs les uns après les autres. La boule ne semblait pas vouloir tourner.

—Alors! Qu'est-ce que tu attends? s'impatienta Arnold en équilibre sur son échelle.

—J'ai appuyé sur tous les boutons du milieu, mais auc…

«J'me sens libéré d'ma haine, me sens libéré d'mes peines, libéré de cette envie de destruction d'moi-même…»

Les haut-parleurs, initialement muets, pulsaient soudain sur le rap de Stress sans que le DJ s'aperçoive de la puissance sonore dégagée.

Céline lui tapota l'épaule. Il enleva son casque.

—Excusez-moi, lança-t-il avec un grand sourire.

Il coupa les enceintes en se rendant compte qu'il avait poussé le mauvais curseur sur sa table de mixage, puis s'isola de nouveau sous son casque.

—Sébastien, j'essaie quel bouton?

—Tous! On verra bien à quoi ils correspondent.

La lumière du bar s'alluma, puis les appliques murales,

l'arrière-salle, l'escalier des toilettes et c'est finalement l'interrupteur étiqueté «ventilateur» qui déclencha le moteur de la boule à facettes.

—Maintenant, allume seulement le bar, on va régler l'intensité des spots qui éclairent la piste.

Didier les laissa à leurs préparatifs et s'isola dans un coin de la salle. Il prit quelques photos pour vérifier que son équipement photographique fonctionnait correctement. Il contrôla qu'il n'avait rien oublié et que ses batteries étaient bien chargées. Puis, il se lança dans une série de portraits des membres de l'équipe en plein travail lorsque le flash vert relié à la sonnerie de la porte se mit à clignoter; les premiers clients patientaient déjà devant l'entrée. Sébastien poussa le curseur général et fit basculer l'éclairage d'ambiance terne vers celui plus coloré de la discothèque. Arnold, quant à lui, plaça le premier reggae sur la platine: *Plus rien ne m'étonne* de Tiken Jah Fakoly. «Ça ne sert à rien de mettre tout de suite le feu à la piste», pensa le DJ avant de changer de tactique, les premiers arrivants montrant une irrésistible envie de danser. À la fin du premier morceau, cinq personnes se trémoussaient sur la piste. Le DJ Le Pariser enchaîna sur un rythme africain endiablé.

Alors que la soirée entrait dans la deuxième partie et qu'il avait déjà enregistré plus de deux cents photos, Didier s'offrit une petite pause au bar où il reconnut Chris, un Anglais qu'il rencontrait régulièrement dans les night-clubs.

—Hey my friend! Comment vas-tu? lança le Britannique.

—Plutôt bien ! Comme tu vois, aujourd'hui je ne danse pas, je travaille.

—Ouais ! Si on veut. Il y a pire comme job.

—Je ne dis pas le contraire, mais moi, je ne suis pas affalé au bar, rétorqua Didier dans un grand sourire. Qu'est-ce que je t'offre ?

—Comme je suis en compagnie d'un Français, je vais prendre un verre de vin.

D'un signe de tête, Didier attira l'attention de la serveuse.

—Céline, qu'est-ce que tu nous proposes comme vin rouge ?

—J'ai un excellent corbières de contrebande, chuchota-t-elle sans que Didier sache si elle plaisantait ou pas.

—Tu nous en mets deux verres, s'il te plaît.

Tout en servant le nectar, Céline ajouta en fine connaisseuse :

—Tu m'en diras des nouvelles.

Au moment même où les deux hommes trinquaient, une ravissante brune aux cheveux longs s'avança jusqu'au bar et fit la bise à Céline. Elle gratifia Didier d'un sourire curieux sans jeter un regard à Chris. L'Anglais se souvenait de l'avoir rencontrée, mais il ne savait plus où. L'alcool avait déjà ramolli ses méninges. Il but encore une gorgée et comme par miracle, son nom lui revint en mémoire : Catherine. C'était il y a un mois dans un hôtel lucernois, au cours d'une soirée dansante. Chris s'était alors déchaîné sur la piste. Il n'était pas venu pour rencontrer du monde, mais pour se défouler d'une semaine de stress. Catherine se trouvait probablement dans le même état d'esprit. Elle avait remué en cadence, dos à la foule, sur un rythme cependant moins endiablé que celui de l'Anglais. Enfermé dans sa bulle, Chris ne l'avait pas remarquée tout de suite. Les portes allaient fermer lorsqu'une amie commune, les avait présentés l'un à l'autre. Une semaine durant, Chris s'était lamenté de n'avoir échangé que quelques phrases avec Catherine.

Alors qu'il se remémorait la scène, la femme s'éloigna du bar deux coupes de prosecco à la main. Elle rejoignit une amie confortablement installée dans un canapé.

—Je l'ai déjà rencontrée, confia Chris. Regarde ! Personne ne les accompagne, le tapis rouge se déroule devant nous. Tu viens avec moi, on va les draguer ? L'union fait la force !

—Parce qu'elles sont seules, tu penses qu'elles n'attendent que toi ?

—Qu'elles n'attendent que nous ! Bon, t'arrêtes de philosopher et tu viens.

Didier n'avait pas bien entendu l'intonation en fin de phrase. S'agissait-il d'une affirmation ou d'une question ?

—Tu sais bien qu'avec Sonya nous sommes en couple. Elle ne m'accompagne pas ce soir, car elle est en vacances, mais je ne suis pas libre pour autant.

—Bon, tu fais chier ! J'y vais tout seul.

—T'énerve pas, je viens avec toi par solidarité masculine. Mais ce soir, je suis payé pour travailler, ensuite je reprends mon boulot.

Ils posèrent leur verre sur le zinc et s'approchèrent des deux femmes qui levèrent la tête vers les deux compères.

—Salut, Catherine! On peut se joindre à vous?

Celle-ci écarquilla les yeux.

—Tu ne te souviens pas de moi?

Didier rigola doucement. L'amie de Catherine hésita un moment puis répliqua:

—Oui, c'est ça! On te voit venir avec tes gros sabots. Tu as entendu le prénom de Catherine au bar pendant qu'elle discutait avec Céline. Tu vas nous raconter que tu l'as croisée dans tes rêves?

Didier ne put se retenir, il partit dans un grand éclat de rire, tandis que Chris ne se laissait pas démonter:

—Non, pas du tout! Marianne nous a présentés à l'hôtel *Schweizerhof* il y a un mois lors de la dernière Ü30[3].

Elle hésita un bref instant. D'un geste, elle interrompit son amie qui allait sans doute envoyer un peu plus de fiel.

—Oui, je m'en souviens maintenant. On dansait tous les deux comme des fous, chacun de notre côté. Tu t'appelles comment déjà?

—Chris, et je te présente mon ami Didier.

—Voici Benedikta, répliqua Catherine qui ne lâcha pas Didier du regard. Maintenant que les présentations sont faites, asseyez-vous avec nous.

---

[3] Über 30 : Soirée dansante réservée aux plus de trente ans.

Benedikta semblait agacée, mais s'écarta un peu pour faire de la place aux deux hommes.

Lorsque le DJ passa les Négresses vertes et qu'il enchaîna avec *Tomber la chemise* de Zebda, Didier prolongea sa pause. Il proposa à Catherine de danser. Chris et Benedikta les rejoignirent plus tard sur la piste, juste avant que Didier ne reprenne son travail.

Benedikta oublia rapidement la maladresse initiale de l'Anglais lorsqu'il l'entraîna dans un zouk de Kassav. Chris virevolta autour de sa partenaire, puis plaqua son corps chaud contre le sien. Ils ondulèrent dans une vague sensuelle, ne formant plus qu'un. La salsa cubaine dans laquelle ils se lancèrent sans reprendre leur souffle offrit à Didier de superbes images de corps en mouvement.

Tandis qu'il travaillait, Didier jetait régulièrement un œil au bar où Catherine discutait avec la barmaid.

Avant que minuit sonne ses douze coups, Benedikta dit à Chris qu'elle souhaitait rentrer chez elle.

—Mais il est trop tôt! La soirée ne fait que commencer! Tu ne veux pas rester encore un peu?

Malgré la bague à l'annulaire gauche de sa cavalière qu'il avait aperçue lors de la première danse, Chris tenta sa chance:

—Tu as un numéro de téléphone?

—Oui bien sûr, mais je préfère qu'on se rencontre au hasard d'une prochaine *Boîte de Nuit*.

Elle déposa une bise sur le front de Chris et s'éloigna en lui lançant:

—À bientôt, au plus tard dans un mois!

Abattu, l'Anglais commanda un gin-tonic, puis s'approcha de Catherine :

—Tu connais bien Benedikta ?

—Oui, c'est une bonne amie.

—J'ai envie de la revoir rapidement. Tu connais ses habitudes ?

—On se retrouve régulièrement au *Magdi*. Ce bar organise tous les deuxièmes lundis du mois une soirée cinéma avec une association francophone. Toi qui aimes le cinéma français, tu devrais venir, précisa-t-elle en lui tendant ainsi une perche royale.

—Elle vient à chaque fois ?

—Cela dépend de sa relation avec Patrick. En ce moment, c'est au plus bas. On en profite pour se voir souvent. Mais, dis-moi, mon petit Chris, elle t'a tapé dans l'œil !

Il rougit légèrement.

—Ben ouais, mais… je n'ai pas bien compris. C'est quoi au juste son… statut sentimental ?

—Combien tu paies ?

—Si l'information est intéressante, je t'invite à prendre un pot.

—Ça marche ! Mais ne te fais pas d'idées, tu n'es pas mon style.

—Pas de soucis.

Chris marqua un silence en attendant des explications.

—Avec Benedikta, c'est assez compliqué. Elle a une relation cyclique avec ce Patrick dont je viens de te parler. Là, ils font une pause, mais ils vont probablement se remettre ensemble, comme à chaque fois. Pour toi, c'est le moment ou jamais.

—Tu as son numéro de téléphone ?

—Oui !

—Super ! Tu me le passes ?

—Non ! répliqua-t-elle en souriant. Si elle ne te l'a pas donné, ce n'est sûrement pas à moi de le faire.

—Et si je t'offre un dîner ?

—Non plus ! Mais je veux bien t'aiguiller : le prochain film au *Magdi* sera *À bout de souffle* de Godard et Benedikta viendra.

—T'es un ange Catherine ! Pour le dîner, c'est quand tu veux, dans le restaurant de ton choix.

Chris lui fit la bise, dit au revoir à Didier qui travaillait encore, puis rentra chez lui au chaud, tout joyeux.

À deux heures du matin, le local ferma. Catherine tendit son smartphone à Arnold. Elle lui demanda de passer le morceau qu'elle avait téléchargé le matin même. Tandis qu'elle dansait sur les 3 min 55 s de *Mr Fete* de Machel Montano, Arnold remballait son équipement, Didier finissait de remplir son sac photo et Céline entamait le rangement de la salle.

Lorsque les enceintes se turent, Catherine se dirigea vers Didier et, sans dire un mot, lui remit un morceau de papier sur lequel elle avait griffonné son numéro de téléphone. Elle lui fit la bise puis quitta la *Boîte de Nuit*. Didier interpella le DJ Le Pariser tout en glissant le papier dans sa poche :

—Hey, Arnold ! Ça t'embêterait de me déposer à la *Neustadtstrasse* ?

—Non, pas du tout. Tu me files un coup de main ?

—Bien sûr ! Dis-moi ce que je dois faire.

—Si tu vas chercher ma voiture, ça nous fera gagner du temps.

Didier acquiesça d'un signe de tête et le disc-jockey lança les clefs à son ami en poursuivant :

—Juste après le pont, tu tournes à droite et de nouveau à droite. Je suis garé dans la zone bleue le long de la Reuss, c'est une vieille Volkswagen blanche. Tu la trouveras facilement.

Chez Ginette, le bar voisin du local, regorgeait de monde. Une file d'attente s'était formée devant l'entrée du bar bondé. Un groupe de trois jeunes femmes fumaient, elles avaient déjà un ou deux verres d'avance. Didier descendit du trottoir, les dépassa et exécuta un pas de danse pour s'écarter d'un jeune qui rendait bruyamment dans le caniveau toutes les bières qu'il avait ingurgitées.

Une légère nappe blanche commençait à recouvrir la ville. Didier releva le col de son manteau et se hâta. Après le pont, il n'y avait plus âme qui vive. L'éclairage se fit de plus en plus rare à l'approche de la rivière. Alors qu'il arrivait dans la zone bleue, Didier aperçut une femme, au loin. Il crut reconnaître Catherine et se retint de la héler quand il réalisa qu'il allait l'affoler dans un tel endroit au beau milieu de la nuit. Il accéléra le pas. Un véhicule en maraude s'intercala entre lui et elle. La camionnette s'approchait lentement de la femme. Même à vingt mètres de là, il eut un mauvais pressentiment. La femme monta sur le trottoir et marcha plus vite. Le rythme cardiaque de Didier s'emballa. Il en oublia la voiture de son ami pour se concentrer sur la scène qui se déroulait devant lui. Lorsqu'il reconnut Catherine qui jetait un furtif regard par-dessus son épaule, tout s'enchaîna. L'inconnu accéléra brusquement. Catherine courut. Didier se précipita vers elle. Le conducteur de la camionnette pila à la hauteur de Catherine en glissant sur la chaussée enneigée et jaillit du véhicule.

Didier qui n'était plus qu'à dix mètres cria en français, sans même réfléchir :

— Eh toi, là ! T'arrêtes immédiatement.

L'agresseur sentit le danger imminent, il ne demanda pas son reste et décampa aussitôt au volant de son véhicule dont il avait laissé tourner le moteur. Didier, lancé à toute allure, se rapprochait de la portière lorsqu'il glissa et s'étala de tout son long sur le macadam. La camionnette disparut au coin de la rue. Didier se releva. Catherine se précipita vers lui.

— Tu n'as rien ? s'inquiéta-t-elle, en tendant un mouchoir à Didier dont le nez saignait.

— Ce n'est pas grave. Avec ce froid, ça va s'arrêter rapidement.

Sans crier gare, Catherine s'effondra en larmes dans les bras du Français. Didier la serra contre lui, de l'autre main il appuya le mouchoir sur son nez. Le corps de Catherine tremblait contre le sien. Didier, muet, se contenta de la réconforter.

—Heureusement que tu étais là. Qu'est-ce qu'il me voulait ?

—Je ne sais pas. Viens dans la voiture d'Arnold pour récupérer !

—La mienne est juste à côté.

Elle enclencha l'ouverture à distance et grimpa à la place du conducteur. Alors qu'il s'apprêtait à monter, Didier se pencha sur la chaussée. Il ramassa un objet puis s'installa aux côtés de Catherine, un couvre-chef à la main.

—C'est sa casquette, ça peut servir !

—À quoi ?

—À le retrouver, pardi !

Soudain, Catherine se mit à transpirer et à trembler fortement. Elle n'arrivait pas à mettre la clef dans le contact. Didier la dévisagea, il comprit qu'elle subissait le contre-coup de l'agression. Catherine réfléchit alors tout haut :

—Comment vas-tu pouvoir le retrouver avec sa casquette ?

—Pas moi, les flics !

Son front se plissa.

—Pourquoi ? Tu veux lui rendre sa casquette ? C'est bien fait pour lui s'il l'a perdue !

Didier comprit qu'il devait emmener sans tarder Catherine aux urgences. Il tenta une explication :

—Ce gars te voulait du mal, on doit se rendre à la police.

—Mais je n'ai pas envie d'y aller pour ça. Il ne s'est rien passé.

—Tu trouves ? Tu sais à quoi tu as échappé ?

—Tu me fais peur Didier... On est à Lucerne, que peut-il m'arriver ?

—Catherine, tu me fais confiance ?

—Oui, bien sûr !

—Alors voilà ce qu'on va faire : je repasse au local...

—Non, ne me laisse pas seule !

—Je conduis ta voiture et on y va ensemble. Je me gare devant *chez Ginette*. Il y a plein de monde, tu n'as rien à craindre. Je redonne sa clef de voiture à Arnold et je t'emmène aux urgences, ensuite on préviendra les flics. Ils ne sont tout de même pas là juste pour coller des amendes.

Dans la salle d'attente, l'assistante médicale s'occupait d'un homme saoul, la main enveloppée dans du Sopalin dont le motif cerise était en partie masqué par du sang coagulé. Il grognait contre la terre entière tandis qu'elle retirait avec précaution le bandage de fortune. L'assistante découvrit une vilaine plaie dans la paume, avec des débris de verre incrustés. Elle l'emmena dans une salle de consultation, Catherine et Didier restèrent seuls.

Le médecin de garde qui reçut Catherine lui prescrivit des calmants pour le week-end. Il lui ordonna également de se rendre chez son médecin traitant, dès lundi.

Pendant que Didier attendait son amie, il aperçut, au travers de la porte vitrée, deux policiers en patrouille. Il les interpella en anglais. Lorsqu'il leur décrivit la scène qu'il venait de vivre avec Catherine à quelques centaines de mètres de là, les agents devinrent fébriles. L'un des deux policiers passa aussitôt plusieurs appels. Sa collègue, qui se présenta sous le nom de Järmann, lui posa de nombreuses questions. Elle insista tout particulièrement sur le véhicule. Didier dut expliquer à deux reprises qu'il n'avait pas prêté attention à la marque et qu'il n'avait pas non plus noté l'immatriculation. Il se souvenait seulement d'une plaque lucernoise.

L'agent Järmann profita de la tranquillité de la salle d'attente vide pour interroger Catherine dès qu'elle sortit de sa consultation. Elle raconta qu'elle avait été approchée dans son dos et qu'elle n'avait pas vu son agresseur.

Didier n'apporta qu'un seul élément supplémentaire : l'inconnu courait d'une façon spéciale, qu'il ne réussit pas à décrire plus précisément. La policière qui parlait quelques mots de français leur demanda de les suivre au poste. Elle ne rentra pas dans les détails, mais les prévint que ce qui s'était passé était grave et qu'ils devaient agir vite. Catherine et Didier comprirent la nervosité des deux policiers lorsque leurs collègues de la brigade criminelle vinrent les chercher au poste de quartier pour les conduire au commissariat principal. Durant le trajet, un policier leur rappela qu'un kidnapping avait eu lieu à Lucerne un mois plus tôt. Ce fait divers, inédit en Suisse centrale, avait fait les gros titres des journaux, mais il était jusqu'à cette nuit sorti de leur esprit. Les policiers ne voulaient pas procéder à des rapprochements hasardeux. Cependant, une femme avait déjà disparu et la Romande semblait avoir été la seconde sur la liste.

Catherine et Didier comprirent qu'un groupe de travail avait été créé suite à l'enlèvement et que plusieurs de ses membres se trouvaient réunis dans le bureau où on les avait conduits. Les enquêteurs posèrent une multitude de questions. Le chef de la police criminelle se joignit à l'escouade des forces de l'ordre, les cheveux en bataille. À quatre heures du matin, une activité de fourmilière régnait au sein du commissariat. Elle atteint son paroxysme lorsque Didier se souvint qu'il avait laissé la casquette de l'agresseur dans la voiture de Catherine.

Les policiers voulurent la voir sur-le-champ, mais Catherine et Didier, exténués, ne souhaitaient plus qu'une chose : se plonger sous leur couette respective. Didier dut insister pour qu'ils en finissent. Il donna son numéro de place du parking et tendit ses clefs au chef de la police. Ils furent convoqués pour 14 h. Un policier leur expliqua qu'une traductrice serait présente, non pas pour Catherine qui parlait couramment l'allemand et le dialecte, mais pour Didier. Il ajouta que l'affaire était trop grave pour qu'un problème de langue vienne entraver l'enquête.

Devant les locaux de police, un éclair éblouit Didier et Catherine. Leurs pupilles n'eurent pas le temps de se dilater qu'un deuxième éclair partit, puis une voix les interpella :

— Vous avez été victime du kidnappeur de Lucerne. Votre première impression pour la *Luzerner Zeitung*.

Didier écarta le reporter et héla un taxi. Catherine lui emboîta le pas :

— Bon, maintenant j'en ai marre ! Je veux rentrer chez moi.

— Quelle bande de nuls, ces journalistes locaux ! Aucun ne se déplace lorsque l'ambassadrice de France vient à Lucerne, mais pour les faits divers, on les trouve à la première loge, s'emporta Didier tandis qu'ils grimpaient à bord du véhicule.

— Ça, c'est du vrai journalisme d'investigation !

À bord du taxi qui les emmenait chez Catherine, Didier lui demanda :

— Et toi, comment ça va ?

— Ça va mieux. Le médecin m'a conseillé de prendre un somnifère avant d'aller au lit. Demain sera un nouveau jour ! Heureusement que mes filles sont chez leur père.

Puis, elle hésita un instant :

— Didier, je ne sais pas comment te remercier.

— Tu viens juste de le faire !

— Non, mais tu rigoles ! J'ai failli y passer, et tu as pris de gros risques.

— Lesquels ? Tout le monde aurait agi de même.

— Ouais, c'est bien de le penser ! De toute façon, on se voit demain ou plutôt cet après-midi et on en rediscutera.

Didier l'accompagna jusqu'à la porte de son appartement. Juste avant de la refermer, elle déposa un rapide baiser sur ses lèvres. Confus, il repartit en taxi vers la *Neustadtstrasse*.

Arrivé chez lui, Didier survola son téléphone. Il ne l'avait plus regardé depuis la *Boîte de Nuit*. Il lut avec plus d'attention les deux messages que Sonya lui avait envoyés sur WhatsApp :

Didier, je suis bien arrivée à Kiel et j'ai fait un bon voyage, je t'embrasse, excellente soirée.

Puis vers vingt-trois heures :

Ça fait du bien d'être à la maison, j'espère que tu passes une belle soirée, bisous.

Avant de s'affaler dans son lit, Didier répondit :

La soirée à la disco s'est bien déroulée. Bonne ambiance ! Je t'y inviterai à ton retour. Par contre, « l'after » était un peu plus compliqué, je te raconterai ça demain. Je t'embrasse tout partout, Didier.

L'homme recroquevillé sur le sol, ligoté et poignets noués dans le dos, ne bougeait pas. Une cagoule noire empêchait de distinguer ses traits. Le silence était impressionnant, juste le bruit d'une goutte d'eau qui tombait au loin. Une lueur blafarde accentuait l'aspect sinistre de la scène. Dans cette pièce, Didier se tenait debout, face à un inconnu. Lorsqu'il voulut lui porter secours, il ne put avancer d'un seul millimètre. Il tourna la tête afin de comprendre ce qui le retenait. Il ne remarqua rien de spécial, son corps refusait tout simplement de répondre aux injonctions de son cerveau. Puis sa tête devint à son tour lourde. Il tenta d'appeler, mais aucun son ne franchit le seuil de sa bouche. Ils restèrent là, face à face. Didier essaya de distinguer si l'homme respirait, mais lui-même, respirait-il ? Combien de temps s'était-il écoulé ? Des heures ? Des jours ? Didier ne ressentait pas la fatigue. Était-il prisonnier du kidnappeur en série ? Il n'arrivait plus à réfléchir. Il se trouvait là, c'est tout. Didier sentit un mouvement presque imperceptible ; il se rapprochait de l'inconnu, comme sous l'effet d'un zoom avant. Un mètre les séparait maintenant l'un de l'autre. Didier entendait la respiration lente et régulière de l'homme. Puis, la respiration cessa et l'inconnu se redressa d'un bond, libéré de ses entraves. Il colla son visage à celui de Didier et leva théâtralement sa main au-dessus de sa tête. Il la posa sur le haut de la cagoule et tira brusquement dessus. Didier découvrit alors son vieil ami John qui le dévisageait, la haine dans le regard. Soudain, une sonnerie retentit au loin. Elle devint de plus en plus stridente jusqu'à se transformer en douleur physique. Puis, le silence régna. John remit sa cagoule et Didier fut aspiré en arrière à une vitesse vertigineuse. John disparut. Didier se réveilla en sursaut, trempé de sueur. Il écrasa du plat de la main le réveil et se précipita au salon. Il ouvrit la porte-fenêtre en grand. L'air glacial lui procura quelques frissons

« Je ne sortirai jamais de ces cauchemars », pensa-t-il.

2 – *Dona Quichotte, l'Originale*

Une migraine carabinée réveilla Didier un peu avant l'heure du déjeuner. Il se traîna péniblement jusqu'à la salle de bains où, choqué, il découvrit dans le miroir de l'armoire à pharmacie de profondes poches sous ses yeux et des traits tirés. Il avala un ibuprofène avec un grand verre d'eau, puis referma la porte de l'armoire sans plus inspecter son visage.

Alors que la machine à café chauffait, Didier parcourut sur son smartphone les messages qu'il avait reçus dans la matinée. Son téléphone regorgeait de mails et de textos. Ses amis semblaient tout connaître des événements de la nuit. En temps ordinaire, il répondait aussitôt, mais cette matinée se révélait être tout sauf ordinaire. Didier préféra commencer la journée en toute sérénité. Il fouilla dans sa collection de CD tout en notant dans un petit coin de son cerveau qu'il devrait, un jour ou l'autre, investir dans un système qui lui permette de tout numériser. Didier ne trouva pas l'album *Blue train* de John Coltrane et se rabattit sur sa dernière acquisition : Hildegard von Bingen et ses *Cantiques de l'extase*. C'est sur ces chants millénaires qu'il décida d'entamer le week-end, jusqu'à ce que la voisine du dessous parte faire les courses. En soi, cela ne le perturbait nullement. Le seul « hic », et de taille, se prénommait Charly. Le chien n'avait pas été dressé et hurlait à la mort dès qu'il se sentait abandonné. Sonya s'en était déjà plainte auprès de la voisine, mais cela l'avait laissée de marbre. « Je dois prévenir le propriétaire la semaine prochaine », songea Didier. D'autant plus que la semaine précédente, Charly avait poussé la sérénade deux soirées de suite, jusqu'à minuit. Didier se rabattit sur la musique plus énergique de Hej Francis et augmenta le volume sonore afin de couvrir les hurlements du chien qu'il détestait de plus en plus, même s'il se rendait bien compte que la pauvre bête n'y était pour rien.

Avec le recul, les vives émotions de la nuit provoquées par l'agression de Catherine firent resurgir les terribles souvenirs des geôles d'Utopia dont il avait été prisonnier, il y avait presque un an de cela. Il préféra les chasser de son esprit et décida de célébrer la vie en ouvrant le dernier pot de miel du petit stock qu'il s'était constitué en France, dans le Gâtinais. Comme il peinait à débuter le week-end sereinement, il s'installa confortablement dans son canapé et consulta ses e-mails depuis son ordinateur portable.

À elle seule, Sonya en avait écrit cinq, sur un total d'une bonne quinzaine, et la plupart faisaient référence à un article de la *Luzerner Zeitung*. Une tartine à la main, Didier ouvrit sur-le-champ son profil Facebook et découvrit la une de la version en ligne du journal lucernois. Sa tartine lui échappa des mains pour tomber côté miel sur le clavier lorsqu'il se vit sur une photo en compagnie de Catherine devant le poste de police. Impatient de lire les commentaires, il essuya d'un revers de la main le résultat de sa maladresse et renvoya le nettoyage complet à plus tard.

DJ Le Pariser: *J'ai bien fait de garer ma voiture dans la rue où Catherine avait la sienne. Tu es un vrai héros, mais quelle sale tronche tu as sur cette photo !*

Sébastien Maisonneuve: *Bravo, Didier ! On t'embauchera comme videur pour notre prochaine Boîte de Nuit.*

Benedikta Krause: *Merci d'avoir sauvé Catherine et de m'avoir présenté Chris ;-)*

Joe Snyder: *Décidément mon pote ! T'es toujours là au bon moment.*

Éric Langlois: *Eh Didier ! Tu ne peux pas être quelque part sans qu'il y ait de l'action.*

Claude Albertini: *Bravo frangin ! Lorsque j'ai vu la photo, j'ai tout d'abord pensé que tu t'étais de nouveau mis dans de beaux draps. Heureusement que tes amis écrivent en français ou en anglais, parce que l'article en allemand...*

Sonya Weber: *Je te laisse, et en moins de vingt-quatre heures tu deviens un héros. J'espère que cela t'aidera à trouver un bon emploi ;-). Plein de bisous...*

Didier s'attaqua ensuite à l'article de la *Luzerner Zeitung*, malgré son allemand hésitant. À l'aide d'un dictionnaire, il réussit à déchiffrer le texte qui parlait d'une seconde tentative de kidnapping sur la personne d'une mère de famille lausannoise, installée en Suisse centrale depuis vingt ans. Didier était présenté comme un photographe français qui avait empêché le criminel de commettre le pire.

Perplexe, il décida d'éteindre son ordinateur et nettoya le clavier avant que le miel ne cause des dommages irréversibles. Il monta ensuite le volume de sa chaîne stéréo afin d'entendre la musique depuis la douche. Son corps était recouvert de savon lorsque la sonnerie de son téléphone fixe retentit. Elle s'arrêta un instant pour reprendre de plus belle. Serviette de bain autour de la taille et peignoir sur les épaules, Didier se précipita sur l'appareil.

—Coucou mon chéri, j'espère que je ne t'ai pas réveillé après tes exploits de la nuit, commença Sonya d'un ton amusé qui rassura Didier.

—Non pas du tout ! D'ailleurs, je m'apprêtais à me rendre au commissariat pour une déposition détaillée, et si j'ai bien compris, il y aura une reconstitution de la tentative d'agression. Quelle histoire !

—Vu d'ici, c'est encore plus intriguant. Une amie m'a envoyé un texto ce matin, elle était au marché et tout le monde ne parle que de ça. Il faut dire qu'il y a de quoi ! On vit à Lucerne, pas à *Ciudad Juárez*.

—J'ai lu l'article de la *Luzerner Zeitung* et si tu veux mon avis, il me semble qu'ils fantasment tous sur une sorte de « serial kidnapper ». J'étais aux premières loges et rien ne permet d'affirmer que ce gars voulait enlever Catherine. Je crois qu'on…

—Mais au fait, Monsieur le héros, que faisais-tu auprès de cette charmante femme ?

— J'étais avec Catherine parce que la *Boîte de Nuit* venait de fermer et que j'allais chercher la voiture du DJ. Elle était garée dans la même rue que celle de cette charmante femme, comme tu dis. Mais qu'est-ce que tu insinues au juste? Et pourquoi devrais-je me justifier?

— Je te fais marcher. C'est en principe ta spécialité, mais c'est bien de changer les rôles de temps en temps, n'est-ce pas?

Didier se força à rire, puis reprit ses explications, légèrement perturbé:

— Même si ce gars a probablement voulu enlever Catherine, je crois qu'on brasse du vent. Peut-être ne s'intéressait-il tout bonnement qu'à son porte-monnaie?

Didier raconta en détail sa nuit mouvementée à Sonya. Lorsqu'elle raccrocha, il s'aperçut qu'il allait être en retard à son rendez-vous de 14h. Il enfila son manteau et se précipita dans la rue.

Catherine se trouvait déjà au commissariat lorsque Didier y pointa le bout de son nez. Un agent qui avait assisté à l'interrogatoire de la veille l'accueillit. Il lui fit remarquer qu'il avait deux minutes de retard et qu'on n'attendait plus que lui. En entrant dans la salle de réunion, Didier aperçut une dizaine de personnes assises autour d'une grande table. Il eut à peine le temps de s'installer qu'un homme prit la parole en suisse allemand, après un raclement de gorge:

— Tout d'abord, Madame Bucher, j'espère que vous vous êtes bien remise des événements de cette nuit.

Sans lui laisser le temps de répondre, il poursuivit son monologue :

— Je me présente, je suis Viktor Kipfer, commandant de la police lucernoise. Monsieur d'Orville ! Nous avons fait appel pour vous aux services de notre interprète, Madame Christine Amstad. Nous ne voulons pas que la moindre information soit « lost in translation[4] » comme disent les Anglais.

Il se tut un instant afin que l'interprète puisse traduire.

— L'heure est grave, nous devons avancer au plus vite. Vous n'êtes pas sans savoir qu'un enlèvement a eu lieu il y a un mois et que de nombreuses rumeurs circulent en ville. Stefanie Gassmann a été kidnappée à Lucerne, au milieu de la nuit. Un témoin a assisté à la scène, sans avoir votre présence d'esprit. Ou plutôt, sans posséder votre courage.

Le commandant marqua un nouveau temps pour donner la parole à l'interprète. Tous les regards convergèrent vers Didier, qui ne voyait aucune bravoure à courir après un homme en le sommant de s'arrêter. Viktor Kipfer précisa :

— Cette personne, dont nous gardons l'identité et la déposition secrètes, nous a révélé de nombreux détails. Nous aimerions confronter son témoignage aux vôtres, Madame Bucher et Monsieur d'Orville. Même les faits qui vous semblent anodins peuvent nous aider à rapprocher, ou non, ces deux affaires. Mais je ne m'immiscerai pas plus dans l'enquête. Je passe la parole à Hansruedi Lichtsteiner, chef de la police criminelle.

---

[4] Perdue lors de la traduction.

— Merci Viktor! Avant d'entrer dans le vif du sujet, j'insisterai sur quelques points. Malgré notre prudence, il se peut que, lors de cette réunion, des informations confidentielles arrivent à vos oreilles. Donc rien, absolument rien ne doit sortir de cette pièce. Est-ce bien clair? demanda-t-il en dirigeant son regard vers Catherine et Didier.

Ils acquiescèrent d'un léger mouvement de tête.

— Nous vivons en démocratie et nous n'avons aucun moyen légal de vous empêcher de parler aux journalistes. Mais s'ils vous contactent, vous devez faire attention de ne dévoiler aucun élément qui pourrait perturber l'enquête. Soyez également extrêmement prudents avec vos amis.

Après ces mises en garde, Hansruedi Lichtsteiner poursuivit:

— Nous ignorons si Stefanie Gassmann vit toujours, et ce que veut son agresseur. Aucune demande de rançon n'a été formulée, d'ailleurs, sa famille ne possède aucun bien. Nous faisons du sur-place dans cette enquête et pensons que les événements d'hier peuvent nous orienter vers le kidnappeur, s'il s'agit bien du même individu. C'est ce que l'inspecteur Armin Oetterli va essayer de démontrer. Ensuite, nous procéderons à une reconstitution à l'endroit où les faits se sont déroulés. Armin, c'est à toi maintenant.

Un grand gaillard aux cheveux blonds en brosse se leva et se présenta comme le responsable du groupe de travail qui enquêtait sur l'enlèvement de Stefanie Gassmann. Il questionna les deux témoins, qui réitérèrent leurs propos de la veille : Catherine n'avait rien vu, car elle avait été attaquée par-derrière, et Didier pouvait à peine décrire l'agresseur, si ce n'est sa façon particulière de courir, comme s'il boitait.

L'inspecteur Oetterli insista auprès de Catherine afin d'être sûr qu'elle ne portait aucun sac à main. Didier crut comprendre son raisonnement : si elle n'avait rien d'apparent à voler, c'est qu'il pouvait bien s'agir d'une tentative de kidnapping. L'inspecteur leur posa plusieurs questions relatives à la *Boîte de Nuit*. Il voulait avant tout savoir s'ils y avaient remarqué un homme au comportement étrange. Cette piste semblait lui tenir à cœur, il sous-entendit qu'il enquêterait prochainement auprès de l'organisateur de cette soirée.

L'interrogatoire terminé, Catherine et Didier, accompagnés de quatre policiers et de l'interprète, se rendirent à pied au local qui avait accueilli la *Boîte de Nuit*. La neige avait fondu, mais la température restait glaciale. Ils refirent le chemin jusqu'à l'endroit que les policiers appelaient « le lieu de l'incident ». Didier remarqua que, en pleine journée, les abords de la Reuss n'avaient plus l'aspect menaçant qu'ils avaient la nuit précédente lors de l'agression. À l'écart de l'axe principal, cette rue n'était fréquentée que par les riverains et les personnes qui cherchaient à garer leur voiture gratuitement. Sa situation permettait cependant de rejoindre l'autoroute en quelques minutes. À ce moment précis, les deux amis prirent conscience, en alignant les éléments les uns à côté des autres, que Catherine avait bel et bien échappé à une tentative d'enlèvement. C'est également ce que laissa entendre l'inspecteur à mots à peine voilés.

Une fois la reconstitution achevée, Catherine et Didier, frigorifiés, filèrent se réfugier au *Rüüdig Bar*. Pendant qu'elle ôtait son manteau, Catherine passa la commande et lança la conversation :

— C'est maintenant clair comme de l'eau de roche : Didier, tu es un héros et tu m'as sauvé la vie.

— N'exagérons rien ! Et tes mots me font peur, si je t'ai « sauvé la vie », comme tu dis, cela pourrait signifier que Stefanie Gassmann, la victime de ce kidnappeur, n'est plus de ce monde.

— Tu as raison, je me suis mal exprimée. Mais ce qui est sûr c'est que je serais, Dieu seul sait où, sans toi. Que fais-tu ce soir?

Didier, surpris, réfléchit quelques instants avant de répondre :

— Je ne sais pas encore, sans doute rien de spécial. J'avais éventuellement prévu d'aller voir un film au stattkino. Pourquoi me demandes-tu ça?

— Un quartette de piano joue ce soir au KKL. Je devais y aller avec une amie qui s'est désistée hier et j'aimerais que ce soit toi qui profites de ce deuxième ticket. Cela me permettra de te remercier autrement qu'avec un verre. En disant cela, Catherine avait posé sa main une dizaine de secondes sur l'épaule de son « sauveur ».

Didier se sentait gêné. L'offre l'intéressait. Il adorait le piano et l'acoustique exceptionnelle de la salle de concert du palais des congrès de Lucerne, mais il lui semblait comprendre que Catherine recherchait un peu plus que sa simple compagnie. Didier tenait à Sonya et il aurait voulu accepter l'invitation en émettant quelques réserves pour ne créer aucun quiproquo, mais il ne sut pas comment s'y prendre :

—Pourquoi pas ? Je viens, mais je paie mon billet.

—Il n'en est pas question, tu es mon invité. Arrête de considérer que ta réaction de cette nuit n'était pas courageuse. Elle l'était, et je ne veux plus en discuter. Alors, tu m'accompagnes ou je dois chercher quelqu'un d'autre ?

—Bon, c'est d'accord, j'accepte. Ce concert me changera les idées.

Le pli qui n'avait pas quitté le front de Catherine depuis qu'elle était entrée au poste de police s'effaça progressivement.

—Au fait, lança-t-elle. Es-tu au courant qu'on est en train de faire le *buzz* en Suisse centrale ?

—Oui, Sonya m'en a parlé ce matin, depuis le nord de l'Allemagne où elle prend quinze jours de vacances. J'ai également reçu des messages de mes amis lucernois.

—Moi aussi ! La criminalité est ici très faible et d'un seul coup, il y a un kidnapping et une tentative d'enlèvement. Mets-toi dans la tête des gens, c'est flippant ! En tout cas, moi, j'ai la trouille.

Soudain, le visage de Catherine s'assombrit.

—Et si on changeait de sujet ? proposa Didier. On m'a beaucoup parlé du carnaval, j'ai entendu que vous l'appeliez le *Fasnacht*. Tous les magasins sont décorés pour cette occasion et si j'ai bien compris c'est un événement majeur dans la vie des Lucernois.

Didier n'aurait pas pu trouver meilleur sujet de conversation. Catherine, Lucernoise de cœur, se révéla intarissable. Elle lui raconta le début des festivités qui se déroulaient depuis des siècles à cinq heures du matin, le jeudi Gras. Elle décrivit l'atmosphère de quasi-recueillement aux abords de la *Schwanenplatz,* malgré les milliers de personnes présentes :

—Les Lucernois attendent le bateau qui amène sur la rive du lac le *Bruder Fritschi,* sa famille et les autres figures emblématiques du carnaval. Lorsque le coup de canon résonne, tout le monde se met à danser sur la barge et la joie se propage vers la foule.

De nombreux noms suisses allemands entrecoupèrent les explications. Didier tenta d'élargir ses connaissances en questionnant Catherine au sujet des *Guggenmusik*, ces fanfares qui n'ont que récemment envahi le carnaval. Didier prit conscience de l'aspect ancestral de l'événement quand il réalisa que ce « récemment » remontait à près de soixante ans. Il écouta la Romande avec délectation. Puis, Catherine se tut, elle cherchait son téléphone enfoui tout au fond de son sac à main. Elle lut un message.

—Excuse-moi Didier, mes deux filles m'attendent à la maison. Je dois y aller maintenant.

Catherine se dirigea vers le bar pour régler l'addition, puis se retourna et lança, un grand sourire aux lèvres :

—À ce soir.

En la voyant s'éloigner, il pensa à Sonya. Une once de doute s'insinua dans le cœur du Français.

Songeur, il finissait son chocolat chaud lorsqu'un personnage atypique apparut à l'entrée du bar. La plupart des clients la dévisagèrent. Les looks excentriques n'étaient pas légion en Suisse centrale et cette femme dénotait tout particulièrement. Elle était grande, d'un âge indéfinissable, arborait des cheveux roux en bataille avec quelques mèches sombres. Ses vêtements amples, multicolores, étaient superposés en plusieurs couches, si bien qu'il était difficile de savoir ce qu'elle portait réellement sur le dos.

Depuis que Didier habitait en Suisse, il avait rencontré à plusieurs reprises cette femme que tous connaissaient sous le nom de *Dona Quichotte*. Elle traînait habituellement sur le quai National, entre le lac et les grands hôtels. Elle interpellait les gens dans la rue en espérant les convaincre de ne plus jamais répondre aux sondages, quels qu'ils soient. Pour *Dona Quichotte*, «les enquêtes d'opinion sont la plaie du monde moderne». Sa théorie se résume en une phrase : sans sondage, on se porterait bien mieux, car rien ne serait conçu pour satisfaire les attentes du public le plus nombreux possible, mais dans l'intérêt de tous. Enfin, c'était plus ou moins ce que Didier avait retenu des explications de Sonya.

Dona Quichotte était membre de la *Güüggali Zunft*, cette corporation à laquelle *Radio Müsli* et Emil Manser, deux personnages hauts en couleur, avaient appartenu de leur vivant. Les Lucernois les désignaient sous le nom d'*Originaux*. Tandis que *Radio Müsli* vendait des photocopies de pages manuscrites illustrées de ses photos de vacances, Emil Manser donnait à lire ses pensées aux passants, tel un homme-sandwich.

La femme balaya la salle du regard, puis se dirigea droit sur le photographe. Elle s'adressa à lui en français :

—Salut le héros, je peux m'asseoir?
Surpris, Didier lui sourit.
—Oui, je vous en prie.
—Didier! Et si on se tutoyait?
—Bien sûr, prends place, répondit-il en désignant la chaise que Catherine venait de quitter. J'imagine que c'est grâce à la *Luzerner Zeitung* que tu connais mon prénom, mais j'ignore le tien. Je ne connais que ton surnom.
—Moi, je ne l'aime pas du tout, je préfère que tu m'appelles Beatriz. Si je m'incruste, c'est pour te féliciter. Bravo! Un peu plus et tu attrapais le kidnappeur en série.
Didier partit d'un grand éclat de rire.
—Alors là, c'est la meilleure. J'ai juste couru derrière un type qui menaçait une femme. À ce rythme, je serai bientôt le sauveur de l'humanité. Mais dis-moi, tu ne me fais pas le sermon sur la démocratie des sondages?
—C'est ma pause de quatre heures et je ne parle pas boulot, répondit-elle sur un ton malicieux. Je ne sais pas si tu t'en rends compte, mais une telle affaire à Lucerne relève de la science-fiction.
—Oui, on n'arrête pas de me le répéter.
—Alors, je vais aller droit au but: j'ai sans doute des informations qui t'intéressent et j'ai un marché à te proposer.
Piqué au vif, Didier encouragea Beatriz d'un signe de la tête.
—Tu as probablement entendu parler de Stefanie Gassmann, c'est horrible ce qui lui est arrivé. Eh bien, figure-

toi que le cousin du gars qui a assisté à l'enlèvement est un ami. Il m'en a raconté les moindres détails, affirma-t-elle en baissant la voix. Je te propose de confronter ton témoignage au sien. Qu'en dis-tu ? On en saurait autant que les flics, c'est tentant, n'est-ce pas ?

Didier ne réfléchit pas longtemps. Il était lui aussi curieux de connaître les similitudes, qui d'après ce qu'il avait cru comprendre semblaient se dégager des deux affaires. Il présenta la paume de sa main.

—Tope là !

Didier commanda deux bières. Ils se rapprochèrent l'un de l'autre, tels deux conspirateurs. Beatriz répéta l'histoire qu'elle avait entendue :

—C'était un dimanche, assez tard. Stefanie rentrait chez elle après avoir passé une soirée cinéma au stattkino avec un ami. Cet homme, Richard, je le connais bien aussi...

—Y a-t-il quelqu'un que tu ne connais pas à Lucerne ? plaisanta Didier.

—Je connais beaucoup de monde, c'est vrai. Mais Richard, lui, est un bon ami. Bref ! Ils avaient vu un film roumain, je ne me souviens plus du titre, mais peu importe. Ils ont pas mal discuté, puis comme l'heure avançait, ils sont rentrés chez eux. Sur le pont de la chapelle, Stefanie a fait part d'une étrange sensation. Après coup, c'est toujours facile de réagir, mais elle n'était pas rassurée, elle se sentait observée. Ils en ont ri. Richard a même suggéré que c'était l'atmosphère du film qui lui pesait. Il a proposé de la raccompagner jusque chez elle, mais Stefanie a refusé. Ils sont passés devant le théâtre de Lucerne et se sont quittés au début du *Hirschengraben*…

Didier connaissait bien les lieux, il visualisait parfaitement la scène.

—… Richard est retourné sur ses pas, il est ensuite parti vers la *Kantonalbank*. Lorsqu'il a entendu un cri, il s'est précipité vers le *Hirschengraben*. Il a aperçu un gars qui portait sur son épaule une femme inconsciente et la jetait sans ménagement dans une camionnette pour décamper aussitôt. Richard a reconnu Stefanie, mais sous le choc, il est resté là, les bras ballants. De toute façon, il se trouvait à une cinquantaine de mètres de l'action, il n'aurait rien pu faire.

—Tu es en train de me dire que Stefanie a été enlevée en face du poste de police ?

—Pas juste devant, tout de même, mais à moins d'une centaine de mètres.

—C'est incroyable ! Il a un sacré culot, ce mec. J'imagine qu'il a ensuite filé par l'autoroute.

—Au bout du *Hirschengraben*, il y a l'embarras du choix quant aux directions à prendre.

Didier se perdait dans ses réflexions lorsque Beatriz le ramena à la réalité :

—À ton tour.

—Hein ! Pardon !

—C'est à ton tour de raconter.

—Oui, bien sûr. Excuse-moi !

Il eut besoin de quelques instants pour rassembler ses idées :

—Je comprends maintenant pourquoi la police privilégie la piste du kidnappeur en série. Avec ce que tu viens de me raconter, je vois bien les nombreuses similitudes : les deux agressions se sont déroulées aux abords de la Reuss, et j'ai également aperçu une camionnette.

Après avoir bu une gorgée de bière, Didier relata sa mésaventure. Au terme de son récit, les deux nouveaux amis se regardèrent, les yeux brillants.

—Ouah ! On tient un super scoop. On a bien affaire à une série d'enlèvements, comme dans un polar. Mais il vaut mieux garder cette information pour nous si on ne veut pas perturber l'enquête.

Didier fut surpris d'entendre ces mots dans la bouche d'une femme aussi peu conventionnelle. Il acquiesça, car il avait promis à la police d'être discret et il souhaitait par-dessus tout éviter les ennuis. Didier finit son verre.

—Je dois y aller maintenant.

—Quoi ? Déjà !

—Une fois par mois, on se réunit entre amis au *Bistronomie* pour boire un coup, et c'est justement ce soir. Ensuite, j'irai voir un concert au KKL. Ça m'a fait extrêmement plaisir de bavarder avec toi.

—Ton agenda est plutôt chargé, se moqua Beatriz, un vrai ministre. Essaie tout de même de ne pas transformer cette soirée en tournée des bars, ajouta-t-elle d'un clin d'œil.

—À bientôt ! On se verra probablement de nouveau sur le quai National.

—Salut le héros !

Les deux bars se situaient à cinq minutes à pied l'un de l'autre. Le rendez-vous mensuel était parti d'un projet artistique autour d'un lieu culturel qui avait pris vie dans les locaux d'une ancienne imprimerie. Celui-ci achevé, les différents protagonistes avaient gardé l'habitude de se retrouver au *Bistronomie*. Les meilleurs amis de Didier l'attendaient. Ils l'ovationnèrent dès qu'il franchit la porte. Sébastien, l'organisateur de la *Boîte de Nuit*, les réunissait tous ce soir. Avec l'accord de ses camarades, il avait invité Didier dans ce cercle afin que son compatriote puisse s'intégrer à la vie locale. Ruth, artiste plasticienne, devenue au fil du temps la compagne de Sébastien, était la plus fidèle à ce rendez-vous. Alex, que ses amis appelaient Django, était le musicien de ce petit groupe. Didier n'avait jamais osé lui demander si ce surnom provenait de sa dextérité ou, de façon plus macabre, du doigt de sa main gauche sectionné au-dessus de la première phalange. Melinda, poétesse américaine, tombée amoureuse du pays d'origine de ses parents lors d'un long voyage en Europe, que les mauvaises langues considéraient comme échouée à Lucerne, complétait le cercle d'amis.

Didier reconnut d'autres artistes, sans toutefois se souvenir de leur nom. Il les salua tous. Cerise sur le gâteau de ces rencontres : tous s'efforçaient de parler en anglais.

Didier fut la vedette de la soirée et Claudia, la patronne, lui offrit ses consommations. L'unique sujet de conversation tourna autour de la tentative d'enlèvement de la veille. Tous y allèrent de leur théorie et du danger pour une femme de marcher seule dans les rues de Lucerne, la nuit.

Le héros trouva que la paranoïa s'était installée rapidement. Mais après tout, songea-t-il, était-ce si surprenant? Stefanie Gassmann et Catherine Bucher n'étaient pas des anonymes dans cette ville. Rien que ce soir, au *Bistronomie*, un client connaissait Catherine et un autre avait effectué son apprentissage avec Stefanie.

Au grand dam de ses amis, Didier resta moins d'une heure avec eux; il devait encore passer chez lui pour se changer avant le concert. Au moment où il referma la porte du bar, Claudia lui lança:

—Didier, tu n'as pris qu'un seul verre. Reviens la semaine prochaine, tu seras mon invité.

Tellement d'événements s'étaient déroulés depuis le départ de Sonya pour l'Allemagne que les pensées de Didier d'Orville vagabondaient dans toutes les directions tandis qu'il retournait à son logis, dans la *Neustadtstrasse*.

Il sortit une chemise blanche de la penderie. Après avoir constaté qu'elle était froissée, il brancha son fer et la repassa minutieusement. Didier resta moins de cinq minutes sous la douche pour se rafraîchir, mais prit le temps de se raser et d'épiler quelques poils disgracieux sur ses sourcils et ses oreilles.

Il retrouva Catherine un peu avant dix-neuf heures dans le hall d'entrée du palais des congrès. Ils présentèrent leurs billets afin de pénétrer dans la salle de concert en forme de bateau mondialement connue pour son acoustique exceptionnelle. Elle avait réservé les places au quatrième rang. Le quartette de piano interpréta *Un Américain à Paris,* une œuvre de Gershwin que Didier appréciait tout particulièrement. Les deux nouveaux amis échangèrent des sourires tout le long du concert. Catherine semblait détendue, ses yeux brillèrent comme ceux d'un enfant lorsque le quartette joua *Rhapsody in Blue.* Une fois le concert achevé, Catherine invita Didier au *World Café.*

—Catherine, je te remercie beaucoup pour cette chouette soirée. Je crois que je n'oublierai jamais ce concert.

—Je suis contente qu'il t'ait plu. Levons nos verres à la musique et à la vie.

—Volontiers !

Ils trinquèrent et Didier se concentra sur le regard de Catherine plutôt que sur son propre verre, comme on le lui avait appris en Suisse.

—Que fais-tu dans la vie ?

—Ah ! Ah ! La question existentielle, sourit-elle. Tu veux deviner ?

—Voyons voir… tu es flic ou tu bosses dans les impôts, proposa Didier sans grande conviction.

—Non, pas du tout ! Je ne travaille pas pour l'administration.

—Tu es alors musicienne ou chanteuse.

—Tu as encore une chance.

—Pour ce soir, je donne ma langue au chat.

— D'accord ! Je suis chimiste, annonça-t-elle.

— Hein ! Chimiste ?

— Je t'avoue que je suis habituée à cette réaction, sans vraiment la comprendre. On doit probablement m'imaginer dans un vieux laboratoire, penchée sur des éprouvettes poussiéreuses desquelles s'échappe une fumée inquiétante. En fait, ce n'est pas ça du tout, je travaille avec des instruments extrêmement modernes. Bref ! Et toi, ça marche bien la photographie événementielle ?

— Pas vraiment ! Je ne suis en Suisse que depuis huit mois, je n'ai pas encore eu le temps de développer mon propre réseau. Je galère pas mal et je dépends trop de mon amie. Je crois que je vais devoir trouver une autre occupation pour joindre les deux bouts.

Le téléphone de Catherine, posé sur la table, vibra.

— Tu m'excuses ? C'est Alina, ma fille.

Catherine échangea quelques mots en suisse allemand avec sa fille, ne laissant à Didier aucune chance de comprendre quoi que ce soit.

— Je suis vraiment désolée, mais je dois y aller. Mes deux filles sont seules à la maison et même si elles sont grandes, elles s'inquiètent pour leur maman. Elles viennent de lire sur Internet tout ce qui circule au sujet de mon agression, que tout le monde présente maintenant comme la deuxième tentative d'enlèvement du « serial kidnapper ». Il se peut que j'aie une piste pour un job qui pourrait te convenir, en attendant que tu trouves mieux. Je te propose que nous nous retrouvions demain dans un restaurant.

Didier était déçu que la soirée s'achève aussi brusquement. D'un autre côté, il était épuisé et se réjouissait de se glisser sous sa couette.

—Avec plaisir! Mais cette fois-ci, c'est moi qui t'invite.

—On verra ça demain. Ça te va si on fixe le rendez-vous par SMS?

—C'est parfait! Au fait, comment rentres-tu chez toi ce soir?

—Ma voiture m'attend au parking.

—Je t'accompagne, lança-t-il, d'un ton qui ressemblait plus à une affirmation qu'à une proposition.

—C'est sympa de ta part, mais ça va aller.

—Catherine, je ne veux pas jouer au macho, mais regarde ce qui t'est arrivé hier soir alors que tu te trouvais juste à côté de ta voiture. S'il te plaît, accepte mon offre, cela me tranquillisera, argumenta-t-il d'un grand sourire.

—D'accord! Monsieur le protecteur.

Catherine avait garé son véhicule tout au fond du dernier sous-sol. Les voitures se comptaient sur les doigts de la main dans ce parking désert. Le bourdonnement de la ventilation résonnait. Catherine ne se sentit pas rassurée, elle se dit alors que Didier avait eu raison d'insister pour l'accompagner. Lorsqu'ils franchirent l'ouverture qui séparait les deux sections du parking, Didier aperçut la silhouette d'un homme qui montait en toute hâte dans une camionnette blanche.

«Et si...», pensa-t-il, avant de presser l'allure vers cet inconnu qui démarra en trombe. Didier s'élança derrière lui, mais comprit après quelques enjambées qu'il n'avait aucune chance de le rattraper. En un éclair, il revint sur ses pas et se précipita vers l'ascenseur... qui n'était pas à l'étage. Pour aller plus vite, il s'engouffra dans l'escalier. Les étages ne comptaient que peu de marches et Didier savait que l'automobiliste devrait, après une large boucle, passer devant lui, si lui-même se montrait assez rapide. Après la dernière marche, il bondit face à la camionnette. Didier tenta de l'arrêter par de grands signes. Le conducteur accéléra et força Didier à se jeter au sol. En tombant, il ressentit une vive douleur au poignet gauche, mais mémorisa cette fois-ci l'immatriculation ainsi que la marque du véhicule, avant de revenir essoufflé auprès de Catherine. Il nota ces informations sur son téléphone, puis raconta la scène en détail à son amie. Il insista pour rester dans la voiture de Catherine jusqu'à ce qu'elle arrive à destination. Devant son immeuble, elle l'embrassa avec tendresse sur la joue et lui lança, avant qu'il ne referme sa portière :

—Merci Didier, à demain. J'ai bien l'impression que tu m'as une nouvelle fois sauvé la vie.

Il prit un taxi pour rentrer chez lui. «La police, ce sera pour demain», se dit-il.

Onze heures sonnaient au loin lorsque Didier arriva chez lui. Le chien du dessous, de nouveau seul, hurlait à la mort. Didier envoya un message à sa voisine pour l'avertir, comme celle-ci le lui avait déjà suggéré. Il doutait qu'elle accoure aussitôt d'un bar quelconque pour imposer le silence à son animal, mais qui sait ?

Après s'être affalé dans son canapé, Didier décrivit sa journée à Sonya, via sa messagerie instantanée.

Didier d'Orville : *Coucou Sonya, c'était la folie aujourd'hui. Poste de police et reconstitution de l'agression de Catherine sur la scène du crime. J'ai ensuite rencontré Dona Quichotte au Rüüdig Bar avant de rejoindre mes amis au Bistronomie. En soirée, Catherine m'a offert un concert au KKL, car elle tenait à me remercier autrement qu'en me payant une bière et, pour couronner le tout, il semblerait que le gars qui a voulu la kidnapper l'attendait au parking. Si ce n'est pas lui, c'est un con qui aura des problèmes avec la police, parce qu'il m'a foncé dessus. Mais cette fois-ci, j'ai relevé son numéro de plaque.*

Didier patienta deux minutes afin de voir si son amie lui répondait, puis écrivit un nouveau message :

Plein de bisous et passe une bonne nuit, moi je vais me relaxer dans un bain bien chaud.

Pendant que la baignoire se remplissait, il ouvrit le congélateur à la recherche de quelque chose qui pourrait calmer la douleur de son poignet. Un paquet d'épinards qui traînait depuis longtemps fera l'affaire, du moins l'espérait-il.

Il se glissa dans son bain, posa son téléphone sur le lavabo et fixa le paquet de surgelés tant bien que mal autour de son poignet à l'aide d'une serviette de toilette. Didier allait s'assoupir lorsqu'un signal sonore retentit.

Sonya Weber : *Décidément, il suffit que tu sois quelque part pour que les emmerdes surgissent. J'espère que ce n'était pas un Utopien ?*

Didier d'Orville : *Ne parle pas de malheur. C'est après Catherine qu'il en avait, pas après moi.*

Sonya Weber : *Peux-tu me donner son numéro d'immatriculation ?*

Didier fit suivre le texto qu'il s'était lui-même envoyé dans le parking.

Didier d'Orville : *Que veux-tu en faire ? C'est pour Thomas, ton ami geek ?*

Sonya Weber : *Pas besoin d'être expert en informatique. Il existe un site tout ce qu'il y a de plus officiel sur lequel on peut trouver l'adresse du propriétaire.*

Didier d'Orville : *Tu plaisantes ! Et la protection des données ?*

Sonya Weber : *Ça ne semble poser aucun souci à qui que ce soit. Avant Internet, un annuaire paraissait tous les ans, on pouvait l'acheter en librairie. J'ai une copine qui a eu un mal de chien à se débarrasser d'un connard qui l'avait remarquée dans sa voiture. Il était remonté sans problème à son domicile et par conséquent à son numéro de téléphone fixe. Donne-moi une minute et je te dis qui est le propriétaire de ce véhicule.*

Depuis qu'il vivait en Suisse, Didier avait déjà eu plusieurs surprises, mais celle-là était de taille.

Il en profita pour sortir du bain et se sécher. Un nom et une adresse dans la *Rigistrasse* s'affichèrent sur son écran.

Didier d'Orville: *Waouh! Il habite les quartiers chics. Comme quoi il faut s'attendre à tout!*

Sonya Weber: *Tu as déjà contacté la police?*

Didier d'Orville: *Je m'en chargerai demain, mais maintenant je vais au lit. Je t'embrasse bien fort, plein de bisous!*

Sonya Weber: *Repose-toi bien, et à demain au téléphone. Bisous.*

Alors que Didier s'apprêtait à rejoindre Morphée, une idée folle lui traversa l'esprit: se rendre sur-le-champ à la *Rigistrasse* afin de trouver la camionnette blanche, et son propriétaire. S'il repérait le véhicule dans la rue, le détective en herbe aurait la certitude que l'homme qui avait tenté de le renverser ne rôdait pas en ville. Il déciderait ensuite s'il devrait aller à la police ou pas.

Didier s'habilla chaudement. Il réussit à prendre le dernier bus pour l'autre rive du lac et descendit à l'arrêt *Casino*. Une forte bise soufflait avec la neige qui tombait en rafales. Il remonta toute la *Rigistrasse* et ne trouva aucune trace de camionnette blanche. Didier remarqua que le quartier comptait de nombreux parkings souterrains. Il en déduisit qu'il cherchait peut-être en vain le véhicule sur la voie publique. Une voiture immatriculée dans le canton de Zoug passa devant lui. Le conducteur actionna l'ouverture à distance d'un de ces parkings. Didier se demanda si cet homme ne possédait pas une adresse fictive dans le canton voisin. Il profitait ainsi de la réduction d'impôts massive accordée aux Zougois et de l'offre culturelle variée de Lucerne, l'autre Ville Lumière, comme elle était surnommée par ses habitants. En cachant sa voiture de la vue des passants, cette personne minimisait ses chances d'être victime de délation auprès des services fiscaux. Au bout de la rue, Didier fit demi-tour, bredouille. Il décida d'aller jeter un œil à l'adresse fournie par Sonya.

Une grande partie de la *Rigistrasse* avait été construite à flanc de coteau. Didier apercevait, à gauche, le lac et le rez-de-chaussée des immeubles en contrebas. Par cette configuration inhabituelle, on accédait directement au deuxième étage des bâtiments depuis la rue. Une petite voiture rouge approcha. Didier ne portait aucun intérêt à l'industrie automobile, il n'aurait jamais pu reconnaître une marque sans voir le logo. Mais la Fiat qui remontait la rue ne correspondait aucunement à la camionnette blanche qu'il recherchait. Cependant, un détail le préoccupa. Il sortit un Post-it de la poche arrière de son jean, et lut sur la plaque d'immatriculation le même numéro que celui qui était inscrit sur son papier. Il comprit alors que le kidnappeur avait usurpé l'immatriculation de la jeune femme qui se tenait derrière le volant en utilisant de fausses plaques sur sa camionnette.

Il était perdu dans ses réflexions lorsqu'il arriva à l'adresse indiquée par Sonya. Un seul appartement était éclairé, celui du rez-de-chaussée. La fenêtre donnait sur le côté de l'immeuble et non pas sur la rue, comme pour les étages supérieurs. Il s'arrêta un moment et observa. Une ombre passait de temps en temps devant la lumière, sans qu'il puisse distinguer quoi que ce soit d'autre.

Une femme qui promenait son chien arriva à sa hauteur. Elle l'inspecta de la tête aux pieds d'un air inquisiteur et lança :

—Guete-n-obig[5]

Didier essaya de prendre le meilleur accent suisse allemand possible et répliqua tout simplement :

—Gliichfalls[6].

Sa prononciation approximative lui fit ouvrir de grands yeux. Didier se crut débarrassé de cette vieille dame, mais elle poursuivit :

—Sueched Si öppis ?[7]

Non, il ne cherchait rien et quitta son poste d'observation sans répondre. La femme marmonna des propos inaudibles, puis prit position à l'endroit où Didier s'était tenu, afin de distinguer ce qu'il espionnait.

—Sueched Si öppis ? lança Didier au loin pour se moquer de la femme tout en riant aux éclats.

Il ne voulait pas revenir bredouille. Il décida donc de s'approcher de l'appartement du rez-de-chaussée, depuis le jardin. Par chance, un escalier reliait la *Rigistrasse* à la rue du dessous. Il s'y engagea et emprunta, à gauche, un étroit passage qui le mena à l'immeuble. Une fine poudreuse recouvrait une neige beaucoup plus compacte. Il essaya de progresser en silence malgré le léger craquement provoqué par chaque pas.

---

[5] Bonne soirée

[6] De même

[7] Cherchez-vous quelque chose ?

Didier se camoufla derrière les arbres. Il avança lentement. Dans cinq mètres, il se tiendrait juste devant la porte-fenêtre. Bien qu'aucun rideau ne dissimulait la pièce, il ne distinguait toujours pas la personne qui allait et venait dans le séjour. Didier quitta sa cachette. Alors qu'il s'approchait, en utilisant l'obscurité comme alliée, un puissant éclairage illumina le jardin. Une femme, la trentaine environ apparut derrière la vitre. Il discerna dans son regard un mélange de surprise et de peur. Elle se mit à crier puis se précipita vers une autre pièce. Didier décampa à vive allure, retourna à l'escalier, le descendit quatre à quatre, fila à gauche et en dévala un autre qui le mena au bord du lac, où il reprit lentement son souffle.

À cette heure tardive, le quai était désert, les bus ne circulaient plus. Le blizzard redoublait d'intensité. Didier remonta son col puis rentra chez lui.

3 – *Catherine*

Didier alluma son ordinateur, puis se prépara un double café. Il dérogea à la matinale de France Inter pour se concentrer sur les médias suisses. Les événements lucernois n'étaient plus seulement couverts localement, les radios romandes en parlaient également dans leurs bulletins d'informations. Il en déduisit que la presse ne devait pas être en reste et se réjouit par avance de lire des articles détaillés dans sa langue maternelle. Après une bonne douche revigorante, Didier se précipita au kiosque à journaux de la gare. Puis dans le café voisin, il dévora *La Liberté* et *Le Temps* sans rien apprendre sur l'affaire qui le préoccupait. Déçu, il prit tout de même quelques instants pour résumer la situation à Sonya via sa messagerie : *Coucou, mon amour ! Tu ne vas pas me croire, mais les médias suisses me présentent comme un héros et Catherine comme une rescapée. Ce qui m'inquiète, c'est qu'ils suggèrent qu'il serait dorénavant dangereux pour une Lucernoise de sortir seule le soir.*

De timides rayons de soleil perçaient les nuages tandis que Didier prenait l'air le long du lac. Il essaya de se concentrer sur la beauté du paysage tout particulièrement apprécié des touristes asiatiques, mais il n'arrivait cependant pas à se changer les idées. Il pensa se rendre au commissariat pour raconter les événements de la veille, avant de se raviser. Comme il était persuadé que les policiers ne tireraient aucun renseignement de la fausse plaque d'immatriculation, il préféra remettre sa déposition.

De nombreuses personnes se dirigeaient vers la gare d'un pas pressé. Une poignée de touristes se promenaient sur le quai. De l'autre côté de la baie, aux abords du casino, une voix féminine l'interpella en français :

—Salut le héros ! Comment ça va aujourd'hui ?

Il se retourna et adressa un large sourire à Beatriz.

—Le héros, comme tu dis, est fatigué. Il manque de sommeil. En plus, il m'est arrivé un truc assez dingue cette nuit.

—Quoi, donc ?

Didier entraîna sa nouvelle amie entre le casino et l'hôtel Palace à l'abri d'éventuelles oreilles indiscrètes. Il détailla sa rencontre dans le parking ainsi que sa recherche infructueuse dans la *Rigistrasse*. Beatriz, quant à elle, lui rapporta les derniers ragots :

—Le kidnappeur en série est l'unique sujet de conversation des Lucernois et des touristes. Une controverse est même née au sujet de la casquette que tu as ramassée…

—Cette information a fuité ? l'interrompit-il.

—Oui, on dirait bien ! Mais c'est la seule. À nous deux, on en sait autant que les flics.

—Avec ce qui s'est passé dans le parking, on en sait pour le moment plus qu'eux. Je profite du soleil pour me promener, puis j'irai voir la police pour l'informer de nos dernières mésaventures. Il faudra sans doute que Catherine m'accompagne si je veux me faire comprendre.

—Je peux y aller avec toi si tu le souhaites ?

—C'est sympa, mais je n'ai pas envie de t'impliquer dans cette affaire. Au fait, je t'ai coupé la parole. Que disais-tu au sujet de la casquette du kidnappeur ?

—Tout le monde ici est sous le choc et une association vient d'être créée pour faire pression auprès du ministère public. Une idée complètement farfelue flotte dans l'air. Tu as entendu parler de la démocratie directe et des initiatives populaires ?

—Bien évidemment ! N'est-ce pas le meilleur système au monde ? ironisa Didier. Ce fameux précepte qui fait que tout citoyen est également juge.

—Toujours est-il que ça marche plutôt bien. Regarde où vous en êtes en France avec votre Cinquième République qui ressemble plus à une monarchie qu'à la seule et vraie démocratie : la nôtre.

—Que penses-tu du financement obscur et non plafonné des campagnes ? Celui qui a le plus d'argent peut inonder l'espace public de publicité. C'est ça pour toi la démocratie ?

—Ce système n'est pas sans failles. Je maintiens qu'il n'y a rien de mieux, mais là n'est pas la question et on ne va pas se chamailler pour si peu, conclut Beatriz avec un grand sourire avant d'enchaîner :

—Un comité se forme pour lancer une initiative populaire.

Didier inspira et expira profondément afin de chasser ce début de querelle de son esprit, puis poursuivit sereinement :

—Dans quel but ? La démocratie directe ne permettra pas d'identifier le criminel... j'espère ne pas avoir à dire : le meurtrier. Cela me donne des frissons rien que d'y penser.

—C'est là où tu te trompes...

Didier écarquilla les yeux. Beatriz laissa passer quelques instants afin d'entretenir le suspense :

—Imagine que l'on puisse recueillir l'ADN de ce type.

—Pourquoi l'envisager sous forme d'hypothèse ? La police a sans doute déjà les résultats. Et que vient faire ton initiative populaire avec des cheveux trouvés dans une casquette ?

—Devine !

—Désolé, je croyais avoir de l'imagination, mais je ne vois pas.

—Je te mets sur la piste. Avec tous les éléments que nous possédons, on peut considérer que l'agresseur de Catherine a kidnappé Stefanie, n'est-ce pas ?

—Entièrement d'accord. Mais tu ne remonteras à lui grâce à son empreinte génétique que s'il est déjà fiché par la police.

—Oui, leur base de données va être passée au crible, mais les enquêteurs ne trouveront probablement rien.

—Attends que je comprenne bien !

Le doute se lisait sur le visage de Didier. Ce qui lui vint à l'esprit lui sembla ridicule. Était-ce possible ? Il hésita avant de s'exprimer :

— L'initiative, c'est pour créer une banque de données ?

— Bingo ! Tu vois que tu as de l'imagination quand tu veux.

— Mais on fiche qui ? Tous les habitants de Lucerne ?

— Les initiants désirent procéder par éliminations successives. C'est l'UDC qui est à l'origine de cette idée.

— Alors, on peut s'attendre au pire. Ils veulent ficher les musulmans ?

— Pas tout à fait, mais tu brûles. En premier lieu, les mâles étrangers de vingt à soixante ans qui vivent à Lucerne. Si l'ADN du suspect ne correspond à aucune de ces personnes, on élargit progressivement jusqu'à ficher tous les habitants.

— Non, mais tu vois un peu le bordel ! Dans un pays où on commente en permanence le coût de n'importe quel projet public, ça va exploser le budget.

— Comme d'habitude, on demandera à la police de délivrer plus d'amendes pour remplir les caisses, ironisa-t-elle. Je t'accorde que c'est ridicule, comme bien souvent avec ce parti d'extrême droite qui n'a même pas le courage de le revendiquer. En imaginant que l'initiative soit lancée, ça ira probablement à l'encontre de nos lois et des traités internationaux que nous avons ratifiés, et ça durera des années avant qu'on change la loi. Mais ça, c'était l'hypothèse farfelue. L'association est quant à elle beaucoup plus sérieuse et si elle peut convaincre le ministère public d'intervenir auprès du tribunal des mesures de contrainte, alors tout sera différent.

—Quels sont les pouvoirs de ce tribunal ?

—Si les investigations « classiques » ne donnent rien, il peut obliger toutes les personnes qui répondent à certains critères bien précis de se rendre dans un laboratoire pour un prélèvement d'ADN. En Suisse, c'est rare d'en arriver là, mais des antécédents existent en Valais et ici même à Emmen, juste à côté de Lucerne.

—Quelle est la différence avec l'initiative de l'UDC ? Je ne comprends pas bien.

—On ne teste pas en aveugle toute une catégorie « suspecte » de la population, mais seulement celle qui correspond à un portrait-robot. De plus, cette base de données ne servirait que pour cette enquête, elle serait ensuite détruite.

Didier ne croyait pas un instant que des informations aussi importantes pour la police disparaissent à jamais.

—Plutôt que d'affabuler, tu devrais retourner chez les flics sans tarder. Même si tu es incapable de reconnaître ce criminel dans la rue, tu es la seule personne à l'avoir aperçu ! Grâce à ton nouveau témoignage, ils pourront décortiquer les images des caméras de surveillance situées à l'intérieur et à proximité du parking. Avec un peu de chance, ils établiront un portrait-robot, lanceront un avis de recherche et si le tribunal valide la demande, ils s'empresseront d'organiser ce test d'ADN à grande échelle.

Beatriz réussit à le convaincre. Ils discutèrent encore un bon moment, échafaudèrent différentes hypothèses sur le profil du criminel, puis échangèrent leurs numéros de téléphone avant de se quitter.

Plutôt que d'appeler le commissariat, Didier décida qu'il était plus pratique de s'y rendre directement. Oetterli le reçut dans les minutes qui suivirent son entrée au poste de police. L'inspecteur voulait l'entendre sur-le-champ malgré son anglais basique. Il pressentait que c'était important. Didier relata la rencontre du parking et sa recherche dans la *Rigistrasse*, qui ne fut pas du goût du policier :

—Monsieur d'Orville! Vous savez que toute mon équipe est mobilisée nuit et jour sur cette affaire. Vous auriez dû venir aussitôt au commissariat. Je comprends bien que le fait que vous ne maîtrisiez pas notre langue est pour vous un handicap, je vous rappelle que la rétention d'informations constitue un délit. Je ne vais toutefois pas me formaliser pour cette fois. Nous possédons des moyens que vous n'avez pas, mais vous risquez surtout de réduire à néant tous nos efforts. Les données des caméras de surveillance du réseau autoroutier vont être étudiées, on retrouvera peut-être ainsi cette plaque d'immatriculation. Mais voici un conseil que vous feriez bien de suivre : n'essayez plus de vous mêler de cette enquête!

En raccompagnant Didier à la sortie, l'inspecteur le remercia d'être venu, il lui annonça également qu'il inviterait bientôt Catherine afin de recueillir son témoignage.

Le mercure oscillait toujours autour de zéro. En début de soirée, *Mühlenplatz* était déserte, seule une poignée de Lucernois se hâtaient dans les rues adjacentes. À la table de *Mama Leone*, Catherine parlait avec entrain, le coude sur la nappe blanche. Tout en n'en perdant pas un mot, Didier détaillait chaque trait de son visage. Catherine possédait de longs cheveux bruns et des sourcils délicatement épilés qui rehaussaient la lueur qui brillait dans son regard : la petite étincelle des gens curieux. Elle utilisait le langage du corps avec des gestes amples et élégants, « sans doute des racines méditerranéennes », s'imagina Didier. Ses mains ne demeuraient pas inactives. Entre deux bouchées, elle reposait son couvert et passait les cheveux derrière ses oreilles pour les remettre aussitôt en place, triturait la perle grise de son lobe gauche avant de boucler une mèche autour de son index. Didier la trouva différente des femmes qu'il connaissait, même à sa façon de sourire : ses lèvres se tordaient légèrement tout en restant serrées l'une contre l'autre.

Ils discutèrent des arts, de la vie et de l'amour. Didier répondit pour la énième fois à cette question qui semblait fondamentale : « qu'est-ce qui t'a attiré ici ? » Il paraissait invraisemblable à la plupart des Lucernoises qu'un Français vienne s'installer en Suisse centrale. Et comme d'habitude, il savait que son interlocutrice serait surprise d'apprendre qu'il n'était pas venu pour le travail et pour le confortable salaire qui va avec, mais tout simplement pour l'amour.

Vers la fin du repas, elle se rapprocha de Didier puis plaça son visage entre ses paumes, coudes sur la table. Elle le fixa droit dans les yeux et lui proposa :

—Comme je te l'ai dit hier, j'ai peut-être un job pour toi. Voilà, je...

Alors qu'elle entamait sa phrase, Didier posa son verre de barolo tout en regardant son amie. Il le plaça par mégarde à cheval sur le set et la table. Inévitablement, le verre bascula. D'un geste maladroit, Didier essaya de le rattraper, mais ne fit que renverser le vin sur le chemisier blanc de Catherine qui fonça aux toilettes en prenant au passage son pull-over sur le porte-manteau. À la grande surprise de Didier, elle arborait un large sourire lorsqu'elle revint vers lui en pull-over à col roulé, son chemisier à la main. Elle ne semblait pas lui en tenir rigueur.

—Tu ne m'as pas l'air d'être bien habile. Je ne sais pas si c'est une bonne idée de te proposer ce travail de manutentionnaire.

—Excuse-moi ! Je suis vraiment désolé de ma maladresse. La tache est-elle partie ?

—Oui, plus de peur que de mal. Je l'ai saupoudrée avec du sel que j'ai emprunté à la cuisine. Après un passage au lavabo, on ne voit presque plus rien. Par contre, ça risque de gratter, ajouta-t-elle en riant.

—Si je ne suis pas disqualifié pour le poste, tu pourrais peut-être m'en dire un peu plus. Je ne sais même pas dans quel secteur tu travailles.

—Ma compagnie fournit des extraits de plantes pour l'industrie cosmétique. On travaille avec des centaines de plantes qui viennent du monde entier.

—Ça semble intéressant. Et comment s'appelle ta boîte ? Je connais peut-être.

—Non, c'est impossible si tu n'es pas du métier. Je bosse pour *Swiss Quality Extracts*, c'est une petite compagnie située pas loin d'ici, à Stans, dans le canton de Nidwald. Nous livrons nos extraits directement aux marques. Notre nom n'apparaît donc jamais sur l'emballage. Nos clients vont de l'esthéticienne aux groupes internationaux, en passant par la pharmacie de quartier. Si tu achètes un shampoing à la camomille ou une crème de jour à base de calendula au supermarché, il y a de grandes chances pour que l'extrait de plante provienne de chez nous.

—Laisse-moi deviner, avança-t-il sur le ton de la plaisanterie. Vos affaires sont tellement bonnes que vous venez de créer un nouveau poste ?

—L'histoire serait ainsi plus agréable à raconter. En fait, elle est triste.

Catherine se donna du temps avant de poursuivre :

—Un des deux manutentionnaires est tombé gravement malade. Il a une sclérose amyotrophique latérale. On ne sait pas s'il reviendra un jour.

—Quelle horreur ! C'est bien cette maladie qui paralyse les centres nerveux en quelques mois. Je crois qu'on l'appelle aussi la maladie de Charcot.

Elle confirma d'un petit signe de tête et précisa :

—Au début, il avait mal aux genoux et s'aidait d'une canne. Tu peux te douter que ce n'est pas très pratique à la manutention. Son chef a adapté son job, il ne s'occupait plus que des enregistrements dans notre système informatique. Six semaines plus tard, il se déplaçait en fauteuil roulant. Ça fait sept mois que les premiers symptômes sont apparus. Maintenant, il est hospitalisé sous aide respiratoire permanente.

—Oh mon Dieu !

—Et ce n'est pas tout : il a trois enfants en bas âge et sa femme est mère au foyer... Mais parlons plutôt d'autre chose.

Didier acquiesça d'un sourire triste.

—Nous recherchons donc une personne pour le remplacer. Tu devrais postuler, je peux appuyer ta candidature.

—Avant, j'aimerais comprendre ce que vous faites exactement. C'est quoi, un extrait de plante ? C'est du jus concentré ?

Catherine éclata de rire.

—Je ne me moque pas de toi, mais ce que tu viens de dire est marrant. En fait, c'est plutôt le contraire, car nos extraits sont dilués. Il faut les voir comme des infusions dans des solvants tièdes, un peu comme lorsque tu prépares du thé. Sauf que nous n'employons que rarement l'eau, on serait obligé d'ajouter de grandes quantités de conservateurs pour éviter le bouillon de culture. Le liquide que nous utilisons est la glycérine. Elle possède des propriétés hydratantes, ce qui est parfait pour un produit cosmétique, mais la glycérine seule ne serait pas assez efficace pour l'extraction des principes actifs. On optimise le procédé en additionnant au maximum vingt pour cent d'eau, on a ainsi besoin que d'un léger conservateur. On utilise aussi les solvants pétroliers, le pouvoir d'extraction est meilleur, mais...

—Ouh là là, je t'interromps! Ça devient trop technique pour moi. Parle-moi plutôt de l'ambiance de travail et de tes collègues.

—Par quoi commencer? murmura-t-elle. Notre patron, Walter Murer, est le petit-fils du fondateur de notre compagnie : Jörg Murer. Malheureusement pour nous, les compétences ne sont pas héréditaires. De plus, c'est un magouilleur de première. Il est secondé par Andrea Bachmann, notre responsable R et D, venue de la concurrence il y a dix ans. J'ai appris deux choses au sujet d'Andrea en discutant avec des confrères lors d'un symposium consacré aux propriétés thérapeutiques des plantes. En fait, elle a été virée de la compagnie française qui l'embauchait à cause des pratiques douteuses qu'elle avait instaurées et qu'elle peut maintenant développer avec la bénédiction de Walter. Je vais te donner un exemple pour que tu saisisses bien de quoi je parle. La plupart de nos extraits ne sont naturellement pas plus colorés qu'un thé clair. Afin que nos produits paraissent plus concentrés, Andrea ajoute tout simplement du caramel. C'est psychologique, comme pour le whisky, et ça fonctionne auprès de nos clients. Elle est même allée jusqu'à diminuer la quantité de plantes et augmenter la proportion de caramel lorsque la banque fédérale a abandonné le taux plancher du franc suisse face à l'euro et que nos prix à l'exportation ont subitement grimpé de vingt pour cent.

—Ça me paraît plutôt louche tout ça. C'est autorisé?

—Il s'agit d'une pratique commune. Ce qui est illégal, c'est de ne pas la déclarer.

— Et dans votre cas, le caramel est-il inscrit dans la fiche technique du produit?

— Ben justement, non! Nous avons toute une panoplie de procédés douteux.

Devant le regard interrogateur, Catherine enchaîna:

— Comme n'importe quel produit, nos extraits possèdent une date de péremption, en théorie. Je veux dire qu'ils en ont bien une, mais qu'elle ne correspond à rien. Nous mélangeons les lots périmés que nous avons en stock avec les lots fraîchement préparés, puis la couleur est ajustée. On dilue ceux qui foncent dans le temps et on ajoute ce fameux caramel à ceux qui s'éclaircissent, puis une nouvelle date limite d'utilisation est fixée. Tout le personnel est au courant de ce procédé: la réceptionniste, le service marketing, et bien évidemment notre direction. Cette façon de faire ne choque presque personne. Quelques-uns parmi les plus courageux tentent de rétablir la situation par conscience professionnelle, mais ils démissionnent au bout d'un an ou deux lorsqu'ils comprennent que jamais rien ne changera.

— Pourquoi restes-tu si tout le monde est si malhonnête?

— Parce qu'il y a de nombreux avantages: je suis libre d'organiser mon emploi du temps comme bon me semble, je crée des méthodes d'analyses et je rencontre des confrères régulièrement. J'étoffe ainsi mon carnet d'adresses.

Catherine finit son plat avant qu'il ne refroidisse, puis poursuivit son explication:

—Walter, notre CEO[8], tente de pénétrer de nouveaux marchés : la phytothérapie et l'industrie cosmétique de luxe. Personnellement, je pense que c'est une grosse erreur, car nous ne sommes pas prêts à jouer dans la cour des grands. Mais ça, c'est une autre histoire... Cette stratégie m'emmène après-demain à Lausanne, chez *von Steiner Group*. J'expliquerai au chimiste chargé du contrôle qualité un nouveau test à la fois simple et rapide que je viens de mettre au point pour identifier les plantes contenues dans les extraits glycérinés. Tu vois, c'est plutôt cool !

—Et ce seul voyage dans la capitale vaudoise suffit à te motiver ?

—Moi aussi, à mon niveau, j'essaie de changer les mentalités au sein de notre compagnie. J'aurai bientôt deux ans d'ancienneté, la période fatidique. Je préfère ne pas te parler des pratiques du marketing visant à faire passer nos extraits pour des produits aux propriétés multiples.

—Tu en as trop dit ou pas assez.

—Probablement trop. Je m'arrête là, sinon tu vas être dégoûté et tu ne voudras plus postuler.

—S'il te plaît, insista Didier.

—Bon ! Je te raconte juste une petite blague qui circule au sujet d'Andrea, qui est quand même le bras droit de Walter. Lors du symposium dont je t'ai parlé, j'ai appris qu'avant de quitter son ancienne compagnie, Andrea passait son temps devant la photocopieuse. Maintenant, à

---

[8] Chief Executive Officer (directeur général)

chaque fois qu'un employé fait des photocopies on lui glisse à l'oreille « Alors, tu pars travailler chez *Swiss Quality Extracts* ? »

Ils rigolèrent tellement fort que les clients des tables alentour se retournèrent.

— Vas-y, postule pour ce poste. Tu engrangeras un peu de blé ou d'oseille, c'est selon l'extrait de plante, ajouta-t-elle d'un clin d'œil malicieux. Ce n'est qu'à un quart d'heure en voiture de Lucerne. Je sais que le service du personnel doit arrêter son choix rapidement, si ce n'est pas déjà fait. Envoie-moi ton CV ce soir.

— Après tout, pourquoi pas ? J'ai besoin d'argent et comme ça je n'entendrai plus les sempiternelles critiques de Sonya.

— Elle te reproche d'être au chômage ? Ce n'est pas très sympa. Les héros n'ont-ils pas le droit de se reposer ? le taquina-t-elle.

Didier n'aimait pas que la discussion s'engage sur ce terrain, il la réorienta vers leurs vies respectives. Ils échangèrent encore pendant une heure et Catherine parla avec beaucoup de tendresse de ses deux filles : Julie et Alina.

Cette atmosphère décontractée fit oublier à la jeune femme, quelques minutes durant, l'agression dont elle avait été victime l'avant-veille.

Alors qu'elle s'absentait de nouveau, Didier en profita pour régler l'addition. Catherine revint le sourire aux lèvres. Elle se crispa au moment où son regard tomba sur le ticket de caisse soigneusement déchiré et posé dans une coupelle. Il comprit qu'il venait de commettre la deuxième fausse note de la soirée – s'il comptait le verre de vin renversé.

—Tu as déjà payé ! Il y a quelque chose que tu dois absolument savoir : je suis une femme qui n'aime pas, mais vraiment pas, être entretenue. Je déteste les hommes qui...

Didier était désemparé, il n'avait pas pensé à mal, au contraire. En moins d'une seconde, un masque de tristesse apparut sur sa mine joviale.

—Excuse-moi, mais tu n'as pas bien compris mon geste. Je te propose une chose : pour rééquilibrer la donne, la prochaine fois c'est toi qui m'invites.

—Qui te dit qu'il y aura une prochaine fois ?

Le visage de Didier s'obscurcit encore davantage avant que Catherine n'éclate de rire et ne lui prenne le bras en sortant du restaurant.

Mühlenplatz était aussi déserte qu'avant le repas. Un musicien de rue bravait le froid, le bonnet enfoncé sur le crâne, ne masquant que partiellement sa chevelure hirsute. Il essayait de glaner quelques pièces et faisait pitié avec son jean à taille haute maintenu par des bretelles ornées de l'Union Jack par-dessus un gros pull-over. Mais lorsqu'il porta son harmonica à ses lèvres et qu'il joua les premières notes de *Thunder road,* tout en laissant glisser ses doigts sur sa guitare sèche, un frisson parcourut le corps de Didier. L'artiste poursuivit avec le répertoire du *Boss.* Didier était ému d'entendre la musique de celui qui l'accompagnait depuis son adolescence quand le spleen le prenait. Il lui demanda ensuite de jouer la chanson que Bruce Springsteen avait composée pour Patti Smith. Avant que le ménestrel des temps modernes n'entame le premier accord, Didier se dit que les paroles de *Because the night* n'étaient pas adaptées à la situation. Il se ravisa pour *The River* qui était moins équivoque.

Didier déposa un billet de vingt francs dans une boîte de conserve aux pieds du musicien, sans se soucier de la façon dont Catherine interpréterait ce geste généreux.

Durant cette pause musicale, un détail n'avait pas échappé à l'œil exercé du photographe. Aux abords du pont en bois, abritant une danse macabre peinte au début du XVIIe siècle, se tenait un homme que Didier avait déjà aperçu en entrant au restaurant. Il ne dit rien à son amie pour ne pas l'affoler. Ils s'éloignèrent tous les deux du musicien et c'est à ce moment précis, après avoir passé plusieurs heures près du pont, que cet individu abandonna son poste d'observation.

Tous les sens en alerte, Didier ne parvenait pas à se concentrer sur les propos de Catherine. Aucun doute ne subsistait pour lui : ce gars était le kidnappeur. Ils devaient le coincer avant qu'il ne s'échappe une fois de plus. Ils devaient improviser... et vite ! S'ils appelaient la police, elle mettrait trop de temps pour intervenir. Malheureusement, aucun objet ne traînait au sol qui aurait pu servir d'arme pour neutraliser le criminel, pas même une canette de bière. Soudain, il eut une idée :

—Catherine, j'ai quelque chose d'important à te dire.

Elle posa une main câline sur l'avant-bras de Didier.

—Je suis tout ouïe. Quelle est donc cette confidence ? susurra-t-elle.

—Tu vas être déçue, il s'agit de toute autre chose. Je sais comment coincer le kidnappeur. Ça va de nouveau te sembler macho, mais es-tu prête à faire ce que je te demanderai ?

Le ton était grave. Catherine comprit que Didier ne plaisantait pas.

—Oui bien sûr ! Tout ce que tu veux pour coincer cette ordure. Qu'attends-tu de moi ?

—C'est simple ! Pour commencer, ne te retourne pas.

Par réflexe, elle esquissa un mouvement de tête puis se ravisa lorsque Didier ordonna d'une voix sèche qui contrastait avec le ton de la soirée :

—Non !

Vu les circonstances, Catherine ne prit pas ombrage du ton impératif et écouta attentivement.

—Quand nous sommes entrés au restaurant, il y avait un gars à l'autre bout de la place. On est en plein hiver, un dimanche soir de surcroît, et c'est seulement maintenant, à vingt-deux heures, qu'il vient de bouger.

Ils arrivèrent au premier croisement de ruelles et s'arrêtèrent. Didier enchaîna :

—L'unique possibilité que je vois de l'attraper c'est de lui tomber dessus par surprise. On fait semblant de se quitter ici. Toi, tu continues tout droit et moi je pars en direction de la rivière.

— Tu ne vas tout de même pas me laisser seule avec ce dingue ?

— Catherine, tu n'as rien à craindre. Je fais le tour du pâté de maisons en courant et dans trente secondes, je réapparais dans la ruelle. Il est à pied, et je te garantis qu'on va choper ce fumier.

— Et pourquoi n'appelle-t-on pas la police ?

— Parce que c'est maintenant ou jamais. Tu veux laisser filer cette chance unique ? Quand il sera immobilisé, tu auras tout loisir de prévenir les flics.

— D'accord ! Je te fais confiance, mon héros, ajouta-t-elle d'un clin d'œil.

— Alors, c'est parti !

Ils se firent la bise. Didier regarda avec discrétion par-dessus l'épaule de son amie. Sous un porche, il distingua la silhouette de l'individu. Quelques secondes plus tard, après être sorti du champ de vision de cet homme, il s'engagea dans une ruelle, sur sa droite. Vingt mètres plus loin, il tourna à gauche et se précipita dans l'étroit *Rössli-Passage*. Didier reprit son souffle le long de la boulangerie. D'après son estimation, il aurait dû arriver juste avant que Catherine ne passe devant lui. Après un court instant, l'inquiétude le gagna. « Et si le salaud l'avait déjà rattrapée ? » Cinq secondes plus tard : toujours rien. Didier s'avança prudemment. Il aperçut Catherine qui s'éloignait, elle avait instinctivement accéléré la cadence. Il jeta un rapide coup d'œil à gauche et vit la silhouette de l'inconnu à moins de dix mètres. Brusquement, Didier recula de peur d'être repéré puis se plaqua contre la vitrine de la boulangerie. Il n'était soudain plus certain que l'effet de surprise suffirait à lui donner l'avantage. Il réfléchit à toute vitesse, mais il ne vit qu'une seule solution. Il revint sur ses pas, prit une profonde inspiration puis s'élança à vive allure vers la ruelle en priant pour que son idée soit la bonne. À l'instant même où l'homme apparut, Didier le percuta de toute la force de son poids décuplée par la vitesse et le précipita à terre. Il en profita pour le plaquer, visage au sol. Au moment où il retourna le bras de l'inconnu derrière son dos, celui-ci hurla :

—Polizei!

Il aperçut alors des menottes et un revolver qui dépassaient d'un holster. Didier eut un instant d'hésitation, jusqu'à ce que Catherine arrive :

—Merde, c'est un flic! Arrête! Je le reconnais, il était au poste central hier.

Didier relâcha aussitôt son étreinte. Confus, il aida le policier à se relever. Celui-ci ne semblait porter aucune blessure ni égratignure. Par contre, il était sale de la tête aux pieds. Sans un mot, Catherine lui tendit un paquet de mouchoirs. Le policier rompit le silence dans un français parfait :

—Avec un cerbère comme vous, pas besoin de protection supplémentaire. La prochaine fois, réfléchissez avant de vous jeter sur un inconnu, ça vous évitera des ennuis.

Catherine, embarrassée, bredouilla :

—Vous auriez dû nous prévenir...

—C'était prévu, mais je n'en ai pas encore eu le temps. Après ce qui s'est passé hier soir dans le parking de la gare, mon chef a décidé cet après-midi de vous mettre sous surveillance rapprochée. Je comptais bien me présenter à vous demain.

— Un tel dispositif est-il vraiment nécessaire ?

— En vingt-quatre heures, vous avez été victime d'une tentative de kidnapping, puis vous avez de nouveau été en présence de cet individu louche au fond d'un parking. Ce sont des événements pour le moins inhabituels à Lucerne. Dorénavant, vous devrez vous accommoder de notre présence, nous essaierons cependant d'être les plus discrets possible. Nous ne voulons pas vous importuner, mais attraper ce salopard s'il réapparaît.

— J'espère que je ne vous ai pas fait mal, s'excusa enfin Didier.

— Si les circonstances n'étaient pas ce qu'elles sont, vous seriez dans de beaux draps. Mais ne vous en faites pas, mes vêtements ont juste besoin d'un bon lavage. Par contre, ce serait bien que vous gardiez cet épisode pour vous. Ces derniers temps, j'ai eu des soucis au poste et je n'ai pas envie que cette mésaventure arrive aux oreilles de mon chef.

Les deux amis lui promirent qu'ils resteraient aussi muets qu'une tombe. Didier prit le chemin de son appartement, rassuré que Catherine bénéficie d'une protection policière.

La jeune femme rentra chez elle à pied en se retournant de temps en temps afin de s'assurer que son nouvel ange gardien la suivait bien. Elle avait besoin de réfléchir en toute sérénité aux agressions dont elle était sortie indemne par miracle ou plutôt grâce à la perspicacité de Didier. Ce qui se passait dans son cœur, en présence de son nouvel ami, la troublait également.

Depuis que le père de ses deux filles les avait quittées, il y a quatre ans, c'était la première fois qu'elle prenait du temps pour elle, afin que sa vie ne tourne pas exclusivement autour de ses enfants. Elle avait accouché de Julie à vingt-cinq ans et d'Alina deux ans plus tard. Le lendemain de ses trente ans, son adorable hidalgo avait succombé aux charmes d'une beauté slave. Le violent choc qui en résulta avait déstabilisé Catherine. Un psychologue l'avait aidée à remonter la pente, et s'occuper de ses enfants devint rapidement sa seule raison d'être. L'aînée avait maintenant douze ans et commençait à gagner en autonomie.

Lorsque Catherine engagea la clef dans la serrure, ses deux filles accoururent du salon et se jetèrent dans ses bras à peine le seuil de l'appartement franchi. Elles discutèrent longuement des événements, puis elle s'assura que Julie et Alina avaient fait leurs devoirs avant de les accompagner dans leur chambre.

Après avoir embrassé ses enfants et éteint la lumière, Catherine alluma son ordinateur. Une amie lui avait offert pour son anniversaire un abonnement sur un site de rencontres qu'elle consultait sans y croire vraiment. Parfois, un profil émergeait parmi les innombrables « hommes avec une bonne situation » et autres « tops managers ». Elle ne se sentait pas attirée par de telles banalités et doutait que des femmes puissent l'être, bien qu'une collègue de travail lui avait affirmé le contraire. Catherine cherchait celui qui sortirait du lot. Elle pensait avoir trouvé la perle rare quinze jours plus tôt. Il ne s'était pourtant pas distingué par son originalité en lui envoyant un clin d'œil, sans même écrire un message personnalisé. Habituellement, elle passait son chemin, mais ce soir-là elle n'avait reçu que peu de messages et cliqua sur le profil par curiosité. Elle rigola en découvrant les adjectifs dont il se qualifiait : épicurien, jeune d'esprit, drôle... « En voilà un qui se prend un peu trop au sérieux », pensa-t-elle. Mais la surprise fut de taille lorsqu'elle lut la seule phrase de ce profil « Oh Catherine ! J'aimerais tant te connaître ». Toutes les photos du site étaient floutées. Comment cet homme savait-il son prénom ? Un ami lui jouait-il une farce ? La curiosité l'emporta sur l'inquiétude. Cet inconnu avait pris la peine de lui adresser un message extrêmement personnalisé, d'attendre qu'il soit validé par l'administration du site de rencontre pour finalement la contacter. Il contrastait étonnamment avec les dons Juans de pacotille qui partaient à la pêche en expédiant cinquante fois le même texte par soirée. Cet homme étant inscrit sans avoir payé d'adhésion, Catherine n'avait pas pu lui envoyer de message. Devant un thé, elle avait réfléchi au moyen de lui répondre. Cela l'amusait de relever le défi, de partir sur les traces d'Amélie Poulain. Elle décida d'inclure, au début de son texte de présentation, un indice qui l'orienterait vers l'adresse mail qu'elle créa pour l'occasion. Elle dut attendre deux jours pour que le message de l'inconnu change : « Et maintenant Catherine, quelle est la suite ? ». Elle envoya ainsi tous les éléments du rébus jusqu'à ce qu'elle reçoive un courriel, une semaine plus tard. L'homme s'appelait José, il avait quitté son Espagne natale pour s'installer en Suisse alémanique au début des années 2000. À ce stade, elle n'avait vu de lui que des photos floutées. En toute logique, elle aurait dû abandonner la partie, mais cet homme l'intriguait. Elle se prit à imaginer qu'elle aurait une bonne surprise quand elle le rencontrerait. Cependant, une question la taraudait : connaissait-il son identité ou avait-il misé sur un prénom courant ?

Au fil des échanges, elle découvrit qu'il était Bâlois d'adoption et avait appris le français à l'école sans jamais avoir suivi un seul séjour linguistique, pourtant il maîtrisait parfaitement la langue de Baudelaire. Plus tard, il raconta qu'il aimait tout particulièrement se promener le long du lac *Rotsee* lorsqu'il venait à Lucerne, mais en dehors des Lucernois et des sportifs qui participaient à la coupe du monde d'aviron, qui connaissait cette étendue d'eau ? Tout cela lui parut de plus en plus étrange. Elle fut prise de doute et demanda qu'il lui envoie une photo, qu'elle reçut aussitôt. La beauté n'était pas le critère prédominant pour Catherine. Elle rêvait d'un compagnon grand et élégant, mais là, le portrait qu'elle avait sous les yeux dépassait tout. La photo le représentait en jean, dans la mer avec de l'eau à mi-cuisse. Son torse nu laissait apparaître des abdominaux parfaitement sculptés qui ressortaient sous l'éclairage du soleil couchant. Cette image de mode provenait certainement de la formidable banque de données qu'est Internet. Même s'il posait réellement sur la photo, elle doutait qu'un homme qui passe son temps dans une salle de musculation puisse l'intéresser. «Tout ça pour ça», soupira-t-elle. Elle prétexta avoir trouvé un compagnon pour rompre le contact et le *black-lista*. Ce José, s'il tel était son nom, n'excitait plus sa curiosité.

Depuis cette étrange aventure, Catherine ne mettait plus trop d'espoir dans ce site de rencontres. Elle survolait tout de même les messages de ses prétendants virtuels, car elle avait les pieds sur terre ; même si Didier lui plaisait, elle ne savait pas où cette histoire la mènerait.

Elle découvrit ensuite dans sa boîte mail le CV de Didier qu'elle transféra vers son adresse professionnelle.

Sonya n'était partie que depuis trois jours et déjà un incroyable désordre régnait dans l'appartement : des chaussures encombraient l'entrée, des vêtements sales traînaient par terre et le lit ressemblait à un champ de bataille. En observant les assiettes déposées dans le lavabo et le riz qui collait au fond d'une casserole, il se dit qu'il devrait nettoyer tout ça, mais remit la tâche. Didier se servit un verre d'eau et il se contenta de vider le riz dans les toilettes, de remplir l'ustensile d'eau chaude avec du produit à vaisselle, puis poussa un grand soupir. Il s'installa confortablement sur son canapé, enseveli sous les journaux et les couvertures. Il prit son ordinateur sur les genoux pour résumer à Sonya sa recherche de la nuit dernière dans la *Rigistrasse*. Épuisé, il piqua du nez plusieurs fois et s'endormit sans même finir son texte.

.

4 – *Les Sherlock Holmes en herbe*

Lundi matin, en arrivant au travail, Catherine apprit par la réceptionniste que le deuxième manutentionnaire de l'équipe, sur un effectif de deux employés, avait été gravement blessé lors d'un accident de la route. Une voiture lui avait refusé la priorité et avait percuté sa moto. Il souffrait d'une fracture de la hanche, d'une autre à la jambe et de multiples contusions. Le chirurgien pronostiquait un retour au travail début mars, dans le meilleur des cas, mais il ne pourrait vraisemblablement pas reprendre sa fonction avant la fin du printemps. Pendant cette période transitoire, Walter ferait tourner la logistique avec l'aide du personnel du service de production. Quoi qu'il en soit, *Swiss Quality Extracts* avait besoin d'un manutentionnaire aussi vite que possible.

Lorsque la standardiste eut fini son récit, Catherine se dirigea vers le bureau de Walter, mais se ravisa quand elle lut huit heures sur l'horloge de l'entrée. Son patron ne venait jamais travailler avant huit heures trente. Elle passa à la cafétéria où une discussion éveilla sa curiosité. Priska, technicienne de production, et son collègue récemment embauché au département marketing avaient tous deux moins de trente ans. Ils s'inquiétaient du meilleur moyen de mettre des fonds de côté pour s'assurer une retraite confortable. Chacun détaillait son plan d'épargne. Priska expliquait l'importance de déposer son argent auprès de banques qui bénéficieraient d'un soutien étatique en cas de faillite. Elle donnait également des conseils afin d'optimiser sa prévoyance personnelle de façon à réduire les impôts sur le revenu lorsqu'elle débloquerait ses avoirs, la retraite venue.

Les deux «fins stratèges financiers» remarquèrent à peine Catherine qui retourna à son bureau, une tasse fumante à la main, tout en échangeant quelques mots avec ses collègues qu'elle croisa dans le couloir. Elle profita de la tranquillité de ce début de journée pour s'occuper du dossier analytique qui la tracassait depuis maintenant deux semaines. Ce fut Walter qui vint à elle pour prendre de ses nouvelles :

—Comment vas-tu? Tu l'as échappé belle vendredi soir, j'espère que tu as pu récupérer durant le week-end. Mon Dieu! Si tu as besoin d'une journée de repos, viens me voir, on en discutera.

Catherine le rassura et lui donna quelques détails, mais préféra garder pour elle l'épisode du parking, inutile que son patron en sache plus que la presse.

—Tu es au courant de notre situation à la logistique?

—Bien évidemment, tout le monde en parle. Enfin presque tout le monde, rectifia-t-elle lorsqu'elle se souvint de la scène dans la cafétéria.

Catherine remarqua alors que Walter était depuis ce matin le seul à s'être inquiété de la tentative d'enlèvement dont elle venait d'être victime. Elle avait croisé une demi-douzaine de collègues sans qu'aucun lui glisse un mot gentil. Ils étaient obligatoirement informés de ce qui s'était passé. Catherine se sentait triste que l'unique personne à montrer quelques signes d'empathie soit celle qu'elle appréciait le moins au sein de *Swiss Quality Extracts*. Perdue dans ses pensées, elle avait lâché le fil de la conversation lorsque Walter poursuivit :

—Catastrophe ! Je suis allé voir Priska et je lui ai demandé de reprendre son ancienne fonction. C'est la seule à pouvoir s'occuper convenablement de la réception et de l'expédition des marchandises. Mais comme on perd pour un moment notre meilleure technicienne à la production, il va falloir que tout le monde y mette du sien. Quelle idée il a eue aussi l'autre idiot de rouler à moto.

Catherine ne releva pas cette remarque tout à fait déplacée. Elle préféra réorienter la conversation :

—Et concernant l'offre d'emploi que vous avez déjà publiée sur Internet ?

—On a un candidat qui me semble parfait pour la fonction...

Il n'acheva pas sa phrase. Catherine perplexe insista.

—Mais ?

—Mais, il ne peut commencer que dans trois semaines. Je vais tout de même vérifier son dossier pour savoir s'il est toujours chez son ancien employeur ou s'il a préféré s'offrir des vacances avant de nous rejoindre. Si c'est le cas, je lui proposerai d'avancer sa date d'embauche et de compenser ses congés dans le courant de l'année. Ça ne règle cependant pas tout. Une deuxième personne manque encore. Je vais reprendre les dossiers de candidatures un à un.

Depuis qu'elle avait été informée de cet accident de moto, Catherine, pragmatique, pensait qu'il n'y aurait pas de meilleure occasion pour présenter le dossier de Didier.

—J'ai peut-être une solution.

—Je t'écoute ! Que proposes-tu ?

—J'ai un ami photographe qui recherche un emploi. Il est libre de suite, affirma-t-elle en tendant le CV de Didier.

Walter le parcourut rapidement. Il semblait sceptique :

—Ton ami, ce Didier d'Orville, n'a pas le profil de la personne que nous recherchons. Il n'a jamais fait ce travail, n'a sans doute pas de connaissance de SAP[9] et, si je comprends bien, il ne parle que très peu l'allemand. Mais c'est marrant, j'ai l'impression de l'avoir déjà vu quelque part.

—Probablement sur Internet. Il, ou plutôt nous avons fait la une de la *Luzerner Zeitung*. C'est lui qui m'a sauvé la vie vendredi soir. Il est extrêmement débrouillard et s'adaptera très rapidement à sa nouvelle fonction, sauf si le fait d'avoir un héros dans ta compagnie te dérange.

—Il ne s'agit pas de cela !

—Alors ! Où est le problème ? Convoque-le pour cet après-midi et tu jugeras par toi-même. Je ne sais pas quel est son emploi du temps pour les prochaines semaines. Je crois qu'il a plusieurs contrats photographiques en

---

[9] Systems, Applications and Products (logiciel de gestion d'entreprise).

cours. Si on montre un peu de flexibilité, tu ne seras pas déçu. Je ne veux pas trop m'avancer, mais il se pourrait même qu'il soit en mesure de commencer dès demain.

Devant l'hésitation de son patron, elle ajouta :

—Mais si tu connais quelqu'un à même de prendre le poste aussi rapidement, alors fonce et ne t'occupe pas de Didier.

Catherine avait fait mouche. C'était pour elle une sorte de jeu : trouver les bons arguments pour convaincre Walter Murer. Elle y réussissait toujours, sauf lorsqu'elle essayait de le persuader d'abandonner les magouilles introduites au sein de la compagnie, avec son aval, par Andrea Bachmann, la responsable R et D.

—C'est d'accord ! En dehors de mon temps, je ne perds rien à le rencontrer. Pour le moment, je n'ai aucun rendez-vous. Organise donc l'entretien pour cet après-midi à l'heure qui lui conviendra. On prévoit trente minutes dans mon bureau, ensuite nous procéderons comme le mois dernier pour le petit jeune du service marketing : si je trouve la candidature de ton ami intéressante, je l'emmènerai pour un tour complet du site.

—Merci, Walter ! Tu ne seras pas déçu ! Juste avant que je ne l'appelle, pouvons-nous voir ensemble les certificats d'allergènes ?

Ils discutèrent une nouvelle fois de la mise en conformité de leurs produits avec les normes internationales qui régissent le secteur de l'industrie cosmétique. Catherine tenta de le convaincre que la recherche des allergènes des plantes ne présentait aucune fiabilité en se fiant uniquement à la littérature pseudoscientifique, surtout lorsqu'elle se bornait à Wikipédia. Catherine estimait qu'on pouvait se contenter d'Internet pour les plantes courantes comme l'hamamélis, le ginkgo ou la lavande qui disposaient de bases de données abondantes. Mais le marché se développait de plus en plus vers des plantes exotiques et rares, très peu décrites chimiquement ou biologiquement. Elle lui expliqua que même si le coût était élevé, il devait commencer par envoyer les articles correspondant aux meilleures ventes dans un laboratoire d'analyses extérieur afin de fournir des informations sérieuses aux clients, et non pas des suppositions. Aucun des arguments qu'elle présenta ne fut retenu, et la réponse de son chef ne la surprit aucunement :

—Toutes ces analyses coûtent cher, je vais y réfléchir.

« Quel connard », se dit-elle, lorsqu'il eut quitté son bureau. Elle était persuadée que s'il le pouvait, il ajouterait sans scrupule du caramel et du parfum dans un solvant, puis il inscrirait sur l'étiquette du fût : Extrait de vanille de Madagascar ou de fleur de cerisier du Japon. Heureusement que si les ouvriers de la production savaient fermer les yeux, ils possédaient tout de même un minimum d'éthique professionnelle pour prévenir de tels agissements.

Didier avait l'habitude de se réveiller toutes les nuits en sueur, le cœur battant la chamade. Mais depuis une semaine, les cauchemars qui le hantaient devenaient de plus en plus inquiétants. Comme lors de ce voyage jusqu'à Clermont-Ferrand qui l'avait fatigué. Il était maintenant assis par terre dans le garage du pavillon vide où il avait grandi. Le lendemain, les nouveaux propriétaires prendraient possession des lieux. Aucune autre occasion ne se présenterait pour comprendre enfin ce qui se cachait dans le jardin, mais également au tréfonds de son inconscient. Il attendit que la nuit devienne sa complice. Les voisins venaient de se coucher, seule une lumière perçait au travers du vasistas brisé du sous-sol de leur maison. Le vent s'était levé, fait plutôt inhabituel à cette heure tardive. Les éléments étaient de son côté, il pourrait travailler tranquillement. Didier patienta encore un peu, puis alla chercher dans le coffre de sa voiture la bêche qu'il avait achetée sur le trajet, juste avant Clermont-Ferrand. Il revêtit une vieille salopette et chaussa ses bottes en caoutchouc. Les traces du trou qu'il avait jadis creusé étaient toujours apparentes. Le Français ne comprenait pas. Il était persuadé que la pelouse recouvrait le jardin d'un tapis uniforme lorsqu'il était arrivé dans l'après-midi. Il commença à creuser au pied de la maison. Il s'était préparé à des heures de travail pour venir à bout des mètres cubes de terre. Dans son lointain souvenir, la glaise rendait chaque pelletée épuisante, mais là, le sol était meuble comme si le terrain avait été retourné la veille. Didier était conscient d'un terrible secret qui gisait à ses pieds, sans en connaître la nature précise. Il se mit à pleuvoir et le trou se transforma rapidement en mare de gadoue. Soudain, sa pelle heurta un objet métallique. Didier s'accroupit pour déblayer des barres de fer qu'il s'efforça de déposer silencieusement hors de la fosse afin de ne pas éveiller l'attention du voisinage. Au fur et à mesure qu'il s'enfonçait dans la terre, Didier comprenait qu'il ne sortirait pas indemne de cette aventure. Il arriva sur des gravats et prit soudain peur, pensa un instant à reboucher cette fosse. Ses mains touchèrent une couche de briques. Une image jaillit à son esprit comme un éclair, il sut alors qu'il trouverait, dissimulé sous ses pieds, les restes de son père. Il fouilla dans ses souvenirs, mais seule une nuit pluvieuse émergea du fond de son inconscient. Didier envisagea un mauvais rêve. Le souvenir, bien que confus, paraissait cependant trop réel. Il eut peur de déterrer des secrets qu'il ne voulait pas connaître. Les émotions contradictoires se bousculaient dans son esprit. À la faible lumière de sa torche, il se hâtait de mettre à jour la dépouille pour l'emporter où elle ne serait jamais découverte. Sous les briques, Didier distingua un lambeau de chemise. Il s'immobilisa à genoux dans la boue et respira profondément pour se calmer lorsqu'une voix d'outre-tombe cracha :

—Sois maudit, misérable !

Didier se figea.

—Nous comptions sur toi et tu nous as abandonnés. La vie est-elle belle pour toi ? hurla la voix.

Didier fut pétrifié. Elle allait réveiller tout le quartier. Certains intérieurs sombres en fin de soirée étaient maintenant illuminés et des sonneries de téléphone retentissaient au loin. D'autres appels suppliants surgirent de cette fosse dans une clameur qui allait crescendo :

—Sors-nous de là ! On est en train de pourrir !

Des ombres apparurent aux fenêtres des pavillons alentour. Dans un accès de folie, Didier frappa aveuglément la terre du tranchant de sa bêche, mais les voix hurlaient de plus belle. Puis ce fut le silence. Plus de cris, plus de rumeurs ni de sonnerie dans le voisinage.

Didier jeta sa pelle tachée de rouge en dehors du trou et s'apprêta à en sortir avec une seule idée en tête : reboucher la fosse au plus vite et laisser ce mystère à la terre. C'est alors qu'une main le saisit à la cheville. Son sang se glaça. Une deuxième main apparut et dégagea un torse qui se gonflait d'une lente inspiration, puis un cri de douleur s'éleva tandis que la main déblayait la boue qui recouvrait un visage haineux, celui de son ami John.

Didier ferma les yeux, enveloppa ses oreilles avec ses mains et hurla lui aussi jusqu'à ce qu'il se réveille, hagard, toujours en train de hurler.

La sonnerie du téléphone retentissait dans le salon. Il fut surpris de constater que la lumière du jour filtrait déjà à travers les volets. Il ignorait l'heure, mais vu la façon dont venait de s'achever sa nuit, Didier décida de démarrer la journée tranquillement, il rappellerait son interlocuteur un peu plus tard. Le téléphone sonna de nouveau pendant qu'il déjeunait. C'était Catherine, toute excitée, qui lui expliqua que *Swiss Quality Extracts* cherchait une deuxième personne pour la logistique :

—Le poste est à pourvoir immédiatement. J'ai parlé de toi à Walter, il veut bien te recevoir pour un entretien. Je ne sais pas ce que tu as prévu cet après-midi, mais tu dois absolument te libérer, tu ne peux pas laisser passer une telle occasion. C'est à toi de jouer maintenant.

Didier, toujours perturbé par l'intensité inhabituelle de son cauchemar, ne se montra pas très loquace. Il lui assura tout de même qu'il irait au rendez-vous.

Après avoir raccroché, il revint à ses pensées et essaya de comprendre la raison pour laquelle John le rejoignait comme un leitmotiv dans ses cauchemars. Le docteur Freud lui aurait expliqué qu'il culpabilisait, mais ça, même l'inspecteur Clouzot aurait pu le deviner. Il avait beau fouiller dans sa mémoire, il n'en trouvait pas la cause. Didier se souvenait seulement que lors de leur captivité en Utopia, il avait suggéré à John de s'enfuir avec lui, mais son ami avait préféré rester là-bas, dans cette prison dorée.

Le manque de sommeil pesait de plus en plus lourd sur la santé physique, mais aussi morale du photographe. Il envisagea pour la première fois de sa vie de prendre un rendez-vous chez un psychologue. Il savait qu'il devrait surmonter une difficulté d'ordre technique : trouver un spécialiste qui parle le français, car il ne se voyait pas exposer ses problèmes dans une langue différente de la sienne.

En attendant, Didier décida de faire le plein d'énergie. Il chercha durant quelques minutes le CD de Bonga et passa *Mulemba Xangola* en boucle. La chanson entraînante du chanteur angolais chassa les ondes négatives.

Didier n'avait pas jugé utile de calculer la durée du trajet Lucerne–Stans et se présenta au rendez-vous avec cinq minutes de retard. L'hôtesse d'accueil, qui parlait français, lui tendit un formulaire rédigé en allemand. Elle l'aida à le remplir et lui demanda des précisions lorsqu'ils arrivèrent à la ligne «service militaire»:

—Avez-vous effectué tous vos jours de service?

—Mais je ne suis pas Suisse romand, je suis Français. Je ne pense pas devoir quelque chose à l'armée suisse.

La réceptionniste qui voulait avoir le dernier mot renchérit:

—Sans doute pas, mais nous avons besoin de savoir si vous devez retourner de temps en temps chez vous pour finir vos périodes.

—Depuis la fin des années quatre-vingt-dix...

—Hein! l'interrompit-elle.

—Depuis la fin des années quatre-vingt-dix...

—Oui! J'ai bien entendu ce que vous disiez, mais de quelles années parlez-vous?

Soudain, Didier comprit:

—Des années nonante.

—Ah! Je préfère. Vous vivez en Suisse, il faudrait peut-être vous adapter.

«Quelle conne! Avait-elle besoin de le reprendre aussi sèchement?» pensa-t-il.

—Avant que vous ne me coupiez la parole, je vous expliquais que depuis la fin des années nonante nous n'avons plus de conscription obligatoire, notre armée est devenue professionnelle. Et personnellement, je trouve que c'est bien ainsi. Ceux qui souhaitent l'effectuer sont bienvenus à la *grande muette*... et les autres ne perdent plus leur temps.

— Ce n'est pas un peu égoïste comme point de vue ? Si chacun fait ce que bon lui semble, comment voulez-vous qu'une société avance ? De plus, une armée professionnelle est par essence dangereuse pour une démocratie, alors que si c'est le peuple lui-même qui la constitue, les risques de…

Le téléphone sonna au grand soulagement de Didier qui commençait à perdre patience. L'hôtesse d'accueil ne devait sans doute pas connaître la signification de sa fonction.

Tout en l'accompagnant au bureau de Walter Murer, le CEO de la compagnie, elle continua d'exposer son point de vue sur l'armée, mais Didier ne l'écoutait plus. Il prit place dans le fauteuil en cuir que Walter lui désigna. D'emblée, le jeune homme s'excusa pour son retard. Deux autres personnes assistaient à la réunion : Patrick Stalder, le chef de la fabrication et de la logistique et Andrea Bachmann, la responsable R et D. Ils épaulaient leur patron dans sa tâche de recrutement. Une fois les présentations faites, Walter s'exprima :

— Tout d'abord, monsieur d'Orville, je vous remercie d'avoir répondu aussi rapidement à notre invitation. Et surtout, ne vous inquiétez pas pour votre retard, nous avions anticipé, vous êtes Français n'est-ce pas ?

Piqué au vif, Didier esquissa tout de même un sourire pour faire bonne figure, tandis que son interlocuteur riait à pleines dents. Il se demanda dans quelle compagnie il était tombé. À entendre les préjugés de Walter, il s'imagina un instant se tenir dans une réunion de l'UDC. « Je n'obtiendrai rien en contre-attaquant, c'est à moi de le faire sortir de sa paresse intellectuelle », songea Didier.

—Par contre, si vous faites l'affaire, vous devrez être ponctuel.

—Ne vous inquiétez pas pour ça. C'est juste que je ne connais pas encore la région. D'habitude, je repère à l'avance, sans doute une manie de photographe. Mais là, tout a été si rapide que je n'ai même pas eu le temps de vérifier le trajet sur Internet, mentit-il.

—N'en parlons plus! Vous savez probablement dans quelle situation nous sommes, mais je préfère tout de même vous la résumer. Un de nos manutentionnaires est gravement malade, il ne reviendra pas. Ce week-end, l'employé qui s'occupait de la bonne marche de ce petit, mais au combien important service a eu un accident de moto. Il ne nous reste plus qu'une seule personne qui connaisse le boulot dans ses moindres détails : Priska Amrein, qui a rempli cette fonction plusieurs années durant. Depuis trois ans, elle travaille à la production, mais elle est prête à nous dépanner.

—Ce n'est que provisoire, précisa Patrick. La production ne peut pas se passer des compétences de Priska trop longtemps.

—Comme l'explique mon collègue, nous avons la chance d'avoir Priska. Elle vient de renoncer à ses vacances d'hiver, mais tout notre personnel ne pourra et ne doit pas faire les mêmes sacrifices. Parlez-nous de vous et de vos motivations pour ce poste.

Didier n'avait pas l'habitude des entretiens d'embauche, mais il tira bien son épingle du jeu. Ses trois interlocuteurs étaient impressionnés par sa volonté d'obtenir le poste. Même s'il ne restait de toute évidence pas longtemps chez *Swiss Quality Extracts*, il pourrait leur permettre de se réorganiser méthodiquement. Andrea posa alors la question qui lui trottait dans la tête :

—Puis-je vous demander ce qui vous amène dans notre belle région ? Comme c'est assez personnel, vous n'êtes bien sûr pas obligé de répondre.

« Décidément, songea-t-il. Ce critère est de toute première importance pour la gent féminine. »

—C'est assez simple. Puis-je vous répondre par une petite devinette ?

Intriguée, la responsable R et D opina de la tête.

—Quels sont pour vous les principaux motifs pour quitter son pays ?

Elle réfléchit un instant et proposa :

—Souvent, c'est pour obtenir un emploi mieux payé ou pour fuir la guerre, mais vous venez de France et il ne faut pas exagérer, la situation n'y est pas si catastrophique malgré les grèves et les « gilets jaunes ». Parfois, c'est pour échapper à la misère en se mariant, mais vous n'êtes ni une Philippine ni une Moldave.

—Là, vous brûlez, rigola-t-il.

—Vous avez rencontré une Moldave qui habite en Suisse ?

—Bravo ! Vous avez trouvé la réponse, enfin presque : je vis avec une Allemande qui réside ici depuis déjà quelque temps. Je vous propose de revenir demain pour la question à mille francs.

Ils rirent tous aux éclats, Didier venait de marquer un point. Après une présentation exhaustive de sa compagnie, Walter aborda l'aspect qui lui semblait le plus important :

—À quel salaire prétendez-vous ?

—Je dois vous avouer que je n'y ai pas encore songé. On pourra sans doute régler ce détail plus tard.

—C'est mieux de s'en occuper maintenant, car tout doit aller vite, si vous désirez vraiment le poste, bien entendu.

Cette remarque agaçait Didier. Il n'avait aucune idée du salaire qu'il pouvait demander. Sans le vouloir, il se trouvait en pleine partie de poker. Possédait-il les meilleures cartes du jeu ? Jusqu'à quel point pouvait-il bluffer sans perdre cette opportunité ? Il aurait préféré répondre le lendemain, cela lui aurait permis de se renseigner auprès de ses amis.

Devant l'injonction réitérée de son futur employeur, Didier procéda à un rapide calcul mental. Il se rappelait que le salaire minimum brut garanti en France frôlait les mille cinq cents euros. Il le multiplia par deux et annonça cette somme. Lorsqu'il discerna l'ébauche d'un sourire sur les lèvres de Walter, Didier comprit qu'il avait cédé trop facilement à la requête de cet homme qu'il commençait à mépriser pour cela et pour tout ce qu'il avait entendu sur lui de la bouche de Catherine.

—Je pense que nous pourrions y arriver, je dois vérifier avec les relations humaines. Il se peut même que nous soyons juste au-dessous de notre barème. Dans ce cas, nous l'ajusterons à la hausse de quelques pour cent. Je vous propose maintenant de visiter notre entreprise afin que vous puissiez décider en connaissance de cause. D'habitude, je m'occupe moi-même de cette tâche, mais comme j'ai du travail qui m'attend et que vous connaissez Catherine Bucher, je vais lui demander de vous accompagner. Andrea, peux-tu s'il te plaît conduire monsieur d'Orville jusqu'aux laboratoires ?

Walter et Patrick restèrent en tête-à-tête.

—Qu'en penses-tu ? Il devrait bien s'intégrer dans notre petite famille. Même s'il est Français, je crois que c'est un bosseur. Enfin, ce ne sera pas pire qu'un Yougo !

Le responsable de la production préféra ignorer cette remarque. Il connaissait bien son patron et savait qu'il ne réussirait pas à le changer. Un point cependant relevait de sa compétence :

—S'il travaille dans mon service, il est hors de question qu'il soit sous-payé. Ce n'est pas parce que c'est un étranger qui vient de débarquer chez nous qu'il faut l'arnaquer. Je tiens à ce qu'il reçoive un salaire décent.

—Patrick ! La situation est pour le moment compliquée, mais je ferai de mon mieux, je te le promets...

—Walter ! On se connaît depuis maintenant vingt ans et pour une fois je te demande de bien m'écouter. Ce gars est prêt à démarrer demain, il nous enlèverait ainsi une grosse épine du pied. Priska le formera et il sera rapidement productif, j'en suis certain. Il est motivé pour travailler et ce n'est pas un fainéant. De plus, comme le dit justement Catherine : c'est un héros. Imagine qu'on apprenne son salaire. Il n'est pas Suisse et n'a pas notre discrétion quant aux questions d'argent. As-tu conscience de la publicité que cela nous ferait? Si on l'embauche, j'exige qu'il soit payé correctement, et pas seulement pour le qu'en-dira-t-on.

Walter surpris par la réaction de son subalterne ne voulait pas se fâcher avec lui.

—Tu as peut-être raison…

—Imagine un instant qu'il s'aperçoive que tu t'es foutu de lui et qu'il peut se faire au bas mot cinq cents francs de plus ailleurs. Crois-tu qu'il restera pour tes beaux yeux?

—Pas pour les miens, mais pour ceux de Catherine.

—Je serais à ta place, je ne ferais pas ce pari! s'emporta-t-il en quittant le bureau.

Catherine fit tout d'abord visiter le laboratoire, son territoire, à son ami. Ils passèrent d'une paillasse à l'autre. Elle détailla la fonction de chaque instrument et parlait avec enthousiasme. Didier perdit rapidement le fil des explications, un peu trop techniques à son goût. Il aperçut sur une étagère un flacon contenant un liquide brun foncé presque noir et ne put s'empêcher de sourire:

—Ce flacon sur lequel est inscrit *Zuckercouleur*, n'est-ce pas le caramel dont tu m'as parlé pour colorer vos extraits? Je croyais que c'était une pratique de la production, mais pas du labo, chuchota-t-il.

—C'est bien le cas, mais on ne peut pas introduire n'importe quelle quantité. Tu as vu, c'est extrêmement foncé. On doit le doser délicatement si on ne veut pas se retrouver avec un extrait qui ressemble à du café. Mes collègues mesurent la couleur avec cette machine, précisa-t-elle en désignant un colorimètre. On injecte l'extrait de plante à l'aide d'une seringue afin d'obtenir une valeur chiffrée de la couleur. On ajuste ensuite la quantité de caramel pour que l'intensité de brun soit identique à celle des lots reçus par nos clients lors des livraisons précédentes. Bienvenue dans le monde de la cosmétique, où tout est factice, rigola-t-elle.

Puis, ils se rendirent à la production. Patrick Stalder s'occupa lui-même de la visite et lui présenta Priska qui avait repris le matin même son ancien emploi à la logistique. Didier la trouva sympathique. Elle ne connaissait aucun mot de français, mais possédait de sérieuses notions d'anglais. «On va former une bonne équipe», estima-t-il.

Après avoir fait le tour complet de la compagnie, Catherine ramena son ami dans le bureau de Walter. Elle fit la bise à Didier en ajoutant juste :

—À bientôt !

Le Français confirma au patron de *Swiss Quality Extracts* son intérêt pour le poste.

—Parfait ! Vous commencez demain. Pour le salaire, j'ai bien réfléchi…

Didier esquissa une grimace. Il s'attendait à ce que Walter fasse pression afin d'économiser quelques centaines de francs supplémentaires par mois.

—Voilà, après vérification auprès de notre chef du personnel, il s'avère que le montant que vous nous avez demandé est nettement inférieur à ce que nous offrons habituellement. Vous aurez vingt pour cent de plus, et votre contrat sera prêt demain. Je vous propose de venir à sept heures. Priska vous prendra en charge et on s'occupera des formalités dans la matinée.

En sortant du bâtiment, Didier était si excité qu'il ne put attendre une seule minute. Il envoya un message instantané à sa compagne qui était justement en ligne.

Didier d'Orville : *J'ai une super bonne nouvelle à t'annoncer : je viens de trouver un emploi et je commence demain comme manutentionnaire. Ce n'est pas le travail dont je rêve, mais je toucherai un salaire fixe en attendant de trouver quelque chose de plus intéressant.*

Sonya Weber : *Félicitations ! Ça change des derniers messages que tu m'as envoyés. Étais-tu déjà en contact avec cette compagnie ou c'est tombé du ciel ?*

Didier d'Orville : *C'est la boîte pour laquelle Catherine bosse. Ils recherchaient quelqu'un d'urgence et elle m'a pistonné.*

Sonya Weber : *Décidément, elle est partout cette Catherine. Rassure-moi, elle ne vient tout de même pas jusque dans tes rêves ?*

Didier d'Orville : *N'importe quoi ! Tu sais bien que c'est toi que j'aime. Je l'ai aidée et maintenant elle me renvoie l'ascenseur. Tu n'en ferais pas autant ?*

Sonya Weber : *Si, bien sûr ! Excuse-moi ! Pour en revenir à cette affaire d'enlèvement, as-tu des nouvelles ?*

Didier d'Orville : *Pour le moment, je crois que c'est au point mort, je te tiendrai informée si j'apprends* *quelque chose. Je te recontacte ce soir, on aura plus de temps pour discuter ?*

Sonya Weber: *Oui, mais pas trop tôt, je passe la soirée avec une amie. À plus tard. Bisous.*

Didier d'Orville: *Je t'embrasse aussi.*

Sonya Weber: *Didier !*

Didier d'Orville: *Oui ?*

Sonya Weber: *Tu me manques.*

Elle quitta la conversation sur ces mots.

Didier était heureux d'avoir décroché cet emploi. Il aurait tellement voulu partager sa joie avec Sonya autrement que par de courts messages. « Ce n'est que partie remise », estima-t-il.

Le matin même, Didier avait reçu un message de Beatriz ; elle lui donnait rendez-vous dans l'après-midi, au *Rüüdig Bar*. Il y alla directement en sortant de la gare. À peine la porte franchie, il reconnut la voix qui résonnait dans toute la pièce :

—Salut, le héros !

Les clients se retournèrent. Même s'ils étaient tous préoccupés par les événements qui se déroulaient dans leur ville, ils avaient pour la plupart déjà oublié le Français qui avait fait la une, trois jours auparavant. Comme d'habitude, Beatriz flamboyait, mais Didier ne parvenait toujours pas à distinguer les vêtements qu'elle portait. Seule la couleur dominante verte ressortait. Elle fit signe à la serveuse d'apporter une deuxième chope de bière. Didier lui raconta qu'il avait enfin trouvé un travail fixe. Ils trinquèrent de bon cœur à ce qui ressemblait à un début d'intégration en Suisse. Beatriz s'approcha afin que personne ne l'entende :

—Alors Didier, maintenant que tu es un héros, tu te crois autorisé à casser la gueule aux flics ?

Didier fut abasourdi. Comment savait-elle pour l'épisode de la veille ? Certainement pas de la bouche du policier qui désirait garder cette mésaventure pour lui. Devant son air interloqué, Beatriz anticipa sa question :

—Tu te souviens du gars qui jouait de la guitare à la sortie du restaurant ?

Il se rappelait bien évidemment de ce surprenant interprète de Bruce Springsteen. Beatriz ne bouda pas son plaisir et lui rapporta ce qu'elle avait appris :

—Le guitariste, c'est mon pote Sami. Quand t'es dans la rue comme lui depuis des années, tu repères rapidement deux catégories de personnes : les gens aux comportements insolites et les flics. J'ai moi-même pas mal d'expérience et je pourrais t'en raconter de bonnes.

Elle se perdit un instant dans ses souvenirs.

—Ouais, je pourrais te raconter des choses vraiment étranges qui se passent la nuit sur les rives du lac des Quatre-Cantons... Une autre fois sans doute. Sami avait aperçu un gars au bout de *Mühlenplatz* et ne savait pas s'il faisait partie des bizarres ou des flics. Quoique parfois ce sont les mêmes. Avec le billet de vingt que tu lui as glissé, tu peux bien imaginer qu'il t'a trouvé sympathique. Quand vous vous êtes éloignés, il a tout de suite remarqué ce type qui quittait son poste d'observation.

Sami s'est avancé sur la place pour voir ce qui se tramait. Lorsque tu t'es séparé de ton amie, il a tout simplement pris peur pour elle. Il n'a ensuite pas eu à gamberger bien longtemps pour savoir comment agir, car un boulet humain a percuté celui qui deux secondes plus tard s'est mis à hurler «Polizei».

Beatriz entraîna Didier dans un bel éclat de rire.

—Toi qui es au courant de tout, est-ce que tu en sais plus sur notre kidnappeur en série ?

—Oui et non.

Théâtralement, elle but une gorgée de bière afin que le suspense perdure.

—J'ai un ami qui est flic.

—Non, mais c'est incroyable ! Tu ne connaîtrais pas par hasard l'identité du criminel ?

—Il n'est pas impossible que je connaisse ce salaud. Je suis persuadée que ce type ressemble à monsieur tout le monde. Il se détend peut-être en ce moment même dans ce bar.

Ils se tournèrent instinctivement dans toutes les directions. Beatriz se pencha vers Didier :

—Tu dois garder ça pour toi : j'ai le résultat de la recherche ADN. Il y avait suffisamment de cheveux dans la casquette pour que la police scientifique puisse reconstituer l'empreinte génétique du kidnappeur. Comme on s'y attendait, ce profil n'est enregistré dans aucune base de données.

—Ça aurait été trop beau. Mais un cheveu, ça ne peut pas livrer plus d'informations ?

—C'est également ce que je me suis dit. Il est sûrement possible de trouver si ce gars est un toxico, s'il fume ou s'il boit.

—Peut-être même son âge ?

—Il y a probablement un tas d'informations à dénicher dans cette casquette, mais je n'obtiendrai pas de renseignements plus confidentiels de la part de cet ami. De toute façon, il m'a dit que c'est tout ce qu'ils avaient réussi à tirer de ces cheveux et que la police se concentrait maintenant sur d'autres techniques d'investigation. Elle vient d'acquérir des logiciels d'espionnage hyper sophistiqués qui ont coûté la peau des fesses. Ils doivent absolument les amortir, même si certains policiers pensent qu'il vaudrait mieux déployer des moyens humains. Cet ami m'a aussi raconté que les caméras du parking de la gare n'avaient pas permis de capturer le portrait du gars. Cependant, les enquêteurs ont découvert une information de première importance : on n'a pas affaire à un novice, ce type savait précisément ce qu'il faisait. Il se trouvait en permanence à la limite de portée des caméras ou dans les angles morts. Devant la caisse automatique, il a remonté une capuche qui lui cachait le visage. Si ce n'est pas notre homme, il a sans doute pas mal de choses à se reprocher.

—Tu crois que les flics vont mettre la main dessus rapidement ?

—Je n'en ai pas l'impression. Il prend des risques, mais il semble tout contrôler.

—Jusqu'à ce qu'il se sente trop sûr de lui. Là, il commettra une erreur.

—C'est bien de le croire. Sachant tout le monde en alerte, il peut aussi disparaître de la circulation. Dans ce cas, les chances de retrouver Stefanie un jour se réduisent à zéro.

—Ah! Si seulement je l'avais vu. On ne sait même pas si le gars du parking et celui de la Reuss ne font qu'une seule et même personne. Dans les sous-sols, il préparait peut-être un mauvais coup qui n'avait rien à voir avec un kidnapping... comme un vol de véhicule, tout bêtement.

Après un moment de réflexion, Beatriz enchaîna:

—Je ne sais pas pourquoi, mais j'ai l'impression que le gars que nous cherchons est un prédateur. Je l'imagine bien en train de rôder un peu partout en ville pour repérer ses proies. Je viens de passer le message à tous les marginaux qui traînent dehors. Mais, si l'un d'entre eux sait quelque chose, je ne suis pas sûre que l'information remontera jusqu'à nous. Certains sont tellement en marge de la société qu'ils se contrefichent de cette histoire.

—Tu leur as demandé de surveiller quoi précisément?

—Je leur ai dit d'ouvrir l'œil, tout simplement.

Une femme s'approcha à ce moment de la table. Beatriz présenta Renate à Didier. Elles discutèrent ensuite de la marotte de l'*Originale*: l'abolition des sondages. Beatriz défendait depuis toujours l'idée que les enquêtes d'opinions menaient les sociétés modernes à l'impasse. Son amie mit de l'eau à son moulin en exposant le cas qu'elle avait récemment entendu à la radio. Elle se lança dans un monologue:

—L'élection présidentielle française de 2002 est révélatrice de la toute-puissance des sondages, commença-t-elle. Ils avaient complètement surestimé le potentiel de Lionel Jospin, le candidat du Parti socialiste. Les électeurs de gauche voulaient signifier qu'ils attendaient un vrai engagement social. Comme les sondages étaient très favorables à Jospin, ils n'ont pas hésité et ont voté à plus de quinze pour cent plus à gauche que le PS. Sauf que les instituts se sont lamentablement plantés ! Ils n'avaient pas anticipé le fait que certains électeurs du Front national leur avaient menti, ils avaient probablement honte de leur choix politique, du moins à cette époque. Résultat des courses, les voix de gauche étaient tellement dispersées qu'il y a eu un second tour entre Chirac et Le Pen. En 2017, c'était un peu à l'opposé. Les électeurs savaient que les instituts de sondages avaient fait des progrès et beaucoup de sympathisants du Parti socialiste ont voté pour le dissident qui avait créé son propre parti, car justement, les sondages le donnaient vainqueur en cas de confrontation avec Marine Le Pen au deuxième tour. Depuis, Macron est président. Ça va loin quand on y réfléchit bien. C'est le peuple qui vote ou les instituts de sondages ?

Beatriz et son amie bavardèrent encore quelques minutes de cette vaste thématique sans s'occuper du Français. L'apparence vestimentaire stricte de cette amie dénotait avec le look excentrique de Beatriz. Elle n'en était pas moins passionnée par ce combat qui avait donné son surnom à l'*Originale*. Renate retourna ensuite près de son compagnon installé au bar.

—C'est ma plus fervente supportrice, expliqua Beatriz. L'autre jour, quand nous étions toutes les deux…

Soudain ! Didier frappa du poing sur la table.

—Mais c'est incroyable, j'avais complètement zappé ce détail.

Il termina sa bière d'un trait :

—Magne-toi ! On doit y aller.

—Qu'est-ce qui te prend ? Mais où veux-tu qu'on aille ?

—Un truc m'est revenu : quand Catherine a failli être enlevée, j'ai ramassé la casquette du gars. Je l'avais jetée sur la banquette arrière. Avec Catherine, on était tellement fatigués qu'on a préféré rentrer en taxi. On a chargé les flics de la récupérer.

—Et alors ? s'impatienta-t-elle.

—Hier, j'ai perdu une heure à chercher mon parapluie. Avec ce temps pourri, c'est en ce moment un accessoire indispensable. En fouillant à l'arrière de la voiture, j'ai trouvé sur le tapis une étiquette autocollante qui n'adhérait plus trop d'ailleurs. J'ai lu ce qui était inscrit dessus, mais je me souviens seulement que c'était une marque de chapeau avec le nom d'un magasin. Comme je n'en possède pas, elle ne peut venir que de celui retrouvé sur place. C'est incroyable qu'elle ait choisi ce moment précis pour se décoller, ça doit faire un certain temps que notre type porte cette casquette.

—Où est l'étiquette ?

—Laisse-moi réfléchir... J'étais dans le parking souterrain du centre commercial du *Lowencenter* et je crois que je l'ai jetée aux ordures en allant vers l'ascenseur.

—Non, mais c'est pas vrai ?

— Maintenant, ça me semble complètement dingue que je m'en sois débarrassé sans réfléchir. Avec tout ce qui se passe en ce moment, j'étais probablement perdu dans mes pensées.

— Tu pourrais retrouver cette poubelle ?

— Je ne sais même plus à quel étage j'étais garé. Le deuxième ou le troisième sous-sol. Il y a bien un moyen mnémotechnique pour s'en souvenir, les murs d'un étage sont bleus, l'autre étage est rouge, mais je ne me rappelle vraiment plus.

— On fonce et avec un peu de chance on pourra la retrouver, et qui sait quels indices elle livrera ?

Les deux détectives en herbe quittèrent le *Rüüdig Bar* et coururent vers le parking situé en face du monument dédié à l'armée en déroute du général Bourbaki. Au niveau moins deux, Beatriz et Didier retournèrent à même le sol le contenu de la poubelle placée avant le passage pour piétons. A priori, elle n'avait pas été vidée depuis la veille. Les déchets relevaient d'un inventaire à la Michel Simonet, la poésie en moins. Quelques morceaux de poulet en sauce basquaise avoisinaient des peaux de poissons. Une couche culotte et plusieurs préservatifs usagés complétaient la première poubelle qui était principalement remplie d'ordures ménagères abandonnées ici afin de ne pas payer la taxe sur les sacs à poubelles. La puanteur des excréments mélangée à celle des déchets ménagers les indisposa. Ils s'arrêtèrent un instant, puis inspectèrent les poubelles les unes après les autres en prenant bien soin de tout remettre ensuite à l'intérieur. Ils découvrirent des choses diverses et variées : emballages plastiques, un bidon de liquide lave-glace, des bouteilles d'huile en PET et, probablement le plus étonnant, un escarpin pour un pied droit. Ils manipulèrent les détritus avec précaution, tout en se dépêchant afin de ne pas se retrouver nez à nez avec un vigile. Ils perdirent beaucoup de temps à cet étage et décidèrent d'optimiser les recherches au troisième sous-sol. Ils suivirent le chemin qui menait de l'ascenseur vers les places de parking. Didier s'occupa du demi-niveau inférieur tandis que Beatriz inspectait l'autre demi-niveau. Après cinq minutes, il exhiba enfin l'étiquette.

—Viens voir! cria-t-il afin que sa complice l'entende. J'ai le nom de l'établissement qui l'a vendue.

Beatriz accourut. À bout de souffle, elle constata dépitée :

—Ça ne va malheureusement pas nous être bien utile. Cette chaîne de vêtements détient au moins trois magasins rien qu'à Lucerne et on peut sans doute en trouver des dizaines en Suisse.

—Et merde!

—Quoique… Arrête de la tripoter et regarde plutôt ce qui est collé dessus : des cheveux. Tout compte fait, on a du bol.

Sur ces mots, les portes de l'ascenseur s'ouvrirent, non pas sur un énième client du centre commercial qui s'offusquait de les voir retourner les poubelles, mais sur un vigile qui alla droit vers eux. Il les trouva accroupis en train de remettre les ordures dans le sac plastique vert de la poubelle. Beatriz lui raconta une histoire abracadabrante au sujet de papiers importants jetés par mégarde. L'agent de sécurité ne fut pas dupe, mais comme ils avaient remis scrupuleusement tous les déchets dans les poubelles et qu'il finissait son service dans dix minutes, il se contenta de leur conseiller de déguerpir au plus vite.

La nuit était tombée lorsque Beatriz et Didier sortirent du parking. Ils choisirent de rentrer en longeant le lac. À la hauteur de la *Schwanenplatz*, juste avant le pont de la gare, Beatriz partagea sa réflexion :

—Comme les flics ne veulent plus suivre la piste des cheveux, si on leur donne l'étiquette elle finira sans doute dans un tiroir. Peut-être devrions-nous exploiter les informations par nous-mêmes ?

—Tu as travaillé dans la police scientifique et tu as un labo chez toi ? s'amusa Didier. Moi, je ne suis pas très chaud, ça sent les emmerdes à plein nez. Si on garde cette pièce à conviction, tu ne crois pas que nous faisons obstruction à l'enquête ?

—En quoi ? Il suffit de trouver une personne qui puisse faire parler ces cheveux. Mais, dis-moi, ton amie Catherine, elle n'est pas chimiste ?

—Tu as raison ! Après tout, elle est directement concernée. Je l'appelle pour savoir si elle peut les analyser. On avisera ensuite.

Malgré la bise qui accentuait l'impression de froid, Didier s'arrêta derrière l'Abribus, car il ne parvenait pas à se concentrer sur une conversation téléphonique tout en marchant. Beatriz alluma une cigarette, le temps que Didier obtienne les informations. Catherine lui confia que ses amis s'imaginaient toujours qu'elle pouvait tout analyser. On lui avait déjà apporté l'eau d'un puits pour contrôler sa qualité bactériologique ou même des pâtes aux œufs afin de vérifier si elles contenaient ou non du fipronil. Elle expliqua qu'il ne suffisait pas d'appuyer sur un bouton pour obtenir des résultats, comme dans la série télévisée, *Les Experts*. La seule analyse privée qu'elle avait récemment effectuée consistait à rechercher du méthanol dans un alcool distillé artisanalement. Elle avait profité de l'analyse de plusieurs lots d'éthanol pour ajouter l'échantillon de son ami à cette série. Le contrôle de l'eau-de-vie empoisonnée avait sans doute évité de gros ennuis de santé à cette personne.

Catherine fut désolée d'avouer que son laboratoire n'était pas équipé pour la recherche de molécules à l'état de traces sur un support biologique :

—Le matériel nécessaire est extrêmement spécialisé. L'employé qui pilote les machines doit être capable de dépouiller les données.

Didier désespérait de pouvoir tirer quelque information que ce soit de ces cheveux, jusqu'à ce que Catherine ajoute :

—L'autre fois, au restaurant *Magdi*, lors de la soirée mensuelle de cinéma francophone, j'ai rencontré un chimiste, qui est d'ailleurs Français comme toi. Il travaille pour la confédération dans un centre de recherche aquatique. Ce gars n'est pas très bavard. Je pense qu'il est introverti, peut-être même légèrement autiste sur les bords, mais il pourra sans doute nous aider. Il passe ses journées à rechercher des substances qui proviennent de planctons enfouis dans des sédiments lacustres. Ses études portent sur des quantités infinitésimales. Je me souviens d'un autre exemple : l'analyse des restes de feuilles tombées dans le lac Baïkal il y a plusieurs d'années. Figure-toi qu'il peut même reconstituer la composition isotopique de l'eau de pluie sur plusieurs siècles. C'est super passionnant !

Didier demeura muet. Déçue qu'il ne partage pas son enthousiasme, elle enchaîna :

— Il m'a donné son numéro de téléphone. Je ne l'ai pas inscrit dans mon portable, car il n'est pas du tout mon style, mais je peux sûrement le retrouver. Je crois qu'il a flashé sur moi et j'ai comme l'impression que j'obtiendrai tout ce que je veux de lui d'un simple sourire. De toute façon, c'est la seule personne que je connaisse qui pourrait nous aider. Je vais lui envoyer un SMS et lui proposer de le rencontrer, on verra bien où ça mène. Je suis certaine que ces quelques cheveux seront très loquaces dans ses machines.

Sonya était à Kiel depuis trois jours. Elle se sentait bien avec ses proches et sa famille qu'elle n'avait pas vus depuis trop longtemps à son goût. Elle passait la soirée avec Luzia, son amie d'enfance, qui lui promit de venir lui rendre visite prochainement à Lucerne. Luzia vivait dans un appartement de trois pièces dont elle était propriétaire. Elle l'avait aménagé avec soin et y habitait seule depuis cinq ans, date d'une rupture difficile avec un homme qui l'avait trompée à de multiples occasions. Luzia déchanta tellement lorsqu'elle l'apprit qu'elle se sentait à tout jamais vaccinée contre l'amour.

Elle raconta à Sonya les bienfaits du célibat : elle décidait de son emploi du temps sans arrangement d'aucune sorte, elle pouvait se coucher au retour du travail, lire au milieu de la nuit ou sortir se promener au clair de lune. Cette liberté avait cependant un revers : la solitude qui lui pesait parfois, surtout quand elle rentrait chez elle après s'être amusée toute une soirée avec des amis, sans parler des périodes de fêtes.

Sonya, quant à elle, parla longuement de Didier et de l'histoire à laquelle il était mêlé. Elle s'inquiétait et Luzia essaya de la rassurer. Elles discutèrent ensuite de cinéma, de voyages, mais aussi de tous les potins concernant leurs amis communs. Les anecdotes et les revirements de situations dans les couples les emmenèrent au cœur de la nuit.

De retour chez ses parents, Sonya reçut un appel de Didier. Elle voulut aussitôt en savoir davantage sur le travail qu'il commençait dans quelques heures. Il fut bref concernant le travail, mais très bavard quant à l'enquête qu'il menait avec Beatriz. Tout excité, il rapporta l'épisode des cheveux trouvés sur une étiquette au fond d'une poubelle de parking. Lorsqu'elle raccrocha, l'inquiétude de Sonya monta d'un cran ; elle ne comprenait pas que Didier soit plus intéressé à endosser le costume de Sherlock Holmes qu'à son nouvel emploi.

Les choses sérieuses commençaient pour Didier le lendemain, dès sept heures. Depuis plusieurs nuits, son sommeil ne lui permettait plus de récupérer de ses journées, et il appréhendait d'aller au lit. Il s'éveillait trop souvent au milieu de la nuit en nage, plus fatigué au lever qu'au coucher. Ce soir, il prit un cachet et tomba lentement dans un puits sans fond ou plutôt où il flotta en compagnie d'Anna. Il entendit alors deux voix qu'il reconnaissait[10] :

— Je t'avais bien dit qu'on ne pouvait pas compter sur cette espèce. Les humains sont trop lâches.

— Tu sais que c'était et que ça reste notre seule chance de retourner dans le néant de la création. Nous devons essayer jusqu'à ce qu'un homme nous délivre.

— Ne crois-tu pas que nous devrions plutôt nous en remettre aux femelles ?

— La dernière fois, la femme était forte, mais ils ont réussi à l'affaiblir psychologiquement dans les tréfonds de Kahnimweiso.

Les voix se turent. Au loin, une ombre s'approcha de Didier dans un vol plané. Soudain ! John se dressa à moins d'un mètre de lui. Il hurla de douleur, le visage tordu et les mains sur les oreilles.

Didier se leva d'un pas maladroit et ouvrit en grand la porte-fenêtre de son balcon. Il respira profondément, le temps que son cœur retrouve le rythme cardiaque habituel.

---

[10] Voir *Ah ! Si Isokelekel était resté sur son île...* du même auteur.

5 – *Un peu de chimie*

Didier arriva à l'heure pour son premier jour de travail, mais seul le personnel de la production et de la logistique de *Swiss Quality Extracts* était à son poste. Priska s'occupa immédiatement de Didier. Nerveux, il avoua à sa collègue n'avoir encore jamais travaillé dans une compagnie suisse. Ils prirent un café ensemble pour commencer la journée, Priska sut aussitôt le mettre à l'aise. Tous ceux qui côtoyaient cette femme menue pour la première fois étaient stupéfaits par la quantité d'énergie qui se dégageait d'elle. Elle lui expliqua rapidement les principales règles d'hygiène et de sécurité. Elle se montra si efficace que tout fut bouclé en un quart d'heure.

Après avoir récupéré un bloc-notes et des stylos, Didier passa une blouse. Priska lui trouva des chaussures de sécurité ainsi qu'un casque, puis l'emmena directement à la logistique. Un camion, en provenance d'Allemagne, arrivé un peu avant l'ouverture de la compagnie attendait pour être déchargé de sa marchandise : dix palettes de sacs de différents volumes remplis de fleurs et de feuilles séchées. Pour ce premier contact avec sa nouvelle fonction, Didier se concentra tout particulièrement. Il prit de nombreuses notes, tandis que Priska manœuvrait avec aisance les commandes du chariot élévateur.

Lors du second arrivage, Didier manipula avec sa collègue des jerricans de vingt-cinq litres de lait d'amande douce. Priska semblait n'effectuer aucun effort, au grand étonnement de Didier qui apprécia la petite pause informatique qui s'ensuivit : l'enregistrement de la marchandise dans la base de données. Comme il maîtrisait mal l'allemand, il ne comprenait pas les documents. Par contre, le nom de l'expéditeur mentionné sur le bon de livraison ainsi que l'étiquetage le firent tiquer :

—Comment se fait-il que ce produit nous soit livré avec nos propres étiquettes ? Et c'est quoi ce *Ionisierung* inscrit sur ce document ? J'ai comme un doute.

—Ces laits corporels sont fabriqués chez nous. Nous les avons expédiés, il y a dix jours, pour ionisation. On évite ainsi de surcharger les lots en conservateurs, ce qui protège la peau des consommateurs. L'irradiation détruit les germes apparus lors de l'élaboration, elle nous permet donc de repousser la date de péremption.

—Tu parles d'irradiation nucléaire ? s'enquit Didier tout en s'éloignant des jerricans.

—Tu n'as pas à t'inquiéter, la dose est tellement faible que la radioactivité est à peine mesurable...

—Elle est tout de même assez élevée pour tuer des micro-organismes !

—Tu ne peux pas comparer une bactérie et un être humain. D'ailleurs, cette pratique est autorisée dans l'alimentation. La prochaine fois que tu dégusteras un plat assaisonné d'ail ou de poivre, tu n'auras rien à craindre.

—En tout cas, j'y penserai.

—Au lieu de flipper devant les jerricans, viens donc m'aider à ôter les étiquettes d'ionisation. Pas besoin d'inquiéter nos clients pour rien.

Didier vint prêter main-forte et s'abstint d'un quelconque commentaire à cette dernière remarque.

Ils enchaînèrent avec l'apprentissage de la conduite du Fenwick. Priska se moqua gentiment de la maladresse de Didier. Ils finirent par rire tous les deux lorsqu'il transperça un sac de réglisse avec la fourche. Didier avait encore besoin de quelques heures d'entraînement avant d'envisager de passer le permis cariste. Le Français qui pensait venir rapidement à bout des complexités de ce travail qu'il croyait simple dut ravaler son orgueil.

Avant la pause de neuf heures, Priska emmena son collègue dans l'aire de stockage afin qu'il apprenne à se repérer parmi les sacs de plantes et les fûts d'extraits prêts pour l'expédition. Il se décontracta ensuite à la cafétéria et fit le plein de caféine avec un double expresso.

Didier ne saisissait pas un seul mot de dialecte suisse allemand. Il ne pouvait participer à la discussion, mais il observait Priska qui racontait des blagues à ses collègues hilares. Depuis l'autre bout de la table, un homme avec une longue barbe lança un débat passionné. Chacun semblait avoir un avis différent sur le sujet, Didier n'essaya même pas de comprendre de quoi il retournait, il se contenta d'observer le spectacle comme dans un théâtre gestuel. Égaré dans sa contemplation, Didier ne remarqua pas tout de suite que l'un de ses camarades s'adressait à lui. Il lui sembla soudain être l'objet de tous les regards. Il sortit de ses rêveries pour se concentrer sur ce que l'homme lui demandait en anglais :

—Je me présente, car avec toutes ces nouvelles têtes, ça ne doit pas être facile pour toi de savoir qui est qui. Alors moi, c'est Urs. Comme tu es au centre de cette histoire de kidnapping et que tu as sauvé Catherine, quel est ton avis sur ce criminel ? Crois-tu qu'il recommencera ? Était-ce un gars de chez nous, ou… comment dire autrement… avait-il la peau colorée ?

Urs traduisit ensuite ses questions en suisse allemand pour ses collègues qui ne maîtrisaient pas la langue de Shakespeare. Ils eurent une mimique admirative pour Didier lorsque Urs mentionna le prénom de Catherine. Il n'en avait pas envie, mais Didier raconta succinctement l'épisode de la tentative d'enlèvement afin de satisfaire leur curiosité et surtout pour éviter de se comporter d'une façon désagréable envers ses collègues dès le premier jour. Priska sentit que Didier en avait assez de rabâcher la même histoire, elle se leva et frappa du plat de la main sur la table :

—Bon ! Maintenant, on a du boulot qui nous attend ! On doit déplacer une vingtaine de fûts qui encombrent la zone de quarantaine.

Tous protestèrent et Priska leur lança :

—La suite ce sera pour demain ou un autre jour.

En quittant la cafétéria, Didier la remercia. Elle lui répondit par un clin d'œil.

La matinée n'était pas encore achevée, mais Didier s'assoupissait déjà tandis que Priska lui expliquait le

Un peu de chimie

fonctionnement du système de gestion de l'entreprise. Compatissante, elle lui affirma :

—Je trouve que tu te débrouilles plutôt bien pour un gars qui n'a jamais bossé en logistique. Tu es photographe, n'est-ce pas ?

Il acquiesça d'un léger signe de la tête.

—Tu fais des photos de mariages ?

—Oui, l'événementiel aussi. Mais j'ai d'autres contrats. Par exemple, je travaille en ce moment sur le mont *Pilatus* pour le musée historique de Lucerne.

—Si tu veux être payé, dépêche-toi de finir ton boulot ! Je ne sais pas si tu es au courant, mais certains idiots du Canton aimeraient le fermer tout comme le musée d'histoire naturelle. Tout ça pour économiser près de deux millions de francs. En ce qui me concerne, ils feraient mieux de fermer le complexe sportif d'*Allmend* qui nous coûte un fric monstre. Comme si on en avait besoin ! Mais que veux-tu ? *Vox populi, vox Dei,* paraît-il.

Didier la rassura sur l'avenir des deux institutions. Une pétition tournait depuis peu sur Internet afin de sauvegarder les deux musées, et elle avait déjà recueilli plus de dix mille signatures. Il n'y avait probablement pas péril en la demeure, il serait donc payé pour son travail, si tout se déroulait bien. Priska sauta du coq à l'âne en lui annonçant qu'elle se mariait dans un peu moins d'un an et qu'elle recherchait un bon photographe. Didier lui promit d'amener son book le lendemain. Si son style ne lui plaisait pas, il pourrait toujours lui donner quelques conseils afin de choisir celui qui immortaliserait ce moment inoubliable

« dans tous les sens du terme », pensa-t-il cyniquement. Il trouvait Priska sympathique et ne souhaitait pas une triste issue à cette future union, mais après avoir vu tant de ruptures, il était tout simplement devenu réaliste.

Un mariage pour le moins étrange qu'il avait photographié deux ans auparavant lui revint en mémoire. En matinée, il avait emmené le couple, les deux sœurs de la future mariée et le témoin du marié dans le parc du château de Chantilly pour les portraits. Les trois aides se révélèrent essentielles, car le temps capricieux alternait entre pluie et éclaircies. Didier pouvait se concentrer sur son travail tandis qu'ils protégeaient les futurs époux des intempéries. Tout se déroulait à merveille, pourtant Didier palpait une certaine nervosité ambiante, mais ça, il en avait l'habitude. Pour cette raison, il demandait toujours au couple de réserver au moins deux heures pour les prises de vues. Son rôle ne s'arrêtait pas à celui de photographe, il était aussi celui par qui la bonne humeur arrivait. Didier savait mettre à l'aise les gens. Il racontait de temps en temps des blagues innocentes et avait une petite phrase pour toutes les situations, même s'il devait faire dans les poncifs habituels en usant de stupides dictons comme « mariage pluvieux, mariage heureux ». Mais pour une fois, il échoua dans toutes ses tentatives pour détendre l'atmosphère. Ensuite, les prises de vues s'enchaînèrent : la mairie, l'église, les photos avec la famille et les convives autour du vin d'honneur.

Avant le repas, Didier passa chez le photographe qui lui tirait les épreuves d'essais et s'offrit une pizza en attendant que le book soit finalisé. Vers 22 h, il arriva dans la salle des fêtes entre le deuxième plat de résistance et le dessert. Les invités se démenaient sur la piste de danse ; tout le monde s'amusait. Didier savait par expérience que toutes les conditions étaient réunies pour réaliser un chiffre d'affaires honorable : une bonne ambiance et plus de soixante personnes. Il alla à la rencontre des mariés leur offrant ainsi la primeur de la découverte, mais ils ne montrèrent qu'un intérêt poli pour son travail. Les parents ne semblèrent pas non plus exulter. Didier laissa l'album sur une table à l'entrée afin que les convives puissent le consulter et se dirigea vers la mère de la mariée qu'il connaissait depuis l'époque où il habitait Clermont-Ferrand. Elle travaillait dans la communication et avait déjà employé Didier pour des publireportages. Elle avait quitté l'Auvergne trois ans avant lui et ils s'étaient retrouvés par hasard lors d'un baptême. Admirative de son travail, elle avait insisté pour que ce soit lui qui immortalise l'union de l'aînée de ses trois filles.

— Alors, madame Castel, tout va bien ? Pardon d'être aussi direct, mais j'ai comme l'impression qu'il y a quelque chose qui cloche. J'espère ne pas vous avoir déçu avec mes photos.

— Non, pas du tout ! Ne t'inquiète pas pour ça…

Elle était avachie dans la chaise et parlait de façon confuse. Il comprit instantanément qu'elle était ivre.

— Ah Didier ! Si tu savais ! Viens t'asseoir à côté de moi et prends une coupe de champagne, il est excellent. Et arrête de me vouvoyer, appelle-moi plutôt Marie.

— Très bien, Marie ! Alors, aux mariés ! lança-t-il en levant son verre.

—À ta santé, Didier.

Alors qu'ils buvaient en silence, Didier s'inquiétait. Il ne dut pas patienter bien longtemps pour comprendre de quoi il retournait.

—Ce soir, c'est la grande mascarade. J'ai pourtant toujours dit à ma fille de prendre le temps de bien connaître l'élu de son cœur avant de se marier.

Elle but une gorgée avant de poursuivre :

—Depuis quelque temps, il y avait de l'eau dans le gaz entre nos deux tourtereaux et il y a un mois, ils ont décidé de se séparer.

—Mais, je ne comprends pas ! Ce mariage ?

—C'est d'une débilité affligeante. Tout était déjà organisé et au lieu d'annuler la cérémonie, la belle-famille a préféré maintenir tout ce tralala, elle n'a pas pu supporter de perdre la face. Dans six mois, nos deux tourtereaux divorceront et ça coûtera un fric monstre ! Tu prends une autre coupe ?

Le photographe en était resté sans voix.

Didier revint à la réalité de *Swiss Quality Extracts*. Ils franchissaient le portail de bandes plastiques transparentes qui séparait la production de l'aire de stockage lorsque Priska se confia à lui :

—Je suis contente que tu aies pu remplacer Konrad, ça nous enlève une sacrée épine du pied. J'espère qu'il se remettra rapidement de son accident. Tu ne le sais sans doute pas, mais c'est moi qui l'ai formé, je m'entends bien avec lui. Bon ! Revenons à nos moutons. On a bien bossé tous les deux : deux réceptions de marchandise et trois expéditions, c'est pas mal pour une matinée. Avant de déplacer les fûts, je te propose qu'on range les plantes séchées, tu pourras t'entraîner au Fenwick en te vidant un peu la tête. On va commencer par ce lot, précisa-t-elle en désignant la dernière palette qu'elle avait déchargée du camion. Tu notes le nom de la plante ainsi que le fournisseur et moi je regarde dans le système pour savoir dans quel rayon on doit ranger la marchandise.

Assise devant l'ordinateur, Priska demanda à Didier de vérifier avec le bon de livraison le nombre et le poids net de chaque sac. Ils les étiquetèrent, prélevèrent un échantillon pour le contrôle qualité et, avant de déplacer la charge, Priska remarqua :

— Ça, c'est marrant ! Ces sacs de 25 kg contiennent des fleurs de cerisiers. Tu te souviens de la troisième expédition de ce matin ?

— Plus ou moins.

— Il y avait un produit que tu avais tout particulièrement remarqué.

— Ah oui ! L'extrait glycériné de fleur de cerisier du Japon. Je trouvais cela extrêmement poétique.

— Eh bien, il est fabriqué à partir de cette fleur. Tu as ainsi entraperçu la matière première et le produit fini.

Didier laissa son esprit vagabonder dans les allées d'un parc de Honshu, l'île principale de l'archipel nippon. Il y voyait des familles pique-niquer sur des bancs aux pieds de cerisiers en fleurs, une pagode et le mont Fuji en toile de fond. Le rose flamboyant des pétales lui rappela les vers de Pablo Neruda :

« … *Je veux faire de toi*
ce que le printemps fait avec les cerisiers… »

Il imagina alors quel produit cosmétique il pourrait créer s'il était employé dans un service marketing. En visualisant la peau diaphane des Japonaises, il songea immédiatement à une lotion corporelle hydratante.

Toutefois, un élément le perturba : l'origine allemande mentionnée sur le bulletin de livraison. Comment était-ce possible pour des fleurs de cerisier du Japon ? Il interrogea Priska.

— Au moins, tu fais attention à tout, c'est bien ! Il s'agit d'une petite astuce de notre marketing. En fait, le nom scientifique de cette espèce de cerisier est *Prunus serrulata*. Il suffit d'acheter cette sorte et de la planter à l'endroit où elle prospérera. Nul besoin de la faire venir du Japon, de toute façon ce serait impossible, car cet arbre est sacré pour les Nippons, et c'est surtout bien moins cher d'importer les fleurs d'Allemagne.

— Cela ne me paraît pas bien honnête tout ça ! Ne trompe-t-on pas le consommateur sur la marchandise ?

— À vrai dire, ce n'est pas mon problème. Je travaille à la fabrication, et nos clients sont tout à fait informés de ce qu'on leur livre. Si on compare nos extraits à d'autres produits vendus dans le commerce, ce n'est pas plus douteux que le saumon du Pacifique.

Didier ouvrit de grands yeux interrogateurs.

— Quand tu lis « Saumon du Pacifique » sur l'étiquette, quelles sont les informations que tu en déduis ?

—Qu'il provient du Pacifique et qu'il a probablement été pêché au large.

—La prochaine fois, tu regarderas l'emballage de plus près. Le saumon du Pacifique est une espèce, tout comme *Prunus serrulata*, et il n'y a pas qu'une seule sorte de saumon qui nage dans cet océan, mais cinq, qui ont toutes des valeurs gustatives différentes. Dans la plupart des cas, tu liras sur l'étiquette que le poisson provient d'un élevage. Le producteur ne ment pas, c'est juste l'interprétation que tu en fais. Et on ne parle même pas du saumon sauvage…

—S'il vient d'un élevage, n'est-ce pas carrément une fraude? hésita Didier qui ne voulut pas se montrer trop affirmatif.

—Rien n'est jamais totalement noir ou blanc dans la vie. Le saumon dit «sauvage» est souvent passé par une écloserie, il y est même parfois resté pendant douze mois avant d'être relâché dans un cours d'eau.

Didier admirait les connaissances en biologie et en zoologie de Priska et se demanda si elle n'était pas surqualifiée pour son emploi.

—Tu es une spécialiste du monde du vivant?

—Disons que le sujet me passionne… Bon, on reprend le travail! On a encore plein de palettes à ranger. Ensuite, on ira déjeuner. J'imagine que tu as une faim de loup.

—Tu es également médium! Et si on y allait maintenant?

—Finissons plutôt ce travail. Après le déjeuner, je t'expliquerai tranquillement la mise en quarantaine des lots fraîchement fabriqués.

Didier pressentit que l'après-midi serait très long.

Catherine s'était rendue le matin même chez *von Steiner Active Plants,* à Lausanne. Les locaux situés sur le site de l'école polytechnique fédérale étaient flambant neuf. Marcel Combe, chimiste et Romand tout comme Catherine, l'avait accueillie avec un café et des croissants.

—Tu as fait bon voyage ?

—Oui, très bon ! Il y avait juste un peu de monde dans le métro. Par contre, ça fait une sacrée trotte depuis Lucerne.

—Je dois t'avouer que je ne suis pas allé très souvent en Suisse centrale, principalement à cause de la langue. Y'en a marre de ce dialecte ! Si au moins ils nous parlaient en bon allemand !

—Ah ! La fameuse barrière de röstis. Ce qui était insolite dans le wagon, c'était d'entendre les gens discuter en dialecte jusqu'à Berne. À partir de la capitale, les Suisses alémaniques sont descendus, le train s'est rempli de Romands et la langue française est devenue dominante.

—Tu comprends le dialecte ?

—Oui, je le parle également !

—Rassure-moi ! Tu es bien Romande ? demanda-t-il en baissant la voix à la limite de l'audible.

—Tu n'as pas à t'inquiéter. Ça fait dix ans que je vis de l'autre côté de la Sarine, j'ai eu le temps de me mettre au *Lozärnerdütsch,* fit-elle avec un clin d'œil. Mais avant de commencer à bosser, j'aimerais bien comprendre comment je suis arrivée ici ! Tu ne dois pas mal interpréter mes propos, ça me fait plaisir de t'enseigner la méthode que j'ai développée, mais on a souvent besoin de plusieurs mois, voire plusieurs années, pour rentrer en contact avec les services analytiques de nos clients. Et je me retrouve déjà dans vos locaux, alors que nous n'avons vendu qu'un seul extrait à *von Steiner Active Plants*, il y a quelques semaines de cela. C'est plutôt rapide et inhabituel !

—Tu vas voir, c'est très simple ! Le marché cible de ma compagnie est la phytothérapie et l'industrie cosmétique de luxe. Lors du congrès de l'automne dernier à Singapour, Bernhard von Steiner, mon patron, a rencontré ton boss. Je lui avais déjà parlé de *Swiss Quality Extracts*, parce que je suis tombé sur Internet presque par hasard sur une de vos fiches de produits. En fouillant un peu plus, j'ai trouvé que tu avais développé une technique analytique très intéressante. Je voulais accéder à cette méthode afin de publier des documentations plus attrayantes. J'en ai discuté avec Bernhard et bien que vous travailliez principalement pour l'industrie cosmétique grand public, il a décidé de vous acheter cinquante litres d'extrait de ginkgo dans la glycérine, à condition que la méthode me soit expliquée. Pour vous, c'est plutôt un bon plan, en tout cas, c'est mon opinion, car si nous développons cette collaboration, elle vous ouvrira d'autres portes que celles des discounters et des marques... comment dire ? Pas trop regardantes. Voilà, tu sais tout !

L'éthanol, le principal ingrédient des teintures, ne posait à Marcel aucun problème analytique, contrairement à la glycérine et aux huiles, qu'elles soient minérales ou végétales. Catherine lui expliqua sa méthode : tout le savoir-faire provenait du choix judicieux des solvants utilisés pour la purification des extraits. Le chimiste lausannois prit de nombreuses notes et photos pour retenir les différentes astuces. À midi, Marcel connaissait tous les détails du procédé permettant d'analyser les extraits glycérinés.

Ils eurent le temps de sympathiser lors du déjeuner.

—Dis-moi, Marcel ! Tu sais déjà beaucoup de choses sur *Swiss Quality Extracts*, tu pourrais m'en dire un peu plus sur ta compagnie ?

—Si tu veux ! Bernhard von Steiner a fondé son groupe en Allemagne, en 1991. À l'origine, il possédait deux filiales : *von Steiner fine chemicals* et *von Steiner Nutraceutical*. En 2007, il a acheté une start-up pharmaceutique bâloise : *Dreiländereck-Pharma*, c'est dans ces circonstances que j'ai été embauché. Trois ans après, une occasion en or s'est présentée à lui : il s'est installé ici, à Lausanne, sur le site de l'École Polytechnique Fédérale. Pour moi, c'était le bon moment pour revenir dans mon canton d'origine, j'en avais marre de la Suisse alémanique. Nous avons été rebaptisés *von Steiner Pharma*. Il a gardé ses deux filiales en Allemagne et a déménagé son siège social en Suisse, pour un motif fiscal, bien évidemment.

Marcel poursuivit ses explications et dans le fil de la conversation, Catherine s'aperçut qu'il possédait une incroyable base de données sur les plantes. Il détenait tel un trésor de nombreuses revues professionnelles, des publications scientifiques, la plupart des pharmacopées mondiales ainsi qu'une importante documentation en anglais sur la médecine traditionnelle chinoise. Lorsque son confrère décrivit les problèmes analytiques auxquels il faisait face depuis quelque temps, une idée germa dans l'esprit de Catherine. Elle se dit que d'ici peu, elle posséderait une copie de tous ces documents.

—J'aimerais bien avoir ton avis sur une série d'extraits que nous avons achetés en Turquie.

—Bien sûr ! Si je peux de nouveau t'aider, ce sera avec plaisir !

—J'ai reçu avec ces extraits tous les certificats d'analyses en bonne et due forme. J'ai même des informations supplémentaires qui me sont inutiles. D'après les normes, je détiens suffisamment de documentation pour ne pas avoir à contrôler les lots de façon trop poussée. Seuls les tests de la pharmacopée européenne doivent être effectués, mais ils sont succincts. De ce côté, il n'y a pas de souci : tous les lots sont conformes. Pour toute cette série, nous œuvrons principalement comme revendeur et certains produits sont déjà sur les rayons des pharmacies et des herboristes. Pour que tu comprennes où je veux en venir, je dois t'avouer que j'ai une manie : j'aime bien classer les choses et enregistrer un maximum d'informations dans ma base de données.

—Je suis comme toi. Sans doute le défaut des grands chimistes, plaisanta-t-elle.

—Oui, probablement ! confirma-t-il en souriant.

—Cette manie m'a amené à analyser certains lots en chromatographie liquide, même si je n'y étais pas obligé.

Cela me permet d'en apprendre un peu plus sur les composés naturels qui les constituent, surtout pour les plantes exotiques, c'est extrêmement enrichissant. Mais là, j'ai trouvé des trucs bizarres. J'ai recoupé les résultats avec une technique analytique complémentaire et j'ai confirmé l'anomalie, plutôt les anomalies en fait.

—Qui sont ?

—Je ne t'apprends pas que les plantes médicinales contiennent au minimum un principe actif. Dans les lots que j'ai analysés, il est bien trop concentré par rapport aux autres composés. Pour le dire différemment, il semblerait que ces plantes se soient enrichies comme par miracle en principe actif.

Ils reprirent ensemble le protocole analytique point par point afin de déceler d'éventuelles erreurs qui pourraient expliquer ces étranges résultats. Catherine en releva deux, qui ne portaient pas à conséquence. Elle revint à l'idée qu'elle avait eue quelques instants auparavant lorsque Marcel lui avait demandé conseil :

—J'ai un marché à te proposer.

—Dis toujours !

—Voilà ! Bien que nous ne nous connaissions que depuis peu, il faudrait être aveugle pour ne pas se rendre compte que tu possèdes une excellente expertise en botanique et en taxinomie, et ce n'est pas de la flatterie. De mon côté, j'ai accès à des techniques plus sophistiquées que celles de ton laboratoire. Le marché est le suivant : je bosse sur tes extraits et, si mes analyses débouchent sur

des résultats intéressants, tu me transfères ta base de données sur un disque dur externe. Qu'en penses-tu ?
—Ça me semble parfaitement correct. Tope là !

Catherine rentra en Suisse centrale avec cinq extraits dans son sac. Elle estima qu'il était trop tard pour que ça vaille la peine d'aller au laboratoire, car elle repartirait sans avoir eu le temps d'avancer dans son travail.

Dans le train, elle téléphona, sous le regard courroucé des deux voyageurs assis en face d'elle, à Serge, son confrère français qui était employé par le centre aquatique. Elle se dirigea vers la plate-forme en bout de wagon pour poursuivre sa conversation. Serge proposa à Catherine de venir le rejoindre directement sur son lieu de travail afin de discuter tranquillement de l'analyse des cheveux trouvés sur l'étiquette. Depuis la gare de Lucerne, elle prit un bus jusqu'à Kastanienbaum. Après l'hôtel, l'éclairage public devint rare et l'obscurité se fit de plus en plus pesante. Catherine marchait au bord du lac des Quatre-Cantons, pas un seul véhicule ne circulait. Les souvenirs de son agression le long de la Reuss revinrent en force dans son esprit. Soudain, Catherine aperçut des phares. À sa gauche, le lac sans même une rambarde, à sa droite, un muret et des haies épaisses. Elle eut peur et s'arrêta. La voiture stoppa elle aussi. Elle se mit à courir. Un portail était entrouvert. Elle s'engouffra dans la propriété, gravit quelques marches et attendit cachée derrière un arbre à une vingtaine de mètres d'une villa. Au bruit du moteur, Catherine estima que le véhicule n'allait pas tarder à passer devant elle. Indécise, elle se demanda si elle ne ferait pas mieux d'aller directement demander refuge auprès des gens qui habitaient dans la demeure. La voiture roula sans même ralentir, puis s'éloigna. Soulagée, Catherine expira bruyamment. Elle retourna au portail et n'aperçut plus les feux du véhicule. Elle hésita un instant à poursuivre son chemin. Elle hâta le pas. Après quelques minutes, elle arriva enfin à l'institut de recherche. Un panneau en bas de l'escalier extérieur lui indiqua qu'elle se trouvait au bon endroit, elle s'interrogea avant de franchir la porte d'entrée. La sentant perdue, un charmant jeune homme avec une barbe d'une semaine et portant une casquette usée s'approcha et lui demanda :

—Bonsoir, vous cherchez quelque chose ou quelqu'un ?

—Oui, j'ai rendez-vous avec Serge. Désolée, mais je ne connais pas son nom de famille. Savez-vous où je peux le trouver ?

—C'est facile ! Vous montez au dernier étage et vous prenez sur votre gauche. Son bureau est tout au fond du couloir. Sinon, essayez le laboratoire juste en face ou renseignez-vous auprès de la première personne que vous rencontrerez.

Catherine croisa une jeune femme avec un accent nasillard américain qui lui désigna du doigt un laboratoire. Au travers de la porte, elle entendit une voix s'exclamer :

—Fais chier ! J'en ai marre de passer mon temps à réparer ces équipements de merde !

Elle frappa et entendit un « entrez » assez sec. Elle trouva Serge seul dans le laboratoire, bloqué derrière une paillasse, clefs anglaises à la main et lampe frontale dirigée au cœur d'une machine. Son visage se décrispa lorsqu'il reconnut la visiteuse.

—Eh, Catherine! Ça me fait plaisir de te voir. Je vais faire une pause. Ça fait deux fois que je change les réacteurs et j'ai toujours cette foutue fuite. J'ai parfois l'impression de bosser sur des prototypes.

Coincé parmi des câbles électriques et différents tuyaux de plastique et d'acier, Serge se dégagea difficilement en se contorsionnant. Il posa son outillage et proposa:

—Et si on allait à la cafétéria? Tu pourras m'expliquer ce qui t'amène ici.

En sortant du laboratoire, sa collègue lui annonça en français que Joachim le cherchait.

—Il m'énerve celui-là! L'équipement était à sa disposition pendant un mois et il n'a rien analysé. Maintenant que c'est en panne, il aimerait passer devant tout le monde sous prétexte qu'il lui manque des données pour finir son article. Il n'avait qu'à se bouger un peu le cul. Mais bon! Comme d'habitude, je m'arrangerai pour qu'il puisse avoir les résultats en temps et en heure, si le Dieu des chimistes est avec moi!

—Je lui ai dit que tu étais en rendez-vous.

—À qui? À Dieu ou à Joachim?

—À Dieu, bien sûr! J'ai utilisé ma ligne directe, pouffa-t-elle.

—Demande-lui alors de me filer un coup de main.

—À ta place, je ne compterais pas trop sur lui, mais sur ton expérience, c'est plus sûr.

Catherine qui s'était dans un premier temps sentie mal à l'aise devant les jurons proférés par Serge fut rassurée de percevoir la bonne ambiance qui régnait dans cet institut.

—Merci, tu as bien fait! J'irai voir Joachim demain matin. J'ai peut-être trouvé ce qui n'allait pas avec la machine, je dois faire encore deux ou trois tests et on sera fixé. Si on me cherche, je suis à la cafétéria, mais seulement si c'est urgent.

—Bonne chance! murmura-t-elle en lui lançant un clin d'œil amusé, que Catherine ne put distinguer.

Dans le couloir, Serge échangea quelques mots avec un étudiant francophone qui lui proposa de tester le lendemain des fromages romands lors d'une dégustation. Il expliqua qu'il essaierait de venir et offrit un café à sa consœur.

La vue sur les montagnes enneigées éclairées par la lune lui fit envie. Elle qui n'avait jamais travaillé que dans des zones industrielles le jalousa d'avoir une si belle terrasse, qui devait être des plus agréables en été. Des étudiants, parlant plusieurs langues, passaient de temps en temps à la cafétéria. Serge lui expliqua:

—En dehors du boulot, ce qui est enrichissant dans cet institut, c'est de travailler avec des personnes venant du monde entier. Tu as vu ma collègue française, dans notre département, nous avons des Américains, des Chinois, une Indienne, un Romand et bien évidemment des Autrichiens et des Allemands. Pour eux, c'est facile avec la langue, même si nous devons tous savoir parler l'anglais. Ah oui! j'oubliais, on a aussi des Suisses alémaniques.

—Et ton chef?

—Devine!

—Sans doute Allemand, comme partout ailleurs en Suisse centrale.

—Bingo! Mais revenons à quelque chose de plus intéressant. Tu as mentionné une analyse de cheveux. Je ne suis pas vraiment équipé pour ça... Que veux-tu savoir exactement?

—J'ai besoin de ton aide, précisa-t-elle avec un sourire charmeur. J'ai récupéré les cheveux du gars qui a essayé de m'enlever...

—Attends! l'interrompit-il. De quoi parles-tu?

Catherine eut un doute. Elle le fixa dans les yeux sans répondre et comprit alors que Serge devait être l'unique personne à Lucerne qui ignorait tout de l'affaire du kidnappeur en série. Elle lui raconta les faits en détail, puis précisa tout en tendant un sachet plastique:

—Voici les cheveux de ce salopard. La police s'est concentrée sur l'ADN. Je pense qu'on peut trouver bien plus d'informations. Pourrais-tu chercher des traces de stupéfiants, de tabac, de tout ce que tu pourras dénicher d'intéressant? S'il te plaît!

—Ce que tu me demandes ne peut être réalisé en quelques heures. Je suis en retard de trois mois sur mon planning, et je n'ai jamais analysé d'échantillon aussi petit. Normalement, je dispose d'au moins cent milligrammes. Là, je ne sais même pas si on en a un. Je vais devoir rechercher dans la littérature la méthode d'extraction la plus adaptée, mais quand vais-je pouvoir le faire?

—C'est important ! renchérit Catherine. Pour être honnête, je dois préciser que j'ignore si c'est légal. Nous travaillons sur des pièces à conviction et il se peut que…

—Ça, je m'en fous ! Pour éviter les problèmes avec ma hiérarchie, je bosserai le soir après le travail. De toute façon, si je développe une technique pour analyser ces cheveux, je pourrai la transposer à notre recherche. Je te promets de faire tout mon possible.

Catherine enthousiaste l'embrassa sur le front. Il rougit comme un adolescent et la raccompagna jusqu'à la sortie. La jeune femme rentra chez elle rassurée.

6 – *Premières pistes*

À peine arrivée sur son lieu de travail, Catherine se rendit directement à la logistique, curieuse de savoir comment la première journée de Didier s'était déroulée. Elle chercha Priska dans les dédales de l'aire de stockage, puis la vit aux commandes d'un transpalette. La technicienne remercia aussitôt sa collègue d'avoir trouvé quelqu'un de si sympathique pour l'épauler. Elle expliqua également que le «petit nouveau» devait tout apprendre, mais qu'il saurait devenir rapidement autonome. Catherine aperçut Didier qui s'entraînait à manier le chariot-élévateur, elle lui lança un signe de la main, puis, rassurée, retourna à son laboratoire.

Le collègue de Catherine la reconnut à son pas cadencé. Il passa la tête par l'entrebâillement de la porte du bureau pour lui signaler qu'un client patientait au téléphone. Catherine affirmait que le mercredi matin apportait toujours son lot de problèmes. Elle présentait cet adage comme une variante de la loi de l'emmerdement maximum et sentit que cet appel annonçait le début de la série.

Elle se hâta en demandant à voix basse le nom de cette personne.

—Je ne l'ai pas bien saisi, il a un accent français très prononcé. J'ai cru comprendre qu'il téléphonait du sud de la France.

Le client se plaignit de l'odeur de rance d'un lot d'abrasif d'abricot utilisé dans un gel douche exfoliant. Catherine lui promit de s'en occuper rapidement et de le recontacter dès que possible.

Elle se prépara un bon arabica à la cafétéria et revint à son bureau avec son breuvage fumant pour consulter la base de données de *Swiss Quality Extracts*. En moins de dix minutes, elle découvrit une anomalie dans le système de gestion des stocks : un seul abrasif était enregistré comme matière première. Les sacs étaient envoyés dès réception pour irradiation, puis on les étiquetait au choix en tant qu'abrasifs d'abricot, de noix ou d'olive.

Catherine partit aussitôt à la production avec les références notées sur un bout de papier. Elle se renseigna auprès d'un employé, puis fonça vers le bureau de Patrick, le responsable de la fabrication. Catherine lui réclama des explications, car elle ne pouvait croire ce qu'elle venait d'entendre de la bouche de l'ouvrier.

—C'est en effet «normal», confirma Patrick. L'article qu'on réceptionne est un mélange de coquilles et de noyaux divers réduits en poudre fine. Après ionisation, on étiquette les sacs à la demande. Si le lot d'abrasif d'abricot sent le rance, c'est probablement parce qu'il contient de la coquille de noix, mais également de la noix dans des proportions trop importantes.

Premières pistes

—Non, mais c'est n'importe quoi! On se croirait en Chine! Et ça ne te pose aucun problème de conscience qu'on vende un abrasif d'abricot ou d'amande qui est en fait de la noix?

—Je sais que l'éthique professionnelle n'est peut-être pas tout à fait respectée. Mais après tout, tu devrais voir avec ta cheffe, c'est Andrea qui a rapporté cette idée fumeuse de son ancienne boîte. Et il faut relativiser, c'est seulement une matière première pour des crèmes de peeling.

Sur ces mots, agacée, Catherine retourna à son bureau. Elle chercha les coordonnées du fournisseur qui était au moins aussi énervé qu'elle:

—C'est encore *Swiss Quality Extracts*? Vous feriez mieux de changer votre nom! J'en ai marre de vous! J'ai déjà expliqué à votre acheteur qu'il doit trouver rapidement un autre fournisseur. Les paysans déversent des camions de noyaux et de coquilles devant notre entreprise. Plusieurs petites collines artificielles naissent puis disparaissent juste sous nos fenêtres. Pour nous qui travaillons dans les abrasifs industriels, seule compte la dureté du grain. Nous avons mis au point tout un procédé pour obtenir les propriétés abrasives recherchées après broyage, et nous ne sommes pas du tout homologués pour approvisionner l'industrie cosmétique.

Catherine penaude demanda:

—Mais quelle est la composition de ce mélange?

—Cela dépend des saisons. On a principalement de la noix et de temps en temps un peu plus de noyaux d'olive ou d'abricot. Merci de bien vouloir dire à vos patrons que je leur en fournis jusqu'à la fin de l'année, ça leur laisse ainsi le temps de trouver une solution de rechange. Bonne journée !

Il raccrocha brusquement. Catherine lança le dossier contre le mur, puis se renseigna auprès de son collègue :

— Tu es au courant pour les abrasifs de noix qu'on revend sous des noms différents ?

— Ben ouais ! Comme tout le monde.

— Mais pourquoi personne n'a remplacé cette matière première ?

— Parce que c'est compliqué. J'ai déjà recherché des alternatives et elles existent. On peut se fournir en produits de qualité avec une origine garantie.

— Mais ?

— Le prix d'achat est quatre fois supérieur à notre prix de vente actuel. Si on compte l'irradiation ainsi que notre travail, il faudrait augmenter nos tarifs de six à sept cents pour cent. Il y a comme qui dirait un problème…

— Et merde ! On ne sortira jamais de ces magouilles.

Catherine ramassa le dossier et le posa sur une des piles qui encombraient son bureau. Elle se demandait à quoi bon développer des techniques analytiques performantes pour une compagnie dont l'éthique est inversement proportionnelle au bénéfice réalisé. Elle décida de se consacrer au problème de son collègue lausannois.

Après avoir passé sa blouse blanche, elle brancha l'appareil de chromatographie gazeuse et prépara les diverses solutions des cinq extraits qu'elle avait rapportés la veille.

Premières pistes

Les premiers essais se montrèrent peu concluants. Catherine dut changer plusieurs paramètres analytiques, puis lança une longue batterie de tests.

Elle avait prévu de déjeuner avec Didier, mais elle demanda à Patrick, le responsable de la fabrication, s'il voulait bien se joindre à eux. Il accepta à condition d'aller à la pizzeria voisine. Ce restaurant était son préféré non pas pour la qualité des mets servis, mais pour les généreuses portions de pizzas.

Devant sa pizza *calzone*, Catherine s'excusa auprès de son collègue de son agressivité au sujet des lots d'abrasifs. Il lui répondit d'un signe de la main signifiant que c'était oublié. Ils discutèrent boulot. Didier était reconnaissant à Patrick et Catherine qui faisaient l'effort de s'exprimer en anglais afin de l'intégrer dans la conversation.

Patrick expliqua qu'il avait eu lui-même d'énormes difficultés à accepter toutes les magouilles introduites par Andrea Bachmann. Il avait initialement lutté avec ses moyens limités avant de capituler devant l'approbation systématique de telles pratiques par son patron.

—Tu sais, précisa-t-il, tous les deux sont rapidement devenus comme *cul et chemise*, et je ne peux pas me battre contre cette complicité malsaine pour notre business. J'ai une famille à charge et ce serait une catastrophe si je perdais mon emploi. Je me suis formé sur le tas. Je n'ai même pas terminé mon apprentissage ! Que veux-tu que je trouve à cinquante ans passés ? N'empêche que j'ai quand même l'impression d'être un lâche.

—Arrête ça ! Tu n'as pas à te justifier. Tu as essayé et c'est l'essentiel. Pour moi aussi la situation est complexe : j'ai deux filles à la maison et leur papa a trouvé mieux ailleurs. Mais je possède une bonne formation de laborantine en chimie ainsi qu'un diplôme d'une haute école. J'ai le luxe de pouvoir dire haut et fort ce que je pense avec la quasi-certitude de retrouver un emploi si Walter me vire.

La mansuétude de la jeune femme lui allait droit au cœur.

—Écoute-moi bien Catherine ! Il y a quelque chose que j'aimerais t'avouer. Je t'apprécie beaucoup et pas seulement en tant que collègue, mais également comme personne. Si jamais je peux t'aider sans que je sois directement impliqué, tu peux compter sur moi.

Cette remarque toucha Catherine. Elle ne trouva rien d'autre à répondre que « Merci ! »

Un silence s'installa et Patrick orienta la conversation vers l'affaire du kidnappeur en série. Il en profita pour remercier Didier d'avoir secouru Catherine à la sortie de la *Boîte de Nuit*.

De retour au laboratoire, Catherine examina les résultats des tests qui semblaient tous positifs. Elle démarra une nouvelle séquence analytique et retourna à son bureau pour lire les courriels reçus ces deux dernières heures. Le client de l'abrasif d'abricot l'avait relancée, elle prépara une réponse. Elle ne savait pas comment formuler son message. Catherine pensait tout simplement à échanger la marchandise contre un lot dont on aurait vérifié l'odeur, même si cette propriété organoleptique ne faisait pas partie des contrôles standards. Cette solution satisferait sans doute le client, mais ne réglerait aucunement le fond du problème. Catherine se dit que pour une fois, elle pouvait elle aussi adopter la politique de l'autruche de sa compagnie, en attendant la prochaine réclamation. Prendre cette décision l'allégea d'un poids sur la conscience.

Elle rédigeait son courriel lorsqu'un laborantin l'informa que son équipement émettait un bruit étrange. Catherine promena son oreille alerte tout autour de la machine afin de déterminer la source exacte du sifflement sporadique, sans réussir à en trouver l'origine. Elle vérifia ensuite les paramètres du programme et découvrit qu'une fuite d'hélium était à l'origine de cette alarme. Il n'y avait aucun danger pour la sécurité, mais certaines parties du chromatographe risquaient d'être sérieusement endommagées si elle n'intervenait pas rapidement. Catherine refroidit le four qui chauffait à plus de trois cents degrés et partit récupérer la caisse à outils qu'elle avait prêtée à un employé de la production. Une demi-heure plus tard, elle put relancer les analyses.

En fin d'après-midi, les données brutes étaient disponibles. Catherine les interpréta immédiatement. Elle y voyait maintenant un peu plus clair : les trois premiers extraits contenaient tous une concentration en matière active relative aux autres composés dix fois trop importante. Elle envoya un message à Marcel, son collègue de *von Steiner Active Plants,* afin d'obtenir la liste de tous les extraits que sa compagnie avait achetés. Catherine s'apprêtait à se rendre au pot de départ organisé par l'un des vendeurs lorsqu'elle reçut le document.

Un détail l'interpella en découvrant les noms des produits ; elle était persuadée de les avoir déjà vus. Elle reposa son manteau sur le dos de sa chaise et lança plusieurs recherches sur la toile. Cette liste ne correspondait à aucune origine géographique particulière. Les propriétés des plantes ne représentaient pas non plus le dénominateur commun. Cependant, Catherine sentait qu'elle était proche de résoudre l'énigme. Elle avait besoin d'un café pour lui redonner un bon coup de fouet. À cette heure tardive, il n'y avait plus grand monde dans les couloirs de la compagnie. Le café finissait de couler quand une idée lui traversa l'esprit. Elle retourna à son ordinateur, avala son expresso d'un trait et déposa sa tasse en équilibre précaire sur une pile d'autres tasses, à côté de l'écran. Elle n'eut ensuite pas besoin de chercher longtemps pour lever le voile sur ce mystère.

L'apéritif de départ organisé par Tobias dans un bar de Stans battait son plein. Le vendeur quittait *Swiss Quality Extracts* après seulement deux ans et demi. Pour ce soir, il avait décidé de lutter à sa façon contre l'hypocrisie qui régnait d'habitude dans le monde professionnel en n'invitant que les gens qu'il appréciait au sein de la compagnie, ce qui excluait *de facto* le patron et Andrea, la responsable R et D. Grâce à sa relation personnelle avec Catherine, et parce qu'il était aux yeux de tous un héros,

Didier était également de la fête. Quelques convives se tenaient accoudés au bar devant une bière. Les autres collègues de Tobias, installés aux tables, se sustentaient d'une soupe ou de tapas.

Catherine arriva après la deuxième tournée générale et se dirigea vers Didier qui était assis en léger retrait. Ils commencèrent tout juste à discuter lorsque Tobias, passablement alcoolisé, prit une chaise et se plaça face à eux à califourchon.

—Alors mes amis, vous vous amusez bien ? À ma gauche, la miraculée et à ma droite son sauveur. Quel beau couple vous formez tous les deux !

Catherine et Didier rirent de bon cœur.

—Et dire que nous avons tous les deux débuté presque en même temps, constata Catherine. J'ai l'impression que c'était hier.

—Tu es arrivée trois ou quatre mois après moi si je me souviens bien.

—Un de plus qui s'en va ! Il faut dire que c'est monnaie courante chez *Swiss Quality Extracts,* et comme d'habitude les meilleurs partent en premier.

Après avoir échangé quelques banalités, Catherine entra dans le vif du sujet :

—Tout a été si rapide depuis ta démission ! Que s'est-il réellement passé ? Si Walter et Andrea sont absents ce soir, faut-il y voir une relation de cause à effet ?

—Oui et non ! Tu veux la vérité ?

—Quelle question ! Je ne sais pas si elle existe, mais j'aimerais bien entendre ta version des faits.

—Je ne veux pas te décourager, car ce n'est pas bien reluisant, avertit Tobias en se tournant vers le Français.

—Ne t'inquiète pas pour moi. J'ai déjà vécu des choses assez compliquées dans ma vie.

Les yeux de Didier se perdirent un instant dans le vague avant qu'il n'ajoute :

—Et tu n'as pas à avoir peur, je sais garder un secret.

—Bon d'accord! Mais avant, on commande un verre. Je prends une bière et toi, Didier, tu prends un verre de vin ?

—Tu as vu juste. Du blanc, s'il te plaît.

—Et pour toi, Catherine ?

—Je ne bois pas d'alcool ce soir, je conduis. Après ce verre, je file! Julie et Alina m'attendent et c'est trop souvent le cas ces derniers temps, j'aimerais bien un thé.

Tobias appela le serveur qui prit aussitôt la commande.

—Voilà, c'est un peu délicat, commença-t-il. En préambule, il faut que vous connaissiez la réputation de notre charmant chef. Je l'ai déjà accompagné deux fois dans des symposiums asiatiques, plus précisément en Thaïlande. Et s'il est aussi enthousiaste à l'idée de s'y rendre, ce n'est pas que pour les contacts professionnels qu'il y développe.

Devant l'air interrogateur de Didier et la grimace intriguée de Catherine, il allait poursuivre lorsque le garçon arriva avec les boissons. Au même instant, deux collègues du service achat qui voulaient rentrer chez eux lui firent signe. Ils habitaient dans le canton d'Argovie et, avec les mauvaises prévisions météorologiques, ils préféraient ne pas prendre la route trop tard. Il les remercia d'être venus, salua un couple d'amis et retourna à la table.

—J'en étais où? Ah oui! La Thaïlande. Un soir, alors que je dégustais un cocktail dans un bar il est passé dans la rue, juste sous le balcon sur lequel je me tenais. Il était accompagné, mais il ne m'a pas aperçu. Ce que je peux vous dire, c'est que sa compagne était jeune, très jeune. Si elle était majeure, ce n'était pas depuis longtemps. La scène s'est renouvelée le lendemain. Des rumeurs disent que notre cher Walter en profiterait pour s'offrir de la chair fraîche, bien en deçà de ce que la loi autorise, mais surtout de ce que la morale accepte. Qu'on soit bien d'accord: je n'ai personnellement rien vu de tel, car je l'aurais dénoncé à mon retour. Mais ça ne m'étonnerait pas du tout.

—L'accusation que tu portes est grave, murmura Catherine.

—C'est pour cela que j'ai précisé qu'il s'agissait de *on-dit*. Mais concrètement, il se paie de très jeunes putes, je l'ai vu. Il y a autre chose... mais là, ça se passe dans nos locaux, hésita-t-il un instant.

—Continue Tobias, mais j'ai l'impression de connaître la suite.

—Ça m'étonnerait, mais pourquoi pas après tout? Il y a trois mois, je suis allé le voir dans son bureau, c'était un vendredi soir et les couloirs étaient vides. Je me souviens précisément de l'heure: 18h. J'avais discuté assez longtemps avec Walter de quelques problèmes à régler avec une grande compagnie allemande, mais également de notre volonté de développer notre marché en Amérique

du Nord. Je l'ai quitté une heure plus tard. Avant de rentrer chez moi, je voulais retranscrire une synthèse de notre discussion pendant que c'était encore clair dans mon esprit. Arrivé vers la fin du rapport, je me suis rendu compte qu'il me manquait une information. Je suis donc retourné au bureau de Walter, et devinez ce que j'ai vu ?
Il ne leur laissa pas le temps de réfléchir et enchaîna :

—Voilà, il faut bien vous imaginer la scène. Je rentre dans le bureau de mon chef sans frapper et je le vois tout affolé, en train que cliquer comme un fou avec la souris pour fermer des fenêtres sur son écran. De l'autre main, il tire brusquement son fauteuil et là, je vous le donne en mille : j'entends la boucle de son ceinturon qui cogne plusieurs fois contre le pied métallique de la table. Walter était rouge comme une tomate, tel un enfant pris en faute. Il se masturbait en visionnant un site porno ! Je suis parti en prétextant qu'il avait l'air occupé et que ma question pouvait bien attendre lundi. J'y ai pensé tout le week-end. J'en ai discuté avec ma femme et j'ai pris la décision de chercher un autre emploi, car je ne me vois pas travailler pour quelqu'un que je ne respecte plus.

Un lourd silence s'ensuivit, interrompu par une remarque de Catherine :

—Je vais moi aussi vous confier un secret : ce que tu décris, je l'ai également vécu. C'était à midi en plein été, il faisait chaud. Ce n'était pas flagrant : il s'est rapidement rapproché de la table et sa main est repassée au-dessus du bureau. J'ai vraiment cru que ça n'allait pas bien dans ma tête pour me faire de telles idées. Je n'en ai parlé à personne en me disant que si ce que je pensais avoir vu était bien réel, il avait définitivement besoin d'un traitement. Je l'ai plus considéré comme un malade que comme un porc. Mais maintenant que tu partages ton expérience...

Depuis le bar, une voix l'interrompit :

—Je propose de porter un toast à notre ami qui nous quitte. Tobias ! À ta nouvelle vie professionnelle !

Tous trinquèrent les uns avec les autres dans un joyeux vacarme. Un employé de la production entonna « Un discours ! Un discours ! »

Cette sollicitation fut reprise par ses collègues. Tobias ne s'y attendait pas. Il prit place dos au mur afin de s'adresser à tous.

—Tout d'abord, j'aimerais vous remercier d'être venus si nombreux, cela me va droit au cœur. Comme j'ai sélectionné minutieusement mes invités, je peux vous affirmer sans mentir que j'ai pris beaucoup de plaisir à travailler avec vous tous, sans exception.

Cette remarque déclencha un fou rire général.

—Dans un couple, l'amour ne dure souvent que cinq ou sept ans. Chez *Swiss Quality Extracts*, on s'en va après deux ans et demi. Je n'aurai donc pas franchi cette barre fatidique. Au début, ce n'était pas toujours facile pour moi, mais aujourd'hui j'ai l'impression de faire partie d'une petite famille et je suis triste de vous quitter. Avec ma femme, que certains d'entre vous connaissent, nous avons vécu en Hollande et avons eu un enfant ici, en Suisse. Maintenant, il est temps que nous rentrions en Angleterre, dans le pays d'origine de mon épouse. J'ai trouvé un bon emploi à Londres et je suis tout excité par cette nouvelle vie qui nous attend. Merci à vous tous.

Les applaudissements retentirent. Priska s'approcha un paquet à la main.

—Cher Tobias… Elle était gênée d'avoir à s'exprimer de façon si solennelle. Nous sommes tristes de te voir partir, mais ce serait égoïste de notre part de ne pas être avant tout heureux pour toi et ta petite famille. Nous te souhaitons tous beaucoup de bonheur et une belle réussite professionnelle. Nous nous sommes cotisés pour t'offrir quelques présents qui te seront sans doute utiles pour lutter contre le froid londonien.

Tobias ouvrit les paquets sous l'œil attentif de ses collègues. Il découvrit un service à fondue ainsi que trois chemises traditionnelles suisses à motif d'edelweiss pour lui, sa femme et son garçon. Même si les cadeaux représentaient de parfaits clichés suisses, il était touché par cette gentillesse. Il leva de nouveau son verre :

—Je vous remercie toutes et tous du fond du cœur !

Alors que le barman rallumait la radio qu'il avait coupée juste au moment de l'intervention de Tobias, Catherine annonça :

—Je dois y aller, mes filles m'attendent pour le dîner. J'ai prévu des moules frites, elles adorent ça. Je sens qu'on va se régaler !

Alors qu'elle faisait la bise à Tobias tout en lui souhaitant bonne chance, il lui murmura au creux de l'oreille :

—Ne reste pas chez *Swiss Quality Extracts*, tu vaux beaucoup mieux.

Puis il partit à la rencontre de ses amis pour trinquer et échanger quelques mots.

Didier annonça à Catherine qu'il aimerait bien en profiter pour effectuer le trajet avec elle jusqu'à Lucerne. Elle accepta volontiers. Tandis qu'elle se dirigeait vers le parking, Catherine resta troublée par le message de Tobias. «Pourquoi continuer de perdre mon temps dans cette compagnie?» songea-t-elle.

Sur le chemin du retour, ils discutèrent des deux premières journées de travail de Didier qu'il trouvait enrichissantes, même s'il affirma qu'il ne se voyait pas faire de vieux os. «Décidément, médita-t-elle, ce sera probablement le prochain à partir, et moi je serai toujours employée par Walter».

Didier revint sur les déclarations de Tobias. Catherine expliqua qu'après avoir surpris Walter dans son bureau, elle avait entendu des rumeurs sur des livraisons de DVD pornographiques sous emballage neutre, à son nom, directement chez *Swiss Quality Extracts*. C'est la standardiste qui aurait ouvert par mégarde un de ses colis personnels. Catherine ajouta d'une voix inquiète que depuis plusieurs jours, il la regardait bizarrement, de façon presque malsaine. Elle se sentait de moins en moins rassurée en sa présence. Puis, elle balaya ses idées sombres d'un revers de la main et les mit sur le compte de tout ce qui lui était arrivé. Elle préféra discuter de choses plus gaies et enchaîna sur ses préparatifs pour les vacances d'été avec Julie et Alina. Toutes les trois se réjouissaient de partir dans le sud de la France, même si elles n'avaient pas encore défini le lieu précisément. Catherine penchait pour Sète. Ses filles pourraient ainsi s'amuser sur les plages méditerranéennes, mais elles auraient également tout le loisir de découvrir le riche patrimoine français.

Elle continua de décrire le programme qui les attendait. Cependant, Didier perçut une certaine inquiétude sur les traits de son amie, qui faillit par ailleurs manquer la sortie de l'autoroute.

—Bon, on arrive maintenant à Lucerne. Où veux-tu que je te dépose ?

—Si tu pouvais me laisser sur la *Pilatusplatz* ou devant la *Kantonalbank*, ce serait parfait. Je vais retrouver quelques amis au bar, mais je ne m'attarderai pas, je n'en peux plus. Il faut que je dorme de temps en temps.

—Ne fais pas trop d'excès. Les héros doivent aussi se reposer.

—Là ! s'écria-t-il, la place de bus est libre.

Elle s'y arrêta en laissant tourner le moteur. Il lui fit la bise et sauta hors du véhicule en lui souhaitant un bon retour, même si elle était à moins de dix minutes de chez elle. Catherine baissa la vitre tout en regardant dans le rétroviseur intérieur.

—Au fait, précisa-t-elle, j'ai donné les cheveux que tu as récupérés au chimiste français, on verra ce qu'il pourra en tirer. Je crois que…

À cet instant, un bus se colla derrière elle en klaxonnant plusieurs fois.

—Je te raconterai demain. Amuse-toi bien et repose-toi !

Un brouhaha régnait au *Bistronomie* où Beatriz avait donné rendez-vous à Didier le matin même par texto. Elle lui avait également annoncé qu'elle possédait de nouvelles informations. Didier retrouva l'*Originale* assise en compagnie de Ruth et Sébastien, ses amis artistes qu'il rencontrait une fois par mois au même endroit, sur une banquette en skaï blanche, juste en dessous d'un portrait qui rappelait étrangement Donald Trump.

—Vous vous connaissez tous les trois ? interrogea Didier en donnant la bise à tous.

—Qui ne connaît pas Beatriz ? rétorqua Ruth, mais assieds-toi, on a une super bonne nouvelle : tu es au courant pour dimanche ?

—Non, que se passera-t-il ?

Ruth sortit son ordinateur d'une sacoche et l'ouvrit devant Didier intrigué.

—Voilà ! Je t'ai envoyé un message ce matin, car dimanche nous aurons besoin du plus grand nombre de bénévoles possible, mais aussi les jours précédents pour les préparatifs.

Devant l'air circonspect de Didier, Ruth précisa :

—La ville de Lucerne vient d'autoriser la marche silencieuse et regarde, c'est le site Internet que j'ai créé. Il est déjà en ligne. Nous avons de nombreux soutiens artistiques et politiques de tous bords. Plusieurs célébrités locales nous suivent également. Ce site est en lien sur tous les réseaux sociaux. Nous voulons mobiliser un maximum de Lucernois afin que Steffie ne tombe pas dans l'oubli. Le carnaval approche et nous devons agir maintenant, et non pas quand nous serons dans la liesse générale.

—Mes amis! L'heure est grave, proclama Beatriz théâtralement. Trop de forces se mettent en œuvre pour stigmatiser l'autre, «l'étranger». Comme si ce salopard ne pouvait pas être suisse. Quand plus rien ne tourne rond, il vaudrait mieux comprendre comment nous en sommes arrivés là et procéder à un examen de conscience plutôt que de chercher des coupables extérieurs à notre communauté. Une ambiance délétère et une certaine parano se sont installées: les rues de Lucerne sont vides la nuit. Nous nous devons d'organiser cette marche silencieuse pour exprimer notre solidarité avec Steffie, mais également pour montrer une lueur d'espoir.

Les gens applaudirent et se resserrèrent autour de Beatriz.

—Nous sommes plusieurs à penser que les policiers devraient s'investir beaucoup plus, déclara Ruth. On ne peut pas mettre ça en avant dans notre communication, mais quand on les voit parcourir les rues à la recherche de véhicules mal garés ou de personnes qui n'ont pas payé le stationnement, on se dit qu'ils pourraient éviter de perdre leur temps. Il y a bien d'autres priorités, surtout en ce moment.

L'assistance galvanisée était de plus en plus nombreuse à se presser autour de la table.

—Comment peut-on aider? lança un inconnu.

—On attend encore du monde, précisa Sébastien. Il suffit de participer à la réunion de ce soir pour soutenir le mouvement.

Plusieurs voix s'élevèrent :

—J'en suis !

—Moi aussi ! Où se tiendra cette réunion ?

—Initialement, on pensait l'organiser ici, mais Le *Bistronomie* est trop petit, affirma Beatriz en jetant un regard circulaire autour d'elle. J'ai un pote qui possède les clefs d'un local qui va être prochainement démoli, il se trouve du côté d'*Industriestrasse*. C'est une ancienne fabrique dans laquelle des concerts et des réunions politiques se déroulent de temps en temps. Je n'ai pas bien compris si le propriétaire était informé ou non, mais on s'en fout un peu, ce sera un joyeux bazar. Il faudra sans doute nommer un comité d'organisation afin que ça ne soit pas trop chaotique. Ce serait bête de disperser nos forces.

À cet instant, cinq touristes indiens franchirent le seuil du restaurant. La serveuse qui se tenait près de la porte s'enquit de ce qu'ils désiraient. Avec le bruit, elle ne comprit pas distinctement ce que le chef de famille disait.

—Menu ? Vous voulez le menu ?

Il réitéra sa demande, mais plutôt que de formuler une phrase complète il se borna à répéter le même mot qui semblait toujours aussi inintelligible pour la serveuse. Claudia, la patronne, sortit de derrière le comptoir et réussit à déchiffrer :

—Mac Do ? Vous êtes venus depuis l'Inde et vous voulez aller au Mac Do ? Découvrez donc la cuisine locale. Ça sert à quoi de faire tous ces kilomètres, si c'est pour vous rendre au Mac Do ? Je ne vais pas en Inde pour manger une fondue.

—Mais on n'a pas le temps, notre autocar part dans dix minutes.

—Bon, puisque c'est un cas de force majeure ! conclut-elle en haussant légèrement les épaules et en levant les yeux au ciel.

Elle les raccompagna à la porte et leur indiqua la direction à prendre.

Tout le monde riait dans le bar. Claudia racontait que c'était assez courant de voir des familles obèses qui ne souhaitaient rien d'autre que de la *malbouffe* ou qui ne connaissaient qu'un seul plat «chicken, chicken». Les rires redoublèrent d'intensité.

—On pourrait peut-être lancer une pétition contre le tourisme de masse ? avança Beatriz. Il ne faudrait tout de même pas que Lucerne devienne comme Venise ou pire encore, comme les Baléares.

—Il paraît qu'en proportion du nombre d'habitants, nous avons plus de touristes qu'à Venise, enchaîna une femme de l'assistance.

—Oui, j'ai entendu ça également, répliqua l'*Originale*.

—Quand je me balade dans notre ville, tu sais à quoi ça me fait penser ? intervint Sébastien.

—Non, pas vraiment ! À une capitale internationale ?

—Encore plus international que ça. Ce matin, entre la *Schwanenplatz* et le Quai National, j'ai vu une multitude d'Asiatiques qui descendaient de deux autocars, ils croisaient un groupe d'Arabes avec des femmes en niqab. Il y avait aussi des Allemands retraités qui portaient un casque audio sur les oreilles. On aurait dit une scène surgie d'un épisode de la *Guerre des étoiles*, quand des individus plus ou moins humanoïdes en provenance de tout l'Univers se retrouvent dans un bar.

—Tu as beaucoup d'imagination, se moqua-t-elle. N'est-ce pas une des conséquences méconnues du réchauffement climatique : la migration des touristes en plein hiver ?

Beatriz avait lancé cette remarque suffisamment fort pour être entendue de la plupart des gens présents autour de la table, qui rirent à gorge déployée. Ruth reprit la parole :

—On s'égare ! Didier, ce serait bien si tu pouvais venir avec nous à cette réunion. Et pour dimanche, ta place est en tête de cortège avec ton amie Catherine juste aux côtés de la famille de Steffie.

—Je ne m'y sentirais pas à l'aise. Arrêtez de croire que je suis…

—Un héros ! Mais si, mon héros, le taquina Beatriz. Pourrais-tu prévenir Catherine pour qu'elle rejoigne cette marche ?

Puis elle se leva pour s'adresser à toute l'assemblée :

—Mes amis ! Nous passons maintenant à la deuxième phase de la soirée. Nous avons tous rendez-vous à la Fabrik pour l'organisation de la marche de dimanche.

Le bar se vida progressivement. Didier mit ses écouteurs aux oreilles et partit téléphoner à Catherine depuis un coin de la salle. Le portable ne répondait pas, il pensa la rappeler un peu plus tard.

Une vague de froid frappait de nouveau Lucerne. Toute la bande convergea sous la neige par petits groupes jusqu'à la *Kantonalbank* où ils prirent le bus. L'ambiance y était studieuse : deux personnes sortirent spontanément des blocs-notes pour consigner les idées qui fusaient de tous bords. Assise sur un strapontin, Beatriz profita de l'occasion pour essayer de développer ses théories au sujet de la démocratie des sondages, mais elle se fit gentiment rembarrer par le groupe.

Didier téléphona de nouveau à Catherine. Comme son portable ne répondait pas et qu'il n'était pas trop tard, il appela sur le poste fixe. Julia, l'aînée, décrocha. Il perçut de la panique dans le ton de sa voix, mais aucune conversation ne put être engagée, car Julie ne comprenait pas l'allemand approximatif de Didier et lui restait coi devant le dialecte de sa jeune interlocutrice. Le père de Julie et Alina, qui avait été appelé à la rescousse par ses deux filles, prit le téléphone. Il expliqua dans un mélange d'anglais et de français que son ex-femme n'était pas encore rentrée à la maison et qu'avec tout ce qui s'était passé, leurs filles s'étaient tout de suite inquiétées. Malheureusement, Didier ne put le rassurer. Il raconta qu'elle l'avait déposé au centre-ville et qu'elle aurait dû être chez elle depuis près d'une heure. Il prit peur. Il demanda à l'ancien mari de Catherine de prévenir la police. Ils promirent de se tenir informés si l'un d'eux avait des nouvelles.

Didier se laissa glisser le long de la porte du bus contre laquelle il était adossé. Il était pâle et ses yeux devinrent humides. Beatriz vint rapidement s'asseoir à ses côtés en lui proposant un mouchoir :

—Qu'est-ce qui se passe ?

Didier essuya ses joues et reprit lentement ses esprits.

—Catherine n'est pas chez elle. Avant de me déposer à Lucerne, il y a presque une heure, elle m'a annoncé qu'elle rentrait directement. Elle ne répond pas à mes appels ni à ceux de ses filles. Je suis en contact avec leur papa et il me prévient dès qu'il en sait plus. J'ai peur qu'il lui soit arrivé quelque chose.

—Mon Dieu! Espérons qu'elle ait juste rencontré une amie et qu'elles sont en train de papoter autour d'un verre.

—Plutôt qu'attendre, je préfère passer à l'action. Je retourne immédiatement à la *Pilatusplatz* et je vais faire le trajet à pied jusqu'à chez elle. Peut-être a-t-elle tout simplement eu un ennui mécanique et que la batterie de son portable est vide ? avança Didier sans trop y croire.

—Je t'accompagne. Viens vite ! Le prochain arrêt est *Bundesplatz*, c'est là qu'on descend.

Elle s'adressa ensuite au petit groupe :

—Les amis !

Elle dut s'y reprendre à plusieurs reprises pour attirer l'attention sur elle :

—Les amis ! Plus personne n'a de nouvelles de Catherine Bucher depuis une heure et elle ne répond pas à son téléphone. Avec Didier, nous allons emprunter le chemin qu'elle aurait dû suivre. Allez donc à la *Fabrik* comme prévu et on vous y rejoindra.

Les portes pneumatiques coulissèrent lorsqu'une voix surgit du fond du bus :

—On vient avec vous, plus nous serons nombreux et mieux ce sera.

Ils discutèrent ensemble afin de trouver la stratégie la plus efficace. Deux options s'offraient à eux : organiser la marche silencieuse avec le plus de monde possible ou tout investir sur la recherche de Catherine. Beatriz appuyait sur le bouton rouge à chaque fois que les portes se refermaient, abusant ainsi de la patience du chauffeur qui s'énerva en leur demandant de trancher.

Beatriz et Didier descendirent du bus en compagnie de Ruth et Sébastien, le reste du groupe poursuivit sa route jusqu'à la *Fabrik*. À l'abri sous le toit du Petit théâtre, Beatriz résuma la situation :

—Bon ! On est environ à mi-chemin entre le lieu où Catherine a déposé Didier et le quartier où elle habite. Je propose qu'on se divise en deux groupes.

Ses trois acolytes approuvèrent.

—Vous deux, enchaîna-t-elle en s'adressant à Ruth et Sébastien. Vous allez jusqu'à l'arrêt de bus de la *Pilatusplatz*. C'est bien là qu'elle t'a laissé ? s'enquit-elle auprès de Didier qui confirma.

—Donc, vous n'avez qu'une seule rue à contrôler : la *Winkelriedstrasse*...

—Sauf si elle a fait un détour, l'interrompit Didier.

—Ouais, tu as raison, mais partons de mon hypothèse, sinon on n'arrivera nulle part dans nos recherches. Quant à nous, précisa-t-elle à Didier, nous avons deux chemins possibles : soit la *Neustadtstrasse* où tu habites, soit la rue parallèle.

—Je prends ma rue et toi, tu suis l'autre. On se retrouvera devant l'ancienne piscine et on montera ensemble jusque chez elle dans le quartier de *Sternmatt*. Qu'en dis-tu ?

Elle acquiesça d'un léger mouvement de tête. Ils partirent tous à la recherche de Catherine.

Les conditions météo glaciales poussaient Didier à se dépêcher, mais son cerveau lui ordonnait de ralentir le pas afin de mener une investigation minutieuse. Il fouillait la rue et les trottoirs des yeux à la quête du moindre indice. Didier passa sous l'immense portique en béton installé depuis quelque temps déjà au début de la *Neustadtstrasse*. Il ne remarqua rien de spécial jusqu'à la ruelle qui partait sur la droite, une fois la ligne de chemin de fer franchie. À l'intersection, il aperçut des morceaux de verre qui étaient presque entièrement recouverts par la neige. Il s'engagea dans un passage et tomba sur la voiture de son amie garée le long d'un bâtiment bleu. Le capot était enfoncé, la vitre du conducteur brisée. Didier eut la présence d'esprit de s'éloigner du véhicule en revenant sur ses propres pas et prit plusieurs photos des traces de pneus et de pas avant qu'elles ne disparaissent à tout jamais sous le manteau blanc. Il contacta ensuite Beatriz qui se trouvait de l'autre côté de la ruelle. Elle arriva précipitamment sur les lieux puis appela la police. Sans attendre, elle prévint également leurs deux compères partis dans la direction opposée. Les forces de l'ordre mirent moins de cinq minutes pour se rendre sur place et bouclèrent en un tournemain les deux accès à la ruelle. Le policier que Didier avait plaqué au sol deux jours plus tôt se gara juste devant ses collègues dans un léger dérapage. Il courut vers Didier qu'il prit à l'écart.

—C'est terrible ce qui arrive! J'ai foncé dès que j'ai eu la confirmation qu'il s'agissait bien du véhicule de Catherine Bucher. Vous avez vu quelque chose?

—Non! J'ai découvert la scène telle que vous la voyez.

Didier anticipa la question suivante:

—Elle m'a déposé à la *Kantonalbank* il y a près de deux heures. Quand j'ai appris qu'elle n'était toujours pas arrivée chez elle, nous avons décidé de partir sur ses traces.

—Nous! De qui parlez-vous?

—De *Dona Quichotte*, vous la connaissez sûrement!

Didier la désigna d'un léger mouvement de la tête. Le policier se rendit alors compte de la présence de l'*Originale*. Il lui adressa un sourire.

—Deux autres amis ne vont pas tarder à nous rejoindre, compléta Didier.

Le policier sembla perdu dans ses réflexions:

—L'ordure a cette fois-ci probablement réussi son mauvais coup. Si seulement on m'avait écouté, mais non!

Devant le regard intrigué de Didier, il précisa:

—Je l'attendais devant chez elle, car «on» n'a pas jugé utile de la suivre lors des trajets qui la menaient de son travail à son domicile. Le risque qu'il lui arrive un malheur à ce moment précis a été considéré comme négligeable.

S'apercevant qu'il venait de commettre une bourde, il se ravisa aussitôt:

—C'est sans doute mieux que vous gardiez cette remarque pour vous. Je suis énervé et je sens que je vais encore en prendre plein la poire.

—Et pourquoi donc ?

—Il faudra bien trouver un responsable...

—Ne vous inquiétez pas ! Il y aura sûrement une enquête en interne pour savoir qui a failli. Mais pour le moment, c'est la disparition de Catherine qui me préoccupe.

—Vous avez raison. C'est nul de m'apitoyer sur mon sort alors qu'une personne est en danger. Ne bougez pas ! Je vais résumer la situation à mes collègues.

Les traces laissaient présumer que l'enlèvement avait eu lieu il y a suffisamment longtemps pour permettre au criminel de sortir de Lucerne. Les policiers demandèrent du renfort immédiat pour fouiller les alentours. Ruth et Sébastien arrivèrent en même temps que l'inspecteur Armin Oetterli en charge de l'enquête sur le kidnappeur en série. Il prit la décision de recueillir les témoignages sans attendre le lendemain et emmena les quatre amis au commissariat. Il appela également deux collègues afin de visionner sans tarder les différentes caméras de surveillance de la ville.

La déposition de Didier dura plus longtemps que celles de ses amis qui purent quitter rapidement le commissariat. L'inspecteur Oetterli semblait en avoir assez de le trouver en permanence dans ses jambes. Il lui fit clairement comprendre que s'il n'avait pas eu un comportement héroïque le long de la Reuss, il aurait déjà demandé sa garde à vue préventive.

Après cet avertissement, Didier sortit des locaux, vidé de son énergie. Il hésita un instant à rejoindre le groupe qui préparait la marche. Il jugea cependant plus important de s'y rendre que de prendre du repos, malgré les nombreux signaux d'alarme tirés par son corps.

Didier franchit la porte de la *Fabrik*. Une joyeuse cacophonie y régnait, bien loin du cliché suisse qui voulait que tout le monde s'exprime l'un après l'autre. La fatigue accumulée lui tomba dessus sous la forme d'un gros coup de barre. Il s'assit à une table près de l'entrée. Beatriz vint immédiatement à lui.

—Ça va Didier? Tu es tout pâle, tu dois absolument te reposer. Mais avant, je vais te chercher un remontant.

Alors qu'elle fouillait dans différents sacs à provisions, Didier se mit à l'aise. Il observa Ruth et Sébastien essayant de contenir le débat. Beatriz revint avec deux bouteilles de tonic à la main et leva la sienne:

—Tchin! Tchin! Comme on dit chez vous.

—*Zum wohl!* Comme on dit ici, et merci!

Après une bonne gorgée, Beatriz lui demanda:

—Qu'est-ce qu'il te voulait Oetterli? Il ne t'a pas trop embêté? Parce qu'il peut être vraiment chiant quand il s'y met.

—Il voulait quelques informations supplémentaires. Il m'a aussi mis en garde de ne plus trop tourner autour de cette enquête, mais je l'emmerde! Catherine a disparu et je ne vais pas rester là les bras croisés.

—Bien vu, le Français ! ajouta-t-elle malicieusement. Il n'est pas facile, il met tout le monde sous pression, et mon ami policier va morfler. D'ailleurs, tu le connais, c'est Bruno, vous avez discuté ensemble ce soir. J'ai appris hier que c'était lui que tu avais plaqué au sol dans la vieille ville. Tu as eu de la chance que ce soit arrivé à Bruno, car ils ne sont pas tous aussi cool que lui dans la police. Devant ses collègues, j'ai préféré agir comme si je ne le connaissais pas, pour ne pas lui attirer d'ennuis supplémentaires.

—Comment ça ?

—Je ne crois pas que ce serait bon pour sa carrière si ses supérieurs apprennent que je fais partie de ses fréquentations.

—Ah bon !

—Didier, tu dois absolument rentrer chez toi ! Tu fais presque pitié à voir. On a besoin que tu sois en pleine forme, un zombi ne nous servira à rien.

Devant le début de protestation de son ami, elle précisa :

—Ne t'inquiète pas, je te ferai un petit topo demain.

À l'arrière d'un taxi qui le ramenait chez lui, Didier essaya de se remémorer précisément les derniers instants passés avec Catherine. Il l'avait trouvée soucieuse. Il se souvint qu'elle lui avait déclaré se sentir de plus en plus mal à l'aise lorsqu'elle était en compagnie de son chef. Toujours sous le choc, Didier ressentit le besoin de se confier sans attendre et ses pensées se tournèrent naturellement vers celle qui partageait sa vie.

Sonya fut stupéfaite en lisant le message de Didier sur son téléphone portable : « Catherine vient de disparaître, on a retrouvé sa voiture avec une vitre brisée. Est-ce que je peux t'appeler ? Bisous ». Même si Sonya ne connaissait pas cette femme, elle se sentit triste. Le temps de reprendre ses esprits, l'inquiétude s'empara d'elle, car elle savait que son « cher et tendre » était le champion hors catégorie pour s'embringuer dans des situations compliquées.

Sonya prit les devants et Didier, affalé sur la banquette arrière du taxi, entama la conversation. Ils échangèrent quelques mots tendres, puis Didier réorienta la discussion :

— Je ne sais pas s'il y a un lien direct avec les enlèvements, mais elle était préoccupée lorsque nous nous sommes quittés. Elle m'a parlé du comportement étrange de Walter. Elle devait me raconter quelque chose demain, mais quoi ? On doit faire vite, avant que son kidnappeur n'ait le temps de lui faire du mal. Avec tout ce que je viens d'apprendre ce soir sur son chef, il faudrait pouvoir lire ses mails afin de s'assurer qu'il n'a, de près ou de loin, rien à voir avec tout ça.

— Tu crois que c'est possible ? Si je comprends bien, tu voudrais que je demande de l'aide à Thomas pour qu'on s'introduise dans le système informatique ?

Au moment même où elle prononçait ces mots, la jeune femme se rappela tous les efforts qu'elle avait elle-même accomplis pour retrouver les traces de Didier, il y a presque un an. Elle y avait consacré une énergie considérable parce qu'elle était tombée sous son charme. Elle ne put s'empêcher de se projeter et un doute lui vint quant aux rapports qu'entretenaient Catherine et Didier.

—Oui, s'il te plaît. C'est important !

—Je vais contacter Thomas, mais promets-moi de bien faire attention à toi ! Ce type que les médias appellent le «serial kidnapper de Lucerne» est sans aucun doute dingue et j'ai peur qu'il t'arrive quelque chose de grave si tu contraries ses plans.

—Pour le moment, personne n'a de piste.

—Il sait probablement qui tu es. Il a sûrement lu les journaux qui relataient ton exploit le long de la Reuss. N'oublie pas que tu te trouvais dans le parking lors de la deuxième tentative. Sois prudent, je t'en prie !

Ils laissèrent un instant cette affaire de côté pour se concentrer sur eux deux. Sonya était contente de partager son temps avec sa famille et ses amis, en Allemagne, mais elle avait également hâte de revenir en Suisse auprès de Didier. Il baissa la voix en précisant qu'il se trouvait dans un taxi et qu'il préférait reprendre cette conversation lorsqu'il serait de retour à l'appartement, confortablement installé dans le canapé. Il raccrocha en promettant de la rappeler dans une trentaine de minutes.

En se réveillant le lendemain matin, Didier découvrit dans ses mails un tutoriel préparé par Thomas. Il lui expliquait la meilleure façon de télécharger le fichier malveillant sur une clef USB et de l'introduire dans le système de gestion global de *Swiss Quality Extracts,* sans qu'il soit bloqué par le pare-feu ni par l'antivirus.

7 – *Investigations approfondies*

Didier croisa Walter à neuf heures et demie sur le parking de la compagnie ; son patron était furieux de ce retard, il exigea des explications sur-le-champ. Sa colère d'avoir embauché un Français, qui selon lui ne pouvait par définition pas être ponctuel, retomba tel un soufflé lorsqu'il apprit que Catherine avait disparu. Didier lui raconta succinctement ce qu'il savait en omettant certains détails comme le pot de départ de Tobias. Didier préféra ensuite ne plus rencontrer personne et se rendit directement à son poste par le passage extérieur.

Lorsqu'il relata à Priska les événements tragiques de la veille, elle lui proposa de l'accompagner à la cafétéria pour annoncer ensemble la mauvaise nouvelle à leurs collègues. Elle l'épaula dans cette difficile tâche en lui servant d'interprète. Priska prit garde de l'interrompre le moins possible. L'émotion de Didier fut partagée par tous. Quand il eut fini de s'exprimer, un silence régna dans la cafétéria. Un employé de la production lui posa une main sur l'épaule et Priska lui glissa à l'oreille quelques mots de réconfort.

De retour à la logistique, Priska et Didier reprirent le travail sans entrain. Après avoir réceptionné la première livraison, Patrick appela Priska pour qu'elle vienne l'aider à résoudre un problème technique à la production. Didier profita de son absence pour télécharger le fichier préparé par Thomas et envoya un message instantané à sa compagne.

Sonya ne trouva le message qu'à son réveil, à 11 heures. Elle prit une douche rapide, se couvrit chaudement et avala un café dans la cuisine.

—Je ne te vois pas pendant des mois, se plaignit sa mère, et quand tu viens nous rendre visite, tu n'es jamais à la maison. Où vas-tu cette fois ?

Sonya expliqua en quelques phrases les événements lucernois.

—On a besoin des compétences de Thomas en informatique, je fonce chez lui avant qu'il ne se réveille et parte en ville.

—Il n'y en a que pour Thomas ! et ton partenaire, qu'en fais-tu ? Au fait, c'est qui ce « on » ?

—Ben justement, il s'agit de Didier. Une de ses amies a disparu. Je sais que tu n'aimes pas Thomas et que tu ne comprends pas son style de vie, mais il va nous être d'un grand secours.

—Puisque tu le dis, grommela-t-elle.

Elle embrassa sa mère, puis fila en annonçant qu'elle dînerait à la maison.

Thomas était un ami d'enfance de Sonya. Il habitait toujours le quartier où ils avaient grandi alors que tous leurs autres amis s'étaient dispersés. Elle passa par la boulangerie et le cueillit au saut du lit avec des pains au chocolat.

Pendant qu'elle préparait deux cafés, il déblaya l'amoncellement de documents qui encombrait son bureau, approcha une deuxième chaise de l'ordinateur puis l'invita à s'asseoir.

—Parfait! Didier a installé mon programme. Il ne reste plus qu'à se promener dans le réseau de *Swiss Quality Extracts,* suivez le guide! annonça-t-il fièrement. Tu vois sur l'écran de gauche? C'est le système de gestion globale. On pourrait télécharger les fiches de paie et tout plein d'autres informations passionnantes, mais ce n'est pas ce qui nous intéresse.

—Pas pour le moment, mais j'aimerais bien qu'on garde cette option pour plus tard. Comment va-t-on dans la boîte mail de Walter?

—C'est sûrement possible depuis la liste des contacts de SAP, mais je n'ai pas l'habitude de ce logiciel. Sais-tu si Didier possède déjà une messagerie professionnelle?

—Je l'ignore, mais je vais lui poser la question et on sera fixé.

Tandis qu'elle composait son texte, Thomas lança le téléchargement de la liste des clients ainsi que celle des plus grosses ventes. Il n'avait aucune idée précise en tête, mais se dit que ça pourrait toujours servir.

Didier était en ligne. Sa réponse ne se fit pas attendre: «Non, je n'en ai pas, mais l'ordinateur de ma collègue est allumé. Je peux accéder à sa messagerie, si tu veux.»

—Très bien ! prononça Thomas en français. Demande-lui son adresse e-mail. Je vais lui envoyer un fichier, il n'aura qu'à l'ouvrir avant de l'effacer.

Cinq minutes plus tard, Thomas et Sonya lisaient les courriels de Priska. Le temps de quelques clics et ils pénétraient dans la boîte mail de Walter. Ils trouvèrent immédiatement le message que Catherine lui avait fait parvenir la veille au soir :

Cher Walter,

Je viens de découvrir quelque chose qui pourrait être problématique pour notre compagnie : les extraits que nous avons livrés en Inde sont maintenant à Lausanne et ne correspondent en rien à nos extraits initiaux. Ils ont été complètement trafiqués. On en parle demain si tu veux.

Cordialement,

Catherine

Après avoir pris connaissance du texte, Thomas, de plus en plus intrigué par cette affaire, décida de télécharger toute la messagerie du groupe.

—On n'arrête pas de parler de Walter, mais j'aimerais bien voir à quoi il ressemble ce mec.

—C'est facile ! affirma Sonya. Il a sûrement un compte Facebook.

Ils inscrivirent « Walter Murer » sur le réseau social, et tombèrent sur un bon père de famille à la mine joviale qui ne s'apparentait en rien au portrait décrit par Didier. Ils cherchèrent ensuite dans les profils des employés dont ils possédaient les noms et repérèrent celui d'Andrea. En poussant les investigations plus loin, ils remarquèrent un homme, un certain Walter, avec lequel elle échangeait régulièrement des messages. Le contenu des textes ne laissait planer aucune ambiguïté. Ils avaient affaire à Walter Murer, même s'il était enregistré sous un faux patronyme. Les préjugés de Sonya et Thomas à son encontre étaient si forts qu'ils le trouvèrent d'emblée repoussant.

—Ce serait intéressant d'en savoir un peu plus sur lui, conclut Sonya.

—Pourquoi pas?

Ils épluchèrent son profil. Malheureusement, seules quelques-unes de ses publications pouvaient être consultées par tout un chacun.

—Regarde! alerta Sonya, il est en ligne. Tu en connais beaucoup de managers qui se connectent à Facebook durant la journée?

—Je ne sais pas, je n'en connais aucun. Par contre, ça me donne une idée. Tu as remarqué qu'un bon tiers de ses cinquante amis virtuels sont de jeunes femmes asiatiques. Cette information va nous être extrêmement utile.

En moins de cinq secondes, Thomas téléchargea la photo d'une adolescente thaïlandaise qu'il trouva sur la toile. Il l'installa ensuite sur un faux profil qu'il gardait en réserve et demanda à Walter s'il voulait être son ami. Ce dernier accepta immédiatement. Thomas lut en diagonale les publications postées par Walter, qu'il jugea inintéressantes au possible. Cela ne suffisait pas, il désirait comprendre jusqu'où cet homme pouvait aller pour rencontrer une très jeune et belle Asiatique.

De son côté, un sentiment de jalousie étreignait peu à peu Sonya; elle avait confiance en Didier, mais elle avait besoin d'en savoir plus sur cette Catherine. Elle ne l'avait aperçue qu'en une de la *Luzerner Zeitung* sur une photo qui la dévalorisait et souhaitait voir à quoi elle ressemblait vraiment. Ce fut sur le site de *Swiss Quality Extracts* qu'elle trouva plusieurs portraits en gros plan et de plain-pied de cette belle brune aux cheveux longs. Elle était menue avec des fesses plates et une poitrine dont on distinguait à peine le renflement sous ses vêtements. Il lui sembla l'avoir vue sur l'ordinateur de Thomas juste avant qu'elle n'aille dans la cuisine. Elle revint vers son ami qui avait un rendez-vous virtuel avec Walter dans quatre semaines, à Bangkok, lors du prochain congrès international de cosmétique.

—Tu ne chômes pas, tu as déjà un rencard avec ce gros pervers! Qu'as-tu inventé?

—Tout simplement que j'étais une amie d'Eva, et que je serais enchantée s'il m'invitait à dîner lors de son prochain voyage en Thaïlande.

—Qui est cette Eva?

—Je ne sais pas, j'ai pris un nom au hasard.

—Bien joué, Thomas! Au moins, ça prend tournure. De mon côté, j'ai glané des informations sur Catherine. C'est bizarre, mais j'ai l'impression de l'avoir vue sur ton ordinateur, précisa-t-elle en montrant son écran. Tu pourrais revenir sur les amis de Walter?

—Si tu veux, mais je pense que tu te trompes. On l'aurait immédiatement repérée en lisant son nom.

—Sauf si elle est, elle aussi, enregistrée sous un pseudo ou sous son nom de jeune fille.

Thomas fit défiler les photos des amis une à une et, surpris, s'arrêta sur le portrait de Sandra Murer.

—Tu as raison, la voici ! Un moment… Non, ce n'est pas Catherine, mais elle lui ressemble sacrément.

Il lut quelques messages et lança :

—C'est l'ex-femme de Walter. Comment a-t-elle pu se marier à un tel type ? Elle rayonne et lui est à vomir. Il vaut mieux ne pas chercher à comprendre. Tu ne m'avais pas dit qu'il y avait eu un autre enlèvement ?

—Si, elle s'appelle Stefanie, je ne me souviens pas bien de son nom de famille. C'est quelque chose en «man». Ce n'est pas Baumann ni Geissmann… voilà, ça me revient, c'est Gassmann. Ce serait intéressant de trouver sa photo.

—Rien de plus facile ! Regarde dans les journaux suisses en ligne.

Plusieurs portraits apparurent sur la première page du moteur de recherche. Sonya et Thomas furent interloqués : malgré la différence d'âge entre Sandra, Catherine et Stefanie, elles avaient toutes trois la même allure prépubère.

—Tu te rends compte de ce que l'on vient de découvrir ! s'exclama Sonya. Tu crois aux coïncidences ? Moi, pas ! Sur ces trois femmes dont la ressemblance est frappante, l'une était mariée à Walter et les deux autres ont disparu. Ce qui est flippant, c'est que Catherine était employée par Walter ; quant à Stefanie, il y a peut-être un lien que nous ne connaissons pas. Je vais demander à Didier de se renseigner discrètement sur le compte de son nouveau patron.

—N'oublie pas cette histoire d'extraits de plantes pour le marché indien. Je pense que ces deux affaires sont liées.

Sonya échangea quelques mots avec Didier par messagerie instantanée. Il mit brusquement fin à la discussion lorsque Priska revint agacée de la production :

—J'ai parfois l'impression d'être la bonne à tout faire dans cette boîte. Ça serait bien que mes collègues deviennent un peu plus autonomes. Ce qui m'énerve c'est qu'on se démène pour faire tourner cette compagnie, j'ai moi-même renoncé à mes congés et Christian se paie deux mois de vacances en Micronésie. Il ne peut pas annuler sous prétexte qu'il…

—Pardon ! l'interrompit Didier, tu as dit qu'il allait où ?

—Il va en Micronésie, je ne sais même pas où c'est. Il paraît qu'il y a là-bas « des plongées du tonnerre ». Il s'est décidé juste avant que Walter ne bloque les demandes de congés. Mais pourquoi as-tu l'air si surpris ? Tu connais cette région ?

Didier n'avait qu'une seule envie : oublier cet endroit maudit. Ses cauchemars récurrents lui suffisaient. Son secret n'était partagé que par une poignée de personnes et il devait le rester. Il rebondit :

—J'ai vu un reportage il n'y a pas longtemps et ça a l'air très beau. Mais comme on parle du bout du monde, travaillez-vous pour des pays un peu plus exotiques que l'Allemagne, la France et la Suisse ? s'enquit Didier innocemment.

—Pas souvent, mais si c'est comme la dernière fois, je préférerais me passer de l'exotisme, comme tu dis ! On a reçu il y a quelques mois une demande d'échantillons d'une compagnie indienne basée à Mumbai. Elle était intéressée par nos macérations à froid parce qu'elles vont à contre-courant des méthodes d'extractions à haute température pratiquées partout ailleurs. Notre façon de travailler est artisanale. En restant à température ambiante, on préserve les composés les plus volatils. Enfin, c'est la manière qu'a Walter de présenter les choses. En vérité, on chauffe à quarante degrés, sinon le procédé ne prendrait pas quarante-huit heures comme c'est le cas actuellement, mais trois ou quatre jours. Toujours est-il que nos extraits sont de qualité supérieure, et ça se sait. On a reçu les plantes de cette entreprise indienne et, si je me souviens bien, il y en avait trois cent cinquante. Le marché conclu entre Walter et cette compagnie était de procéder aux extractions afin de démontrer notre savoir-faire. Comme je ne sentais pas trop ce business, j'ai prévenu notre responsable R et D que ce ne serait sans doute pas une bonne idée d'opérer comme d'habitude en envoyant des échantillons d'un litre gratuits. Mais Walter était d'accord avec elle pour dire qu'il s'agissait d'une occasion à ne pas manquer. Tu parles d'une connerie ! Je me suis tapé tout le boulot, et ça a duré deux mois sans que j'aie eu le temps de faire autre chose en parallèle. Et que je sache, ça n'a débouché sur aucune vente. Parfois, j'ai vraiment le sentiment de bosser pour des amateurs ! Mais dis-moi Didier, ça te dérange si je te pose une question personnelle ?

—Je t'en prie, on verra bien si je peux te répondre.

—Je suis encore sous le choc de la disparition de Catherine, mais pour toi qui es proche d'elle, ce n'est pas trop dur ? Si tu veux rentrer chez toi plus tôt cet après-midi, fais-le, on s'arrangera entre nous.

—C'est très dur, en effet ! Mais pour Catherine, je ne peux pas me laisser abattre. Je me suis trouvé deux fois au bon endroit au bon moment. J'étais comme son ange gardien, jusqu'à ce que… Merci pour ta proposition, je pense que je vais l'accepter. Depuis que ma route a croisé celle de ce criminel, nous nous investissons à fond avec quelques amis en menant notre propre enquête. Malheureusement, toute mon énergie y passe, mes batteries sont à plat. Et ce qui n'arrange rien, mes nuits sont courtes et peuplées de cauchemars.

—Tu dois vraiment faire gaffe à ta santé ! Tu rentres chez toi quand tu veux et si Walter te cherche, je trouverai une excuse pour justifier ton absence.

—Merci, Priska ! C'est gentil.

La sonnerie du téléphone interrompit leur conversation. Priska dut expliquer au nouveau chauffeur de leur principal fournisseur le chemin le plus rapide depuis l'autoroute.

—Il ne peut pas se servir de son GPS celui-là ? rouspéta-t-elle en raccrochant. Pour en revenir à notre discussion, je me demande tout de même comment c'est possible que des enlèvements en série se produisent ici, en Suisse centrale.

—Je crois qu'il y a des tordus partout et si vous avez été épargnés jusqu'à présent, c'est juste une question de démographie. Si l'on entend plus parler de telles affaires aux États-Unis qu'en Suisse, n'est-ce pas tout simplement dû à la taille respective des pays ? Quand l'un est trente ou quarante fois plus peuplé qu'un autre, les chances de tomber sur un dingue sont mathématiquement plus élevées.

—Mais chez nous, c'est différent…

—Tu crois? Je ne suis pas là depuis longtemps et j'ai entendu parler du massacre du parlement de Zoug. J'ai également vu un film : *Un Juif pour l'exemple,* où un marchand est découpé comme une pièce de boucherie pendant la Seconde Guerre mondiale, et ce n'était pas très loin d'ici, à Payerne.

—Tu cites des cas extrêmement rares et un fait qui s'est produit il y a soixante-dix ans.

—Ce sont ceux que je connais. Je suis persuadé qu'il y en a plein d'autres.

—Il faut dire qu'en France c'est beaucoup mieux ! s'énerva-t-elle. Moi aussi, j'ai entendu des histoires atroces qui se sont déroulées dans ton pays.

—Je ne suis pas en train de t'expliquer que les Français sont moins tordus que les Suisses, mais que de temps en temps, j'ai l'impression qu'en Suisse vous vivez au pays des Bisounours !

Didier se souvint avoir eu plus ou moins le même échange houleux avec son amie Beatriz. Il se dit qu'il devrait à l'avenir faire un peu plus attention à ses propos. Il tenta aussitôt d'apaiser le dialogue :

—Revenons plutôt à Catherine, j'espère que la police va retrouver rapidement sa trace. Avec un peu de chance, quelqu'un aura peut-être remarqué un comportement suspect. Mais, dis-moi, toi qui travailles ici depuis longtemps, penses-tu que Walter va organiser une réunion ou un repas pour souder l'équipe autour de cette tragédie ?

—C'est possible ! Il possède un chalet sur les flancs du *Pilatus*. Avant que sa femme ne le quitte, il nous rassemblait une ou deux fois l'an pour nous remercier de notre engagement. Depuis, il n'a plus jamais lancé d'invitation. On se retrouvait tous autour d'un barbecue, c'était sympa. Il y a beaucoup de place dans son jardin et c'est loin de toute autre habitation ; un emplacement idéal pour une grande fête. Nous y avons passé des moments inoubliables. Mais je trouve que Walter a changé. Je ne sais pas ce qui cloche, peut-être a-t-il tout simplement le moral au fond des chaussettes ? Tiens ! Je possède probablement quelques photos dans mon disque dur.

Priska fit défiler les images en mode diaporama. Elles avaient été prises en été et en hiver. L'ambiance paraissait décontractée, tout le monde riait. Eux-mêmes sourirent en reconnaissant leurs différents collègues masculins, torse nu. Certains préparaient le feu, d'autres étaient seulement préoccupés de vider leurs canettes de bière. Une poignée de photos les représentaient tous serrés les uns contre les autres attablés derrière des caquelons à fondue. Il découvrit une grande famille qui semble-t-il n'existait plus. Une image intrigua Didier : celle où toute l'équipe était réunie en été devant le chalet. Il connaissait ce lieu pour y être passé à plusieurs reprises lors de randonnées. Il visualisait bien le secteur, mais pas l'endroit précis. Didier prétexta un intérêt particulier pour ce souvenir et demanda la photo à Priska, qu'elle envoya aussitôt par courriel.

—C'est marrant, j'ai l'impression de connaître ce chalet. Il ne se trouve pas sur les hauteurs de Kriens ?

—Oui, c'est exact ! On peut s'y rendre en voiture ou avec le téléphérique, en descendant à la première station : *Krienseregg*. J'ai cru comprendre que c'est à cet endroit qu'il préfère vivre dorénavant, pourtant il a une superbe maison à côté de Lucerne. Walter a sans doute besoin d'un peu de solitude, j'espère qu'il ne va pas moisir là-bas et qu'il retrouvera bientôt une vie sociale.

Une sonnerie stridente se fit entendre.

—Bon, on a un camion à vider ! Et si on bossait un peu ?

La matinée avait débuté au ralenti. Cependant, le restant de la journée épuisa Didier. Après soixante-dix fûts, il arrêta de calculer la charge totale qu'il avait déplacée. Pour la première fois de sa vie, il comptait les heures qu'il devait encore effectuer avant de quitter son poste à 14 heures, comme convenu avec Priska. L'accumulation de manque de sommeil depuis le début de la semaine, l'inquiétude et le travail lui-même l'éreintait. Dès qu'un moment libre se présenta, il téléphona à Sonya pour échanger des informations quant à leurs recherches respectives. Avec Thomas, ils étaient tous les trois persuadés que Walter était relié d'une façon ou d'une autre à cette affaire, même s'ils ne possédaient aucune preuve de ce qu'ils tenaient pour acquis.

Il se dépêcha ensuite de rentrer chez lui pour s'habiller chaudement et partir vers le *Pilatus*. La nuit était tombée. Les télécabines étaient à l'arrêt depuis longtemps. Après une demi-heure de marche, Didier se rendit compte de l'absurdité de la situation. Il ne connaissait que l'emplacement approximatif du chalet et sa lampe ne lui était pas d'un grand secours pour se repérer. Il rebroussa chemin avant même que la neige ne lui arrive aux mollets.

8 – *Petit chalet coquet*

La vieille montre japonaise, qui suivait Didier partout depuis plus de dix ans, sonna discrètement bien avant l'aurore. Les piles allaient bientôt rendre l'âme, la faible intensité sonore qui en découla ne réussit pas à le sortir de son profond sommeil. Ce fut son smartphone, dont il avait réglé par précaution l'alarme dix minutes plus tard, qui le fit bondir du lit.

Didier avait préparé ses affaires de randonnée la veille au soir. Il chargea la voiture de Sonya en un tournemain. À cette heure matinale, il ne croisa personne sur la route. Les difficultés débutèrent au pied du *Pilatus*, lorsque la neige verglacée l'empêcha d'avancer. Didier gara son véhicule le long d'une route secondaire peu fréquentée en hiver.

Il regarda sa montre : le jour ne se lèverait que dans une heure. Didier souhaitait parcourir la plus grande distance possible dans la nuit. Il alluma sa lampe frontale et s'enfonça dans la forêt d'un pas rapide. La bise soufflait légèrement. Il avait froid. Il accéléra la cadence, puis déboucha dans une plaine.

Les marques jaunes, peintes à même l'écorce des arbres, qui jalonnent le sentier de randonnée avaient pour certaines disparu sous la neige. Didier fouilla dans sa mémoire, il crut se rappeler que le sentier passait sur le haut de la plaine. Il longea la forêt à la recherche de traces de pas. Il savait qu'il se situait à proximité d'un chemin régulièrement emprunté. « Le manteau neigeux date de plusieurs jours. Même si peu de monde passe par ici, je devrais tout de même réussir à trouver la piste », se dit-il. Didier éteignit sa lampe pour essayer de distinguer le chemin à la seule luminosité ambiante, en vain. Dix minutes s'écoulèrent avant qu'il ne reprenne la marche. Dès le premier pas, il s'enfonça dans la neige jusqu'au genou. Didier revint en arrière de quelques mètres, passa ses guêtres et chaussa les raquettes qu'il avait emportées parmi son équipement de montagne. Il repartit avec entrain. Son taux d'adrénaline montait progressivement. Toute sa fatigue avait disparu lorsque les premières lueurs de l'aube libérèrent les premiers chants des oiseaux.

En une heure, Didier n'avait parcouru qu'une partie du chemin. Il traversa un bois à grandes enjambées, longea la lisière puis arriva à un banc. Il avait maintenant retrouvé ses marques. À sa gauche l'attendait le chemin réservé aux randonneurs et face à lui un raccourci dangereux qu'il ne pouvait emprunter à cause de l'épaisseur du manteau blanc. Il déblaya la neige du banc, y posa son sac à dos et sortit sa bouteille thermos remplie de café. Didier quitta enfin ses raquettes. Il patienta jusqu'à 7 h 30 avant de repartir. Si le chalet de Walter correspondait à celui auquel il pensait, il apparaîtrait après environ deux cents mètres de dénivelé, quand le jour se serait pleinement levé.

Didier suivit le lit d'un ruisseau depuis longtemps asséché et envahi de racines. Le sol était particulièrement glissant et il tomba à de multiples reprises, sans se blesser. À mi-chemin, il récupéra un instant de ses efforts. Soudain ! La pierre sur laquelle il reposait de tout son poids se déroba sous son pied. Didier glissa sur le dos, tenta de s'agripper à un tronc ou à une racine. Il allait de plus en plus vite, lorsqu'il réussit à stopper sa course folle en s'accrochant à une branche. L'arrêt fut brutal. Son corps se retourna violemment et son front heurta un rocher. Il ne put retenir un cri. Les ligaments du poignet, qui le faisait déjà souffrir depuis sa chute dans le parking, semblaient s'être déchirés. Didier resta allongé le temps de reprendre ses esprits. Il glissa sa main dans la neige. Quand le froid l'emporta sur la douleur, il s'assit et chercha un bandage dans son sac à dos.

« Dans quelle galère je me suis fourré ! J'en ai marre ! À quoi rime tout ça ? » Didier était frigorifié. Il réussit péniblement à se verser un café. La bande bien serrée calma l'élancement, tandis qu'un mal de tête prenait le relais.

Didier repartit vers le chalet ; il l'aperçut vingt minutes plus tard et sortit prudemment de sous les arbres alors qu'il commençait à faire jour. Il estima qu'il aurait dû régler son minutage autrement en arrivant plus tôt, afin de réduire à zéro le risque de se retrouver face à face avec Walter. Il avança à pas de loup sur le chemin, tous les sens en alerte. Il fit le tour du chalet pour l'inspecter de loin. Il sentait son cœur battre la chamade. La plupart des lumières étaient allumées, mais tout semblait figé. Après un quart d'heure passé à observer le chalet, Didier se demandait comment agir. Devait-il entrer par effraction ou attendre qu'un événement se produise ? La réponse vint d'elle-même ; les éclairages des pièces s'éteignirent les uns après les autres. Didier aperçut son patron sur le perron en train de fermer la porte. Il se camoufla in extremis derrière un buisson.

Walter descendit les premières marches à grandes enjambées, mais s'arrêta net. Il revint sur ses pas, pénétra dans son logis. Didier le voyait par une fenêtre faire de grands gestes qu'il ne parvint pas à interpréter. Walter réapparut, puis boucla le chalet à double tour. Il avança précautionneusement sur l'allée enneigée qui menait au garage.

Didier s'approcha de l'entrée dès qu'il perçut le bruit du moteur. Il patienta, jusqu'à ce que le véhicule disparaisse au premier virage, pour passer à découvert. Agissant sans même se demander si la maison était protégée ou non par une alarme, il cassa la vitre du salon. Didier écarta les deux montants de la fenêtre et s'introduisit dans la maison. Après le fracas du verre brisé, un silence pesant envahit les lieux.

Il attendait que les battements de son cœur se calment lorsqu'un léger frottement sur le plancher de la pièce voisine le fit sursauter. Il se retourna, tout en se tenant sur ses gardes. Il entendit un étrange gémissement provenant de la chambre à coucher. Didier hésita un court instant ; l'appréhension de ce qu'il allait découvrir le retint. Il se rendit soudain compte qu'il ne possédait pas la moindre arme. Il chercha un objet contondant, mais ne trouva qu'un porte-parapluies qu'il saisit des deux mains. Dans l'action, il avait oublié la blessure de son poignet. Pris d'une vive douleur, il reposa immédiatement l'objet. Didier aperçut une ombre furtive, puis se précipita pour tomber nez à nez avec un chat qui l'accueillit en feulant. Didier partit d'un fou rire nerveux. Après avoir chassé l'animal, il commença l'exploration du chalet.

Il fouilla méticuleusement les pièces une à une, puis regarda sous le lit et dans les armoires. Une porte menait au sous-sol. Il descendit prudemment les marches, mais ne découvrit que des cartons ainsi qu'une cave à vin remplie de plusieurs centaines de bouteilles. S'il en avait eu le loisir, Didier se serait sans doute penché sur la variété des cépages réunis. Il sortit du chalet, se dirigea vers le garage et trouva un atelier de bricolage, des pneus d'été, une remorque et tout un assortiment de matériel. Didier ne s'avoua pas pour autant vaincu. Il rechercha d'éventuelles cavités dissimulées. Le garage reposait à même un sol de terre battue ; il ne pouvait en aucun cas cacher quoi que ce soit. Il examina la propriété de long en large, mais elle ne comptait aucune dépendance. Didier retourna au chalet, passa d'une pièce à l'autre en contrôlant la résonance et l'épaisseur des cloisons. Il ne détecta rien d'anormal et ne trouva aucune trappe apparente qui aurait pu mener à un grenier. Il ne restait plus qu'à inspecter la cave en détail. Il y descendit, déplaça tout ce qui reposait sur le sol, mais n'aperçut qu'une chape de ciment lisse. La dernière chance résidait sous les piles de cartons, près du cellier. Didier tomba son pull-over et se ravisa lorsqu'il essaya de soulever la première charge : une vive douleur dans le dos lui rappela sa dure semaine de labeur. Un violent élancement dans son poignet le fit également souffrir. À cet instant, il se dit qu'il devrait voir un médecin sans tarder.

Didier changea de stratégie en déplaçant les piles les unes après les autres. La première glissa sur plusieurs mètres sans aucune résistance. La deuxième se révéla bien plus lourde, il eut beau insister à de multiples reprises ; elle ne bougeait pas d'un seul centimètre. Elle semblait collée au sol. Didier se demanda si sa recherche ne touchait pas au but. Il se rappela les cours de sport, au lycée de Clermont-Ferrand, durant lesquels il pratiquait le rugby et se jeta contre les cartons comme dans une mêlée, puis poussa de toutes ses forces afin de découvrir ce qu'ils cachaient. La pile vacilla. Il redoubla d'efforts et le carton du dessus tomba sur le sol en répandant tout son contenu : une collection de revues obscènes.

Didier n'en revenait pas. Ce n'était pas ce qu'il recherchait, mais cela corroborait ce qu'il avait entendu au sujet des penchants pornographes de Walter. Il inspecta les couvertures et conclut que les magazines avaient été soigneusement classés avant d'être éparpillés dans le garage. Les numéros se suivaient de juin 1991 à février 1996. Didier se précipita sur le carton du dessous, dans lequel il trouva les éditions précédentes. Il dénombra un total de trente-cinq cartons. Didier oublia son mal de dos naissant, exit la foulure de son poignet ! Il entreprit de contrôler les différents contenus. Les revues pornographiques le laissaient indifférent, par contre la collection de catalogues de vente par correspondance qu'il mit à jour l'indisposa. Les vêtements portés par les modèles des couvertures lui firent penser aux années soixante-dix. La plupart des pages avaient été arrachées. Il eut soudain un soupçon qui se confirma lorsqu'il ouvrit le premier catalogue : il ne restait que les pages d'enfants en slips.

Comme brûlé, Didier renvoya aussitôt le catalogue où il l'avait pris. Didier remarqua alors qu'il avait sous les yeux la collection printemps-été 1974. Après un rapide calcul mental, il déduisit qu'à cette époque Walter était adolescent. « Sans doute le début de cette collection nauséabonde », pensa-t-il. Il referma le carton et jeta son dévolu sur un autre qui portait de nombreuses traces de manipulation. Il appréhendait ce qu'il allait découvrir. Didier savait que ces choses abjectes existaient, mais il aurait espéré ne jamais entrevoir ce qui apparut en ouvrant les rabats : des revues pédopornographiques. Des photos de très jeunes enfants violés par des adultes s'étalaient sur le papier glacé. Choqué, Didier n'osa même pas les toucher. Il avait les yeux humides et se dit que la fange devait rester là où elle était. Il referma le tout avec précautions.

Tel un automate, Didier remit tous les cartons en place avec soin, puis s'assit par terre. Il se demanda s'il n'était pas de nouveau plongé dans un cauchemar. Il dut admettre que cette fois-ci les hurlements de son ami John ne le réveilleraient pas. Ses pensées erraient entre l'abattement et l'horreur lorsqu'il entendit le chat qui s'était sans doute faufilé par la porte entrouverte. Didier tendit son bras dans son dos pour caresser le félin, tout en regardant droit devant lui. Le chat ne s'approcha pas. Didier se retourna lentement, mais n'eut pas le loisir de parachever son mouvement ; le canon d'un fusil de chasse était posé contre son front. Walter, rouge de colère et en sueur, la bouche tordue par une grimace, le dévisageait avec tout le mépris du monde dans les yeux, le doigt sur la détente.

—Saloperie ! Quand j'ai vu cette voiture garée le long du chemin forestier, je me suis tout de suite posé la question de savoir ce qu'elle pouvait bien foutre là. Elle n'y était pas hier soir. J'y ai jeté un coup d'œil et j'ai remarqué sur la banquette arrière un de nos articles de *merchandising* : le sac en lin, avec notre logo. Espèce de raclure !

Didier était pétrifié. « Surtout je ne dois pas interrompre ce dingue avant qu'il se soit calmé. »

—Ça ne pouvait pas être une coïncidence. Je suis revenu aussi vite que possible et là, on aurait dit qu'un sanglier s'était roulé devant chez moi. T'es pas discret le *Franzose* ! Peuple de merde ! Il a fallu que tu viennes fouiner dans mes affaires. Je pourrais t'abattre sur-le-champ et revendiquer la légitime défense.

Didier ne l'écoutait plus, il cherchait un moyen pour se sortir de cette impasse. Le monologue haineux de Walter semblait lui servir de thérapie. Il constata que la rougeur de son visage s'atténuait ; sa main droite n'était plus posée le long de la gâchette, mais sur la crosse.

—Hey Walter ! Tu ne vas pas me tirer dessus pour une vitre brisée ?

—Qu'est-ce que tu fous chez moi ?

—Ce n'est pas très malin de ma part de m'être introduit dans ton chalet. Mais si tu posais ton fusil afin qu'on discute un peu. Tu me fais flipper avec ton arme, je n'en porte aucune et tu sais qui je suis. S'il y a le moindre souci, tu pourras toujours aller chez les flics.

—Je répète ma question : qu'est-ce que tu fous chez moi?

Didier ne pouvait plus tergiverser, il devait trouver rapidement une histoire à laquelle Walter croirait dès les premiers mots.

—Tu sais que je suis très proche de Catherine, même si ça ne fait pas longtemps que l'on se connaît. J'explore toutes les pistes pour la retrouver et lorsque j'ai appris que tu avais un chalet isolé à la montagne, j'ai tout de suite pensé que quelqu'un aurait pu l'utiliser, à ton insu, pour la cacher.

—Il l'aurait cachée chez moi sans que je m'en aperçoive ! Dans cette cave ? Tu me prends vraiment pour un con !

—Je pensais que tu ne venais pas dans ton chalet en semaine, j'avais imaginé…

Walter ne l'écoutait plus, il réfléchissait : « En haut, tout est en ordre. Ici, il n'a ouvert aucun carton. Je dois me calmer, il a forcément raconté à quelqu'un où il allait ; rien ne doit lui arriver. »

Il en eut soudain assez de cet intrus.

—Tu as bien fouillé ? Tu as pu constater par tes propres yeux que je ne la séquestre pas, ni qui que ce soit d'autre d'ailleurs. Maintenant, tu dégages vite fait, avant que je ne change d'avis ! Pas besoin de revenir travailler, ni aujourd'hui ni lundi, t'es viré avec effet immédiat. Si tu as le moindre problème avec ça, on peut passer chez les flics.

Didier suivit aussitôt l'injonction de son ex-patron ; il remonta l'escalier sans hâte en essayant de ne pas montrer sa nervosité. Arrivé à la porte de la cave, il jeta un œil par-dessus son épaule et constata que Walter ne brandissait plus son arme de façon menaçante. Une fois à l'extérieur, Didier fuit les lieux aussi vite que possible. Il tomba plusieurs fois dans la neige, se releva, continua sa course jusqu'à être hors de portée de fusil. Il était fourbu, il avait mal partout. Lorsqu'il parvint enfin à sa voiture, un sentiment d'abattement s'ajouta à son épuisement : les quatre pneus de son véhicule avaient été crevés. Didier respira profondément et s'appuya contre la carrosserie le temps de reprendre ses esprits. Ce qu'il considérait comme le fruit de la vengeance de Walter ne le surprenait pas outre mesure. C'est la force déployée pour taillader le caoutchouc sur une dizaine de centimètres qui l'interpella.

Didier s'installa au volant, alluma le moteur et plaça le curseur du chauffage au maximum. Il but ensuite un café, dévora une barre de céréales, puis essaya de clarifier ses idées, mais c'était encore trop tôt, il restait sous le choc de ses découvertes et ne parvenait pas à structurer ses pensées correctement. Il songea à descendre le long de la route afin de retourner en ville en autostop, mais il se ravisa au dernier moment et préféra attendre tranquillement au chaud qu'un véhicule passe. Une demi-heure plus tard, Didier arrêta un 4x4 en expliquant à une conductrice, qui affichait un sourire narquois, qu'il avait enneigé sa voiture après s'être aventuré sur un chemin forestier. Elle le déposa à Kriens, au pied de la montagne, puis poursuivit sa route dans la direction opposée de Lucerne. Sous l'Abribus, il hésita un court instant : devait-il se rendre chez un garagiste ou au poste de police ? Il suivit ce que son instinct lui dictait et pencha pour la deuxième option.

Fortement ébranlé, Didier ne pouvait ôter de son esprit les revues découvertes chez Walter. De nombreuses interrogations l'assaillirent : « Où cachait-il Stefanie et Catherine ? Que leur faisait-il subir ? Que se passait-il dans la tête de ce dingue ? »

« J'ai vraiment eu de la chance qu'il me laisse partir, songea-t-il. J'aurais dû être plus prudent, mais avais-je le choix ? Catherine a disparu depuis plus de vingt-quatre heures, plus on attend et plus les sévices qu'elle... »

Didier chassa aussitôt ces pensées de son esprit, mais le souvenir de la couverture de la revue pédopornographique, entrevue un instant seulement, lui sauta à la figure. Que pouvait faire subir à des femmes un monstre qui jouissait du spectacle d'adultes violant des enfants ? « Mon Dieu ! A-t-il également enlevé des mineures ? » Toutes ces réflexions s'entrechoquaient dans son cerveau. Il se vida la tête et se mit à pleurer en silence, assis parmi les voyageurs qui détournèrent leurs regards.

En se levant de la banquette, pour descendre à l'arrêt de la gare de Lucerne, Didier fut pris d'un élancement à la cheville qui, par effet domino, déclencha une douleur au front, puis à son poignet. Il jugea alors plus opportun de passer à la pharmacie avant de se rendre au commissariat.

Bruno, le policier avec lequel Didier avait fini par sympathiser, tenait le guichet. Il lui lança dans un tutoiement naturel :

— Tu es dans un sale état, qu'est-ce qui t'est encore arrivé ? Et qu'est-ce que tu fais ici ?

— C'est la question que je me pose depuis ce matin : pourquoi et comment je me suis foutu dans un tel pétrin ?

J'ai du nouveau sur l'enquête !

— Ouille, ouille, ouille ! Ça ne sent pas bon tout ça ! Si je suis derrière le guichet, ce n'est pas une promotion. Mon chef m'a passé un de ces savons parce que je n'ai soi-disant pas bien effectué ma surveillance.

— Tu n'étais pas chargé de suivre Catherine entre son travail et son domicile !

— Ça, tout le monde s'en moque, et je paie les pots cassés. D'ailleurs, mon chef n'a même pas le droit de me mettre au guichet, du moins en théorie. Car tout le monde s'en fout également.

— Mais ce n'est pas juste !

Le policier rit à gorge déployée, puis se reprit en baissant la voix :

— Tu connais, toi, quelque chose qui est juste dans la vie ? Il ne faut pas chercher à comprendre. Je vais cependant te donner un conseil : fais gaffe à toi, car mon chef ne t'a plus, mais vraiment plus du tout à la bonne.

— À propos, j'aimerais bien voir l'inspecteur Armin Oetterli.

— Je t'aurai prévenu.

L'inspecteur fit patienter Didier pendant une demi-heure, celui-ci fut surpris de voir Christine, l'interprète, s'asseoir à ses côtés.

—Oetterli m'a demandé de venir en urgence. L'agent qui a téléphoné m'a expliqué que l'inspecteur avait un message important à te délivrer et qu'il voulait être certain d'être parfaitement compris. Ce n'est pas du tout habituel comme procédure, j'ai l'impression que c'est assez grave.

Didier et Christine entrèrent dans le bureau de l'inspecteur, qui resta penché sur le dossier qu'il examinait. Le jeune Français se demanda si cette attitude relevait d'une stratégie particulière. Que ce soit ou non le cas, c'était gagné! Il avait réussi à créer une atmosphère singulièrement lourde qui renforcerait les propos qu'il allait bientôt tenir.

Cinq minutes plus tard, il plaça les documents dans une chemise, puis leva les yeux sur Didier:

—Voici de nouveau notre détective en herbe. Celui qui pense qu'il suffit de frapper à la porte du commissariat pour s'immiscer dans notre enquête. Vous lisez trop de mauvaise littérature, mon cher! Cela ne se passe jamais ainsi dans la vraie vie, ni ici ni en Amérique! Il laissa Didier méditer quelques instants avant de poursuivre:

—Il paraît que vous avez de nouveaux éléments. Je suis tout ouïe, ensuite j'irai droit au but, mais d'abord, je vous donne la parole.

Didier saisit la gravité de toutes les mises en garde qu'il avait reçues. Il s'interrogea sur la meilleure façon de commencer son récit et décida de parler des bruits qui couraient sur Walter.

Très rapidement, l'inspecteur montra son impatience. Didier précisa :

—Je me suis rendu compte que ces éléments étaient bien trop minces pour que vous meniez une perquisition, je me suis donc rendu moi-même dans son chalet.

Oetterli ouvrit de grands yeux étonnés et attendit la suite.

—Vous savez, plus le temps passe et plus les risques encourus par Catherine sont élevés.

—Oui, nous en sommes parfaitement conscients, ce n'est pas nécessaire de me le rappeler. Venez-en maintenant aux faits !

Didier présenta l'élément déterminant qu'il avait trouvé : les revues pédophiles. Il éveilla à peine l'intérêt de l'inspecteur. Plutôt que de demeurer impassible, Didier aurait attendu qu'il prenne son téléphone pour donner à ses adjoints l'ordre d'envoyer sur-le-champ un ou deux véhicules chez Walter. Le jeune Français fournit de nombreux autres détails et conclut son récit :

—Lorsque je suis arrivé à ma voiture, je n'ai pas pu repartir, car les quatre pneus avaient été tailladés.

Didier s'attendait à toutes sortes de remontrances, mais il fut désarçonné par la remarque d'Oetterli :

—Et vous comptez porter plainte ?

—Euh… Ben non !

—Parfait ! Par contre, vous aurez de la chance si Walter Murer ne vous poursuit pas en justice pour effraction…

—Mais ce serait le monde à l'envers !

—Peut-être que dans votre pays on peut pénétrer chez les gens en brisant des vitres, mais ici, en Suisse, c'est interdit. Maintenant, à mon tour de prendre la parole. Nous avons mené une enquête sur vous, car vous êtes bien trop proche de cette affaire. Vous étiez présent lors de la première tentative d'enlèvement, lors de cette étrange rencontre dans le parking, et c'est encore vous qui avez trouvé le véhicule abandonné de Catherine Bucher. Ça fait un peu trop de coïncidences à mon goût. Si je vous parle d'un certain Markus Zihlmann, cela vous rappelle-t-il quelque chose ?

Bien évidemment qu'il se souvenait de cette vermine.

—Je ne sais pas de qui il s'agit. A-t-il quelque chose à voir avec la disparition de Catherine ?

—Non, il n'y a aucun lien avec Madame Bucher, mais avec une autre femme également très proche de vous : c'est l'ancien compagnon de Sonya Weber.

—Maintenant que vous me le précisez, ce prénom me rappelle quelque chose. Mais pourquoi me parlez-vous de lui ?

—D'après votre amie, il la persécutait à l'époque où vous êtes arrivé en Suisse. Il a été sévèrement battu dans un terrain vague à Zurich, je devrais plutôt dire qu'il a été massacré. Suite à cette agression, il est devenu amnésique ; on ne saura probablement jamais qui a commis cet acte odieux. Nous n'aimerions pas que ce genre d'incident se produise chez nous.

—Ce que vous insinuez est grave. Vous m'accusez ?

—Non ! C'est une parabole. Interprétez-la comme bon vous semble, mais ici la vengeance n'a pas sa place. Prenez note de ce qui suit : je ne veux plus vous voir mêlé de près ou de loin à ces affaires d'enlèvements. Si vous fouinez encore, vous passerez la nuit au poste avec de gros ennuis à la clef. Ai-je été assez clair ?

—On ne peut plus.

—Parfait ! Dans ce cas, contentez-vous de rester le héros que vous êtes aux yeux de tous.

Il se tourna ensuite vers l'interprète :

—Merci à vous, Madame Amstad, de vous être libérée aussi rapidement de vos obligations. Cette enquête est, comme vous l'avez compris, notre priorité absolue. Passez donc un excellent week-end.

Alors que Didier se préparait à quitter la salle, l'inspecteur le retint.

—Pour ce que j'ai à ajouter, mon anglais basique suffira, pas besoin d'abuser du temps de Madame Amstad. L'agent Kaufmann avec qui vous avez déjà eu affaire va vous accompagner à l'étage inférieur. Comme il parle votre langue, cela facilitera le déroulement des opérations.

—Pour quoi faire ?

—Pour compléter notre base de données.

Devant cette injonction, Didier n'osa pas demander de précisions, mais s'enquit tout de même de ce qui le traumatisait depuis le matin :

—Et pour Walter Murer et ses revues pédophiles, vous allez l'arrêter ?

—J'ai bien noté ces informations, Monsieur d'Orville. Soyez sans crainte, nous faisons notre boulot et nous agirons comme il se doit. Au revoir, et je préférerais ne pas vous revoir avant un moment !

Dans l'ascenseur, Bruno expliqua à Didier qu'on allait procéder à un prélèvement de muqueuse buccale pour un test d'ADN et que ses empreintes digitales seraient relevées. Devant la réticence première du jeune Français, le policier lui conseilla d'obtempérer et précisa qu'on allait également tirer son portrait pour le fichier central.

Bruno avait reçu l'ordre de livrer lui-même l'échantillon, pour qu'il soit traité dans les plus brefs délais. Comme le garagiste de Didier se trouvait à proximité du laboratoire, le policier lui proposa de le déposer afin qu'il organise le dépannage. Le trajet se déroula sans qu'ils échangent un seul mot. Il faisait toujours aussi froid, mais la neige n'encombrait plus les rues. Ce n'est que lorsqu'ils descendirent du véhicule que l'agent rompit le silence :

—Je te l'avais dit, la pression est énorme. Je laisse moi-même passer l'orage en espérant qu'on retrouvera ce salaud rapidement.

—Je ne comprends pas ! Les renseignements que je possède sont de première importance ! Le patron de Catherine est amateur de pornographie, bon ça, je m'en fous, mais merde, c'est un pédophile ! J'aurais dû garder ces informations pour moi ? fulmina Didier. Pendant qu'on essaie de ne pas heurter la sensibilité d'une ordure, Catherine est en danger.

—Calme-toi ! Oetterli semble obtus au premier abord, mais c'est un très bon professionnel. Il exploitera les informations que tu lui as fournies. Surtout, tu n'aurais pas dû fourrer de nouveau ton nez dans cette affaire. Et puis, je crois que tu te trompes, on recherche un kidnappeur de femmes et pas un pédophile, ça fait une sacrée différence.

—En quoi ?

—Les pulsions ne sont pas du tout les mêmes. Mais crois-moi, tout est mis en œuvre pour retrouver Stefanie et Catherine.

—J'ai l'impression d'avoir déjà entendu ça quelque part, maugréa Didier.

Juste par principe, Armin Oetterli n'avait pas voulu donner raison à Didier en admettant, devant lui, qu'il prenait cette affaire de revues pédophiles au sérieux. Il ne pensait pas un seul instant que Walter et le kidnappeur soient la même personne. Il ne doutait pas non plus de la sincérité du Français. « Pourquoi mentirait-il ? Didier est proche d'une des deux victimes et il cherche la vérité à tout prix, quoi de plus normal ? » Mais c'est justement là que résidait le problème : l'ego de l'inspecteur était malmené. Il ne pouvait en son for intérieur nier que Didier était efficace, bougrement efficace même. Il contacta *Swiss Quality Extracts* et essaya, en vain, de parler à Walter. Bien qu'il ait décliné son identité, Oetterli dut insister à plusieurs reprises auprès de la réceptionniste pour obtenir le numéro de portable de son patron. Il laissa un message sur la boîte vocale en enjoignant à Walter de le rappeler de toute urgence. Il se promit également de garder Didier à l'œil, car il était persuadé que le fiancé de Sonya était impliqué d'une façon ou d'une autre dans la bastonnade de Markus Zihlmann. L'inspecteur ne croyait pas non plus à cette histoire d'amnésie de la victime et penchait plutôt pour une forme de chantage dont les tenants et aboutissants lui échappaient.

Quatre heures plus tard, Walter se présenta au commissariat. L'inspecteur Oetterli le trouva extrêmement nerveux, et l'interrogea sur Catherine. Il souhaitait recueillir un maximum d'informations sur l'engagement de son employée au sein de *Swiss Quality Extracts*. Il était également curieux d'en apprendre plus sur la vie privée de Catherine et sur ses opinions politiques, mais aussi sur la façon dont s'était déroulée sa journée la veille du drame. Ils discutèrent de la disparue une demi-heure durant. Walter fut très loquace sur la place qu'elle occupait dans sa société. Il mentionna quelques points de vue divergents, tout en affirmant apprécier la qualité de son travail. Walter se décrispait petit à petit jusqu'à ce que le policier lui demande son emploi du temps le soir de l'enlèvement et lors des deux tentatives qui le précédèrent. Après avoir reçu une réponse peu convaincante, l'inspecteur enchaîna :

—Et ce matin, où étiez-vous ? On a eu un mal de chien à vous joindre.

Un instant, Walter crut que Didier était venu au commissariat, juste après l'effraction. Il balaya rapidement cette idée de sa tête en se disant qu'il ne pouvait être aussi stupide pour agir de la sorte.

—La disparition de Catherine m'a touché ou plutôt attristé, j'ai ressenti le besoin de prendre l'air. Je me suis promené toute la matinée en montagne en déconnectant mon téléphone portable afin de m'isoler. C'est en rentrant chez moi que j'ai découvert vos messages.

—Pour vos affaires professionnelles, n'est-ce pas problématique d'être aux abonnés absents ?

—Vous savez, ma compagnie est petite et mes cadres sont autonomes. Je peux m'absenter un jour ou deux sans qu'il y ait de conséquences.

—Et ça vous arrive souvent de vous couper de tout ?

—Depuis que ma femme est partie, oui, ça m'arrive de temps en temps.

—À quel moment avez-vous décidé de prendre ce congé ? Hier soir avant de vous coucher ? Ce matin au petit-déjeuner ?

Walter eut enfin le déclic. « Mais qu'est-ce que cet enfoiré a vu dans ma cave ? A-t-il ouvert certains cartons avant de les refermer ? »

—Attendez que je me souvienne...

Plus il y réfléchissait et plus il lui semblait plausible que le fouineur ait aperçu ce qu'il n'aurait jamais dû. Ne pas mentionner l'effraction de son ex-employé pouvait se révéler extrêmement fâcheux.

—J'y songeais déjà au petit-déjeuner et j'ai ensuite eu une visite très désagréable, c'est une fois que cet intrus est parti que j'ai pris ma décision.

Walter raconta sa mésaventure et l'inspecteur nota les nombreux points de divergences avec la description des événements relatés par Didier. S'il devait choisir, il pencherait instinctivement pour la version du Français qui lui paraissait plus crédible. Avant d'utiliser l'arsenal juridique, le policier demanda à Walter l'autorisation de jeter un œil à son chalet et de lui prélever son ADN. Celui-ci accepta et offrit même à l'inspecteur de procéder comme bon lui semblait, en prétextant qu'il n'avait rien à cacher. «On verra ça mon gars! Tu accèdes à ma requête un peu trop facilement pour être blanc comme neige», remarqua Oetterli pour lui-même.

Alors que deux véhicules de police venaient de s'engager sur une partie de la route qui nécessitait le montage de chaînes, les agents croisèrent une dépanneuse qui rapportait la voiture de Didier au garage. L'inspecteur Oetterli la stoppa, il examina attentivement les pneus et constata par lui-même les profondes entailles mentionnées par Didier. Comme pour celui-ci, la force déployée pour transpercer le caoutchouc de part en part le surprit.

Arrivés au chalet, les policiers remarquèrent aussitôt que la neige avait été déblayée tout autour de l'habitation à l'aide d'une pelle. Les hommes se répartirent le travail: une équipe investit le jardin et le garage, l'inspecteur accompagné de deux de ses collègues et guidé par Walter s'occupa de la maison. Dans le salon, un des agents trouva un fusil de chasse. Ils descendirent ensuite à la cave et comme Oetterli s'en doutait, les cartons s'étaient volatilisés. Seules des marques imprimées sur le ciment indiquaient que des objets avaient été entreposés durant une longue période à même le sol.

Walter avait probablement mis à profit son après-midi pour préparer la réponse qu'il lança d'un air sûr:

—Elles proviennent de cartons qui contenaient des documents professionnels datant de l'époque où mon père dirigeait encore *Swiss Quality Extracts*. Je me suis débarrassé de toutes ces vieilleries la semaine dernière.

—Et vous avez un témoin pour corroborer vos dires? Le recyclage de papier passe-t-il ici dans la montagne?

—Non! J'ai chargé ma voiture et j'ai tout apporté à la déchetterie.

—Justement, avec autant de documents, un employé vous a sûrement aidé?

—Vous savez, là où je les dépose, il y a bien trois ou quatre employés, mais ils ne foutent pas grand-chose. Ils écoutent la radio dans leur petit bureau et s'ils filent un coup de main ce ne sera pas à un quinquagénaire comme moi qui débarque avec plusieurs centaines de kilos de paperasse, mais plutôt à une jolie trentenaire qui vient avec quelques cartons.

Oetterli voyait très bien de quel centre de tri lucernois il parlait et ne pouvait qu'abonder dans son sens.

L'inspecteur n'avait pas assez d'indices pour exiger la perquisition de son domicile principal à Kriens. Il demanda à Bruno de l'accompagner pour le prélèvement d'ADN, puis Walter fit un saut à son travail en fin d'après-midi.

Beatriz errait aux alentours de la gare, les pieds trempés par la neige fondue. Elle pensait à toute cette horreur qui venait de s'abattre sur Lucerne en se demandant combien de temps s'écoulerait avant le prochain drame. Elle sentait l'atmosphère s'épaissir, la peur s'infiltrer dans les esprits. Beatriz songea que Didier avait sans doute raison lorsqu'il prétendait que, si de tels kidnappings étaient rarissimes en Suisse, cela tenait plus au nombre relativement faible d'habitants qu'à de supposées vertus de la population locale.

Un bateau à aubes, le *Stadt Luzern*, passa en actionnant sa sirène à deux reprises. Beatriz s'attarda devant le Palais des congrès. Elle contempla la baie de Lucerne et ses pensées vagabondèrent un instant en compagnie des vaguelettes qui ridaient la surface du lac, lorsqu'un jeune homme, assis sur un banc, l'interpella :

—Alors, *Dona Quichotte* ! Tu ne nous salues plus maintenant ?

On sentait de la complicité et même du respect dans le ton de cet homme qui se tenait au milieu de ses amis. Beatriz connaissait bien cette bande de jeunes qui traînaient souvent dans un rayon de quelques centaines de mètres autour de la gare.

—Salut la jeunesse ! Alors, vous comptez les bateaux qui passent ? Ça va, vous ne devez pas être trop fatigués ! plaisanta-t-elle.

—Et toi ! Tu es déjà déguisée pour le carnaval, répliqua une punkette.

Ses amis pouffèrent de rire. Beatriz sourit, puis enchaîna :

—Bon ! C'est bien de s'amuser, mais si on parlait plutôt de la démocratie des sondages ? Le sujet me semble nettement plus passionnant. J'aimerais citer un homme politique dont je ne me souviens plus le nom. Mais je sais ce qu'il a dit, c'est le principal : *le culte de l'opinion est délétère pour la démocratie.* Qu'en pensez-vous ?

—Tu as raison, *Dona Quichotte*, c'est super passionnant, reprit celui qui l'avait apostrophée, tout en essayant de garder son sérieux. Mais c'est surtout difficile de se concentrer sur un thème d'une telle importance avec l'estomac vide. Ça caille dehors !

Tous approuvèrent dans une cacophonie. Il s'ensuivit une proposition de mets les plus divers.

—D'accord, d'accord. Je vais chercher des kebabs et après on discutera des sondages et de la façon dont ils modèlent nos choix et même nos personnalités.

Toute la bande trouvait que le marché était parfait. Beatriz désigna, pour l'accompagner au restaurant à emporter, celui qui avait lancé l'idée de l'écouter le ventre plein. En route pour la gare, elle s'enquit de connaître son point de vue sur l'affaire dont tout le monde parlait.

—Tu sais, nous, on ne compte pas pour cette société. Bien sûr que c'est horrible, mais ça ne nous touche pas plus que ça. Si c'étaient des marginaux qui disparaissaient, j'imagine que les gens bien-pensants n'en feraient pas toute une histoire. Bien sûr, la police rechercherait le coupable, mais l'émotion ne serait pas la même.

—C'est quoi ton nom ?

—José ! Pourquoi ?

—Écoute José ! Est-ce que tu crois que ça m'intéresse de savoir ce qu'il y a dans la tête des « gens bien-pensants » comme tu dis ?

— Non ! Toi, tu es différente, tu fais un peu partie des nôtres.

— Dans ce cas, pourquoi ne pas vous joindre à moi, à nous, pour mettre le grappin sur cette ordure ?

— Je ne travaille pas pour les flics !

— Elle est bonne celle-là ! C'est justement parce qu'on les trouve incompétents que nous avons formé un petit groupe qui mène sa propre enquête. La seule chose qui m'intéresse c'est que l'amie d'un pote a disparu et qu'une gamine de ton âge a été enlevée, ici même à Lucerne.

Il réfléchit à la remarque de l'*Originale*, tandis qu'elle énumérait sa commande.

— Ce n'est pas mon combat *Dona Quichotte*, se justifia-t-il en retournant vers l'*Europaplatz* les bras chargés de kebabs. Mais comme tu me le demandes, je veux bien t'aider, à une condition.

— Laquelle ?

— Tu n'en parles à aucun de mes copains.

— Promis, juré ! déclara-t-elle en faisant mine de lever la main droite.

— Qu'est-ce que je peux faire ?

— Si tu participes à la marche silencieuse de dimanche, ce serait déjà super ! Ça te dit ?

— D'accord ! Je viendrai également avec ma copine, précisa-t-il en désignant une jeune femme menue assise à l'écart du groupe. Ça lui fera du bien de se bouger un peu, car en ce moment elle est complètement à la masse.

Devant l'air intrigué de Beatriz, José expliqua :

—Elle s'enfile des cocktails de cachetons en douce, je me demande bien où elle se les procure. Je dois absolument discuter avec sa mère pour qu'on essaie de la sevrer. Si elle n'a pas d'argent pour payer un séjour dans un foyer, alors je l'emmènerai chez un copain qui possède une petite maison à la campagne et je m'occuperai d'elle moi-même.

—C'est bizarre! J'ai l'impression de l'avoir déjà rencontrée, mais pas avec vous, c'était ailleurs. Comment s'appelle-t-elle?

—Lea! On est ensemble depuis l'été dernier, précisa-t-il fièrement. Depuis qu'elle ne se sent pas bien, je préfère la savoir près de moi, j'ai peur qu'elle fasse une connerie.

D'anciens souvenirs refirent surface. Était-il possible qu'il s'agisse de la fillette espiègle qu'elle avait vue grandir durant les quatre années où elle avait travaillé dans un centre aéré en périphérie de Lucerne? La vie avait ensuite emmené Beatriz sur d'autres rivages, bien loin du long fleuve tranquille. Il semblerait que Lea ait fait un voyage similaire, constata-t-elle tristement. Elle chassa ces souvenirs à la fois doux et amers, et sans l'avoir vraiment recherché, le nom de famille de la jeune femme lui revint:

—C'est Lea Brunner?

—Tu la connais?

—D'une certaine façon, oui! Nos chemins se sont croisés, il y a une bonne décennie de cela.

Lea s'était rapprochée de ses amis, puis était repartie dans son coin avec la part du festin qui lui revenait. Alors qu'ils dévoraient leur kebab, en attendant sans hâte le discours sur la démocratie des sondages, Beatriz alla vers la jeune femme dont elle s'était jadis occupée sur les terrains de jeux.

— Bonjour Lea, tu me reconnais ?

À l'évocation de son prénom, la jeune femme releva des yeux tristes. Ils restèrent longtemps plongés dans ceux de l'*Originale* sans manifester la moindre émotion, puis l'ébauche d'un sourire se dessina sur ses lèvres.

— Beatriz ?

— Je suis contente que tu te souviennes de moi. Par contre, tu n'as pas l'air d'être en grande forme. Qu'est-ce que tu as fait pendant tout ce temps ? Je ne t'ai jamais croisée à Lucerne, tu as déménagé ?

Lea paraissait troublée, elle mobilisait toute son énergie pour faire travailler son cerveau. Elle ânonna :

— Ça fait beaucoup de questions. J'ai préparé un apprentissage d'employée de commerce. Et non, je n'ai pas déménagé, j'habite toujours à Kriens.

Devant la voix hésitante et l'air hagard de la jeune femme, Beatriz ressentit le besoin de l'aider.

— Bon ! Il va falloir qu'on se revoie toutes les deux et qu'on discute plus longuement. En attendant, tu dois te bouger un peu. José m'a dit qu'il aimerait venir à la marche silencieuse avec toi, ça me ferait vraiment plaisir de t'y retrouver.

La réponse tarda. Beatriz eut soudain pitié pour celle qui, il y a quelques années de cela, avait pour habitude de répliquer du tac au tac.

—Vous voulez faire une randonnée ? En plein hiver !

—Lea ! Écoute-moi bien ! Il ne s'agit pas d'enfiler tes gros godillots, mais de marcher tous ensemble afin de montrer notre détermination et notre cohésion face au kidnappeur en série.

La jeune femme releva la tête bouche bée et ouvrit de grands yeux. Beatriz comprit qu'elle n'avait jamais entendu parler des drames qui secouaient Lucerne. Elle lui résuma la situation le plus simplement possible. Un long silence s'installa. L'*Originale* l'étreignit, puis décida de revenir vers le groupe afin de développer sa théorie sur la nécessité « d'abolir les sondages » comme elle aimait la décrire. Avant qu'elle ne s'éloigne, Lea l'interpella :

—C'est un peu comme le salaud qui m'a poursuivie.

Beatriz s'arrêta net. Elle revint sur ses pas, passa un bras protecteur autour de la taille de la jeune femme.

—Tu veux bien me raconter ton histoire ? Surtout, prends ton temps.

Lea saisit intuitivement l'importance de son témoignage, elle fit un effort pour rassembler ses souvenirs.

—C'était bien après l'époque du centre aéré. Je me promenais sur le *Sonnenberg*. Il faisait chaud, c'était la fin de l'après-midi. J'étais seule. Je ne me rappelle pas ce que je faisais, mais je me souviens bien de cette voiture garée à côté d'une ferme. C'était bizarre à cet endroit. Il n'y a rien là-bas ! Je suis passée devant ce gros porc au volant. La voiture a démarré, elle m'a suivie sur le chemin de terre. Ça me revient ! Je m'entraînais, je faisais du jogging. J'ai accéléré, la voiture aussi. À un croisement, j'ai pris à droite pour repartir vers la ferme. Le gars aussi. J'ai eu peur. Il y avait ce gros caillou par terre, je l'ai ramassé et j'ai couru plus vite. Le terrain était défoncé, j'étais la plus rapide, sourit-elle. À la ferme, j'ai foncé droit vers les habitations.

Beatriz attendit la suite du témoignage, puis hésita avant de demander :

— La voiture, elle était comment ?

— J'ai parlé d'une voiture ? Je me suis trompée, c'était une camionnette.

— Tu te souviens de la couleur ?

— Vaguement.

— Tu pourrais préciser ?

— Une camionnette blanche, enfin, je crois.

— Et ça s'est passé quand cette histoire ?

— Quand ? En été.

— Oui ! Mais il y a combien d'années de cela ?

— Je ne sais plus... trois, quatre ou peut-être même cinq ans.

Beatriz fut comme tétanisée. Avait-elle devant les yeux une des premières rescapées du kidnappeur ? Agissait-il depuis longtemps ?

— Et ce gars, tu l'as vu ? Tu pourrais le reconnaître ?

— Je ne risque pas d'oublier ce salaud. Depuis que je suis toute môme, je ne peux pas le sentir. Son regard de pervers me poursuit en permanence. Lorsque je l'aperçois, je change de trottoir. Tout un flot d'ondes négatives... Maintenant que je suis avec José, j'ai compris que je vois des choses différentes de vous. Là où la plupart des gens ne voient rien, moi je perçois comme un masque sur le visage, et celui de cet enculé est effrayant.

—Tu as parlé de tout cela à quelqu'un ?

—À l'époque, j'en avais discuté avec mes parents. Mon connard de paternel m'avait retourné une torgnole en disant qu'on n'insultait pas les voisins ainsi. Heureusement qu'il s'est barré, ça nous fait des vacances à moi et à ma mère.

Petit à petit, Lea devenait de plus en plus loquace.

—C'est bizarre qu'on parle de lui !

—Pourquoi ?

—L'autre jour, je l'ai croisé, à Lucerne. Là, il portait plusieurs masques effrayants. Il m'a reconnu et j'ai eu peur. Ça fait une semaine que je tourne autour de sa maison et je sens quelque chose d'étrange. Les volets du salon sont fermés en permanence. Les vitres de la porte du garage ont été remplacées par du contreplaqué. J'y ai collé mon oreille, il y a toujours de la musique, une radio qui fonctionne au loin.

À ce moment, le groupe se leva tel un seul homme et José lança :

—Excuse-nous *Dona Quichotte*, on doit y aller ! Mais c'est promis : la prochaine fois, on écoutera tout ce que tu as à nous expliquer. Lea, tu viens avec nous ?

—Un instant, j'arrive !

—Donne-moi l'adresse de ce gars. Chaque heure qui passe doit être un calvaire pour ses victimes.

—Ce n'est pas aussi simple, je dois encore te raconter des choses. Demain, je prendrai le temps qu'il faudra. On se retrouve vers midi ?

—Bon ! Tu viens ? s'impatienta José.

Elle se leva et disparut dans l'escalier mécanique sans attendre la réponse de l'*Originale*.

9 – Trois, quatre...

À midi, Beatriz retourna à la gare. Le givre formé durant la nuit sur les caténaires avait provoqué un tel chaos que la perturbation du trafic ferroviaire persistait à cette heure avancée de la journée. Le hall était noir de monde, le bruit ambiant brouillait les annonces faites par l'hôtesse d'accueil. L'*Originale* se faufila parmi les flots d'usagers qui s'entremêlaient. Elle examina chaque quai, ainsi que tous les recoins du bâtiment jusqu'au passage souterrain menant au Palais des congrès. Lea n'était pas venue au rendez-vous, Beatriz trouva cela étrange. Elle eut l'idée de poursuivre ses investigations dans le parking souterrain où Catherine et Didier avaient rencontré cet inquiétant personnage. Elle eut soudain peur et regretta de ne pas avoir insisté pour finir la discussion qu'elle avait entamée la veille avec la jeune femme. Les différents sous-sols regorgeaient de véhicules. Ses recherches devenaient de plus en plus compliquées. Au niveau-3, plusieurs néons clignotaient. Beatriz jetait un œil derrière une rangée de voitures garées le long du mur lorsqu'un claquement de portière la fit sursauter. Elle n'arrivait pas à distinguer d'où venait le bruit, mais elle entendit un pas féminin qui s'éloignait. Après un examen minutieux de tous les niveaux, elle dut accepter le fait que Lea et ses amis restaient introuvables.

Anxieuse, Beatriz revint le long de l'embarcadère, qui accueillait aux beaux jours une foule de gens désireux d'excursions sur le lac. Perdue dans ses pensées, son regard croisa sans qu'elle y prête attention celui de José assis dans un café. Celui-ci se précipita sur le trottoir et la héla :

—*Dona Quichotte* !

Beatriz se retourna et José l'entraîna jusqu'à sa table. En apercevant le chocolat chaud du jeune homme, elle se décida à commander la même chose.

Après quelques échanges au sujet des perturbations des CFF[11], José avoua à l'*Originale* qu'il s'inquiétait, car depuis la veille au soir, il n'avait plus de nouvelles de sa petite amie. Il l'avait quittée vers 22 h, alors qu'elle rentrait chez sa mère. Beatriz dévoila la discussion qu'elles avaient eue toutes les deux et pensa que Lea avait probablement poursuivi ses propres investigations.

—Elle m'a déjà parlé de ce voisin pervers, mais comme je lui disais toujours d'être prudente, je crois que je l'ai gonflée et elle ne m'a plus rien raconté depuis des mois.

—Tu t'inquiètes peut-être pour rien, tenta-t-elle de le rassurer, elle-même peu convaincue.

—Je ne pense pas ! C'est pour mieux réfléchir que je suis venu me réchauffer ici. J'ai contrôlé son compte de messagerie instantanée et la dernière fois qu'elle était en ligne, c'était juste après que l'on se soit quittés.

---

[11] Chemins de fers fédéraux

—Ne t'affole pas, peut-être qu'elle a dû partir précipitamment.

—Peut-être !

José resta pensif, il finit sa tasse avant de poursuivre :

—Je ne sais pas où crèche ce mec, mais il faut le retrouver. On peut se rendre chez Lea et interroger sa mère. Je suis persuadé qu'elle pourra nous renseigner.

—Ton idée me plaît ! Mais avant qu'on y aille, je dois passer deux coups de fil. Tu m'excuseras ! conclut-elle en s'éloignant de la table.

Beatriz téléphona tout d'abord à Bruno, son ami policier. Il venait de finir ses courses au marché et prenait un café crème au *Bistronomie* en compagnie de sa femme. Le brouhaha l'obligea à sortir dans la rue afin de comprendre ce que Beatriz voulait lui dire ; elle souhaitait recueillir des informations de première main. Bruno réalisa qu'elle était à quelques centaines de mètres et lui proposa de les rejoindre au plus vite.

Didier essayait de récupérer de sa semaine d'insomnies et des émotions de la veille, lorsqu'il fut réveillé par la sonnerie de son téléphone. Il se trouvait au plus profond des limbes et ne saisit pas bien ce que Beatriz lui expliquait. Il bâilla à s'en décrocher la mâchoire, puis lui demanda d'acheter des croissants et de passer chez lui pour parler des événements lucernois. En reposant son portable sur la table de chevet, une vive douleur au poignet lui arracha une grimace. Didier préféra replonger sous l'édredon en attendant son amie.

Beatriz revint vers José, elle salua quelques connaissances au passage, puis reprit la discussion :

— Avant qu'on aille chez la mère de Lea, je dois rencontrer deux amis, c'est au sujet de cette série d'enlèvements. Surtout, reste dans les parages, je t'appellerai dès que ça sera fait.

— Dépêche-toi quand même, je n'aime pas du tout cette situation. Je peux aussi me rendre seul chez elle ?

— Non, s'il te plaît, attends-moi ! Je n'en ai pas pour longtemps. On se retrouve au maximum dans… laisse-moi réfléchir… je dirais une bonne heure et après on y va.

— D'accord, ça marche !

Une grande effervescence régnait au *Bistronomie*. Beatriz échangea quelques mots avec Claudia, la patronne, et avec quelques habitués puis s'assit au bar à côté de son ami qui lança à brûle-pourpoint :

— Alors, tu n'es pas avec ton petit protégé aujourd'hui ?

— Ah ! Ah ! Et toi, ta femme t'a quittée précipitamment ? se moqua Beatriz.

— Elle a repéré un ensemble dans une boutique de la nouvelle ville. Elle est partie pour l'essayer. Mais, bon ! Trêve de plaisanterie, je tenais avant tout à te mettre en garde, murmura-t-il.

Beatriz intriguée tendit l'oreille.

— Viktor, notre grand chef, est en pétard. Il n'aime pas trop cette marche silencieuse, même si elle a été autorisée. Il est aussi assez énervé avec tout ce monde qui tourne autour de l'enquête. Fais gaffe à tes fesses, mais c'est surtout ton ami Didier qui doit se méfier, car lui, il est carrément dans le collimateur. En plus d'être très souvent présent sur la scène du crime, il a pénétré par effraction chez son patron et l'a accusé d'être le kidnappeur en série.

—D'après ce qu'il m'a dit, il ne l'a pas accusé, mais soupçonné, ça fait une sacrée différence.

—Si tu veux! Tu peux jouer sur les mots.

—Avez-vous reçu le résultat de l'analyse d'ADN?

—Je ne sais pas si je peux te le communiquer!

—Et pourquoi pas? À charge de revanche. J'aurai peut-être de nouveaux éléments pour toi dans quelques heures, et tu en aurais l'exclusivité. Pense à ton avancement ou plutôt à ta réhabilitation.

—Ça concerne cette affaire?

—Peut-être... Alors, quel est ce résultat?

—Tu me promets de le garder pour toi?

—Oui, bien sûr, tu me connais!

—Justement!

Après un instant de réflexion, il poursuivit:

—De toute façon, il sera bientôt communiqué officiellement: l'ADN trouvé dans la casquette ne correspond pas à celui de Walter Murer.

—Et merde!

—Tu peux le dire. Ce n'est pas non plus celui de Didier, mais ça, on s'en serait douté. Nous suivons quelques pistes qui ne mènent pour le moment nulle part. Mais tu as insinué que tu gardes des informations sous le coude, tu peux m'en dire plus ?

—C'est délicat, car je ne suis sûre de rien et tu viens tout juste d'expliquer que je dois me tenir éloignée de votre enquête. Dans ces conditions, je veux être certaine de mon coup avant d'avancer quoi que ce soit.

—Mets-moi juste sur la piste.

—Bon d'accord. Dans un peu plus d'une heure, je me rendrai à Kriens avec un jeune ami.

—Ne faites pas de bêtises ! J'espère que vous n'allez pas visiter le chalet de Walter Murer...

—Tu me prends pour une conne ?

Le visage de l'*Originale* se contracta, elle était vexée que Bruno ait émis cette hypothèse stupide.

—Non, nous n'allons pas entrer chez Walter par effraction, mais n'insiste pas s'il te plaît ; il n'y a pour le moment rien de tangible. Je te promets que tu seras le premier averti si cette piste s'avère intéressante pour l'enquête.

Sur ces paroles énigmatiques, Beatriz lança une grande claque dans le dos de Bruno et quitta le *Bistronomie* d'un pas rapide.

Didier n'avait qu'une seule envie : rester au chaud sous la couette. Il n'arrivait pas à se décider à en sortir. Il compta jusqu'à dix, puis se leva d'un bond pour se rasseoir aussitôt sur le rebord du lit. Son corps n'était que souffrance de la tête aux pieds ; il l'avait mis à rude épreuve la veille. Il se fit violence et se dirigea droit vers la douche en avalant au passage un analgésique. Alors que l'eau chaude et bienfaitrice ruisselait sur sa peau, Didier fit le bilan de tout ce qu'il avait vécu depuis le départ de Sonya. Il avait sauvé Catherine d'une première tentative d'enlèvement le long de la rivière et sans doute d'une deuxième dans le parking. Il avait plaqué un policier au milieu d'une rue enneigée de la vieille ville. Avec la complicité de ses amis, il avait violé le système informatique d'une compagnie. Et pour couronner le tout, Didier avait découvert des revues pédopornographiques dans le chalet de Walter.

Son entorse au poignet, l'autre à la cheville et le gnon aussi gros qu'un œuf de pigeon sur le front le faisaient ressembler à un boxeur de rues. Sans mentionner l'hématome qui s'était développé autour de ses paupières boursouflées. « Et tout cela en moins de dix jours. »

Didier n'arrivait pas à canaliser ses réflexions qui tournoyaient tel un maelstrom dans son cerveau. Pour les aspects positifs : il s'était fait de nouveaux amis, il pensait plus particulièrement à Beatriz, sur qui il pouvait compter. Mais Catherine surtout hantait son esprit à bien des égards ; sa disparition le perturbait au-delà de ce qu'il aurait ressenti pour une « simple » amie. Très rapidement, elle avait pris une place prépondérante dans sa vie. Il se rappelait les bons moments qu'ils avaient vécus en si peu de temps. La complicité était apparue dès le premier contact à la *Boîte de Nuit*. L'idée qu'elle subisse la moindre violence le rendait malade. Soudain, un frisson parcourut son corps lorsqu'il s'interrogea sur ce qui lui était arrivé. Il sortit de la douche, s'enroula dans une serviette, puis avala un deuxième analgésique avant que la sonnerie de la porte retentisse.

Beatriz présenta les croissants devant l'œil-de-bœuf. Elle entra chez Didier un grand sourire aux lèvres.

Autour d'un café, l'*Originale* résuma les discussions qu'elle avait eues avec José et Bruno. Elle insista sur la mise en garde reçue de la part du policier. Didier, quant à lui, raconta dans le moindre détail sa visite chez Walter, puis il ajouta :

—Je n'ai pas trouvé de traces de Lea ni de Catherine, mais tu ne pourras pas m'ôter de la tête que ce salaud est coupable, même si son ADN ne correspond pas à celui du kidnappeur. Il a peut-être tout simplement un complice.

—Oui, c'est une hypothèse. Mais dans ce cas, quel serait le rôle de ton ex-patron ?

—Il n'a pas le profil pour jouer les gros bras, et je prie pour qu'il ne soit pas l'intermédiaire d'un quelconque réseau. S'il fournissait la planque ? J'ai passé le chalet au peigne fin ; on ne découvrira rien de plus. Avant de se retrancher sur les flancs du *Pilatus*, il habitait à Kriens, je crois que c'est même toujours sa résidence principale. Nous devrions procéder à l'inventaire de ses biens immobiliers.

—On peut commencer nos recherches à Kriens, c'est d'ailleurs dans cette ville que j'ai prévu de me rendre avec José. Est-ce une coïncidence ?

—Ça, on verra ! On doit mettre le paquet pour retrouver Catherine.

—Et Stefanie !

—Oui, Stefanie aussi, bien sûr, en espérant que la disparition de Lea soit une fausse alerte. Maintenant que le travail est réparti, nous devons la jouer fine, sinon c'est direct au trou pour obstruction d'enquête. On ne préviendra les flics que lorsque nous aurons des preuves.

—J'aurais tendance à être encore plus prudente : suivant ce qu'on découvrira, je téléphonerai à Bruno pour demander conseil, puis on avisera.

—Bon Dieu ! Faites que Catherine n'ait rien.

—Tu es croyant maintenant ?

—Quand ça m'arrange, oui, précisa-t-il d'un sourire contraint.

Ils finirent leur café en silence, l'air grave.

Une fois dans la rue, Beatriz tenta d'appeler José. Elle était concentrée sur l'écran de son téléphone et ne remarqua pas la plaque de verglas sur laquelle elle glissa. Par chance, elle se rattrapa au bras d'un passant qui perdit à son tour l'équilibre et réussit l'exploit de ne pas tomber sous la poussée de l'*Originale*.

—Alors, *Dona Quichotte* ! T'es déjà bourrée en début d'après-midi !

—Heureusement que je suis tombée sur un grand gaillard comme toi ! Si tu avais été une demi-portion, on serait tous les deux par terre, plaisanta-t-elle. Merci !

—Pas de quoi, lança l'inconnu en s'éloignant.

Soudain ! Elle s'aperçut que son téléphone avait disparu. Suspicieuse, elle observa l'homme qui poursuivait son chemin, avant de reprendre ses esprits « Non ! Ce n'est pas possible ». Elle baissa les yeux et découvrit l'appareil dans le caniveau, à quelques centimètres de la bouche d'égout. « Ouf ! se dit-elle en le ramassant. J'ai failli me casser la figure et perdre mon téléphone, je dois faire plus attention. J'aurais l'air fine pour mener l'enquête, si je ne peux plus joindre qui que ce soit ».

Beatriz respira profondément pour calmer les battements de son cœur, puis appela José. Ils se mirent d'accord pour se retrouver à l'arrêt de la *Kantonalbank* et prirent dix minutes plus tard le trolleybus pour Kriens.

La neige tombait de nouveau à gros flocons. Ils marchèrent un bon quart d'heure en silence, puis arrivèrent à l'appartement de Lea. Lorsqu'ils sonnèrent, personne ne répondit. Beatriz et José se dévisagèrent, ils insistèrent, sans résultat. Les deux enquêteurs en herbe pensèrent aussitôt au pire : quelque chose de grave s'était sans doute passé. José essaya d'appeler sur le téléphone fixe, qui retentit au loin, mais personne ne le décrocha.

— Qu'est-ce qu'on fait ? s'emballa le jeune homme.

— Tout d'abord, on ne doit pas paniquer.

— Je n'arrive plus à joindre Lea depuis hier soir, sa mère n'est pas chez elle. Moi, je crois qu'on devrait être inquiets. Attends ! Erik, un pote de Lea, habite dans les alentours, mais je ne sais pas où exactement. J'étais dans la même classe que lui, et si je me souviens bien, il s'occupe de Zébulon lorsqu'il n'y a personne à la maison.

— Qui est Zébulon ?

— C'est le chat de Lea. Erik a sûrement la clef, je vais le contacter. Voyons voir, qui a son numéro de téléphone ?

Tandis que José parcourait le menu déroulant de son portable, Beatriz inspecta le voisinage.

Habillé et rasé de près, Didier s'affaira à dénicher l'adresse de Walter. Il chercha à « Murer » dans l'annuaire papier, sur lequel avait reposé peu avant sa tasse de café, mais ne trouva aucun « Walter ». Didier réfléchit un instant et, souscrivant pleinement au théorème de Lapalisse, arriva à la conclusion que soit Walter ne possédait pas de téléphone fixe, soit il était enregistré dans la liste rouge. Il pensa alors à Thomas qui s'était déjà introduit dans le système informatique de *Swiss Quality Extracts*. Le Français appela aussitôt Sonya. Il lui résuma les événements de la veille et faillit presque oublier de mentionner la disparition de Lea pendant la nuit. Par contre, il omit volontairement de parler du piteux état physique dans lequel il se trouvait.

— Fais attention à toi, Didier ! Cette histoire m'inquiète de plus en plus et je n'aime pas que tu prennes tous ces risques. D'ailleurs, pourquoi tu te donnes tant de mal ? Je n'ai pas envie que tu aies des problèmes avec la police ou que tu tombes entre les mains de ce dingue.

— Rassure-toi, j'attends ce salaud de pied ferme, il ne m'aura pas par surprise. Quant à la police, tu as raison, elle me talonne. Mais bon, ce n'est pas la première fois ni sans doute la dernière. Je ne serais pas étonné qu'ils mettent notre téléphone sur écoute. Ils m'ont déjà interrogé sur mes antécédents et je pense qu'il serait plus prudent de passer prochainement en appels cryptés. Si des emmerdements surgissent, ce sera de ce côté-là et pas du côté de Walter ou de son complice.

—Tu sous-estimes tes adversaires maintenant, c'est nouveau ? De plus, j'aimerais souligner le fait que Walter n'est peut-être pas impliqué dans les enlèvements.

—Je n'y crois pas une seconde. Les indices, que tu as toi-même relevés, sont trop nombreux. Mais tu as raison de me rappeler que la meilleure façon de ne pas être pris par surprise c'est de s'attendre à tout. Je te promets de faire attention, j'avancerai en terrain miné.

—Tu deviens prudent, c'est bien ! J'espère que ce ne sont pas des paroles en l'air.

—Je te le jure !

—Parfait ! Mais venons-en aux faits, je sens que depuis tout à l'heure tu tournes autour du pot. Pourquoi me téléphones-tu ?

—J'ai un service à te demander.

—Je m'en doutais un peu. Je t'écoute !

Didier laissa cette remarque de côté et enchaîna :

—Voilà ! Comme Thomas a aspiré une partie des données de *Swiss Quality Extracts*, pourrait-il rechercher l'adresse du domicile de Walter ?

—Et c'est comme ça que tu comptes être prudent ? Tu te moques de moi ?

—Je ne pénétrerai pas chez lui, je resterai à l'extérieur. Je vais me trouver un coin tranquille pour observer les lieux aux jumelles. La nuit tombe très tôt en cette saison et personne ne me remarquera.

—Il ne manquerait plus que tu te fasses attraper. Bon! Je veux bien contacter Thomas. S'il a un ordinateur à portée de main, il nous communiquera l'adresse en un rien de temps. Patiente un instant, s'il te plaît.

Tandis qu'elle joignait son ami *geek*, Didier se préparait à affronter le froid en se couvrant chaudement. Le précieux renseignement arriva lorsqu'il eut fini de lacer ses chaussures. Didier promit à Sonya de la rappeler en soirée afin de la tenir informée. Il se rendit à l'arrêt de bus le plus proche de chez lui et une fois confortablement installé sur une banquette, consulta, en ligne, le plan de Kriens.

Après avoir passé de nombreux appels, José réussit à joindre Erik, qui vint rapidement:

—Salut, José! Mais c'est *Dona Quichotte* en personne, ironisa-t-il. Que faites-vous tous les deux dans le coin?

Sans attendre de réponse, il enchaîna:

—Ce n'est pas parce qu'il n'y a personne à la maison que vous devez vous inquiéter. Ni Lea ni sa mère ne m'ont demandé de m'occuper du chat. Si elles ne sont pas là, c'est qu'elles se sont absentées un moment, c'est tout! Elles ont peut-être été invitées à dîner dans la famille?

—Ça fait presque dix-huit heures que je suis sans nouvelles de Lea.

—Ouais, mais bon! Je ne peux pas entrer comme ça à l'improviste.

—Et pourquoi pas ? s'enquit l'*Originale*. Tu as besoin d'un mandat de perquisition ?

—Non, bien sûr que non !

—Bon, alors ! Qu'est-ce que tu attends ? renchérit José.

Après avoir vérifié par lui-même que personne ne répondait à la sonnerie de la porte, Erik pénétra dans le logement en laissant José et Beatriz dans le couloir de l'immeuble :

—Hé oh ! Il y a quelqu'un ? Lea ? Madame Brunner ?

Seul Zébulon réagit à l'appel en se précipitant vers lui pour réclamer des caresses. Le chat ne manquait de rien, il avait encore suffisamment de croquettes et d'eau à sa disposition. Comme tout semblait en ordre dans l'appartement, Erik en ressortit presque aussitôt. José et Beatriz insistèrent pour fouiller de façon plus approfondie, ce qu'Erik refusa catégoriquement. Il se justifia en expliquant qu'ils n'auraient jamais dû entrer.

José demanda alors à Beatriz de quoi écrire. Elle sortit un bloc-notes de son sac à bandoulière, arracha une feuille et la lui tendit avec un stylo. José rédigea un message qu'il déposa sous la porte :

Salut Lea,

Je n'arrive pas à te joindre, ni toi ni ta mère. Je m'inquiète ! Rappelle-moi s'il te plaît dès que tu trouveras ce mot, peu importe l'heure.

Je t'embrasse

José

P.-S. Madame Brunner, si c'est vous qui trouvez mon message, merci de me contacter rapidement !

L'*Originale* décida de poursuivre les recherches. Lea ne pouvait certes pas la guider vers ce voisin pervers, mais elle possédait une information capitale : la vitre de la porte du garage avait été remplacée par un contreplaqué. Elle préféra mener les investigations, seule, et remercia Erik. Puis, elle demanda à José de passer à la gare pour se renseigner auprès de ses amis.

—On ne sait jamais, argumenta-t-elle, ils ont peut-être des nouvelles de Lea…

Beatriz partit ensuite à l'exploration du quartier.

Didier arriva sur place alors que la cloche de l'église voisine sonnait sept coups. Il trouva facilement la rue dans laquelle Walter habitait. Par contre, il dut s'y prendre à plusieurs reprises pour repérer le numéro 25. Le pavillon, accessible depuis une allée, était entouré d'un jardin. Didier le contourna, il déboucha dans une rue parallèle et aperçut le garage. Il décida de ne rien tenter qui pourrait le démasquer et remarqua un promontoire entre un massif de conifères et l'aire de jeux voisine. Il déblaya la neige d'un rocher et s'y installa aussi confortablement que possible. Didier inspecta le pavillon grâce à ses jumelles, il sourit un court instant en pensant que Sonya apprécierait sans doute sa sagesse. Deux pièces étaient éclairées à l'étage, mais pas une seule ombre ne bougeait. Le froid s'immisçait sous ses vêtements. Après une demi-heure, il perdit patience et s'aventura prudemment dans la descente de garage. Il marcha dans des traces de pas, afin de ne pas renouveler l'erreur de la veille. Didier releva aussitôt que la porte possédait de belles vitres. Il fut presque déçu ; il était tellement certain de la culpabilité de Walter qu'il continua à chercher un détail sans savoir quoi précisément. Didier colla son oreille à la porte et crut entendre une radio. Son attention se porta de nouveau sur la vitre. Il passa son doigt sur le joint et constata que le mastic était dur, cependant, une légère odeur d'huile de lin s'en dégageait. Didier sortit son téléphone de la poche et se dit que, sans preuve, la plus mauvaise option serait de prévenir la police. Il appela donc tout naturellement celle qui menait l'enquête sur place avec lui.

Beatriz ne savait pas par où commencer. Dans un premier temps, elle délimita la zone à inspecter. Elle décida de procéder par cercles concentriques de plus en plus éloignés en bornant ses investigations aux principaux axes de communication. Lorsqu'elle lut 7 h 15 sur le clocher de l'église, elle prit conscience du travail qui l'attendait. Beatriz estima qu'elle aurait besoin d'au moins deux heures pour explorer le quartier.

Elle essaya de ne pas se faire remarquer, mais les deux premières personnes qu'elle croisa se retournèrent sur elle. Beatriz comprit rapidement que l'étonnement des passants provenait probablement de son look. Pourtant, elle s'était vêtue de couleurs uniformes et elle considérait que le rose vif lui seyait particulièrement bien.

Trois, quatre...

Elle perdit beaucoup de temps à s'assurer que personne ne l'observait lorsqu'elle s'approchait d'une descente de garage. Elle ne mit que trente minutes pour trouver le pavillon avec la vitre en contreplaqué. Il lui semblait que des rais de lumière filtraient du premier étage au travers des volets clos. Elle inspecta le voisinage ; elle était seule et s'aventura autour de la maison à la recherche d'une porte qui ne serait pas fermée à clef. Elle pensait juste l'entrouvrir pour écouter ce qui se passait à l'intérieur. Son examen minutieux n'apporta aucun résultat, elle se retrouva de nouveau devant le garage. À première vue, Beatriz ne discerna rien de suspect.

L'*Originale* réfléchissait à la situation lorsqu'elle entendit un cri, qui s'arrêta aussi vite qu'il était apparu. C'était un hurlement féminin, elle en était persuadée. Beatriz dégaina son portable et tandis qu'elle cherchait le numéro de Bruno dans son agenda électronique, la sonnerie de son téléphone retentit dans la rue. Elle se mordit les doigts en se souvenant qu'elle l'avait réglée la veille sur *Anarchy in the UK* des Sex Pistols. Elle la stoppa après les premières paroles beuglées par Johnny Rotten «I am an anti-Christ, I am an anarchist». Beatriz lut le nom de Didier qui s'afficha sur l'écran. Elle appuya sur la touche pour le rappeler, lorsqu'elle perçut un crissement dans la neige. Elle n'eut pas le temps de se retourner. Beatriz plongea dans le noir absolu.

José patienta une éternité à l'arrêt de bus. Il en profita pour passer de nombreux appels téléphoniques, mais toujours la même rengaine lui parvenait aux oreilles : «Non,

désolé ! Je n'ai pas vu Lea et je ne sais pas où elle est ».
Il entendit également une variante qui finit par l'agacer :
« Non ! Elle n'est pas avec toi ? »

Sitôt arrivé à la gare, José trouva ses amis. Peu importe que Lea appartienne à la bande depuis peu ; ils s'inquiétaient tous. Cette empathie le toucha. Ils décidèrent de partir à sa recherche en privilégiant les endroits où elle avait ses habitudes. Les marginaux se partagèrent ensuite les différents quartiers de Lucerne, jusqu'aux lieux les plus improbables.

Malgré le tapis de neige poudreuse qui recouvrait le sol et absorbait les sons, une musique inattendue parvint aux oreilles de Didier. Il ne pouvait en préciser la nature exacte, peut-être les premières notes d'un morceau de hard rock. Intrigué, il rangea son portable. Puis, le silence revint, encore plus pesant. Il composa de nouveau le numéro de Beatriz tout en éloignant l'appareil de son oreille. Il perçut le même son bref d'une guitare électrisée. Beatriz ne devait pas se trouver bien loin, il en était persuadé. Didier retourna dans la rue en quelques enjambées et cria le prénom de son amie à plusieurs reprises. Debout, au beau milieu de la chaussée, il réfléchissait. Son troisième appel téléphonique n'aboutit pas. Il se demanda de quelle manière il devait réagir. Soudain, il pensa que cette musique provenait du garage. Didier virevolta et reçut un éclair dans les yeux. Un bref instant, il perdit l'usage de la vue, puis distingua Walter, un appareil photo à la main. Il s'exprima posément en dépit de la haine qui brillait dans son regard :

Trois, quatre...

— Tu n'as pas fini de me persécuter, connard ? Demain, j'irai trouver les flics et je porterai plainte contre toi. Maintenant, dégage de devant chez moi !

Didier, plus préoccupé par le sort de ses amies que par les injonctions de son ex-boss, s'exécuta sans même répondre. Il s'éloigna lentement du domicile, puis se retourna ; Walter veillait sur le perron, tel un bon toutou. « Maintenant qu'il se tient sur ses gardes, je ne vais plus pouvoir tourner autour de chez lui, et encore moins y pénétrer », songea Didier dépité. Tout en marchant, il tenta d'élaborer la suite du plan.

Beatriz reprit connaissance quelques minutes plus tard, assise sur une chaise avec un violent mal de tête. Ses bras étaient attachés contre le dossier. Tandis que son ravisseur finissait de lui lier les chevilles, la peur qui la tiraillait déclencha plusieurs spasmes. Elle ne distingua que la nuque et la cagoule du « monstre de Lucerne » comme l'appelaient certains médias. Beatriz venait perturber ses projets ; elle sentit qu'elle le paierait au prix fort. Après l'avoir ligotée, il s'éloigna en traînant des pieds, puis disparut dans la pièce voisine.

Bien que sa tête soit entravée, Beatriz réussit à la tourner légèrement sur la droite et entrevit l'écran géant d'un ordinateur, qui trônait dans le coin de la pièce. Le dispositif de sécurité, digne d'un roman d'espionnage, l'impressionna. Quatre fenêtres retransmettaient les vidéos capturées par de multiples caméras. Beatriz se concentra sur les images en noir et blanc parfaitement nettes, malgré l'obscurité.

Soufflée par le vent, une branche déclencha un détecteur de mouvement. Il alluma une lumière verte, dans le coin inférieur d'une des fenêtres. Ce fut ensuite un piéton qui activa le signal, ainsi qu'une petite sonnerie qui cessa lorsqu'il disparut de l'écran. Le passant revint sur ses pas. Il regarda la maison, intrigué. À chaque nouveau déplacement, la tonalité devenait de plus en plus aiguë. Le kidnappeur se précipita dans la pièce. Il s'installa à son bureau, et zooma sur le visage du promeneur.

Didier s'éloigna de chez Walter. Il essaya une énième fois de joindre Beatriz et pensa même à contacter Bruno pour lui demander conseil. Perdu dans ses réflexions, il ne s'aperçut pas tout de suite qu'il marchait sur des empreintes de pas récentes. Didier s'arrêta et les observa. Les enjambées étaient plus grandes que les siennes, et les traces du talon se démarquaient de celles de la semelle. « Et si c'était Beatriz », songea-t-il. Il n'avait de toute façon rien à perdre à suivre les empreintes. Il tourna au coin de la rue, passa devant une maison, puis revint sur ses pas. Sur le trottoir, Didier hésita, perplexe, puis descendit l'allée. Il aperçut alors de très nombreuses traces qui partaient dans différentes directions. Une boucle d'oreille rouge en forme de homard, à moitié enfouie dans la neige, attira son attention. Il la ramassa et se mit à frémir en se souvenant qu'il l'avait vue le matin même à l'oreille de Beatriz. Il réfléchit rapidement. Devait-il défoncer la porte au risque de se retrouver dans une situation inextricable ou prévenir directement la police ? Dans les deux cas de figure, les problèmes étaient garantis. Il opta pour la seconde solution, la plus sage, et n'eut pas le temps de téléphoner qu'une voiture s'arrêta juste devant le portail électrique. Le moteur du véhicule tournait. Didier n'arrivait pas à distinguer le conducteur. Se sentant observé, il se dirigea d'un pas ferme vers l'inconnu. C'est alors que la vitre du passager descendit. Surpris, Didier découvrit le visage de Walter, assis derrière le volant. Ils restèrent ainsi, les yeux dans les yeux, sans échanger un mot. Une autre voiture s'engagea dans la ruelle et le conducteur impatient lança aussitôt un appel de phare. Walter s'éloigna lentement afin de laisser la voie libre. Les deux véhicules disparurent. Ne comprenant pas bien le rôle que jouait son ancien patron, Didier se demanda ce que cela signifiait. Les deux voisins étaient-ils complices ?

Il sentit une poussée d'adrénaline et se précipita vers la porte d'entrée, elle n'était pas verrouillée. Aussitôt, Didier comprit qu'il faisait une connerie, mais il s'introduisit tout de même dans la maison. Il avançait prudemment en retenant sa respiration à chaque pas. Puis, il s'arrêta afin de détecter une éventuelle ombre avant de pénétrer dans le bureau. Soudain, il prit conscience qu'il ne pourrait pas se défendre si le kidnappeur fondait sur lui. Didier regarda tout autour de lui et aperçut sur un bahut une clef pointue qui semblait appartenir à un cadenas. Il s'en empara et la coinça fermement dans la paume de sa main droite en guise de poing américain. Toujours vêtu de son manteau d'hiver, il sentait la chaleur monter le long de son corps. Il ôta son manteau et le noua autour de la taille. Le son d'un programme télévisé en provenance de la pièce voisine le stoppa net. Aucun autre bruit n'y était associé. Sur la défensive, il passa furtivement la tête par l'embrasure de la porte : le séjour était vide. Il décida de s'éloigner et de poursuivre dans le couloir. Ce fut ensuite le bruit familier d'un jet de douche qui, au loin, attira son attention. « Il est sûrement en train de se laver. À poil, il sera plus facile à maîtriser, se dit-il. C'est le moment ou jamais ! » Il s'approcha. De la vapeur sortait par la porte entrebâillée. Alors qu'il allait pénétrer dans la salle de bains, Didier se ressaisit. « Merde ! Je dois garder mon sang-froid. Je veux seulement libérer Beatriz, la police se chargera de l'arrestation de cette ordure ». Il aperçut un tabouret métallique et jugea que ce serait une arme plus efficace que son poing américain improvisé. Il le saisit, décidé à l'utiliser si la situation dégénérait. La douche coulait toujours. Il laissa la salle de bains derrière lui pour se concentrer sur la cave. Didier repéra la porte menant au sous-sol. Elle était fermée à clef, il essaya en vain celle qu'il avait trouvée sur le bahut. Son cerveau capta comme un son qu'il n'arriva pas à identifier. Il resta immobile, tous les sens en alerte. Cela se reproduisit cinq secondes plus tard, il comprit alors qu'il percevait le passage d'un corps ou d'un objet dans le couloir, juste dans son dos, un léger bruit qui masquait une fraction de seconde celui de la douche. Il prit une grande inspiration, se retourna en brandissant le tabouret, mais n'eut pas le temps de faire volte-face qu'un manche en bois s'abattait sur son crâne.

Didier retrouva ses esprits, ligoté. Il n'avait aucune idée du nombre d'heures qui s'étaient écoulées. Un bandeau

Trois, quatre...

sur les yeux l'empêchait de distinguer quoi que ce soit autour de lui. Il avait l'impression de revivre le cauchemar *utopien*, mais, cette fois-ci, il ne croupissait pas dans une prison dorée. Didier mit son expérience du confinement à profit sans perdre un instant. Il respira profondément, fit le vide dans sa tête pendant plusieurs minutes afin d'y voir plus clair. Une vague odeur de terre et le froid glacial sous ses fesses lui apprirent qu'il était probablement prisonnier dans une cave ou un cabanon. Des relents de moisissure et d'huile rance flottaient dans l'air chargé d'humidité. Cette pièce n'avait pas été aérée depuis longtemps. Didier pensa se trouver dans le sous-sol du pavillon. Il était assis, les genoux repliés contre sa poitrine, le dos plaqué contre un mur. Les liens qui l'entravaient aux pieds et aux mains ravivèrent ses douleurs. Aucun bruit n'arrivait à ses oreilles, sauf peut-être... il inspira profondément, bloqua ses poumons, puis écouta. Un léger souffle lui parvint.

—Hello! Il y a quelqu'un, murmura-t-il prudemment.

Il attendit une réponse. Le rythme lent de la respiration qu'il percevait n'avait pas changé. Didier choisit de s'exprimer en anglais :

—Can you hear me? Beatriz?

Toujours rien! Il décida d'aller à la rencontre de cette personne. Tout en s'adossant au mur, Didier appuya sur ses jambes pour se relever, il sentit un lien qui maintenait ses quatre membres ensemble. Une profonde vague d'angoisse l'assaillit, puis il se dit que Sonya alerterait la police dès qu'elle comprendrait que quelque chose de grave s'était produit, sauf qu'elle ne savait pas où il se trouvait. Il reprit confiance en se souvenant qu'il avait découvert le lieu grâce à la vitre du garage, mais subitement il eut peur : les seules personnes au courant de cette histoire de contreplaqué étaient sans doute prisonnières avec lui. L'espoir qu'ils soient sauvés par une intervention externe s'envolait en fumée. Didier ne pouvait compter que sur lui et sur Beatriz, si elle vivait encore. Le kidnappeur avait enlevé Stefanie, Catherine et probablement Lea, mais lui et Beatriz l'avaient perturbé dans ses projets macabres. Il devait se ressaisir rapidement avant que le criminel ne poursuive son plan. Allongé sur le dos, Didier roula sur lui-même en tâtonnant la paroi du pied pour se repérer dans l'espace. Il arriva à un angle droit, se positionna perpendiculairement au mur et rampa. Il s'arrêta, reprit son souffle. Après avoir progressé d'un mètre ou deux, il entra en contact avec l'autre captif. Didier toucha le corps, les vêtements et la coiffure : il reconnut aussitôt Beatriz. Elle était ligotée tout comme lui. Il la pinça, sans résultat. Il recommença jusqu'à ce qu'il perçoive une réaction ; Beatriz poussa un grognement, elle se replia sur elle-même.

—Beatriz, tu m'entends ? C'est moi, Didier !

Le temps jouait contre eux, s'il réussissait à la réveiller, elle pourrait lui enlever le bandeau ; c'était la première étape pour recouvrer la liberté. Même s'il répugnait à maltraiter son amie, Didier savait que seule la douleur précipiterait son réveil.

10 – *La marche silencieuse*

Entourés d'un petit groupe, Ruth et Sébastien préparaient la stratégie pour la marche silencieuse de l'après-midi. Les avis divergeaient quant à la finalité de ce rassemblement. Ruth y voyait un soutien aux deux femmes séquestrées et à leur famille, tandis que certaines personnes présentes pensaient qu'elle servirait à sensibiliser la population à rester vigilante. Mais pour le moment, le couple était débordé par les multiples tâches à gérer. Il peinait également à canaliser les énergies des manifestants. Ruth et Sébastien durent même se séparer d'un énergumène qui s'était glissé dans le comité d'organisation ; il prônait la dénonciation de tous les suspects possibles en se focalisant sur les étrangers.

Ruth, exaspérée et fatiguée, soupira :

—Pourquoi Beatriz n'est pas là ? En moins de deux, elle remettrait tout ce bazar sur les rails.

—C'est pas normal, confirma son ami. Elle n'est jamais en retard, surtout pas pour une réunion de cette importance. Même Didier manque à l'appel ! J'espère qu'ils suivent une piste, ils nous rapporteront peut-être de bonnes nouvelles.

— Avant de tirer des plans sur la comète, reprenons la théorie de Beatriz.

— Celle sur les sondages qui pourrissent les civilisations modernes ?

— Mais, non ! Beatriz part du principe que le criminel ne pourra pas s'empêcher de participer à cette marche et je trouve cela judicieux. On doit rassembler un maximum de monde pour surveiller le cortège de très près. Didier pense pouvoir le reconnaître à sa démarche, encore faudrait-il qu'il arrive !

— Mais qu'est-ce qu'ils peuvent bien faire ? se désespéra Sébastien. Il me semble que Beatriz avait mis des marginaux sur le coup. Nous devons les rencontrer, ils ont peut-être des informations importantes. Comment s'appelle ce musicien de rue qui traîne partout en ville ? Je crois que c'est un ami de Beatriz et qu'il connaît Didier.

— Sami, lança une personne de l'assistance. Il habite dans la *Baselstrasse*, mais je n'ai aucune idée de son adresse précise.

— On trouvera bien quelqu'un à la gare qui pourra nous orienter vers ce Sami.

— J'y vais ! proposa Ruth. Continuez à organiser la marche, et je vous contacte dès que j'ai du nouveau.

Le temps pressait. Plutôt que d'y aller à pied, ce qui lui aurait permis de profiter comme à son habitude d'un bol d'air frais, Ruth se rendit à la gare en bus. Elle échangea quelques mots avec les marginaux qu'elle croisa, mais aucun ne put la renseigner. Un personnage qu'elle voyait de temps en temps errer sur la même promenade que Beatriz l'agressa verbalement. Ses propos se révélèrent incohérents, mais il semblait avoir une dent contre Sami. Ruth rencontra enfin un travailleur social qui connaissait bien le musicien. Il prit le temps de discuter avec elle et de l'emmener jusqu'au pas de porte de Sami dans la *Baselstrasse* puis repartit à la gare, après les avoir présentés l'un à l'autre.

Un incroyable capharnaüm régnait dans le studio. De nombreux sacs poubelles étaient posés à même le sol de la cuisine. À bien y réfléchir, Ruth se dit que le logement tout entier était une déchetterie... sans tri sélectif. Sami n'avait clairement pas l'habitude de recevoir du monde. Il lança à terre les illustrés qui encombraient une chaise, déblaya avec son avant-bras la table des détritus qui y traînaient et invita Ruth à s'asseoir.

—Dis donc, il est 10h, c'est vachement tôt. J'imagine que tu me réveilles pour une raison valable ! Bon, tu vas me raconter tout cela autour d'un café. Regarde ! J'ouvre un nouveau paquet rien que pour toi.

Il vida un ancien filtre papier de son contenu douteux et nettoya une casserole pour y chauffer de l'eau. Tandis que le café passait, Sami alluma une cigarette puis demanda :

—Alors ! Qu'est-ce qu'une belle femme comme toi vient faire chez un mec comme moi un dimanche matin ?

Sami partit dans une quinte de toux grasse à peine sa phrase terminée. Il s'absenta un instant puis revint avec une bouteille de sirop contre la toux à la main. Il en but plusieurs gorgées directement au goulot, comme pour étancher sa soif.

—Bon! Je crois que je ferais mieux de ne pas fumer aujourd'hui.

Sami éteignit sa cigarette précautionneusement et la replaça dans le paquet. Ruth alla droit au but, elle lui parla de la disparition de Catherine puis de celle de Lea. Elle s'arrêta net lorsqu'elle vit des larmes perler sur les joues du musicien. Ruth n'aurait pas pensé un seul instant que Sami fût aussi sensible. Il lui expliqua qu'il connaissait bien Lea depuis l'époque où Beatriz travaillait au centre aéré et avait sporadiquement besoin de ses talents de musicien.

—Mais ça, c'était il y a longtemps, avant que Beatriz ait ses problèmes, et avant que je touche à la drogue, précisa-t-il d'un ton énigmatique.

Puis il revint au présent et se rappela avoir croisé Catherine à la sortie d'un restaurant en compagnie de son sauveur:

—C'était épique. Je me souviendrai toujours de la façon dont le Français a plaqué le flic au sol. Il pensait avoir affaire au kidnappeur en série…

Soudain! Une idée macabre passa par l'esprit de Ruth: «Et si Didier et Beatriz avaient été victimes de l'agresseur?» Alors que cette idée lui trottait dans la tête, elle servit le café dans des verres à moutarde dépareillés qu'elle trouva dans l'évier. De plus en plus inquiète, Ruth expliqua à Sami que Beatriz était injoignable. Elle lui précisa, pour le préserver, que l'*Originale* suivait une piste et lui exposa en détail le but de sa visite.

—Bea nous a demandé à moi et à quelques poteaux de garder les yeux ouverts. Elle a d'ailleurs créé un groupe sur une messagerie instantanée, attends un peu…

Il fouilla sous une pile de vêtements qui traînaient sur le canapé et trouva, au grand étonnement de Ruth, son smartphone en moins de dix secondes. Il vérifia le nom des douze personnes inscrites et remarqua qu'il les connaissait toutes. Sami tenta d'ajouter Ruth à la liste, mais n'y parvint pas.

—C'est parce que tu n'es pas administrateur du groupe.

—Oh, tu sais! La technique, c'est pas mon fort.

—Tu peux regarder si tu as reçu un message qui nous permettrait d'avancer dans notre enquête?

—Tiens! Le plus simple est que tu contrôles par toi-même, proposa-t-il en tendant l'appareil.

En quelques jours seulement, plusieurs textes avaient été postés, mais aucune piste ne semblait intéressante.

—En tout cas, tes amis se donnent du mal. Seriez-vous libres cet après-midi pour nous filer un coup de main pendant la marche?

—Pourquoi pas! Mais qu'est-ce qu'on y gagne?

—Ma reconnaissance.

—Ça nous ferait grandement plaisir, mais c'est tout de même un peu mince.

—Disons que vous le faites pour Beatriz.

—Ça, c'est déjà mieux ! Mais tu vois, mes poteaux ne mangent pas tous à leur faim. Si vous offrez un truc à grignoter, je crois pouvoir les convaincre rapidement.

—Tope là ! Après la marche, on fera la popote pour ceux qui nous auront aidés. Mais avant on se retrouve tous à la *Fabrik* vers midi, on y servira une bonne soupe.

—Alors, tu peux compter sur nous !

Ruth décida de se rendre chez Didier sur-le-champ. Elle sonna, puis tambourina à la porte, mais personne ne répondit. Elle interrogea une vieille dame qu'elle rencontra sur le palier. Elle lui expliqua qu'elle voyait Didier couramment le dimanche matin quand il allait chercher des croissants et qu'elle partait se promener. Mais, justement, ce matin, elle ne l'avait pas croisé. Elle recommanda à Ruth de s'adresser aux voisins qui vivaient en dessous. Comme les appartements étaient mal insonorisés, elle pensait que le couple aurait peut-être entendu quelque chose. Ruth descendit d'un étage, mais ne trouva personne au domicile. L'unique réponse qu'elle obtint en sonnant fut celle d'un chien laissé seul pour la journée qui hurlait à la mort derrière la porte.

Ruth, inquiète, téléphona à Sébastien, puis fonça sans tarder au poste de police.

En arrivant à proximité du théâtre de Lucerne, dans la rue même où Stefanie avait été enlevée, Ruth tomba nez à nez avec José.

—Dis-moi ! Il me semble t'avoir déjà vu avec Lea, tu ne serais pas son copain ?

—Oui ! répondit-il avec méfiance. Tu la connais ?

—Pas directement, mais des amis à moi la connaissent. Elle a des informations qui nous intéressent. Je ne sais pas lesquelles et mes amis ne sont pour le moment pas joignables.

—C'est bien mystérieux tout ça. Qui sont ces personnes dont tu parles ?

—L'une est *Dona Quichotte* et l'autre est un Français, il s'appelle Didier. Tu vois qui c'est ?

—*Dona Quichotte*, bien sûr ! Qui ne la connaît pas ? Quant au Français, Beatriz m'a expliqué qu'ils enquêtaient tous les deux sur la série d'enlèvements.

—Et ta copine ! Elle sait quelque chose sur cette affaire ?

—D'après Beatriz, oui… je crois ! Mais la dernière fois que je lui ai parlé, c'était avant-hier, en fin de soirée. Depuis, plus de nouvelles. Elle ne répond pas aux messages et ça fait deux nuits qu'elle n'a pas dormi chez elle. C'est pour cela que je suis passé voir les flics, mais sa mère m'a devancé. Ils n'ont même pas pris ma déposition. J'ai insisté, mais comme avec Lea nous avons déjà eu affaire à eux, ils m'ont gentiment remercié.

—Si sa mère leur a tout raconté, pourquoi as-tu insisté alors ?

—Pour leur demander de se renseigner auprès de Beatriz, car elle possède sûrement des indices.

—Je ne comprends rien ! De quoi parles-tu ?

—Hier soir, j'étais avec Beatriz. On cherchait Lea, car elle suspectait un gros porc de voisin d'être le kidnappeur. On n'a pas trouvé Lea, mais Beatriz est tout de même partie prospecter dans les alentours. C'est pour cela qu'elle doit sav...

—Nom de Dieu ! Depuis hier, on n'a pas de nouvelles non plus de Beatriz ni de Didier.

—Et merde !

—Ouais ! On est en plein dedans. Viens avec moi, on doit absolument informer les flics. Crois-moi, ils vont nous écouter !

Beatriz se réveilla lentement. Sa tête était plongée dans un épais brouillard et son corps lui semblait comme déconnecté du cerveau. Le premier sens qui se manifesta fut l'odorat ; l'endroit où elle se trouvait empestait l'huile rance, l'essence et les gaz d'échappement. Cette puanteur ambiante lui monta au cœur. Une faible lueur lui parvint aux rétines. Après quelques minutes nécessaires pour s'habituer à l'obscurité, Beatriz constata qu'elle était prisonnière dans une fosse de mécanicien et qu'un véhicule était garé juste au-dessus de sa tête. C'est alors que Didier s'approcha d'elle :

—Beatriz, tu m'entends ?

Elle se concentra pour prononcer quelques mots :

—Oui ! Où sommes-nous ?

—Dans le garage du kidnappeur en série.

Beatriz eut besoin de quelques secondes pour assimiler la réponse. Didier poursuivit :

—J'ai réussi à ôter nos bandeaux. On doit se dépêcher si on veut s'échapper avant qu'il ne revienne. C'est maintenant ou jamais !

Didier utilisa ses genoux comme levier pour permettre à son amie de s'asseoir. Il se cala à elle dos à dos. Les liens qui les entravaient avaient été noués en toute hâte. Tout cela ressemblait à une improvisation. Beatriz et Didier mobilisèrent toute leur énergie pour défaire les nœuds les uns après les autres.

Ruth revint une heure avant que la marche ne débute. Elle résuma à son cercle d'amis les mauvaises nouvelles relatives aux disparitions en cascade de ces dernières quarante-huit heures. L'inspecteur Oetterli avait décidé de mettre les bouchées doubles suite aux informations qu'elle-même et José lui avaient fournies. Ruth avait cru comprendre qu'il préparait une opération d'envergure dans le quartier où habitait Lea et sa mère. Il poursuivait également une autre piste : un type rencontré par Catherine sur Internet. Le petit groupe quitta la pièce et se joignit au reste de la troupe, autour de la soupe. Sami avait mobilisé neuf de ses amis. Au total, une vingtaine de personnes allaient prêter main-forte lors de la marche. Ils s'inscrivirent tous dans un nouveau groupe de messagerie instantanée et se mirent en route pour le musée des transports, d'où partirait la marche silencieuse.

Le cortège se mit en branle avec à sa tête les parents de Stefanie, la mère de Lea ainsi que l'ex-conjoint de Catherine, qui avait préféré laisser ses deux filles chez leur tante. Les marcheurs suivirent les consignes fixées par les familles des disparus : il n'y eut ni calicot revendicatif ni slogan. La rue qui longeait le lac avait été momentanément fermée au trafic et plusieurs milliers de personnes défilèrent. Ce qui impressionna le plus Ruth et Sébastien fut le silence quasi religieux malgré l'importance de la manifestation. Sami et ses amis se dispersèrent tout au long de la colonne humaine, puis inspectèrent minutieusement la foule des yeux. Ruth vérifia de temps à autre qu'elle était connectée au réseau, mais les téléphones restèrent muets.

Après trente minutes, le début du cortège parvint à la hauteur de l'église *Hofkirche*. Un message de Sami s'afficha : « J'ai en face de moi un mec bizarre qui vient d'arriver. Il a débouché au niveau du *Pavillon*. Je le suis. » Le second message apparut deux minutes plus tard. « Il a pris place dans le défilé, j'ai déjà vu ce gars quelque part. Il a la tête d'un prédateur, j'en suis sûr. » Ruth ajouta aussitôt : « Reste à côté de lui ! Que ceux qui sont à proximité de l'hôtel National ou du casino remontent le cortège aussi vite que possible. » Une pensée traversa alors son esprit : comment devraient-ils se comporter face à ce gars qui, à preuve du contraire, ne portait aucune responsabilité dans cette affaire ?

Sami tenta de se faufiler dans la foule dense à cet endroit du parcours. Vingt mètres le séparaient de l'inconnu qui semblait nerveux, il regardait à droite, à gauche par mouvements saccadés. Sami fut pris d'une violente toux, l'homme se retourna et ses yeux tombèrent dans ceux de Sami, qui détourna immédiatement le regard. « Et, merde !

Je suis une demi-portion face à ce mec, et je ne peux pas me jeter sur lui sans raison. » Il se préparait à écrire un message lorsque Sébastien et Ruth lui tapotèrent sur l'épaule. Il baissa la tête et s'exprima à voix basse :

—Soyez discret, je crois qu'il m'a repéré !

—C'est toi qui parles de discrétion, on t'a entendu tousser avant de t'apercevoir. Bon ! Il est où ?

—Je ne peux pas vous le désigner du doigt, sinon c'est râpé. Il est juste devant le bateau, le *Schiller*. Un mec costaud avec un gros blouson militaire et un bonnet bleu.

—Il n'y a personne qui correspond à ton signalement !

—Quoi ! s'exclama-t-il en faisant volte-face. Mais il était là ! Regardez ! Il remonte vers la *Zürichstrasse*.

Les trois acolytes se lancèrent à sa poursuite. L'inconnu fut ralenti par un groupe d'une cinquantaine de touristes chinois revenant du *Monument du lion*. Ils bloquaient le trottoir sur toute sa largeur ainsi qu'une voie de circulation. Il se faufila difficilement à contresens dans cette masse compacte. Un important flot de voitures s'écoulait dans la rue. Sébastien eut peur de perdre le suspect, il s'élança au beau milieu des véhicules avec de grands gestes pour les arrêter. Il parvint à slalomer entre les voitures qui freinaient à la vue de cet énergumène. Rapidement, il dépassa la foule de touristes et se retrouva nez à nez avec l'inconnu qui s'indigna :

—Mais ça va pas ! Qu'est-ce que vous me voulez ?

—Tu vas me suivre gentiment et tout se passera bien.

—Tu divagues ! J'te connais pas et je ne vois pas pourquoi j'te suivrais. T'es flic ?

—Non !

—Alors t'es qui pour me donner des ordres ?

—Un des organisateurs de la marche silencieuse. Si tu n'as rien à te reprocher, dis-moi juste pourquoi tu te sauves et on en restera là.

L'inconnu réfléchit un instant. Le flot de touristes était passé, lorsque Sami et Ruth arrivèrent essoufflés. Il trouva plus sage de s'expliquer :

—Je participais à la marche quand je suis tombé sur ce musicien de rue de mes deux, s'emporta-t-il en désignant Sami.

—Non, mais pour qui il se prend ce con ?

—Tais-toi ! Laisse-le parler ! ordonna Ruth d'un ton qui n'acceptait aucune réplique. Après tout, on n'a rien contre lui, en dehors de tes impressions.

—Mais…

—Ferme-la ! compléta Sébastien, et toi, continue, s'il te plaît !

Sans qu'ils y prêtent attention, un cercle de badauds s'était formé autour d'eux.

—Ça ne va pas dans vos têtes ? Votre pote, là, me regardait d'un air haineux. Moi, j'ai pas envie d'avoir des problèmes, j'ai préféré poursuivre mon chemin. C'est bon ? Je peux partir ?

Il tenta de s'éloigner, mais fut bloqué par Sami et Sébastien. Une violente joute verbale retentit entre les quatre protagonistes. Entre-temps, plusieurs personnes s'étaient écartées du cortège pour rejoindre l'attroupement. Puis, une rumeur se répandit comme une traînée de poudre et sans que personne y prenne garde, un homme lança une petite bouteille d'eau au visage de l'inconnu en criant «espèce de saloperie!»

Ensuite, plus personne ne contrôla la situation; la foule se déchaîna sur l'homme. Tout d'abord en paroles haineuses, puis très rapidement en violences physiques. Il tomba et se recroquevilla sur lui-même. Il fut roué de coups de pied dans le dos, certaines personnes visèrent même la tête et le ventre. Ruth et ses amis tentèrent de le protéger; ils furent également blessés. La foule avait trouvé son coupable et voulait lui faire payer le prix des horreurs qu'il aurait soi-disant commises. Alors que l'inconnu ne réagissait plus aux coups, une voiture de police, gyrophares allumés et sirène hurlante, déboula à contresens. Quatre policiers en surgirent et réussirent, non sans mal, à rétablir un semblant de calme et à extraire l'homme de cette foule devenue folle. Les renforts arrivèrent ensuite avec une ambulance. Quelques badauds filmaient la scène avec leur smartphone. Les forces de l'ordre établirent un périmètre de sécurité. L'inconnu, inconscient, fut emmené à l'hôpital en compagnie de Sébastien et Sami qui souffraient de nombreuses ecchymoses. Ruth, légèrement blessée, fut soignée sur place.

Serge avait planifié de participer à la marche, mais son équipement analytique en avait décidé autrement; la séquence ne voulait pas démarrer. Pour lui, il était hors de question de quitter son institut sans confirmer les étranges résultats qu'il avait observés sur les cheveux du kidnappeur. Serge partit récupérer sa boîte à outils dans un laboratoire, au bout du couloir. Il croisa un étudiant chinois qui avait lancé la veille une expérience réclamant des prélèvements à des intervalles de temps réguliers.

Après une recherche minutieuse, et grâce à l'aide de son voltmètre, Serge trouva le responsable de cette panne : un mini-fusible directement connecté sur la carte électronique. Il avait grillé. Par chance, Serge avait déjà dû faire face à ce problème et en avait acheté plusieurs d'avance, au cas où. Après l'avoir remplacé, il appuya sur le bouton *Start* et procéda à un rapide calcul mental : les résultats seraient disponibles dans environ trois heures.

Il se rendit à Lucerne en bus et arriva sur la place de l'Europe à la fin du rassemblement, en même temps que les milliers de participants. Lorsqu'il se glissa parmi la foule, il entraperçut plusieurs petites pancartes sur lesquelles étaient inscrits les noms de Stefanie et sur d'autres celui de Catherine. Le chimiste eut soudain un mauvais pressentiment. Il s'informa autour de lui ; quelqu'un sortit de sa poche un article de journal, Serge devint pâle, ne prononça plus un mot quand il reconnut le portrait de son amie. Il chancela légèrement. Son interlocuteur posa la main sur son épaule. Il le secoua en l'interpellant plusieurs fois :

—Eh ! Ça va ?

—Oui, oui, répondit-il en reprenant ses esprits. Ne vous inquiétez pas.

—Si vous voulez, je peux vous accompagner à la gare, vous pourrez vous asseoir sur un banc.

—C'est vraiment gentil de votre part, mais ça va aller. C'est juste que je connais Catherine personnellement.

—Je suis désolé… confia-t-il l'air réellement chagriné. J'espère que la police va mettre les moyens pour arrêter ce salopard.

—Oui, je l'espère également…

En remerciant cet homme, Serge remarqua qu'il était comme d'habitude au courant des événements après tout le monde. Mais il détenait des données qui pourraient diriger l'enquête vers la bonne piste. Il progressa parmi les gens qui s'attardaient sur la place. Comme tous, il entendit la rumeur qui affirmait que le kidnappeur avait été arrêté au terme d'une violente rixe. Serge chercha les organisateurs et arriva devant un attroupement : un homme expliquait avec moult détails ce qui venait de se passer à quelques centaines de mètres de là.

Ne trouvant personne à qui s'adresser, Serge décida d'interpeller le premier représentant de l'ordre qu'il aperçut.

La nervosité était palpable au commissariat où Hansruedi Lichtsteiner, le chef de la police criminelle, supervisait lui-même les opérations. Les trois nouvelles disparitions avaient bouleversé tous les plans. Pour ajouter au chaos ambiant, une information relative à une violente bagarre qui s'était déroulée aux abords de la marche venait de lui parvenir. D'après certains témoignages, le kidnappeur avait été neutralisé, mais tout se révélait encore bien trop confus pour se réjouir d'une quelconque avancée dans l'enquête. Seules deux choses étaient certaines : cet homme se trouvait dans le coma et il portait sur lui des papiers d'identité. Ceux-ci avaient été envoyés au service du fichier central de la police.

De son côté, l'inspecteur Oetterli arriva à Kriens chez la mère de Lea qui l'attendait avec impatience. Devant une infusion bien chaude, elle lui expliqua avoir passé la chambre de sa fille au peigne fin et n'avoir découvert aucune information. Il l'interrogea de façon informelle, puis, après avoir repoussé la tasse vide, se dirigea vers la chambre pour la fouiller de manière plus professionnelle. Il avait espéré mettre la main sur un journal intime qui aurait pu l'orienter vers l'endroit où Lea s'était rendue dans la nuit de vendredi à samedi, mais il déchanta rapidement. Il se promit à l'avenir de cesser de croire aux miracles. Alors qu'il réfléchissait à la situation, l'inspecteur reçut un appel de Bruno :

—Armin, on a du nouveau ! Je suis devant le Palais des congrès où la marche s'est achevée. Un homme est venu vers moi. C'est assez confus. Il semblerait qu'il ait procédé à des analyses de cheveux du « serial kidnapper ».

—Et tu me déranges pour un dingue qui se prend pour Sherlock Holmes ou je ne sais quel héros de série télévisée à la con ! Il va falloir que tu t'interroges activement sur ton engagement dans la police.

Bruno ravala son orgueil, il enchaîna :

—Tu ne m'as pas laissé finir.

—Alors, va droit au but !

Bruno en avait assez des remontrances injustifiées de son chef. Il se donnait à fond dans son travail et souffrait des accusations permanentes d'Oetterli. S'il se retrouvait dans la situation inconfortable du passager assis sur un siège éjectable, c'était surtout à cause des mensonges véhiculés autour de la protection de Catherine. Oetterli avait explicitement exclu de cette mission les trajets entre *Swiss Quality Extracts* et le domicile de la disparue. Quelqu'un devait payer pour son erreur et Bruno tombait à point nommé. Il respira profondément avant de poursuivre :

—Ce témoin est Français, il est chimiste. Catherine Bucher l'a contacté un peu avant d'être enlevée. Je ne sais pas comment elle s'est retrouvée en possession de cheveux de son agresseur, mais elle les a confiés à cet homme. Il a des résultats qu'il aimerait nous communiquer. Il dit que c'est très urgent et qu'on pourra certainement identifier le kidnappeur en série.

—Qu'est-ce qu'il attend pour nous donner ses conclusions ?

—D'après lui, c'est assez technique. Il veut discuter avec nos services scientifiques afin d'avoir un deuxième avis, plutôt que de partir sur une fausse piste. Je sais que tu ne me fais plus trop confiance, mais je pense que ce serait une erreur de ne pas l'écouter. Il a l'air sérieux et sûr de lui.

—D'accord ! Reviens avec lui au poste, et fais vite ! Je vais prévenir Hansruedi et le chef de la police scientifique.

—Encore un point : il ne parle que le français et l'anglais.

—Pas de problème, on commence à avoir l'habitude de la *French connection* dans cette affaire.

Julie regardait un film tandis qu'Alina, sa petite sœur, aidait leur tante à étendre le linge dans la buanderie commune du sous-sol. L'entourage des deux filles essayait de les protéger des ragots qui se propageaient, tous plus sordides les uns que les autres, au sujet de la disparition de leur mère. La tranquillité de l'aînée, assise devant le poste de télévision, n'était qu'apparente. Un tourbillon vertigineux et sombre tournait dans la tête de la préadolescente. Sa tante avait confisqué son téléphone portable et débranché le wi-fi, mais les deux filles échafaudaient elles aussi les hypothèses les plus folles. Elles avaient cependant saisi une chose : leur mère avait été kidnappée par l'homme qui avait déjà tenté de le faire. Julie n'arrivait pas à s'ôter de l'esprit l'image de sa maman, prisonnière dans l'antre du monstre de Lucerne. Tandis qu'une page publicitaire vantait les mérites d'une lessive, le carillon d'entrée résonna. Elle baissa le son, puis se dirigea d'un pas lent dans le couloir pour ouvrir à sa tante qui avait probablement oublié les clefs. Une deuxième sonnerie retentissante la sortit de sa torpeur. «Pourquoi tata insiste-t-elle?» Julie posait la main sur le verrou lorsqu'un bruit lui revint en mémoire, celui de la clef qui tournait dans la serrure après que sa tante eut quitté l'appartement avec Alina. Julie stoppa net son geste. «Qui est-ce?» se demanda-t-elle. En retenant sa respiration, elle se dirigea vers l'œil-de-bœuf. Une voix gutturale qui la pétrifia retentit alors au travers de la porte :

—C'est la police, on a de bonnes nouvelles concernant votre mère.

Un sourire se dessina sur le visage de l'enfant. Elle tourna le loquet. Soudain, une pensée envahit son esprit : «Je suis chez tata. Pourquoi ne dit-il pas votre sœur, plutôt que votre mère? Il s'adresse à moi! Comment sait-il que je suis là?» Elle s'apprêta à refermer la porte. Trop tard!

Vingt minutes après avoir discuté avec Bruno devant le Palais des congrès, Serge se retrouva au commissariat. Il attendait de rencontrer le responsable de la police scientifique qui arriva une demi-heure plus tard. Le chimiste lui présenta les données brutes des premiers résultats sous la forme de graphiques, de tableaux Excel et détailla la méthodologie utilisée. Il expliqua que l'analyse qui permettrait de confirmer son hypothèse ou de l'invalider devait maintenant être terminée. Le chef de la police scientifique avait patiemment écouté son interlocuteur, sous le regard interloqué de Hansruedi Lichtsteiner qui, durant toute la discussion, s'était demandé dans quelle langue incompréhensible ils échangeaient.

Les deux chimistes se précipitèrent dans la voiture mise à leur disposition par Hansruedi Lichtsteiner et foncèrent tambour battant au centre de recherche aquatique. Une alarme assourdissante les accueillit, à peine le seuil de l'institut franchi. Serge ne s'affola pas et sembla même avoir l'habitude de cette situation. Il se dirigea immédiatement vers la chambre de congélation, qui abritait des sédiments prélevés aux quatre coins du monde ainsi que des poissons des lacs suisses. La porte était restée entrouverte, il s'assura que personne ne gisait inconscient sur le sol, désactiva l'alarme et referma précautionneusement le local.

Les deux hommes patientèrent vingt minutes, qui leur parurent interminables, pour que la dernière analyse délivre ses résultats. Il ne faisait maintenant pas l'ombre d'un doute : la substance la plus curieuse trouvée en quantité infinitésimale était de l'albendazole. Ils vérifièrent aussitôt sur Internet et découvrirent que cette molécule provenait d'un médicament antiparasitaire. Comme elle avait été détectée sur toute la longueur des cheveux, ils en déduisirent que le kidnappeur de Lucerne suivait un traitement de longue durée contre une larve de ténia particulièrement virulente. En fouillant plus profondément dans l'immense bibliothèque que constitue le réseau des réseaux, une maladie parasitaire rare, dont ils avaient déjà entendu parler, sembla s'imposer : le ténia du renard. Ils recherchèrent d'autres informations sur cette parasitose et découvrirent qu'elle sévissait dans l'Est de la France et en Suisse. Au vu des dix ans que mettent les symptômes à apparaître, le responsable de la police scientifique conclut que le suspect était très probablement suisse ou alors un étranger établi de longue date. Serge ne put s'empêcher de sourire intérieurement à cette deuxième réflexion.

Didier et Beatriz avaient desserré la plupart de leurs liens lorsqu'ils perçurent un léger bruit de pas. Les doigts endoloris, ils se hâtèrent avec l'énergie du désespoir. Le kidnappeur s'approcha de la fosse en traînant des pieds, il ouvrit la porte du véhicule – garé juste au-dessus d'eux – et s'installa au volant. L'inconnu mit le moteur en marche, recula de quelques mètres. Tandis qu'il descendait de la voiture, Beatriz entraperçut dans la pénombre une silhouette qui s'éloignait. Ils réussirent enfin à défaire le dernier nœud. Didier fit la courte échelle à son amie qui se hissa péniblement hors du trou. Beatriz, accroupie, distingua clairement l'agresseur qui revenait, un masque à gaz sur le visage et une canne à la main qu'il pointa dans sa direction. Elle discerna un léger sifflement, puis une odeur âcre se répandit dans la pièce. Elle eut juste le temps de prévenir son ami du danger avant de perdre connaissance et de retomber dans la fosse.

Didier comprit qu'il devait agir vite. Il retint sa respiration, recula contre la paroi opposée et s'élança à l'assaut du mur. En un éclair, il se tint face à son agresseur. Un combat au corps à corps s'engagea entre les deux hommes. Il essayait d'arracher son masque à l'inconnu, qui résistait en se recroquevillant sur lui-même. Tout en le maintenant fermement au sol de son coude, Didier tâtonna sur l'établi, ses doigts se refermèrent sur un cutter. Il sortit la lame, l'approcha des lanières du masque, lorsqu'il reçut un violent coup dans l'entrejambe. Le bref cri qu'il poussa déclencha une inspiration involontaire. Sa tête se mit à tourner puis Didier sombra dans un profond sommeil. L'homme se releva lentement, le cutter à la main. Dans un geste de pure vengeance, il balafra le torse de Didier sur toute sa largeur et le renvoya d'un coup de pied dans le trou, aux côtés de son amie, tandis qu'une sonnette retentissait au loin.

Au commissariat, les policiers devaient traiter une multitude d'informations qui orientaient les pistes dans plusieurs directions, telle une gerbe de feu d'artifice. Ils ne possédaient toujours aucune trace de Didier et Beatriz. Et deux nouveaux éléments venaient s'ajouter : la parasitose détectée chez le kidnappeur en série ainsi que l'enlèvement de Julie.

La tante de la jeune fille avait entendu une porte claquer. Sans perdre son sang-froid, elle avait aussitôt contacté les forces de l'ordre qui avaient déjà posté des équipes sur tous les axes principaux dans le cadre de la marche silencieuse. Blottie au pied d'une montagne, la ville de Lucerne était bercée par l'eau d'un fleuve et rafraîchie en été par le lac des Quatre-Cantons. Cette configuration particulière provoquait de nombreux bouchons aux heures de pointe, mais possédait un avantage indéniable pour la police, celui de pouvoir surveiller les allées et venues sur juste une dizaine de points de passage. Avant que le kidnappeur n'ait pu quitter le quartier où il avait commis son forfait, les alentours de la ville étaient passés sous le contrôle des policiers, avec le renfort de leurs collègues des cantons voisins. Même s'ils ciblaient plus spécifiquement une camionnette blanche, pas un seul véhicule n'échappa à une fouille succincte de son coffre.

Bruno et sa collègue Cornelia se démenaient pour contacter les spécialistes régionaux des maladies parasitaires. Ils joignirent les hôpitaux de tout le territoire national, mais mettre la main sur un parasitologue un dimanche soir se révéla une vraie gageure. En revanche, ils trouvèrent rapidement des statistiques sur les cinquante à cent nouvelles infections suisses par an, mais bien évidemment, aucune liste ne mentionnait l'identité des patients. Leurs chefs enrageaient. Ils étaient persuadés que le nom du kidnappeur en série avait été consigné dans un dossier, quel qu'il soit. Ils seraient fixés le lendemain, dès l'ouverture des cabinets médicaux, mais personne n'osait imaginer les terribles conséquences que représentaient toutes ces heures perdues.

L'enlèvement de Julie s'était déroulé au moment même où l'homme qui avait été molesté par la foule en plein cœur de Lucerne était transporté par ambulance vers l'hôpital cantonal. Ce qui l'innocentait, bien évidemment. Toute l'équipe de policiers réquisitionnés pour capturer le kidnappeur en série redoubla d'efforts, tout en essayant de ne pas se fourvoyer sur le mauvais chemin. Une folle course contre la montre était lancée.

11 – *Banlieue lucernoise*

Au petit matin, la police se tenait sur le branle-bas de combat; elle avait repéré les téléphones portables de Beatriz et Didier à Kriens. Ils étaient restés tous les deux au même endroit un quart d'heure durant avant de cesser d'émettre simultanément. Armin Oetterli et Hansruedi Lichtsteiner, le chef de la Crim', furent aussitôt rappelés au commissariat. Ils se dirigèrent directement vers la salle de réunion et projetèrent sur l'écran les images superposées du cadastre, d'une vue aérienne et d'une carte des rues de Kriens. La localisation précise des appareils comportait une marge d'erreur d'une vingtaine de mètres. Deux maisons se trouvaient dans la zone où les téléphones avaient été repérés, ainsi que l'angle nord d'un immeuble de cinq étages.

L'inspecteur Oetterli préparait le plan d'intervention avec l'aide du groupe de travail créé pour l'occasion. Il inventoria tous les accès qui devaient être bouclés. Cela allait du bas de la rue principale qui montait en zigzag aux logements, jusqu'au moindre sentier qui pourrait faciliter la fuite du kidnappeur. Tandis qu'Oetterli dressait la liste des endroits où les policiers devaient se poster, Hansruedi Lichtsteiner contactait ses collègues des autres cantons de Suisse centrale afin d'obtenir des renforts au plus vite.

L'inspecteur dépêcha Bruno à Kriens, celui-ci y vit une chance de se racheter aux yeux de son chef. En compagnie de Cornelia, sa coéquipière, ils examinèrent avec minutie les alentours du lieu où l'intervention se déroulerait.

Le jour pointerait dans plus d'une heure. Des piétons convergeaient vers l'arrêt de bus en prenant garde de ne pas glisser sur les trottoirs. Le flot de voitures était fluide. Bruno et Cornelia ne détectèrent aucun mouvement suspect. Même si les deux policiers étaient restés à distance des habitations ciblées afin de ne pas être repérés, ils rapportèrent des renseignements précieux au quartier général.

Le chef de la Crim' voulait être informé de l'évolution minute par minute. Il décida de demeurer aux côtés d'Oetterli. La dangerosité de l'individu qu'ils recherchaient nécessitait une opération coup de poing ; en moins d'un quart d'heure, les habitations devaient être fouillées de fond en comble.

Alors que chacun sortait de la salle de réunion avec des tâches bien précises à accomplir, Viktor Kipfer arriva au commissariat afin de recueillir les renseignements directement à la source. Hansruedi Lichtsteiner le prit à l'écart pour ne pas perturber le travail de l'inspecteur. Il lui présenta un compte rendu détaillé. Le commandant de la police lucernoise insista pour rester dans la salle de réunion qui était devenue *de facto* le QG de la cellule d'investigation. Il s'assit en connectant son ordinateur portable et annonça que ce coin de table lui servirait de bureau jusqu'à l'intervention des forces spéciales, au grand dam de l'inspecteur Oetterli qui aurait préféré ne pas se sentir surveillé.

Dès 8 heures, des collègues d'autres départements prêtèrent main-forte et appelèrent un à un tous les cabinets médicaux de l'agglomération lucernoise. Ils cherchaient les patients qui suivaient une prescription à base d'albendazole. Ils furent orientés vers des centres de parasitologie. Selon les ordres qu'ils avaient reçus, ils se concentrèrent sur un rayon de vingt à trente kilomètres autour de Lucerne. Les bases de données n'ayant pas été conçues pour filtrer les gens atteints d'une maladie précise, comme le ténia du renard, elles ne permettaient pas plus de classer les traitements de courte ou de longue durée. Le travail de fourmi ne faisait que commencer.

En milieu de matinée, les renforts demandés, l'unité spéciale *Lynx,* étaient à pied d'œuvre. Elle avait été divisée en quatre groupes qui devaient intervenir simultanément : un pour chaque maison et deux pour l'immeuble. Les véhicules se garèrent à distance des endroits stratégiques. Lorsque tous furent à leur poste, la police de la circulation ferma les accès aux voitures et aux piétons. Par chance pour le déroulement de l'opération, peu de monde se trouvait sur la voie publique à cette heure de la journée.

Depuis le commissariat, Hansruedi Lichtsteiner donna l'ordre au technicien dépêché par la compagnie d'électricité de Lucerne de couper le courant des lieux qu'ils devaient investir. L'inspecteur Oetterli déclencha quant à lui l'intervention à 10h15. Le commando d'élite se déploya alors en silence vers les habitations suspectes, qui étaient restées pendant tout ce temps sous la surveillance de Bruno et Cornelia.

Un brouillard épais filtrait la lumière du jour. Dans la première maison, le groupe d'intervention fut accueilli par une mère de famille qui tenait son jeune enfant dans les bras. Elle était terrorisée par ces hommes habillés de noir et armés jusqu'aux dents qui s'introduisaient chez elle. Le garçon se mit à crier, tandis que les forces spéciales fouillaient les pièces sans rien trouver de suspect. Le deuxième commando avait déjà contrôlé deux étages de l'immeuble quand les premiers messages radio tombèrent, tous les mêmes : « Rien à signaler ! »

L'inspection des autres appartements n'était pas encore achevée quand l'attention des policiers se focalisa sur le second pavillon. Les hommes de l'unité *Lynx* se présentèrent à la porte, personne ne répondit. Ils insistèrent, sans succès. Tous les accès étaient surveillés. Le chef du commando donna l'ordre d'utiliser le bélier. La serrure explosa sous le choc. L'unité spéciale investit les pièces les unes après les autres, à l'aide de leurs équipements de vision nocturne. Une femme hagarde fut promptement neutralisée dans la cuisine. Les *Lynxs* ne trouvèrent personne. Un des hommes perçut soudain un léger craquement en provenance du grenier. Les policiers s'immobilisèrent au pied d'une trappe, ils passèrent leur masque à gaz et essayèrent d'entrouvrir l'accès qui résistait.

Un des membres du groupe d'intervention saisit l'échelle qui permettait de monter dans les combles, la coinça contre la trappe et la poussa de toute sa force. Tandis qu'une masse roulait, un juron retentit. Un policier lança une grenade lacrymogène par l'ouverture. Un homme toussa et releva le panneau de bois. Les policiers étaient prêts à faire feu au moindre danger. Une voix articula avec peine :

—Ne tirez pas ! Je ne suis pas armé !

Deux pieds apparurent dans le brouillard formé par le gaz. Un des policiers prit son élan, attrapa une cheville et arracha l'homme du grenier. Celui-ci tomba bruyamment sur le sol et fut aussitôt immobilisé. Tandis qu'il geignait, une équipe fouillait déjà les combles. Elle ouvrit en grand le vasistas qui donnait sur le toit, afin d'aérer la pièce et de mieux distinguer ce qu'elle venait de découvrir : une collection d'armes de guerre, de munitions, ainsi que des poignards portant la croix gammée.

Les policiers comprirent rapidement que l'arsenal n'avait aucun rapport avec les enlèvements. L'inspecteur Oetterli ne voulait pas rester sur ce constat d'échec. Il pensa que la localisation des téléphones n'avait pas été aussi précise qu'il l'escomptait et élargit le rayon d'action de vingt mètres. Le commando se déploya de nouveau. Il fouilla deux immeubles, mais toujours aucune trace des disparus.

L'inspecteur n'en pouvait plus d'être enfermé dans le commissariat avec ses deux chefs derrière son dos.

—Hansruedi ! Je vais à Kriens, je crois que je serai plus utile ainsi.

—Tu ne vas quand même pas quitter ton poste !

— Il n'est pas question de quitter mon poste ! J'ai juste besoin de comprendre sur place ce qui cloche. Je garde la coordination. Si tu reçois des éléments extérieurs, transmets-les-moi sans délai. De mon côté, je te tiendrai informé dès que j'ai du nouveau, et ça ne saurait tarder, précisa-t-il en passant son manteau.

Il arriva à Kriens en même temps que le démineur qui fonça vers le pavillon dans lequel l'unité spéciale avait découvert l'armement. Par mesure de sécurité, l'inspecteur fit évacuer les alentours, mais c'est sur les téléphones qu'il essaya de se concentrer. « Si on les a repérés ici, pensa-t-il en regardant tout autour de lui, c'est que nous sommes passés à côté d'une information essentielle. On doit revenir à l'origine et chercher les objets plutôt que leurs propriétaires. » Il demanda à ses collègues d'examiner chaque centimètre carré de bitume et d'espace vert. Après dix minutes, Bruno le héla :

— Viens voir ce que j'ai trouvé, tu ne vas pas le croire !

Il désigna du doigt un endroit au pied d'un arbre.

— C'est dingue ! Et en plus, il se fout de notre gueule !

Il prit garde de ne pas toucher les coques éventrées de deux portables appuyés contre un muret, sur lequel un dessin à la craie les narguait : un poing fermé, le majeur levé vers le ciel.

Au commissariat, le chef de la *Crim'* rassemblait les informations qu'il recevait de ses collègues, tandis que l'inspecteur s'occupait des armes à feu. Ils firent le point par téléphone :

—L'armement a été contrôlé, tout est sécurisé. Les explosifs sont en cours de transfert, mais c'est assez compliqué de savoir à qui nous avons affaire. Est-ce un extrémiste nationaliste nostalgique du Führer qui préparait une action terroriste ? Mais, avec les poignards qui portent l'inscription *Alles für Deutschand* et les drapeaux à la gloire du troisième *Reich*, on comprend immédiatement de quel type de personne il s'agit.

—Mais toi, qu'en penses-tu ? Quelle est ton intuition ?

—J'aurais tendance à croire ce qu'il n'arrête pas de nous répéter : qu'il est juste un collectionneur. Il est sans doute un peu nazi sur les bords, je sens que l'enquête va être compliquée. Mais pour le moment, j'aimerais qu'on ne se disperse pas de trop. Avez-vous récolté des informations intéressantes au commissariat ?

—Oui, ici l'équipe avance bien. L'homme qui a été tabassé hier près de la *Zürichstrasse* est revenu à lui, les médecins pensent que son pronostic vital n'est plus engagé. Par contre, comme on s'en doutait depuis l'enlèvement de la petite Julie chez sa tante, il semble parfaitement innocent, juste une victime collatérale de la connerie humaine.

—Une de plus !

—Comme tu le dis. En revanche, on vient de m'apporter une information qui va nous faire avancer, enfin je l'espère, car ça commence à être un vrai bourbier. On est assaillis par les politiques, et je ne te parle pas de la presse, il y a même des journaux étrangers qui nous...

—Va droit au but ! l'interrompit Oetterli.

—Bon! Il va falloir que tu retournes chez Walter Murer, le patron de *Swiss Quality Extracts*. Et cette fois-ci, pas question de le ménager. Il habite à cinquante mètres d'où vous êtes et mon flair me dit que ce n'est pas une coïncidence.

—D'accord! S'il est chez lui, je le ramène tout de suite. Sinon, je me rends à sa compagnie. À plus tard!

Tandis qu'il partait avec une équipe d'intervention, Oetterli ne pouvait cesser de penser que c'était trop facile.

L'ancien patron de Catherine se trouvait bien chez lui. Il fut menotté, puis emmené au commissariat pour un interrogatoire, tandis que son pavillon était passé au peigne fin. L'inspecteur dépêcha également quelques hommes au chalet afin de procéder à une nouvelle fouille, cette fois-ci en bonne et due forme.

En fin d'après-midi, une fois l'interrogatoire de Walter achevé, l'inspecteur Oetterli passa chez lui pour se détendre avant de reprendre son travail en soirée.

Le calme était revenu au commissariat, Bruno compulsait les dossiers infatigablement. Il était épaulé dans sa tâche par la caféine des nombreux cafés qu'il avait bus dans la journée. Il se remémora les propos de son chef et se dit qu'en effet, quelque chose clochait. Une série d'informations l'interpellèrent. Il décrocha son téléphone, puis hésita. Il reposa le combiné. Il pensa qu'il serait plus prudent de recouper les données avant de se diriger vers des conclusions trop hâtives. Après une demi-heure de travail, il imprima plusieurs documents et se saisit de nouveau du téléphone. Devait-il vraiment déranger son chef chez lui ? Dans quel état d'esprit se trouvait-il en ce moment même ? Il décida de discuter directement avec le grand patron dans son bureau. Bruno frappa discrètement à la porte qui était entrouverte.

—Oui, entre !

—Hansruedi ! Je crois que j'ai découvert un truc important. Comme nous sommes en pleine course contre la montre, je n'ai pas voulu patienter jusqu'au retour d'Armin pour partager les informations.

—Si tu es sûr de ton coup, tu as bien fait. J'aime quand mes hommes prennent des initiatives. Et tu as raison, il faut tout mettre en œuvre pour arrêter ce salopard le plus rapidement possible. Toute minute gagnée augmente les chances de survie des victimes. Malheureusement, nous n'avons toujours pas les dossiers médicaux des patients qui prennent ce médicament, comment s'appelle-t-il déjà ?

—C'est du Zentel, le principe actif est l'albendazole.

—Ah oui ! C'est fou qu'on ait besoin d'autant de temps pour établir une liste. Bon ! Et toi ? Qu'as-tu trouvé ?

Encouragé par les propos du chef de la *Crim'*, Bruno présenta deux cartes sur lesquelles un parcours était tracé.

—Voilà ! J'ai imprimé les relevés GPS des téléphones de Beatriz Frey et de Didier d'Orville, douze heures avant qu'ils ne cessent d'émettre. Qu'en penses-tu ?

—Je ne vois pas bien où tu veux en venir, commenta-t-il en posant les feuilles l'une à côté de l'autre. Cela confirme qu'ils ont fini leur course exactement au même endroit.

— Je ne connais pas bien le logiciel.

Il préféra ne pas insister sur le fait qu'il n'avait pas encore reçu la formation adéquate et poursuivit :

— Je n'ai donc pas réussi à imprimer les trajets sur un seul document. Mais, superpose les deux feuilles et, comme à la vieille époque, observe le tout en transparence, à la lumière de ta lampe.

Hansruedi Lichtsteiner, intrigué, suivit les deux tracés qui partaient de Lucerne, puis arrêta son index un peu avant la fin du parcours. Son visage s'éclaircit.

— Bien joué ! Tu as fait du bon boulot.

— Ce n'est pas fini, superpose cette troisième feuille.

— Il s'agit encore d'un relevé GPS ? De quel téléphone provient-il ?

— C'est celui de Lea Brunner.

— Mais je croyais qu'elle avait oublié de le prendre avec elle, qu'elle l'avait laissé chez elle pour le recharger.

— Exact ! Son portable est intact et son opérateur nous a fourni une géolocalisation ultra-précise. Je me suis souvenu des propos de José, son petit ami, qui nous a raconté qu'elle avait déjà inspecté les alentours du lieu où réside celui qu'elle appelle le « gros porc ». Sur cette carte, tu découvriras tous les endroits où elle se trouvait, une semaine avant qu'elle ne disparaisse.

Le papier était épais, Lichtsteiner ne parvenait pas à distinguer le tracé des trois trajets simultanément. Il retira une feuille. Il sursauta. Il la replaça, se dirigea vers une lampe plus puissante et s'exclama :

—Comment se fait-il que personne n'ait vu cette évidence, c'est à peine croyable! Ils sont tous les deux restés au même endroit avant de repartir dans des trajectoires différentes, pour aboutir près du muret. Lea Brunner, quant à elle, a tourné tout autour de cet emplacement à de nombreuses reprises.

—J'ai vérifié et cette fois-ci, ça va aller vite! Il n'y a qu'une seule habitation dans un rayon de trente mètres. Voici l'adresse et le nom de l'homme qui y vit. Il s'appelle Martin Koch et il est divorcé, précisa-t-il en tendant triomphalement une feuille de bloc-notes.

Il tapota du doigt sur la carte en s'exclamant:

—C'est là qu'il faut foncer!

À ce moment, Cornelia déboula dans le bureau:

—Ça y est! On a la liste des patients.

Son chef la lui arracha des mains et la parcourut. Il s'arrêta sur l'adresse que Bruno venait de lui communiquer:

—Bingo! On le tient cette fois! Convoquez tout le monde au plus vite.

Hansruedi Lichtsteiner contacta aussitôt l'inspecteur Oetterli, tandis qu'un des hommes de la cellule d'investigation rappelait le commando d'élite. L'inspecteur qui vivait dans le centre de Lucerne arriva au commissariat en dix minutes et réunit toutes les forces de la police criminelle. Devant ses supérieurs et le chef de l'unité *Lynx*, Oetterli se lança dans une synthèse:

—Nous sommes depuis hier en état d'alerte. Au total, ce ne sont pas moins de six personnes qui ont disparu depuis un mois. Tout d'abord, Stefanie Gassmann a été kidnappée sous les yeux d'un ami à la mi-janvier. Puis, il y a une semaine, nous pensons que Catherine Bucher a échappé à une tentative d'enlèvement. Nous n'avons aucune certitude, mais vu la suite des événements c'est sans doute l'hypothèse la plus probable. Le lendemain, madame Bucher s'est de nouveau retrouvée en présence d'un individu inquiétant, dans un parking sous-terrain. Dans les deux cas, Didier d'Orville, un Français établi depuis huit mois à Lucerne, était en sa compagnie. Ce détail est important à souligner. Depuis mercredi, tout s'enchaîne. La voiture de Catherine Bucher a été découverte avec une vitre brisée et de la tôle froissée, justement par Didier d'Orville. Depuis lors, plus de trace de madame Bucher. Nous nous sommes intéressés de près au Français. Nos collègues zurichois pensent qu'il a été impliqué dans un passage à tabac. Sans doute un acte de vengeance, mais, suite à l'amnésie de la victime, ils n'ont rien pu prouver. Toujours est-il qu'entre vendredi soir vingt-deux heures et hier après-midi, ce ne sont pas moins de quatre personnes qui se sont volatilisées : tout d'abord Lea Brunner, puis Didier d'Orville qui menait une enquête parallèle avec celle que les Lucernois appellent *Dona Quichotte*, disparue elle aussi. Et enfin, la petite Julie, la fille aînée de Catherine Bucher, enlevée chez sa tante. Tout s'accélère! Ce matin, nous sommes intervenus à Kriens où nous avons trouvé les restes des téléphones portables de Didier d'Orville et *Dona Quichotte*, ainsi que le dessin d'un doigt d'honneur qui nous était sans aucun doute destiné. Même si celui que la presse nomme «le kidnappeur en série» est acculé, ce salaud nous nargue. Toutes ces informations, vous les connaissez déjà plus ou moins. Par contre, nous avons du nouveau. Le suivi des bornes wi-fi a démontré qu'avant d'arriver à l'endroit où nous les avons découverts, les portables ont été repérés à quelques centaines de mètres de là. Le plus intéressant est qu'ils y sont restés un certain temps. Le téléphone de Lea Brunner a été encore plus bavard. Nous l'avons localisé très précisément au même endroit, dans les jours qui ont précédé sa disparition.

—Nous n'allons tout de même pas pénétrer, comme ce matin, dans toute une série d'appartements sur cette seule base. Cet enfoiré se moque de nouveau de nous, c'est tout! l'interrompit le chef du commando.

—Laisse-moi terminer, car justement, ce n'est pas tout! D'après une analyse externe, validée par notre police scientifique, le gars qui a tenté d'enlever Catherine Bucher le vendredi soir, à la sortie de la discothèque, suit un traitement médical à long terme. Je vous passe les détails, mais il s'agit d'une parasitose plutôt rare. Mon équipe a travaillé d'arrache-pied pour recouper les informations et, je vous le donne en mille, une des personnes qui suit ce traitement habite exactement à l'endroit où les trois portables ont été localisés et c'est un homme. De plus, une seule maison se trouve dans le périmètre. Aucun doute n'est permis! Avez-vous des questions?

Devant la clarté de l'exposé, personne ne réagit.

—Bon! On repart sur le même dispositif que ce matin.

Les hommes reprirent leurs postes. La police sécurisa le quartier en postant des forces de l'ordre dans les rues. Il n'était cette fois-ci pas question d'y aller en douceur.

Les *Lynxs* encerclèrent le pavillon et lancèrent l'assaut au signal de leur chef. Ils se déployèrent silencieusement tout autour de l'habitation, puis pénétrèrent simultanément par le garage et par l'entrée principale en enfonçant les portes.

—Merde! eut à peine le temps de prononcer un des hommes en s'avançant dans le garage.

Une charge explosive se déclencha sitôt qu'il franchit le seuil et qu'il sentit, trop tard, un fil de nylon contre sa cheville. La détonation le projeta avec un de ses camarades, à l'extérieur du local, ce qui leur sauva probablement la vie. Une forte odeur d'essence se répandit, alors que le feu se propageait. Un ordre de prudence fut lancé aux hommes, qui progressaient mètre par mètre pendant que leurs collègues essayaient de lutter contre l'incendie à l'aide des extincteurs de leurs véhicules. Ils ne voulaient pas faire intervenir les pompiers tant qu'ils n'avaient pas la certitude que les lieux étaient sécurisés. Une équipe des forces spéciales s'élança au travers d'un rideau de flammes et découvrit Beatriz et Didier au fond d'une fosse de mécanicien, prisonniers d'une camisole de force et bâillonnés. Un des hommes se précipita dans le trou, puis perdit aussitôt connaissance. Alors que le garage ne présentait plus de danger de déflagration et que les pompiers essayaient de maîtriser les flammes, les policiers, équipés de masques à gaz, emmenèrent les trois corps inertes sur le pas de la porte.

La seconde équipe inspecta le premier étage, elle évita de peu un fil relié à un explosif. Le feu commençait à percer le plancher. Au rez-de-chaussée, plus personne ne pouvait passer au travers des flammes. Un commando investit le second étage de la demeure, tandis que l'autre redescendait au sous-sol par l'escalier intérieur. L'épais mur de flammes se trouvait derrière eux. Ils découvrirent, dans un coin du garage, une pièce qui ne faisait apparemment pas partie de la construction d'origine. Ils essayèrent d'y pénétrer, puis d'en forcer l'ouverture. La lourde porte ne céda pas. Deux hommes partirent chercher un bélier dans leur véhicule, puis revinrent avec du renfort. Ils prirent suffisamment d'élan pour sortir la porte de ses gonds dès le premier impact. Les policiers trouvèrent Lea prostrée, enchaînée au mur. Un sourire apparut sur son visage, qui se transforma vite en grimace. Son corps se convulsa avant qu'elle ne s'effondre en larmes.

De nombreuses traces de sang maculaient les murs, mais aussi le plafond. Ils libérèrent la jeune femme de ses entraves à l'aide d'un coupe-boulons, sans déceler de blessures pouvant justifier une telle quantité d'hémoglobine répandue dans la pièce. Tout le monde évacuait le pavillon tandis qu'une deuxième charge explosait à l'étage. Les pompiers essayaient maintenant de circonscrire l'incendie depuis l'extérieur. Trois personnes étaient toujours portées disparues ; elles ne se trouvaient pas dans la maison, fouillée de fond en comble, malgré l'incendie.

Les *Lynxs* remarquèrent une petite cabane au fond du jardin. Un genou à terre, ils attendirent les ordres, leur lourd équipement sur le dos. Ils observèrent l'abri en piteux état : les planches vermoulues avaient été renforcées par des tôles métalliques et l'orifice qui servait de fenêtre était barricadé. L'équipe reçut l'ordre et s'avança avec précaution ; ils redoutaient un nouveau piège. Un des policiers attacha une corde à la poignée de la porte tandis que son collègue faisait sauter le cadenas à l'aide d'un coupe-boulon. Ils s'écartèrent tous. Le policier tira lentement, la porte s'entrouvrit. Le feu qui grondait à proximité n'était pas assez puissant pour éclairer l'intérieur. Ils pénétrèrent dans le réduit aux faisceaux de leurs lampes. Outre l'outillage, un fût en plastique de plus d'un mètre reposait au milieu de cet abri. Les policiers s'observèrent inquiets. L'un des hommes remua légèrement le container et constata qu'il était plein. Il hésita un moment puis retira le couvercle. Une puanteur insoutenable s'en échappa. Le policier sortit précipitamment pour vomir tandis que les policiers découvraient les restes d'un corps humain mutilé qui baignait dans son sang. Ils vérifièrent qu'aucun explosif n'avait été dissimulé puis quittèrent la cabane et appelèrent aussitôt l'équipe scientifique.

Alors que l'intervention touchait à sa fin, Armin Oetterli quitta le commissariat pour se rendre à Kriens. L'incendie était maîtrisé et l'équipe de déminage contrôlait le pavillon. Il se dirigea directement vers les ambulances. Même s'il avait eu maille à partir avec ce couple improbable, l'inspecteur fut heureux de pouvoir échanger quelques mots avec Didier et Beatriz. Malgré le choc qu'ils avaient subi, Oetterli fut rassuré sur leur état de santé ; non seulement les deux victimes étaient vivantes, mais en plus, elles s'exprimaient aisément. Didier semblait tout de même un peu plus mal en point avec sa chemise maculée de sang. La médecine ne faisait pas partie du cursus d'un policier, mais Oetterli se dit qu'avec des soins adéquats, ces deux-là redeviendraient rapidement aussi combatifs qu'avant leur séquestration.

Malgré la douleur, une seule question taraudait Didier :
—Comment va Catherine ?
—Et Lea ? Et Stefanie ? compléta l'*Originale*.

Oetterli ne possédait que des informations parcellaires. Il répéta ce qu'on lui avait transmis par radio et préféra ne pas mentionner la macabre découverte du cabanon ni la disparition de l'aînée de Catherine :

—Lea Brunner est en route pour l'hôpital, elle est entre de bonnes mains. Elle a surtout besoin de beaucoup de repos. Par contre, nous recherchons toujours Stefanie Gassmann et Catherine Bucher.

Un des policiers ayant aperçu la voiture de son chef s'approcha du véhicule. Il s'arrêta à quelques pas et lui fit signe de le rejoindre. Oetterli s'excusa auprès de Didier et Beatriz avant de se diriger vers son subalterne, qui lui résuma la situation :

—Nos collègues de la police scientifique travaillent dans le cabanon et la pièce du garage, il faudra sans doute organiser des suivis psychologiques. Pour reprendre leurs propos « on a affaire à un boucher ». Ils ont rapidement inspecté le fût et ont déjà trouvé un avant-bras, une cuisse, deux pieds.

Lorsqu'il aperçut la grimace d'Oetterli, il arrêta son décompte macabre et enchaîna :

—Pour résumer, ils ont découvert les restes d'une femme découpée en morceaux. Ils ont préféré ne pas fouiller plus en avant pour ne pas effacer d'éventuels indices. Le fût est en route pour le médecin légiste, a priori, il ne contiendrait qu'un seul corps.

L'agent hésita un moment avant de poursuivre :

— Cette ordure s'est tellement acharnée sur la tête, que nos collègues ont été incapables de reconnaître de qui il s'agit. J'espère qu'on va le choper rapidement. Avec des sous-merdes de cette catégorie, je regrette que la peine de mort n'existe plus.

Oetterli sembla acquiescer d'un signe de la tête, puis rompit le silence qui s'était installé un court instant :

— On a l'identité de ce salopard. Il se nomme Martin Koch, et on ne va pas le lâcher. Le patron a prévenu la police fédérale et Europol ; les contrôles aux frontières sont en passe d'être renforcés, il ne nous échappera pas. Par contre, nous avons une femme en état de choc, une deuxième qui a été massacrée, où sont les deux autres ?

— On n'en a trouvé aucune trace. Nous devons attendre les conclusions du labo concernant le sang retrouvé sur les murs de la pièce. Lea Brunner nous apportera peut-être de précieuses informations, lorsqu'elle sera en état d'être interrogée.

— Concentrons-nous pour le moment sur cette traque. Nous devons être extrêmement prudents. Il se pourrait que le kidnappeur en série retienne les deux femmes en otage.

— Vous avez raison ! Je donne la consigne à toutes nos équipes.

— Savez-vous comment il nous a échappé ?

— Nous sommes tombés sur un système de surveillance sophistiqué. Plusieurs caméras sont disposées tout autour du pavillon, nous supposons qu'il nous a vus passer lors de l'intervention de ce matin, ce n'était qu'à deux cents mètres de son domicile. Nous avons trouvé des traces de pneus qui pourraient provenir d'une camionnette, et d'après nos registres il en possède bien une.

— Et le policier qui s'est évanoui ?

— Il est sorti de l'hôpital et a bien récupéré. *Dona Quichotte* et son ami français nous ont raconté qu'ils avaient été gazés. Il a sans doute inhalé une saloperie dans la fosse.

— Essayez de voir ce que l'on peut encore tirer de ces deux-là sans les brusquer. Ensuite, vous les envoyez à l'hôpital.

Didier était allongé dans l'ambulance aux côtés de Beatriz. Il n'arrivait pas à s'ôter de la tête les bribes d'une conversation qu'il avait perçue devant l'entrée du garage. Ses connaissances en anglais l'aidaient parfois à combler les lacunes de son allemand rudimentaire. Les mots échangés entre les deux agents de police : *Blut* et *Raum* résonnèrent en lui comme *blood* et *room*. Le jeune Français ressassa ces mots en continu. Avait-il bien interprété ? Il envisageait le pire : Catherine était partie dans d'atroces souffrances. Didier se reprocha de n'avoir pas réussi à arrêter le meurtrier quand il en avait eu par deux fois l'occasion, voire trois, s'il était resté dans la voiture lorsqu'elle l'avait ramené du travail. Maintenant, tout était fini et les efforts vains. Une immense fatigue l'assaillit. Quel sort avait réservé ce monstre à Catherine et Stefanie ? Y avait-il eu d'autres victimes avant elles ? Il se revoyait dans cette fosse de garage, impuissant, ne comprenant pas bien par quel miracle il vivait encore. Didier sombra dans une profonde mélancolie.

L'équipe de l'hôpital cantonal les prit en charge dès qu'ils arrivèrent aux urgences. Le premier bilan de Didier releva des blessures antérieures à sa captivité : foulures et ecchymoses. La balafre qui parcourait son torse nécessiterait plusieurs points de suture. Mais le médecin de garde s'inquiéta surtout de la santé psychique de Didier qui se renfermait sur lui-même. En état de choc, il ne prononçait plus un mot. Quant à Beatriz, au vu du traumatisme subi, le praticien la jugea plutôt loquace et en forme. Les deux amis furent placés au même étage, dans deux chambres séparées par un long couloir. L'infirmière de nuit prit l'initiative de veiller tout particulièrement sur Didier. Elle le trouva un peu plus tard assis dans son lit, serrant ses genoux contre sa poitrine. Il se balançait d'avant en arrière en fredonnant un air étrange. Elle contacta aussitôt le médecin de garde qui prescrivit une injection de Valium.

12 – *L'hôpital cantonal*

La disparition de Didier poussa Sonya à abréger ses vacances, au grand dam de sa mère qui aurait souhaité profiter un peu plus de sa fille :

—Ça y est ! À peine arrivée que tu repars.

—Mais, maman ! Je suis à Kiel depuis dix jours, je ne viens pas juste d'arriver.

—Peut-être, mais n'empêche que je ne t'ai pas beaucoup vue. Tu étais toujours fourrée avec tes amis ou chez Thomas.

—Justement, tu devrais être contente. Tu m'as reproché de ne pas m'occuper assez de mon fiancé. Si je rentre à Lucerne, c'est pour lui et pour aucune autre raison. Et tu exagères un peu, j'avance seulement mon départ de quelques jours. Je t'ai promis de revenir cet été avec Didier. Tu me connais assez pour savoir que je tiens toujours parole.

—Oui, je sais bien, c'est juste que parfois tu me manques. Fais un bon voyage et préviens-moi quand tu seras à Lucerne, s'empressa-t-elle d'ajouter avant que l'émotion la submerge.

Depuis quelques jours déjà, la couverture des événements par les médias avait dépassé le seul cadre de la Suisse centrale pour se propager aux pays voisins, qui s'intéressaient au fait divers lucernois avec une curiosité presque malsaine. Sonya avait ainsi pu suivre heure par heure la tragédie dans laquelle sa ville d'adoption était plongée.

Elle monta dans le train de 8 heures et resta connectée aux journaux en ligne tout au long du trajet. Sonya prit connaissance, peu avant Hambourg, de l'enlèvement de Julie et de la macabre découverte dans le pavillon de l'horreur. D'après son calcul, la fille de Catherine était la sixième victime du kidnappeur en série. Soudain, elle prit peur pour Didier.

Après dix heures de voyage, les quinze minutes de retard dues aux intempéries en Suisse lui semblèrent interminables. Arrivée à Lucerne, Sonya sauta dans un taxi, même si elle habitait à proximité de la gare. Le chauffeur refusa la course qu'il ne jugeait pas assez lucrative en comptant le temps qu'il perdrait de nouveau dans la file de taxis. Elle insista en lui offrant un pourboire alléchant, ce qui finit par le motiver.

Enfin chez elle, Sonya alluma la radio dans l'entrée et brancha la télévision sur une chaîne d'informations. Elle contacta également ses quelques amis qui étaient toujours au courant de tout. Sonya passait le début de soirée à surfer sur Internet et les réseaux sociaux quand elle eut l'idée de téléphoner à une journaliste qu'elle avait rencontrée lors du vernissage d'un roman. Par chance, elle retrouva rapidement sa carte de visite. Cette femme travaillait à l'Agence télégraphique suisse, enfin dans ce qui en restait après son démantèlement orchestré par un conseil d'administration plus intéressé par le profit que par sa mission d'information de qualité. La journaliste la rappela depuis le train qui la ramenait chez elle, juste après avoir passé le relais au bureau de Sydney. Sonya apprit ainsi que l'*Originale* et Didier avaient été retrouvés sains et saufs. Par contre, elle ne put savoir s'ils avaient été transportés à la clinique Sainte-Anna ou à l'hôpital cantonal. Elle hésita un instant puis se rendit au milieu de la nuit à l'hôpital, où elle fut refoulée et priée de revenir le lendemain aux heures de visite. De retour à son appartement, Sonya sombra dans un sommeil agité.

Au petit matin, Beatriz échangea quelques paroles avec l'infirmière qui vint lui prélever un échantillon de sang:
— Je peux vous demander comment se porte Didier d'Orville? Quand nous sommes arrivés, ça n'allait pas du tout!
— Comme vous êtes des amis, je peux prendre quelques largesses avec le protocole pour vous rassurer. Dans la nuit, on lui a injecté une bonne dose de tranquillisants et même si ce n'est pas la grande forme, son état de santé s'améliore lentement. J'ai entendu à la radio que vous êtes descendus tous les deux en enfer. Il n'y a donc rien de plus normal à être choqué. Le journaliste a dit que vous étiez de véritables héros, et je pense qu'il n'a pas tort.

Beatriz comprit alors la raison pour laquelle ce qualificatif agaçait Didier.

— Vous parlez de héros ! On s'est fait surprendre comme des bleus.

— Peut-être bien ! Mais sans vous deux, la pauvre Lea ne serait sans doute plus des nôtres.

— Et Stefanie ? Et Catherine ? Avez-vous des nouvelles d'elles ?

— Le journaliste n'a pas mentionné leurs noms. Par contre, l'ami d'un collègue travaille à la morgue…

L'infirmière hésita un instant, puis lâcha :

— Il paraît qu'un corps a été découvert sur les lieux du drame, sans vie et dans un sale état.

— De qui s'agit-il ?

— Je ne sais pas ! Mais j'ai eu une réunion ce matin avec ma cheffe. Elle m'a appris qu'un certain inspecteur Oetterli devrait vous rendre visite dans la journée, vous n'aurez qu'à le lui demander.

L'infirmière se rendit soudain compte de ses propos :

— Excusez-moi si je me suis laissée aller, je n'aurais jamais dû vous donner tous ces détails.

— Vous avez bien fait ! De toute façon, quelqu'un me l'aurait appris tôt ou tard.

L'infirmière essaya de se rattraper en détournant la conversation :

— Quand vous aurez retrouvé la forme, dans quelques jours tout au plus, vous pourrez retourner sur le quai National afin d'alerter la population sur les méfaits de la démocratie des sondages.

— Vous me connaissez ?

— Qui ne connaît pas *Dona Quichotte* ?

L'hôpital cantonal

Une grimace apparut sur le visage de l'*Originale*.

—Je déteste ce surnom ! Appelez-moi plutôt Beatriz.

—Décidément, j'enchaîne les bévues ! Tout le monde à Lucerne a déjà entendu vos théories, que je trouve pertinentes par ailleurs.

Depuis plusieurs jours, Beatriz n'avait plus eu, par la force des choses, la possibilité de développer ses arguments. Elle démarra au quart de tour :

—De nouvelles idées circulent depuis quelque temps. On chercherait à nous convaincre que les sondages sont la preuve de la bonne santé d'une démocratie. Mais c'est une contre-vérité…

—Je vais probablement vous sembler grossière, mais je préfère vous stopper là, car je dois me rendre au chevet des autres patients. Je vous propose d'en discuter un peu plus tard. Ce sera difficile de trouver du temps pendant mon service, je passerai vous voir lorsque je prendrai ma pause, si j'en prends une !

Puis elle quitta la chambre avec un sourire sincère.

Beatriz était déçue, mais elle savait que son obstination paierait un jour. « Après tout, pensa-t-elle. Si un paysan a pu envoyer les Suisses aux urnes pour que les vaches et les chèvres gardent leurs cornes, j'arriverai bien un jour à lancer mon initiative pour interdire les sondages d'opinion et à la faire aboutir. »

Même si le corps de Beatriz portait de nombreuses ecchymoses, le médecin se montra rassurant quant à son état général. Il lui expliqua que sa courte captivité ne semblait avoir laissé aucune séquelle majeure, mais qu'elle devait rester vigilante. Si son entourage détectait le moindre changement de comportement, il faudrait le prévenir immédiatement. Il planifia un bilan complet dans le courant de l'après-midi, ainsi qu'une nuit supplémentaire à l'hôpital et lui affirma qu'elle pourrait ensuite rentrer chez elle.

Beatriz attendit à peine que le médecin ait passé la porte pour se rendre dans la chambre de son ami, tout au bout du couloir. Elle le trouva assis dans son lit, adossé à deux oreillers. Il semblait abattu, mais esquissa un léger sourire en la voyant.

—Alors, mon héros ? le taquina-t-elle tendrement. On revient de loin tous les deux. Comment ça va ?

—J'ai mal partout. Il n'y est pas allé de main morte, ce salopard, il faudrait plutôt me demander où je n'ai pas mal. Mais ça va tout de même un peu mieux que cette nuit. J'ai tellement fait flipper l'infirmière que le médecin de garde lui a ordonné de m'injecter un tranquillisant. Toi, tu as l'air de bien te porter, comme à l'accoutumée ! As-tu des nouvelles de Catherine ?

—Non, pas vraiment ! Pas de nouvelles, bonnes nouvelles, paraît-il.

—Je m'inquiète. J'ai entendu des policiers parler de sang dans une pièce.

—Tu es sûr d'avoir bien entendu ? essaya-t-elle de le rassurer. Tu étais en état de choc et ton cerveau a interprété comme il a pu. D'ailleurs, tu comprends l'allemand maintenant ?

— J'ai peut-être interprété, comme tu dis, mais en tout cas, j'ai vu des choses. Devine qui j'ai rencontré quand j'étais devant la porte du garage ?

— Catherine ?

— J'aurais bien aimé, mais non, ce n'était pas elle. J'ai vu Walter qui passait en voiture. Tu peux imaginer le choc que ça a été de tomber sur mon ancien patron, à cet endroit.

Didier, fatigué, respira profondément avant de poursuivre :

— Il s'est arrêté devant le portail. Nous nous sommes dévisagés. Ça n'a duré que quelques secondes, qui m'ont paru une éternité. Dans son regard, j'ai découvert la haine mélangée à la peur. Puis il est parti, tout simplement, car il gênait la circulation. Deux minutes plus tard, j'ai pris un coup sur le crâne.

— Tu insinues que ce gros porc de Walter et le criminel en série ne font qu'une seule et même personne.

— Tout est confus dans ma tête, mais quand tu y réfléchis bien… As-tu aperçu le visage de notre agresseur ? Moi, je ne l'ai vu qu'avec un masque à gaz.

— C'est juste, ce que tu dis. J'ignore à quoi il ressemble. Nous n'étions pourtant pas séquestrés chez Walter, comment pourrait-il s'agir de lui ?

— Je n'en sais rien ! Je trouve que les coïncidences sont trop nombreuses pour qu'elles soient juste le fruit du hasard : Walter aime la pornographie et il baise de très jeunes femmes lors de ses voyages en Asie du Sud-Est. Il se rend dans cette partie du monde dès qu'un salon professionnel, touchant de près ou de loin l'industrie cosmétique, s'y déroule ; principalement pour y assouvir ses besoins malsains. Mais surtout, c'est un pédophile qui habite à un jet de pierre de l'endroit où nous avons été retenus en captivité.

—Vu sous cet angle…

Ils n'eurent pas le temps de terminer leur discussion. Le médecin frappa à la porte et pénétra dans la chambre, sans même attendre de réponse. Il demanda à Beatriz de bien vouloir les laisser.

—Alors, monsieur d'Orville, comment allez-vous ce matin ? Vous nous avez fait une grosse frayeur la nuit dernière. Vous avez retrouvé l'usage de la parole, à ce que je vois.

—Il y a surtout moins d'idées noires qui tournent en boucle dans ma tête. Hier, j'étais vidé, j'arrivais à peine à réfléchir. J'avais l'impression de me trouver dans un trou béant. C'est comme si j'étais spectateur des événements que je vivais. Je ne sais pas ce que vous m'avez injecté, mais c'est sacrément efficace.

—C'est un cocktail magique qui vous a plongé dans un sommeil profond. Vous avez surtout besoin de repos. Souffrez-vous encore de vos blessures ?

—Oui ! Ma cheville, mon poignet et la cicatrice qui traverse mon torse me font un mal de chien.

—Je vais vous prescrire un analgésique, mais il faudra patienter quelques jours avant que nous enlevions les fils. Même si c'est difficile, essayez de vous concentrer sur la respiration abdominale. Je vous inscris pour un examen complet, demain.

—Docteur! J'aimerais encore avoir votre avis sur un point.

—Je vous écoute!

—Depuis plusieurs semaines, des cauchemars me hantent. Avec le temps, ils deviennent de plus en plus intenses. Je me réveille en sueur, il paraît même que parfois je crie la nuit.

—Si j'en crois notre feuille de chou locale, ce que vous avez vécu depuis une dizaine de jours dépasse ce que la plupart d'entre nous vivent durant toute leur existence. Je vous propose de commencer par soigner votre tête et votre corps, on s'attellera ensuite à votre subconscient.

—J'ai encore une question. Avez-vous des nouvelles de Catherine et des autres victimes de ce monstre?

—Non, désolé! Vous allez maintenant devoir vous reposer. On vous gardera une ou deux nuits de plus, les héros ont besoin d'être chouchoutés, conclut le médecin en quittant la chambre.

Didier avait l'impression que tout le monde lui mentait. Le docteur, l'infirmière, Beatriz; une de ces personnes savait forcément ce qu'il était advenu de son amie. «S'ils ne me disent rien, c'est qu'il lui est arrivé le pire. Ce que j'ai entendu dans l'ambulance n'est sans doute pas le fruit de mon imagination», conclut-il pour lui-même.

Il était toujours plongé dans ses réflexions morbides lorsque l'infirmière vint lui injecter un analgésique et un calmant.

Dans le courant de l'après-midi, Beatriz retourna dans la chambre de son ami. Elle n'obtint aucune réponse après avoir frappé à la porte. Elle décida tout de même d'entrer. Didier était allongé dans son lit. Elle s'approcha doucement, il dormait. Elle s'apprêtait à repartir silencieusement lorsqu'elle s'aperçut que le sommeil de son ami était perturbé. Il se repliait sur lui-même, grimaçait, grognait et parlait dans un langage qu'elle ne comprenait pas. Il se retourna vivement dans un sens, puis dans l'autre. Didier transpirait, il lança un «non» tonitruant. Beatriz dut s'y reprendre à plusieurs reprises pour le réveiller. Il ouvrit les yeux, étonné, et se redressa tout en fixant Beatriz, comme s'il avait en face de lui une parfaite inconnue. Quelques secondes plus tard, il recouvrait ses esprits.

—C'est toi! Je viens de faire un nouveau cauchemar. J'étais dans une clinique de *Double Bay*, dans la banlieue chic de Sydney. J'étais hospitalisé pour je ne sais quelle raison. Anna, mon amie australienne, et ses parents me rendaient visite. Ce qui est étrange, c'est que l'an dernier j'ai vécu très précisément la situation inverse, mais ce rêve était tellement réaliste. C'est incroyable, tous les trois m'engueulaient presque, en m'interdisant de laisser tomber. Quand tu m'as réveillé, ils me secouaient pour que je me bouge. Il y avait aussi d'autres images, mais elles sont maintenant confuses. Elles se sont déjà estompées, il ne m'en reste qu'une impression d'obscurité.

—Je ne comprends pas tout ce que tu racontes. En tout cas, tu as retrouvé la niaque!

À cet instant, quelqu'un frappa.

—Oui, entrez!

L'inspecteur Armin Oetterli passa son visage par la porte entrebâillée, puis il s'approcha des deux amis.

—Bonjour! Madame Frey, je suis allé dans votre chambre. Comme vous n'y étiez pas, j'ai tout de suite pensé que je vous trouverais en compagnie de votre ami. Cela me fait plaisir de vous savoir tous les deux sains et saufs. Je dois également vous remercier, car sans vous nous n'aurions pas avancé d'un pouce et Lea Brunner ne serait peut-être plus de ce monde. Maintenant, nous sommes dans la dernière ligne droite. J'ai une bonne et une mauvaise nouvelle... enfin, c'est la même... elle est plutôt mauvaise et je vais avoir besoin de votre aide.

L'inspecteur s'empêtrait dans ses explications sous l'œil inquiet de Beatriz. Il se tut un court instant, avant de reprendre:

—Voilà, je ne vais pas tourner autour du pot: nous avons découvert le corps de Stefanie Gassmann, mais nous n'avons aucune trace de Catherine Bucher. Elle a disparu! Nous mettons tout en œuvre pour la retrouver, et c'est pour cela que nous avons besoin de vos témoignages à tous les deux. N'importe quel détail qui vous semble insignifiant peut se révéler d'une importance majeure dans cette affaire.

—Catherine n'est donc pas morte? hésita Didier. J'ai cru entendre des policiers parler d'une pièce pleine de sang.

—Il ne s'agissait que de traces, mentit l'inspecteur. La jeune Lea Brunner était séquestrée dans cet endroit et n'a subi aucuns sévices corporels graves. D'après son témoignage, ce sang appartient à Stefanie Gassmann, elle a été tuée sous ses yeux. Pour être franc : le sort de Catherine Bucher nous inquiète. Je vais vous demander de tout me raconter depuis le moment où vous vous êtes immiscés dans cette affaire, jusqu'à vos enlèvements respectifs.

L'inspecteur enregistra les dépositions détaillées, puis retourna au poste de police. Il était persuadé que ses collègues avaient fini par trouver des informations cruciales en fouillant le compte en banque et la déclaration de revenus du meurtrier. Il fut malheureusement déçu ! Malgré l'efficacité de son équipe démontrée à d'autres occasions, elle n'avait cette fois-ci rien décelé qui aurait pu les orienter vers une piste intéressante. Il y avait bien des retraits réguliers en espèces qu'il effectuait à la fin de chaque mois, mais les policiers n'arrivaient pas à exploiter cette information.

En début de matinée, Sonya avait téléphoné au service dans lequel Didier était hospitalisé afin de connaître les horaires de visites. L'infirmière lui avait signifié que son ami devait se reposer et qu'il ne pouvait recevoir personne. Plutôt que d'essuyer un deuxième refus, Sonya décida de se rendre quelques heures plus tard à l'hôpital cantonal.

Devant l'intérêt médiatique suscité par cette affaire hors-norme, la direction avait demandé les services d'un vigile. Elle avait encore en mémoire le microphone retrouvé dans un bouquet de fleurs placé pour espionner les conversations qui se tenaient dans la chambre d'un accidenté célèbre. De plus, Lea, une des victimes du kidnappeur en série, ainsi que la personne rossée lors de la marche silencieuse séjournaient également dans l'hôpital.

Sonya se rendit au bureau d'informations d'un pas sûr. Habituellement, la décision du médecin d'interdire ou de restreindre au minimum les visites n'était pas inscrite dans le système informatique. Mais, justement, la situation était exceptionnelle. Devant le refus de l'hôtesse d'accueil de donner le numéro de la chambre de Didier, Sonya insista, s'énerva et fut finalement raccompagnée à la sortie par l'agent de sécurité.

Didier et Beatriz étaient encore sous le choc des révélations de l'inspecteur.

—Quand vont-ils finir par arrêter ce salaud ? s'interrogea Didier à voix haute. Maintenant, Dieu seul sait où se trouve Catherine. Je me fais aussi un sang d'encre pour Sonya, elle doit être au courant de notre disparition et mon téléphone est resté quelque part dans ce pavillon.

—Ne t'inquiète pas. Si ta copine lit les journaux en ligne, elle connaît sans doute les derniers rebondissements. Patiente encore un peu ! Mon pote Bruno m'a promis hier que nous récupérerions nos affaires rapidement.

—Mais moi, tant que Catherine n'aura pas été retrouvée, je n'ai aucune envie d'attendre ici toute la nuit à me croiser les bras !

—Que peux-tu y faire ? Que pouvons-nous y faire ? On a tout tenté ! Il est temps maintenant de passer le relais aux flics.

—Un détail nous a forcément échappé. On doit continuer notre enquête, je ne peux pas l'abandonner.

—Tu lis trop de polars ! Tu n'es pas l'inspecteur Maigret et je n'ai rien de Miss Marple. Demain, on apprendra sans doute que Catherine est saine et sauve. Mais dis-moi Didier, j'ai une question d'ordre personnel, puis-je te la poser ? En fait, c'est plutôt un constat.

—Je t'en prie, répondit-il, intrigué.

—Tu parles beaucoup de Catherine et presque exclusivement d'elle, j'ai comme l'impression que tu oublies ta fiancée. Tu as la chance d'avoir une femme qui t'aime. Alors, si je peux te donner un conseil : prends garde de ne pas tout foutre en l'air !

—Mais Catherine n'est qu'une amie.

Didier fut si peu persuasif que lui-même sembla ne pas croire à sa propre affirmation.

—Écoute ! Je vais te laisser. Repose-toi bien et réfléchis à ce que je viens de te dire, demain sera un autre jour.

Au moment où elle franchit la porte, Beatriz se retourna :

—Tout compte fait, on n'est pas mal ici ! C'est pratique, un peu comme un hôtel, et je n'aurai pas à payer la note. De plus, je sens que je vais pouvoir parler de la démocratie des sondages devant un nouveau public, triompha-t-elle en souriant.

Lorsque Beatriz quitta la chambre, la décision de Didier était prise : il ne passerait pas une nuit de plus à l'hôpital. Il n'avait pas la tête à s'occuper de formalités en signant une quelconque décharge de sortie et réfléchit à la meilleure façon de partir d'ici en catimini. En arrivant, on l'avait débarrassé de ses vêtements, puis lui avait fourni un pyjama standard ou plutôt une robe avec juste un bouton derrière. Il ne se voyait pas déambuler dans la rue les fesses à l'air, en plein hiver. À tout hasard, il fouilla dans la penderie, sans rien trouver. Une idée lui traversa l'esprit : se procurer un smartphone. Il se souvint alors du moment où l'aide-soignante l'avait installé sur une chaise avec un magazine dans les mains pendant qu'elle nettoyait la chambre. Une physiothérapeute était venue au même instant. À la demande de Didier, elle l'avait fait marcher quelques pas, en lui ayant passé au préalable une couverture sur les épaules qu'elle avait sortie d'une des armoires du couloir. Il se rappela avoir ensuite échangé quelques mots avec la patiente de la chambre voisine, une dame dans la cinquantaine.

Didier pensa à lui emprunter son téléphone, mais ne sut comment s'y prendre. Quand il entendit la télévision depuis son lit, il décida d'y aller franchement en frappant à la porte. Didier se présenta en s'excusant, puis il usa de son charme pour obtenir l'objet de sa convoitise.

Tandis qu'il composait le code confidentiel que la dame venait de lui communiquer, Didier se retrouva comme un idiot en s'apercevant qu'il ne connaissait pas un seul numéro de téléphone par cœur.

Il eut l'idée de chercher le site Internet de Melinda, la poétesse américaine qui fréquentait régulièrement le *Bis-*

tronomie. Elle lui donna le numéro de Sébastien, leur ami commun. La voisine fit signe à Didier de prendre le portable avec lui, afin qu'il puisse discuter en toute tranquillité depuis sa chambre. Il ne se fit pas prier et appela son compatriote, qui décrocha aussitôt :

—Oui, allô !

—Salut Sébastien ! C'est moi, Didier.

—Mon Dieu ! Mais t'es où ? J'ai appris que vous aviez été retrouvés, Beatriz et toi. Vous allez bien tous les deux ?

Puis il cria :

—Ruth ! Viens vite, j'ai Didier au téléphone.

—Comment va-t-il ?

—Ne vous inquiétez pas ! Nous sommes à l'hôpital pour des contrôles. Vu les circonstances, on ne se porte pas trop mal.

Didier ne s'embarrassa pas de formules de politesse :

—Il faudrait que vous me rendiez un service. Ils veulent me garder ici pour quelques jours, mais je ne peux pas moisir dans cet endroit alors que Catherine est en danger.

—Que peut-on faire pour toi ? demandèrent-ils à l'unisson.

—Les visites ne sont pas encore terminées, vous allez m'aider à sortir. Sébastien, peux-tu glisser un manteau, un pantalon et une paire de chaussures dans un sac à dos ? Tu fais du combien ?

—Du 41 !

—Ce sera un peu juste, mais je devrais pouvoir marcher jusqu'à votre voiture sans attirer l'attention.

Didier précisa l'étage et le numéro de chambre, puis attendit fébrilement ses amis.

Ils arrivèrent vingt minutes plus tard, sans passer par le bureau d'informations, échappant ainsi à la surveillance du vigile. Tandis que Ruth faisait diversion en demandant à une infirmière des nouvelles de Beatriz, Sébastien se rendit directement à la chambre de Didier qui se changea en un tournemain. Les deux hommes profitèrent du fait que les infirmières étaient occupées à regarder leurs mails, tout en mettant à jour le dossier des patients, pour s'éclipser.

Ils allèrent au domicile de son couple d'amis. Didier eut besoin de se reposer un peu avant de répondre à leurs questions. Autour d'un thé, ils échangèrent sur tout ce qu'ils avaient vécu, d'un côté comme de l'autre, ces vingt-quatre dernières heures. Didier apprit ainsi que la fille de Catherine avait été kidnappée chez sa tante. Plutôt que de l'abattre, cette terrible nouvelle lui fit l'effet d'une claque. Il demanda alors à Sébastien de le ramener à son appartement, afin de récupérer son trousseau de clefs chez son voisin avant qu'il ne s'endorme.

Lorsque Didier glissa la clef dans la serrure, la porte refusa de s'ouvrir. Il insista et comprit aussitôt que Sonya était de retour. Tandis qu'elle courait à sa rencontre dans le couloir, un grand sourire aux lèvres, son expression se figea quand elle aperçut la mine défaite de son compagnon.

—Mon Dieu! Qu'est-ce qu'il t'a fait?

—On peut dire que c'est du cinquante – cinquante, ironisa-t-il. Le gnon au front ainsi que les foulures de mon poignet et de ma cheville sont un exploit personnel.

Elle se jeta dans ses bras. Didier tendit aussitôt la main pour l'en empêcher.

—Qu'est-ce qui se passe? Pourquoi me repousses-tu?

—C'est juste que ce salaud m'a laissé un souvenir, lança-t-il en ôtant son manteau et en déboutonnant sa chemise.

Elle s'approcha doucement et promena délicatement ses doigts sur les pansements. Ils s'embrassèrent et s'enlacèrent. Sonya prit le visage de Didier dans ses mains:

—Tu m'as filé une sacrée frousse, j'ai cru que j'allais te perdre. Heureusement que toute cette histoire est terminée. Viens! dit-elle, je vais prendre soin de toi.

Confortablement installé dans le canapé, Didier raconta les recherches qui l'avaient mené au pavillon de l'horreur. Il décrivit sa séquestration, ses blessures et rapporta les propos tenus l'après-midi même par l'inspecteur Oetterli. Sonya posa son index sur les lèvres de Didier et murmura:

—Maintenant, je vais te masser, tu en as bien besoin.

—Mais...

—Chut! Laisse-toi faire!

Elle le conduisit vers le lit où il s'allongea prudemment sur le ventre. Sonya lui prodigua un doux massage, les mains enduites d'huile de coco. Elle évitait soigneusement les parties du corps meurtries, pour se concentrer sur le dos, les épaules, les cuisses. Peu à peu, le massage se transforma en caresses, tandis que Didier manquait à plusieurs reprises de s'endormir. Elle ôta sa chemise de nuit et tira l'édredon sur leurs corps. Elle s'appliqua à déposer des baisers sur les zones érogènes de son compagnon, celui-ci ne montra aucun signe d'excitation, au grand dam de Sonya. Elle se concentra sur le membre de Didier, qui ressemblait à un escargot cherchant refuge dans sa coquille.

—Qu'est-ce qui se passe Didier ? Tu n'as plus envie de moi ?

« Ça y est ! » se dit-il, alors qu'il s'apprêtait à s'endormir.

—Ça n'a rien à voir, mon amour. Après tout ce que je viens de vivre, je suis mort de fatigue, c'est tout ! Excuse-moi ! Je serai sans doute plus en forme demain soir.

—Ça fait dix jours que mon corps a besoin du tien ! J'ai toujours été ouverte à tous tes désirs et quand je te demande quelque chose, tu ne veux pas !

—Il ne s'agit pas de volonté, je ne peux pas ! C'est assez différent.

—Différent en quoi ? Le résultat est le même !

—Je suis vraiment désolé, Sonya, s'excusa-t-il en s'approchant d'elle pour l'embrasser affectueusement.

Elle le repoussa doucement de la main.

—Dormons ! C'est probablement ce qu'il nous reste de mieux à faire.

Elle se retourna vexée, en espérant laisser Didier à sa mauvaise conscience.

La douleur réveilla Didier au milieu de la nuit. Il tourna en rond dans l'appartement sans parvenir à ôter de son esprit les images du pavillon de l'horreur. Le sommeil le saisit enfin, alors qu'il était assis sur son canapé, un verre de whisky à la main.

Dans un parking, Didier fouillait les poubelles. Il les retournait les unes après les autres lorsqu'il aperçut un homme sous une voiture. Il bougeait légèrement. Didier s'approcha de lui et découvrit trois femmes baignant dans leur sang, empilées sous cet homme qui le regardait en lui souriant. Didier ouvrit les yeux en grand, comme sous l'effet d'un électrochoc. Il sentit une présence à ses côtés. Il se colla contre elle et glissa tout naturellement sa main sur la peau de sa compagne. Perdu dans ses brumes, il ne comprit pas immédiatement, mais quelque chose clochait. Soudain, il retira sa main. Il venait de réaliser que le corps était glacé. Il tomba du canapé en se réveillant de son cauchemar et cracha un juron.

Malgré la neige, Didier sortit quelques instants pieds nus sur le balcon avant de retourner au chaud, sous la couette, auprès de Sonya.

13 – *Les mailles du filet se resserrent*

Au petit-déjeuner, Didier et Sonya préférèrent laisser de côté leur brouille de la veille. L'ambiance était cependant tendue. Chacun tapotait sur le clavier de son smartphone lorsque Sonya reçut un appel. En lisant le nom de Thomas sur l'écran, elle décida de s'isoler dans sa chambre. Sonya écouta son ami lui livrer de précieuses informations qu'il venait de découvrir. Elle lui répondait par des « oui » ou des « hum ! » sans jamais entrer dans la discussion.

En revenant à la table de cuisine, elle était toujours aussi déterminée à ce que Didier ne se mêle plus de cette affaire. Elle lui dit sans qu'il demande quoi que ce soit :

—C'était ma mère, elle voulait savoir si j'avais fait bon voyage. Elle était également inquiète pour toi. Je lui ai répondu que, vu les circonstances, tu te portais plutôt bien.

—C'est gentil de sa part. Tu la remercieras la prochaine fois que tu l'auras au téléphone.

—Il y a quelque chose d'autre dont j'aimerais te parler.

Didier l'encouragea d'un signe de tête.

—Voilà ! Je vais aller droit au but. Je ne veux plus que tu t'occupes de cette affaire. Tu as risqué ta vie pour cette femme, maintenant ça suffit ! Cet enfoiré de kidnappeur sera bientôt capturé. Je vais demander à Thomas de cesser ses recherches, je n'ai pas envie de passer le restant de mes jours à m'inquiéter pour toi. On dirait que tu te délectes de problèmes que tout être doté d'un tant soit peu de jugeote prendrait soin d'éviter.

—De quel droit décides-tu de ce que je dois faire ou pas ?

—Parce que je t'aime et que, accessoirement, tu vis chez moi, tout simplement.

—Catherine et sa fille sont toujours en danger. Je ne baisserai pas les bras ! Si tu étais portée disparue, tu voudrais que je laisse tomber ?

—Bien sûr que non ! Si c'était moi, ce serait différent !

—En quoi ?

—Elle, c'est une inconnue que tu viens tout juste de rencontrer. Moi, je suis ta compagne, tu ne vois pas quelle différence ça fait ? Je suis sûre que tu n'as même jamais croisé sa fille.

—Je n'y crois pas. Tu es jalouse ?

—Didier ! À un moment ou à un autre, tu vas devoir choisir entre elles et moi.

—Elles sont peut-être en train d'agoniser quelque part et tu me demandes de choisir ! Non, mais je rêve !

—Je te conseille de bien réfléchir. Pendant ce temps, je vais prendre une douche.

«C'est tout réfléchi», songea-t-il, alors que Sonya claquait la porte de la salle de bains.

Didier s'allongea sur le canapé. Il essayait de détendre son corps lorsque la sonnerie de la porte le fit sursauter. Il se dirigea vers l'entrée, en trébuchant contre un carton de vieux magazines qui traînait. Bruno et sa collègue, Cornelia, patientaient dans la cage d'escalier.

—Salut Bruno! *Grüetzi voll*, articula-t-il à l'attention de la femme. Entrez donc! Je vous offre un café?

—On ne peut pas, Didier, on est en service!

—Non, mais tu te moques de moi? Je suis Français, je sais, mais je ne vous propose tout de même pas un verre de blanc, et ça sera plus sympa pour discuter. Bruno regarda sa collègue qui acquiesça d'un sourire.

À ce moment, la porte de la salle de bains s'ouvrit et Didier fit les présentations. Sonya les rejoignit à la table du salon. Bruno entra dans le vif du sujet:

—L'infirmière en chef nous a prévenus de ta disparition, on vient contrôler que tout va bien. Apparemment, oui! Tu as de la chance que l'enquête ait avancé grâce à toi, sinon Oetterli serait furieux. Didier! On ne peut pas partir comme ça d'un hôpital, surtout lorsqu'on est un témoin clef. Même s'il t'a interrogé hier, l'inspecteur a encore des questions à te poser. On n'a toujours pas retrouvé Catherine Bucher et sa fille, mais comme tu sembles bien informé, et sur certains points mieux que nous, mon chef nous a chargés de t'emmener au poste. Je ne vais pas te cacher que le temps joue contre nous.

Mais notre visite est également motivée par une autre raison. Tous les médias cherchent à contacter les trois survivants. Oetterli ne veut pas vous museler, mais il souhaiterait vous donner des consignes claires quant aux déclarations que vous pourriez faire. Nous n'aimerions pas que tous nos efforts soient foutus en l'air. En tout cas, cela me fait plaisir de te retrouver en pleine forme. Tu nous as fait peur, tu sais ! Bon, on y va maintenant ? demanda-t-il en posant sa tasse vide directement dans le lave-vaisselle.

—Laisse-moi cinq minutes, je prends une douche et je vous suis.

Thomas n'en revenait pas. Ce qu'il venait de trouver lui semblait crucial pour l'enquête et Sonya lui avait presque raccroché au nez. Il s'était pris au jeu et n'entendait pas en rester là. Il s'offrit une pause café pour mieux réfléchir tout en jetant un œil à ses mails professionnels. Il n'aurait probablement pas dû, car il s'énerva en s'apercevant qu'un de ses clients lui demandait pour la énième fois des changements dans le texte d'un poster alors qu'il attendait le bon à tirer. Il décrocha son téléphone et appela Didier pour lui faire part de sa découverte.

Au commissariat, l'inspecteur Oetterli s'adressa à Didier directement en anglais, avec Bruno à ses côtés pour l'épauler au cas où la communication se révélerait compliquée :

— Mon cher monsieur d'Orville, je suis heureux de vous accueillir de nouveau dans nos locaux. Nous avons eu peur en apprenant votre disparition de l'hôpital. A priori, vous avez retrouvé toute votre énergie, c'est bien ! Je dois vous avouer que l'enquête que vous avez menée en parallèle de la nôtre m'avait quelque peu irrité. Mais je dois également admettre que vous vous en êtes bien tiré. Vous avez rondement réglé cette affaire. Bravo ! Sans votre entêtement, à vous et à vos amis, Martin Koch, le kidnappeur de Lucerne n'aurait pas été identifié aussi rapidement. Je viens juste de recevoir les résultats de nos laboratoires : l'ADN des cheveux trouvés dans la casquette correspond à celui que nous avons relevé dans le pavillon. De plus, il suivait bien un traitement contre le ténia du renard. Monsieur d'Orville, si vous vous mettez à l'allemand, il se pourrait qu'on ait besoin de vos services dans la police lucernoise.

Didier ne connaissait pas encore l'humour local, il ne savait pas si l'inspecteur plaisantait ou s'il y songeait vraiment.

— Je vais y réfléchir, le remercia-t-il.

— Cependant, poursuivit Oetterli, comme je vous l'ai expliqué hier, Stefanie Gassmann n'a pas eu cette chance. Vous allez le découvrir dans les journaux, alors autant que vous l'appreniez par moi-même : ce salaud a littéralement massacré cette pauvre femme. Je vous passe les détails, ça ne servirait à rien. Ce qui nous inquiète maintenant, c'est le sort de Catherine Bucher et de sa fille. Où peut-il bien les séquestrer ? Nous n'avons trouvé aucun indice dans sa vie professionnelle. D'après ses collègues, c'était un paisible technico-commercial. Nous sommes en train d'enquêter auprès de tous ses clients et de voir si nous découvrons des informations utiles quant aux endroits où il se rendait régulièrement. C'est un boulot de dingue ! Nous devrons sans aucun doute faire appel aux services d'un ingénieur en informatique. Mais le temps d'entrer toutes les données dans un ordinateur risque d'être rédhibitoire. C'est une vraie course contre la montre qui s'annonce ! C'est pour cela que j'aimerais poursuivre notre entretien d'hier. J'ai de nombreuses questions, et si vous le voulez bien nous allons tenter de plonger au plus profond de vos souvenirs. Nous recouperons votre témoignage avec ceux de votre amie *Dona Quichotte* et de Lea Brunner, quand elle sera à même de nous répondre. Avec elle, on doit y aller mollo.

—Ce n'est pas trop dur pour elle ?

—Madame Brunner est profondément choquée, elle a assisté à la tuerie, à la boucherie devrais-je dire. En plus du traumatisme dû à l'horreur de la scène, elle culpabilise beaucoup. Cette ordure d'assassin a répété à plusieurs reprises que le nid d'amour était trop petit et qu'il devait faire de la place pour elle. Nous avons essayé de l'interroger en présence d'une psychologue, mais elle n'était clairement pas en état de répondre de façon cohérente. D'après le médecin, nous devons revenir dans deux ou trois jours. Nous attendons beaucoup de votre témoignage. Nous prendrons le temps qu'il faudra pour explorer toutes les pistes. Madame Amstad, notre interprète, arrivera dans une dizaine de minutes.

Bruno se leva et servit le café pour faire patienter les personnes présentes.

En quittant le poste de police, Didier reçut un appel de Thomas, qui était devenu au fil du temps son ami.

—Salut Didier! J'ai découvert un truc stupéfiant. Tu ne devineras jamais!

—Dans ce cas, va droit au but, soupira-t-il.

—Essaie au moins de deviner!

—Thomas! Après ce que je viens de vivre, je ne suis pas vraiment d'humeur à jouer.

—Excuse-moi! J'ai parfois l'impression de me comporter comme un gamin.

—Je ne voulais pas te brusquer, c'est à moi de m'excuser. Alors, qu'as-tu découvert?

—Tiens-toi bien! J'ai décidé de fouiner dans les mails de Walter. La plupart ont été effacés du serveur, c'est déjà étrange en soi. Mais par chance, j'en avais fait une copie lors de mes visites précédentes, j'ai donc pu les retrouver...

—Et?

—Je te le donne en mille: Walter et Martin Koch, le kidnappeur en série, se connaissent depuis longtemps. Ils ont échangé de nombreux messages. Je les ai parcourus sans trouver quoi que ce soit de relatif aux enlèvements, mais je vais les relire en détail.

—Je le savais! jubila-t-il. Maintenant, c'est à la police de faire parler mon ex-patron. Patientons un peu, il finira bien par lâcher le morceau.

—Je continue à fouiller et je te tiens au courant, lança-t-il avant de raccrocher.

Hansruedi Lichtsteiner, chef de la police criminelle, avait rassemblé l'équipe qui travaillait sur l'affaire du kidnappeur en série, une dizaine de personnes l'entouraient. Il s'adressa directement à l'inspecteur Oetterli :

—Armin, je veux savoir tout ce qu'il y a de neuf depuis hier. N'omets aucun détail !

—Ça va être rapide ! Martin Koch n'est pas fiché chez nous. Il n'a commis que des infractions mineures, de petits excès de vitesse qui ne dépassent jamais les vingt kilomètres à l'heure. Il n'a jamais eu affaire à la justice ni à nos services. On dirait a priori un citoyen modèle. Si on creuse du côté des impôts, il ne possède aucun autre bien immobilier que son pavillon, ce qui est déjà pas mal, soit dit en passant.

—Tiens-t'en aux faits, s'il te plaît.

—L'enquête de voisinage n'a pas été plus fructueuse. Ses voisins le trouvent sympathique, il était toujours prêt à rendre service. Nous exploitons en ce moment ses appels téléphoniques et ses déplacements, mais il semblerait qu'il soit très méfiant. Nous n'arrivons pas non plus à localiser son portable.

—Et qu'as-tu au sujet du retrait régulier d'espèces ?

—Il sortait, à chaque fin de mois, mille deux cents francs du distributeur.

Oetterli marqua une pause, avant de poursuivre :

—Je ne sais pas si c'est important, mais…

Hansruedi Lichtsteiner encouragea son subalterne d'un signe de la tête.

—Nous n'avons décelé jusqu'à présent aucune habitude dans son comportement. Par contre, le lendemain de ces retraits, il déjeune toujours dans le canton d'Obwald, à Flüeli-Ranft pour être précis. Il paie systématiquement avec sa carte de crédit...

—Attends un peu ! Flüeli-Ranft ! s'exclama Cornelia, tout en sortant un carnet de notes d'une pochette. Bon, voilà ! Je voulais encore vérifier cette information afin d'éviter la boulette, mais tu me devances.

—On t'écoute, intervint l'inspecteur.

—Ce qui m'a interpellé, tout comme nous tous d'ailleurs, c'est le fait que Martin Koch et Walter Murer aient vécu à proximité l'un de l'autre. De plus, Didier d'Orville affirme avoir trouvé des revues pédopornographiques dans le chalet de Walter Murer. J'ai donc voulu rapprocher les données et il se trouve que les deux hommes ont fréquenté la même école secondaire, à la même époque.

Cornelia sourit. Elle attendit une réaction qui sortit de la bouche du chef de la *Crim'* :

—C'est tout ! C'est intéressant, mais comment pouvons-nous exploiter cette donnée pour retrouver les disparues ? Je te rappelle que c'est notre unique priorité. S'ils avaient le même âge et qu'ils venaient du même quartier, c'est normal qu'ils soient allés à la même école.

—J'ai trouvé autre chose en fouillant dans les comptes de Walter Murer, et là je pense que vous allez tous adorer : il possède un bien immobilier. Il s'agit plus précisément d'une grange, aux alentours de Flüeli-Ranft. Tout se recoupe !

—Merde ! pesta Oetterli, en se levant précipitamment.

Il s'élança vers la porte en attrapant son manteau au passage. Avant de sortir, il expliqua à ses collègues restés cois :

—On vient tout juste de relâcher cet enfoiré. On n'avait aucune charge contre lui. Avec un peu de chance, il est encore dans la rue. Je vais lui mettre le grappin dessus.

Cornelia et Bruno lui emboîtèrent le pas.

Didier avançait d'un pas lent sur le trottoir, intrigué par les révélations de son ami. Il était en pleine réflexion lorsqu'il aperçut devant lui une silhouette qui lui sembla familière. Elle tourna à l'angle. Mû par un réflexe de chasseur, il se mit à courir aussi vite que le lui permettait sa cheville endolorie. Quand il changea de rue, Oetterli et ses deux collègues arrivèrent à sa hauteur. Bruno ne put retenir son tutoiement :

—Tu as vu Murer ?

—Oui, je crois que c'était lui. Il a filé par là, précisa-t-il en tendant la main devant lui.

Les trois policiers se lancèrent aussitôt dans un sprint. À l'intersection suivante, ils partirent dans trois directions opposées. Après un moment, ils rejoignirent Didier qui était resté sur place. Oetterli posa de vive voix la question qui le turlupinait :

—Pourquoi étiez-vous à la poursuite de Walter Murer ?

Le Français était embarrassé. Il ne voulait pas mêler son ami Thomas dans cette histoire. Il essaya de trouver une réponse plausible :

—Je pourrais vous retourner la question. Pourquoi l'avez-vous laissé sortir?

—Écoutez, monsieur d'Orville! Il ne faudrait pas inverser les rôles. Ne réduisez pas à néant le peu de sympathie que vous avez fini par m'inspirer.

—N'oubliez pas que ce salaud m'a menacé de son fusil dans son chalet. Je sais aussi ce que j'ai vu dans ces cartons, même si vous avez du mal à me croire. Quand je l'ai reconnu, mon sang n'a fait qu'un tour. J'ai aussitôt voulu avoir une discussion musclée avec cette ordure.

Fatigué, l'inspecteur lança un conseil que Didier interpréta comme une injonction:

—Maintenant, vous feriez mieux de rentrer chez vous pour vous reposer. Surtout, ne vous mêlez plus de cette enquête.

Le chef de la *Crim'* était impatient. En voyant les visages déconfits de ses collègues, il comprit qu'ils revenaient bredouilles.

—Alors?

—On a croisé Didier d'Orville qui l'a aperçu au loin. Murer a changé de rue, puis il s'est évanoui comme par magie, précisa l'inspecteur. Cornelia! Tu as l'adresse de cette grange?

—Oui, la voici, confirma-t-elle en arrachant une feuille de son bloc-notes.

—Parfait! lança Hansruedi Lichtsteiner. Je vais demander l'autorisation à nos collègues d'Obwald d'intervenir à Flüeli-Ranft à leurs côtés. Toi, Armin, tu fonces sur place avec ton équipe. Il n'y a pas une minute à perdre, vous avez mon aval pour agir sans l'unité spéciale.

Trois véhicules de la police lucernoise arrivèrent sur le parking situé à proximité du petit bureau de l'office du tourisme de Flüeli-Ranft, où les attendaient leurs collègues obwaldiens. Ils firent rapidement le point autour d'une carte. La grange de Walter Murer était accessible en voiture. Le bâtiment avait été rénové il y a plusieurs années, et les voisins les plus proches habitaient à plus de cent mètres. «L'endroit idéal pour retenir quelqu'un en captivité», songea Oetterli.

Ils décidèrent de bloquer le seul chemin qui menait à la grange et d'encercler la zone. Quelques agents se trouvaient déjà sur place, ils avaient repéré, en plus de l'entrée principale, une petite porte et une fenêtre. L'inspecteur Oetterli et son homologue prirent l'option d'intervenir sans tarder. La vingtaine de policiers s'approcha à trente mètres en suivant un bosquet. Ils se déployèrent en moins de trente secondes, puis, au signal, ils investirent les lieux. Le contraste entre l'extérieur rénové et l'intérieur délabré était saisissant. Quelques engins et outillages agricoles y finissaient leur vie. Des caisses traînaient par-ci par-là parmi des ballots de paille. Mais c'est l'angle opposé à l'entrée qui attira l'attention des policiers lucernois: une petite pièce similaire à celle du pavillon de l'horreur y trônait. Pour ces hommes, la situation avait un goût amer de déjà-vu. Ils s'en approchèrent à pas lents, mais déterminés. Ils redoutaient ce qu'ils allaient découvrir. La porte était solidement verrouillée. Ils se servirent d'une poutre métallique qui traînait au sol, comme bélier de fortune. Ensuite, la vision divergea radicalement de celle de Kriens : la pièce était absolument vide. La recherche des disparues ne semblait pas vouloir trouver d'épilogue, jusqu'à ce que deux hommes s'avancent vers les caisses en bois montées sur des palettes parsemées dans le local. Soudain, un silence de mort régna. Les policiers se dévisagèrent. Un des hommes ramassa une barre de fer près de la porte et força les caisses les unes après les autres. À chacune, un «ouf» de soulagement s'échappait de leur poitrine ; les caisses contenaient des tuiles, des briques, des parpaings et divers matériaux de construction.

Lorsqu'il devint évident qu'ils ne trouveraient dans la grange ni Catherine ni sa fille, vivantes ou non, l'inspecteur Oetterli demanda à tout le monde de sortir. Il boucla les lieux et somma son équipe de se cacher jusqu'à l'arrivée de la police scientifique. Pendant ce temps, les forces de l'ordre locales menaient une enquête de voisinage. Le seul témoignage qu'elles purent vaguement exploiter fut celui d'un paysan, qui habitait au début du chemin, juste après la route principale. Ses propos étaient crus : «Oui, je voyais souvent deux hommes ensemble aux alentours de l'ancienne grange de Beat. Il y avait celui qui avait racheté la propriété et son copain. C'étaient sans doute des pédés, mais moi je m'en fous, il faut vivre avec son temps et chacun fait ce qu'il veut de son cul. Pas vrai ? Parfois, ils avaient de la visite, principalement des hommes.»

L'unique intérêt de cette déclaration résidait dans le fait qu'il étayait l'hypothèse que Walter Murer et Martin Koch se retrouvaient sur place et qu'ils y recevaient du monde. L'inspecteur pensa qu'il faudrait revenir avec des photos du fugitif et du patron de *Swiss Quality Extracts*.

Les équipes cynophile et scientifique arrivèrent rapidement. Oetterli envoyait régulièrement un compte rendu par radio à son chef resté au commissariat, mais les recherches s'éternisèrent. Le froid s'infiltrait insidieusement sous les vêtements. Alors que l'inspecteur pensait que ses collègues ne découvriraient rien d'intéressant avant le lendemain, un des techniciens s'approcha de sa voiture. Il brandissait un objet.

—Regarde ce que j'ai trouvé Armin !

—Je ne vois pas bien. De quoi s'agit-il ?

—C'est un disque dur externe, il était caché entre deux parpaings. J'aurais bien envie de le brancher directement sur mon portable, mais je dois suivre la procédure. Tu peux demander à un de tes gars de l'emporter immédiatement au labo ?

—Pas de problème ! Il y sera dans une demi-heure.

—Merci ! Vu la façon dont il était planqué, je pense qu'on a décroché le gros lot. Je retourne dans la grange, n'oublie pas de me transmettre les informations que tu recevras.

—Je n'y manquerai pas, acquiesça-t-il, tandis que le maître-chien prenait la place du technicien devant la voiture :

—Il faudrait que tu viennes, je crois que Rocket a trouvé quelque chose.

—Qui ça ?

—Rocket ! C'est mon chien, s'amusa le policier.

Oetterli passa son manteau et arriva au bout de la propriété, non loin d'une clôture. Deux hommes creusaient à la lumière d'une lampe torche en pestant contre le terrain gelé.

—Qu'a-t-il donc trouvé ? s'enquit l'inspecteur.

—Pour le moment, c'est encore difficile à dire, Rocket a longtemps hésité. La terre n'a pas été retournée depuis des années, si on découvre quelque chose, il s'agira probablement de vestiges. Peut-être devrons-nous faire appel à des archéologues, s'autorisa-t-il à plaisanter pour détendre l'atmosphère.

Dix minutes plus tard, un des deux policiers stoppa ses efforts et demanda :

—Éclaire là, s'il te plaît ! précisa-t-il, en pointant du doigt.

Dans le faible faisceau lumineux, ils grattèrent à l'aide d'une truelle et dégagèrent ce qui ressemblait à un os humain. Ils n'eurent plus aucun doute sur la nature de l'os lorsqu'ils excavèrent un crâne de petite taille ; celui d'un enfant ou d'un jeune adulte.

—Parfait ! conclut Oetterli. On sait qu'on est maintenant sur la bonne piste. On ne touche plus à rien et on recouvre tout ça d'une bâche. Demain, il faudra sonder tout le terrain et ça risque d'être une sacrée corvée.

Didier débarrassait la table des restes du dîner, lorsqu'il reçut un texto de Thomas lui demandant s'il était libre pour un coup de fil. Il expliqua à Sonya qu'il descendait à la cave pour chercher des outils qui lui permettraient de réparer une fois pour toutes le faux contact du plafonnier. Il appela ensuite son ami.

—Salut, Thomas ! Qu'as-tu trouvé ? Possèdes-tu d'autres informations qui relient Walter au kidnappeur en série ?

—Écoute Didier ! Je préfère te joindre directement, car Sonya ne veut plus rien entendre. Ce que je viens de découvrir est à peine croyable. Comme le serveur de *Swiss Quality Extracts* a été épuré, je fouillais dans les données que j'avais sauvegardées... Enfin, bref ! Tu te souviens de ce que Catherine avait écrit à Walter ?

—Bien sûr ! Elle parlait de bidouillages dans des extraits destinés au marché indien.

—Eh bien, maintenant ! On en sait plus. Tu te souviens aussi du chimiste de *von Steiner Active Plants* ?

—Oui ! Un certain Marcel, si ma mémoire est bonne.

—C'est exact ! Tu as une très bonne mémoire. Prends le temps de lire le mail que je viens juste de te faire suivre. Catherine l'a envoyé à Marcel, le jour même de sa disparition. Il est en français. J'ai dû utiliser un traducteur en ligne et mon dictionnaire pour en comprendre le contenu. Pour toi ce sera plus facile.

—D'accord ! Je le lis et je te rappelle.

Didier remonta avec le matériel électrique dont il avait besoin. Il s'isola dans les toilettes et ouvrit ses mails.

Salut Marcel,

Je viens d'analyser les cinq extraits que tu m'as passés. Sans surprise, je te confirme que le principe actif est dix fois plus concentré que les autres composants naturels de chaque plante. Ils ont été dopés avec des produits que l'on trouve facilement sur le marché indien ou chinois. Ça n'a plus grand-chose à voir avec un extrait de plante riche de tous les éléments qui le constituent. En soi, c'est pas trop grave, c'est juste un produit chimique dilué dans de l'éthanol. Ça ne donne pas vraiment envie, mais le « hic » vient du fait que ces cinq extraits proviennent d'une série de trois cent cinquante produits que vous avez achetés en Turquie et que nous avons préparé de notre côté les mêmes trois cent cinquante extraits de plantes pour une compagnie indienne. Il ne peut pas s'agir de coïncidence, surtout quand on sait que cette compagnie indienne a reçu nos échantillons un mois avant que vous ne réceptionniez vous-mêmes votre commande. Ce que nous avons livré a été entièrement bidouillé : dilution et ajout de produits chimiques. Pour compléter le tout : création de certificats d'analyse qui confèrent aux produits des propriétés remarquables. J'ignore où a eu lieu la fraude. En Inde ? En Turquie ?

Bon ! On se moque juste des clients. A priori, il n'y a pas mort d'homme, sauf que je ne me suis fié à aucun certificat ; j'ai poussé les analyses un peu plus loin et j'ai trouvé du méthanol dans les extraits. Notre éthanol est absolument pur, il n'en contient aucune trace. Il a donc été coupé avec un alcool frelaté.

Tu m'as expliqué que ces teintures étaient destinées aux officines, et là c'est grave, très grave, car elles seront utilisées en usage oral ! Je ne vais pas t'apprendre que l'éthanol rend saoul, mais que le méthanol est toxique, il rend aveugle et attaque le système nerveux ; il tue même, à forte dose.

Désolée ! Mais je ne peux pas fermer les yeux. Si tu ne t'arranges pas pour que ces teintures soient toutes rappelées, alors je préviendrai les autorités. Nous devons nous rencontrer rapidement pour en discuter !

Bien amicalement,
Catherine

Didier rappela son ami *geek* :

— Salut, c'est moi !

— Alors ! Qu'en penses-tu ?

— Je l'ai lu trois fois pour être certain de bien comprendre. Tu crois que Walter a quelque chose à voir avec tout ça ?

— Ce que je sais, c'est que la police n'est pas près de tomber sur ce message, car il n'est plus dans le serveur. Et s'il a disparu, il n'y a que deux possibilités. Soit, c'est l'informaticien de *Swiss Quality Extracts* qui a pris l'initiative de nettoyer la boîte mail de Catherine, mais je n'y crois pas. Soit, on passe à la deuxième option…

— Walter s'en serait lui-même chargé ? intervint Didier.

— Qui d'autre veux-tu que ce soit ? Mais on peut vérifier cette hypothèse.

—Comment ? Je doute que Walter réapparaisse de si tôt.

—Peut-être pas, mais je suis persuadé qu'il continue de lire ses messages où qu'il soit. En fait, j'ai déjà appâté notre poisson. Je lui ai préparé un petit quelque chose auquel il ne résistera pas ; un cadeau qui éveillera sa curiosité, enfin, j'espère !

Thomas laissa planer le suspense.

—J'ai concocté un logiciel malveillant relié à un article qui parle de la disparition de Catherine et un autre consacré à l'enlèvement de sa fille. Comme j'ai toujours accès au serveur de *Swiss Quality Extracts*, j'ai imaginé de reproduire le même schéma en envoyant un message à Marcel depuis la boîte mail de Catherine.

—Excellente idée ! S'il s'agit bien de Walter, il ne pourra pas résister à la tentation. Une fois ouvert, le cheval de Troie se déploiera. Surtout, n'hésite pas à m'appeler si tu découvres quelque chose d'important, de jour comme de nuit.

—Je n'y manquerai pas. Mais pour mieux comprendre tous les tenants et aboutissants, nous devons parler à ce Marcel. Depuis Kiel, ça va être difficile pour moi. En plus, je ne connais pas votre langue. Je ne sais pas non plus si son anglais est aussi bon que le tien.

—Pas de problème, je m'en occupe demain matin.

—O.K. On se tient informés. Tu feras la bise à Sonya.

—Euh ! Je suis pour le moment dans les toilettes et je préfère qu'elle ne sache pas que nous avons discuté ensemble. Je l'embrasserai, mais sans lui dire que c'est de ta part.

Ils se quittèrent en riant.

Sonya attendit que la porte des toilettes s'ouvre pour le sermonner :

— À qui parlais-tu ? lança-t-elle d'un ton sec.

— À personne ! Pourquoi ?

— Tu te moques de moi, je t'ai très bien entendu parler en anglais avec Thomas.

— Non, mais je rêve ! Tu espionnes à la porte des chiottes maintenant ! Et si tu sais avec qui je parlais, pourquoi tu demandes ?

— Tu pars complètement en vrille mon pauvre, il va falloir que nous mettions les choses au point. Je t'ai accueilli chez moi afin que tu reprennes des forces. Après tout ce que tu as enduré en Micronésie, tu en avais bien besoin. Le marché était clair : tu te reposes et quand ça va mieux tu recherches un travail. En guise de travail, tu as dégoté des jobs merdiques de photographes. Tu te fais chier à grimper dans les montagnes en plein hiver pour rapporter des images d'un lieu qui aurait soi-disant reçu la dépouille d'un déicide. C'est vraiment du n'importe quoi ! Et tout ça pour des clopinettes.

Didier voulut répondre aux accusations qu'il jugeait infondées. Sonya l'en empêcha sans ménagement :

— Tu te tais quand je parle ! Non seulement tu ne fous rien, mais en plus il suffit que je prenne des vacances pour que tu rencontres, dès le premier jour, une autre femme. Bien évidemment, ça ne te suffisait pas. Il a fallu que tu te mêles d'une histoire de tentative d'enlèvement. Et moi, comme une conne, je t'ai aidé lorsque cette Catherine s'est volatilisée. Tu t'es retrouvé au cœur d'une affaire bien glauque comme il faut, ton corps n'est plus qu'une plaie, mais tu continues tout de même à enquêter sur sa disparition, alors que je te l'ai interdit !

—Écoute-moi bien Sonya. Tu n'es pas ma mère et je n'ai aucune autorisation à demander à qui que ce soit pour savoir de quelle façon je dois ou je peux occuper mon temps.

—Pas si tu vis sous mon toit et à mes crochets ! l'interrompit-elle en hurlant.

Didier n'en pouvait plus de cette hystérie, de cette jalousie mal placée. Sans un mot, il rassembla ses papiers, son ordinateur portable et quelques affaires dans un sac à dos, sous l'œil médusé de Sonya, qui maîtrisa difficilement le ton de sa voix :

—Qu'est-ce que tu fais ?

—Je vais prendre l'air ailleurs pour quelque temps. Je quitte «ton appartement», car j'ai besoin de beaucoup de repos, et d'un peu de compassion, renchérit-il depuis le palier.

Les deux agents de police appelés pour une histoire de tôle froissée dans le nord du canton d'Obwald venaient de s'engager sur l'autoroute. Ils intervenaient pour la troisième fois de la soirée et avaient hâte d'achever leur service. Le plus jeune conduisait prudemment lorsqu'ils aperçurent, sur la voie opposée, une camionnette qui fonçait dans la nuit. Son collègue se concentra sur l'immatriculation, il eut juste le temps de relever qu'elle venait du canton de Lucerne. Ils hésitèrent à la poursuivre pour excès de vitesse, mais décidèrent de la laisser filer pour régler cette histoire d'accrochage et rentrer enfin chez eux.

Le message qui était régulièrement relayé sur les ondes, depuis la centrale, se fit de nouveau entendre : « Attention ! Nous recherchons une camionnette Volkswagen blanche immatriculée LU 748 133. L'individu la conduisant est suspecté de kidnapping, de meurtre et détient probablement des otages. Il est très dangereux et potentiellement armé. Contactez-nous immédiatement si vous croisez ce véhicule. Cette mission est prioritaire. Je répète : nous recherchons... »

— Merde ! Comment avons-nous pu oublier cette annonce ? On a cru que l'affaire était réglée parce que la plupart de nos collègues sont à Flüeli-Ranft.

— On va arrêter la philosophie à deux balles et nos deux accidentés vont patienter encore un peu, lâcha le conducteur tout en pressant la pédale d'accélérateur.

Ils atteignirent la portion d'autoroute qui n'était plus séparée par le terre-plein central. Malgré la neige accumulée par les engins de voirie, ils immobilisèrent leur véhicule sur le bas-côté. Les deux hommes attendirent qu'il n'y ait plus de circulation dans un sens ni dans l'autre, puis traversèrent toutes les voies à vive allure pour se lancer sur les traces de la camionnette. Ils contactèrent la centrale de Sarnen afin de mettre le plus d'effectifs possible à disposition et s'engagèrent sur la gauche, en direction de Kerns. Les policiers inspectèrent attentivement les chemins latéraux et décidèrent de rester sur la rue principale jusqu'au rond-point de la poste. Une route revenait en arrière tandis que les autres montaient en altitude. Ils descendirent de leur voiture et constatèrent que les traces les plus récentes se dirigeaient vers Flüeli-Ranft. Ils s'y élancèrent aussi rapidement que la neige le leur permettait et reçurent alors un appel du poste de commandement :

—Vous le suivez incognito, sans gyrophares. Si c'est bien le gars qu'on traque, n'oubliez pas qu'il détient probablement deux otages ; une mère et sa fille. On va essayer de le coincer en douceur à la grange, si c'est bien là qu'il se rend.

Alors que l'équipe de l'inspecteur Oetterli recouvrait la fosse d'une bâche, il reçut un appel de son chef :

—Armin! Un véhicule ressemblant à celui qu'on recherche a été aperçu à la sortie de Kerns. Préparez-vous à le cueillir dans moins de dix minutes.

—O.K. message reçu!

Oetterli ne prit pas la peine de ranger son portable dans sa poche et s'adressa d'une voix autoritaire aux hommes qui l'entouraient :

—On éteint toutes les lumières et on met immédiatement en place le dispositif prévu pour cette nuit.

Devant le temps d'arrêt marqué par les policiers, il précisa :

—La camionnette va arriver d'une minute à l'autre. Allez! On bouge!

Tandis que les hommes cachaient les deux véhicules restés visibles, Oetterli reçut un appel de Bruno qui surveillait l'intersection formée par la route et le chemin menant à la grange :

—Il vient tout juste de passer devant moi.

Oetterli aperçut les phares. Ils s'éteignirent. Le vent favorable lui permit d'entendre le moteur qui tournait encore. Pendant une minute, rien ne bougea. Bruno était remonté le long du chemin. Ils attendaient tous que Martin Koch avance de cinquante mètres pour refermer le piège. La voiture redémarra, puis fit demi-tour sans précipitation et repartit d'où elle était venue. Bruno essaya de le retenir en se plaçant au milieu du chemin. La camionnette blanche s'arrêta un instant puis fonça à vive allure. Il dut sauter dans le fossé pour ne pas être renversé. Oetterli le prit en chasse, mais il était loin derrière le kidnappeur.

La centrale lui expliqua par radio que deux policiers venaient de sortir de Kerns. L'inspecteur les contacta aussitôt :

—Nous sommes à deux kilomètres de vous. Il ne doit pas nous échapper, barrez-lui la route comme vous pouvez.

Quelques minutes plus tard, les deux agents appelèrent Oetterli :

—On a *Hohe Brücke* en ligne de mire. Un véhicule est arrêté, ses phares sont allumés.

—Nous arrivons aussi au pont. On va le cueillir là !

Ce pont en bois était une curiosité du canton. Il attirait les touristes de passage, car il était identifié par les autorités locales comme le plus haut pont couvert en bois d'Europe. Une gorge étroite et profonde de cent mètres le séparait de la rivière, ce qui tentait également les volontaires au suicide.

Les deux voitures de police avancèrent en première vers la camionnette, visiblement enlisée dans la neige. Le conducteur coincé n'avait plus aucune issue, il accélérait désespérément ne faisant qu'empirer sa situation. Lorsque les forces de l'ordre s'arrêtèrent à une dizaine de mètres de lui, il sortit en hurlant:

—Ne vous approchez pas!

Ils ne prêtèrent pas attention à son injonction, ils descendirent de leur voiture. Le suspect virevolta et monta à l'arrière de sa camionnette. Les policiers se figèrent, ils prirent peur pour les otages. «Qu'allait-il leur faire? Étaient-elles encore vivantes?» Soudain, il cria quelque chose d'incompréhensible, puis bondit vers le pont entraînant les policiers dans un sprint qui s'arrêta net lorsqu'il franchit le parapet, puis s'avança sur le grillage de sécurité. Oetterli essaya de raisonner l'homme. Il recula de quelques pas au fur et à mesure que l'inspecteur s'approchait. À ce moment, les renforts arrivèrent à tombeau ouvert, gyrophares et sirènes actionnés. L'homme eut peur, telle une bête traquée. Il regarda à droite, à gauche, et prit brusquement conscience du vide sous ses pieds. Il avança d'un pas vers le policier, puis glissa, perdit l'équilibre et s'enfonça dans la gorge. Son corps rebondit d'une paroi rocheuse à l'autre, pour se fracasser cent mètres plus bas.

Les policiers se précipitèrent vers la camionnette. Lorsqu'ils entrouvrirent la portière arrière, une épouvantable odeur s'échappa du véhicule. Ils hésitèrent une fraction de seconde avant de l'ouvrir en grand. Un des hommes braqua une lampe. Il découvrit Julie bâillonnée, attachée à un anneau. Elle reposait sur le plancher, inerte. Des traces de sang maculaient les parois. Un autre policier bondit à l'intérieur de la camionnette. Le corps de la jeune fille était chaud, elle respirait faiblement, mais elle vivait encore. Ils trouvèrent rapidement un coupe-boulons pour la libérer de sa chaîne et emmenèrent la jeune fille, enveloppée dans le manteau d'un des hommes, dans une voiture de police en attendant l'arrivée de l'ambulance. Malheureusement, aucune trace de sa mère. Sauf si… pensèrent les policiers en observant les taches brunes.

Hansruedi Lichtsteiner réunissait l'équipe restée à Lucerne pour un bilan sommaire de la situation, lorsqu'il apprit que le suspect avait été pris en chasse aux alentours de Flüeli-Ranft, mais qu'il était maintenant mort, écrasé au fond d'une gorge. Il contacta aussitôt la police du canton d'Obwald pour demander l'autorisation de rapatrier la camionnette à Lucerne pour un examen complet par la police scientifique.

—Merde! fulmina-t-il, quelle bande de cons! Ils ne pouvaient pas l'attraper vivant! Nous voici au même point qu'avant. On a trouvé la fille, mais où est la mère? Quand on mettra la main sur Walter Murer, on en saura sans doute un peu plus. Je crois que plus rien n'arrivera cette nuit. Rentrez chez vous et offrez-vous quelques heures de sommeil. Demain matin, on se retrouve tous à

Les mailles du filet se resserrent

7 heures pétantes. Espérons que le laboratoire pourra nous dire ce qu'il y a dans le disque dur et que l'examen de la camionnette nous livrera des indices exploitables. En attendant, reposez-vous bien !

14 – *Âmes sensibles…*

Marcel Combe alluma son ordinateur et accéda à ses fichiers après avoir cherché dix minutes durant son nouveau mot de passe. Tandis que le système d'exploitation démarrait les programmes les uns après les autres à la vitesse d'un escargot en vadrouille, il fila au laboratoire pour brancher les équipements d'analyses. De retour à son bureau, il découvrit ses mails accumulés depuis jeudi soir.

Marcel était employé à temps partiel par *von Steiner Active Plants*. Il avait ainsi tout loisir d'assouvir sa passion pour les orchidées. Ce week-end, il s'était rendu en Bavière pour visiter deux collections privées et un salon international. Il en revenait particulièrement content d'avoir enrichi sa serre de deux spécimens rares.

Il cessa de rêvasser en parcourant les cinquante-huit messages reçus pendant son absence. La sonnerie du téléphone finit par le ramener à la réalité.

—Oui allô! Marcel Combe à l'appareil.

—Bonjour! Je m'appelle Didier d'Orville. Mon nom ne vous dira rien, mais je suis un très bon ami de Catherine Bucher.

— Oh, mon Dieu ! J'étais à l'étranger ces derniers jours et j'ai seulement appris ce matin ce qui s'est passé, c'est horrible ! Savez-vous si elle a été retrouvée ?

— La police n'a pour le moment aucune trace d'elle. On est mort d'inquiétude, ici, à Lucerne. Surtout après ce que cette ordure a fait subir à Stefanie.

Un silence lourd de sens s'installa entre les deux hommes.

— Avec quelques amis, on mène une enquête de notre côté. Je voudrais savoir ce que vous pensez du mail qu'elle vous a envoyé mercredi dernier.

— Pouvez-vous me préciser l'heure ? Je viens juste de rentrer d'un séjour à l'étranger et j'ai de nombreux messages.

— C'était exactement à 19 h 07.

— Vous me donnez un instant ? Je vais vérifier.

Installé dans l'appartement de Ruth et Sébastien qui l'accueillaient le temps qu'il se retourne, Didier glissa une capsule de café dans la machine, puis commença à déguster l'arabica lorsque son interlocuteur confirma :

— Je ne trouve aucun message d'elle mercredi.

— Vous en êtes sûr ?

— Parfaitement ! Mais de quoi s'agit-il ?

— Il est a priori plus prudent de ne pas en discuter au téléphone. Êtes-vous libre pour le déjeuner ?

— Euh... Il est déjà passé ! Vous voulez sans doute parler du dîner ?

Après quelques secondes de réflexion, Marcel comprit sa méprise :

—J'aurais dû me douter que vous étiez Français, s'amusa-t-il. Vous êtes bien énigmatique, mais pour Catherine j'accepte de vous rencontrer ce midi.

—Je vis à Lucerne. Il me reste à vérifier les horaires des CFF, je vous recontacterai dès que je serai dans le train.

Didier raccrocha après avoir échangé son numéro de portable avec le chimiste.

L'inspecteur Oetterli s'installa à son bureau tandis que les cloches de la ville sonnaient sept coups. Un message déposé sur le clavier de son ordinateur lui demandait de téléphoner au laboratoire scientifique. Il ne perdit pas un instant :

—Bonjour, c'est Armin. Du nouveau sur les enlèvements ? questionna-t-il sans s'intéresser le moins du monde à l'identité de son interlocuteur.

—Salut, Armin ! c'est Dany. Même si nous travaillons en trois-huit pour résoudre cette affaire, la camionnette de Martin Koch n'a encore livré aucun secret. Ça risque de prendre quelques jours. Par contre, le disque dur a été bavard. J'ai pensé que tu voudrais savoir, sans attendre le rapport officiel.

—Tu as bien fait, je t'écoute.

—Le disque n'était pas crypté, juste protégé par un mot de passe. C'était un jeu d'enfant d'y pénétrer, mais j'en suis sorti rapidement.

Le technicien, d'habitude loquace, marqua un temps d'arrêt avant de poursuivre :

—Il contient des photos, des vidéos pédopornographiques… il y a même des films en 3D, c'est complètement dingue ! Nous avons visionné les images à deux, je devrais plutôt parler d'immondices. Je ne trouve aucun mot assez fort pour décrire ce que nous avons découvert, des viols d'adolescentes, mais aussi d'enfants. Certaines n'avaient pas dix ans.

Bouleversé, le technicien se tut de nouveau.

—Prends ton temps, lui conseilla l'inspecteur.

—C'est gentil, ça va aller. Avec mon collègue, on pensait avoir fait plus ou moins le tour des saloperies enregistrées sur ce disque, lorsque nous sommes tombés sur un fichier protégé à un haut niveau de sécurité. Là, on en a vraiment chié. Nous avons dû utiliser la force combinée d'une batterie de serveurs pour décrypter le tout. On a tout d'abord reconnu les lieux de prises de vues : le pavillon de Martin Koch et la grange. Il y avait des hommes cagoulés, je devrais plutôt parler de monstres, de déchets de l'humanité. Ils faisaient subir à de jeunes femmes des viols à répétition. Nous avons arrêté le visionnage après les clous dans les seins, les dilatations de vagin, les scarifications… C'était horrible ! Ça ne peut être pire en enfer. Nous n'avons pour le moment identifié aucune des victimes. Nous allons devoir augmenter notre effectif pour passer les documents au crible fin. C'est une saloperie de boulot qui nous attend ! Je vais demander à mon chef d'activer la cellule de soutien psychologique, nous en aurons besoin lorsque nous plongerons aux tréfonds de cette fange.

L'inspecteur était bouleversé par ce qu'il venait d'entendre.

Âmes sensibles…

—Surtout, fais gaffe à toi ! Et merci pour ces informations, elles sont précieuses. De notre côté, nous recherchons toujours Catherine Bucher. Nous allons ressortir tous les dossiers de disparitions de ces dix dernières années, l'un d'entre eux nous mettra peut-être sur la bonne voie. N'hésite surtout pas à me contacter si tu as quelque chose de nouveau.

Aussitôt après avoir raccroché, l'inspecteur passa son manteau et fila à Flüeli-Ranft.

L'équipe cynophile travaillait depuis plus d'une heure. Le flair exceptionnel de Rocket avait permis de découvrir d'autres restes humains qui étaient en cours d'exhumation.

—Bravo ! lança l'inspecteur au maître-chien.

—Ce n'est pas moi qu'il faut remercier, c'est Rocket qui a fait tout le boulot.

—Tu penses que nous devons appeler d'autres chiens en renfort ?

—Rocket est le meilleur, s'il ne trouve rien d'autre, aucun chien ne trouvera quoi que ce soit, répondit-il, blessé.

—Excuse-moi, mais on croyait avoir affaire à des enlèvements depuis quelques mois seulement. En fait, toute cette merde remonte à bien plus longtemps. On possède des photos et des vidéos qui démontrent que les victimes de Martin Koch sont nombreuses. Ce qui ne veut pas dire non plus qu'elles aient été toutes assassinées. Rocket a détecté deux corps, j'ai bien peur qu'il y en ait d'autres. Connais-tu les limites de ton... collègue ? Peut-il retrouver des ossements qui reposent sous terre depuis longtemps ?

—Je sais que des études scientifiques sont en cours. L'odorat de nos compagnons commence même à être utilisé comme preuve devant les tribunaux, au même titre qu'un avis d'expert. Mais je ne peux pas répondre précisément. Tout dépend de l'épaisseur de la terre, des couches successives de fertilisants. La pluviosité joue également un rôle.

—Je vais être plus concret. Si une victime a été ensevelie il y a cinq ou dix ans, se peut-il que nous passions à côté ?

—Oui !

—De combien de temps a encore besoin Rocket pour fouiller tout le terrain ?

—Une heure ou deux, je pense.

—Très bien ! Une tractopelle ne devrait pas tarder à arriver. Lorsque tu me donneras ton accord, on lancera les opérations d'envergure. Il va falloir y aller mollo si on ne veut pas tout saccager. Je me demande même si ça ne serait pas mieux d'utiliser les services d'archéologues. Je vais me renseigner.

Deux heures plus tard, l'engin de chantier entra en fonction. Le maître-chien exprima ses inquiétudes :

—Dis-moi Armin, penses-tu que ce soit la bonne méthode ? On risque de détruire les indices.

—Rocket a donné le meilleur de lui-même, il a découvert deux corps. Bravo, mon toutou! s'enthousiasma-t-il, en s'agenouillant à la hauteur du chien.

Devant l'incongruité de la situation, il se redressa et reprit :

—J'aurais bien évidemment préféré ne tomber que sur des racines, mais nous devons faire vite pour trouver des éléments qui nous mettront sur la piste de Catherine Bucher. Un archéologue zurichois qui a déjà travaillé sur ce genre de chantier va nous filer un coup de main. L'équipe scientifique examine les deux corps attentivement. Ils ont été enterrés nus, on peut dire adieu aux éventuels indices vestimentaires. Nos limiers espèrent que l'empreinte dentaire les aidera. Par contre, ils affirment que ces personnes ont été séquestrées pendant des semaines, voire des mois.

—Comment peuvent-ils être aussi sûrs d'eux ?

—Les os présentent de nombreuses fractures qui ont commencé à cicatriser, elles ne sont donc pas post-mortem. Ce Martin Koch était un vrai malade. Surtout, ne reste pas trop loin, il se pourrait qu'on ait de nouveau besoin des services de Rocket.

Marcel prévint ses collègues qu'il s'absentait un peu plus longtemps que d'habitude pour la pause de midi. Il retrouva Didier dans un bar près du campus universitaire, ils se tutoyèrent d'emblée. Le Vaudois fut effaré lorsqu'il prit connaissance du texte que Catherine lui avait adressé. Il s'insurgea aussitôt :

—Elle a raison, on ne peut pas laisser ces produits sur les rayons des pharmacies. Nous devons agir. Mais pourquoi ce mail ne m'est-il jamais parvenu ? C'est tout de même bizarre, surtout pour un message de cette importance. Comment es-tu rentré en possession de ce document ?

—Ça risque d'être long à expliquer. Pour faire simple, tu dois savoir qu'on a un *geek* qui nous aide.

—Qui ça, on ?

—Moi et quelques amis ! Nous recherchons la vérité sur les kidnappings en série de Lucerne. Le salopard est mort, mais Catherine est sans doute retenue prisonnière quelque part... Peut-être même par mon ancien patron. Nous ne pouvons ignorer aucune piste et celle-ci me mène à toi. Pourquoi Catherine travaillait-elle sur ces échantillons ?

—Elle est venue chez nous pour m'expliquer une méthode d'analyse assez particulière. Cela concernait un produit que ma compagnie a acheté à la sienne. Nous avons sympathisé et comme elle est très compétente, nous avons passé un accord.

—De quel type ?

—Elle m'aidait à résoudre mon problème technique, en échange je lui offrais l'intégralité de ma base de données sur les plantes et la pharmacologie. Comme tu peux le lire dans le message qu'elle m'a envoyé, elle a rapidement trouvé la solution. Et ton *geek*, où en sont ses recherches ?

—Pour le moment, il n'a rien de spécial. Mais ça ne saurait tarder.

Perdu dans ses pensées, Marcel but une longue gorgée de bière. La serveuse apporta le plat du jour.

—Tu crois que c'est son patron, comment s'appelle-t-il déjà? reprit Marcel.

—Walter Murer.

—Tu crois que ce salaud de Walter Murer retient Catherine prisonnière?

—Qui veux-tu que ce soit d'autre? À moins qu'un troisième larron se cache quelque part, il faut s'attendre à tout. Ce qui est sûr, c'est que Walter est impliqué dans les enlèvements et qu'il ne jouait pas un rôle secondaire.

Ils entamèrent leur repas. Didier dégustait des filets de perche accompagnés d'un risotto, tout en cherchant sous quel nouvel angle il pouvait aborder cette affaire. Mais plus il y réfléchissait, moins il y voyait clair. Il se demanda s'il ne ferait pas mieux de trouver des personnes qui pourraient aider Thomas à dépouiller les mails de Walter Murer, plutôt que de traverser la Suisse pour suivre des pistes qui ne menaient nulle part.

Marcel rompit le silence:

—Elle m'a envoyé ce message à 19h et le soir même, elle disparaissait. Ça me donne des frissons rien que d'y penser. Mais comment prouver que c'est bien Walter le coupable?

—Même si on le prouve, cela ne libérera pas Catherine. Il faut le retrouver, c'est tout!

Dans le train, Didier essaya de rassembler les morceaux du puzzle. Martin Koch était mort et toutes les pistes le menaient à Walter Murer, qui s'était évanoui dans la nature. Il lui manquait encore trop d'éléments pour visualiser la situation de façon globale. Les policiers disposaient de bien plus de moyens que lui, mais Didier estimait qu'il devait explorer tous les chemins de traverse de cette sordide histoire s'il voulait retrouver Catherine rapidement.

Il était plongé dans ses réflexions, lorsqu'il reçut un appel de Sonya. Il décida de répondre. Sans le moindre bonjour, elle alla droit au but :

—Je m'excuse Didier, j'ai mal réagi hier soir. Je crois que nous devrions en discuter tranquillement. Es-tu libre ce soir ?

Didier ne savait plus que penser de sa relation avec Sonya. Il lui devait beaucoup, il en était conscient. Elle avait cru en lui et en son improbable histoire rapportée de Micronésie, mais pour le moment, il était bien trop préoccupé pour avoir envie de parler de leur couple.

—Écoute, Sonya ! J'ai la tête ailleurs. C'est comme un patchwork d'images inquiétantes qui me hantent. Je veux d'abord y voir plus clair, ensuite je te contacterai, c'est promis ! Maintenant, je dois souffler.

Il échangea quelques banalités avant de raccrocher, afin de ne pas rester sur une impression trop négative.

À peine rangé dans la poche intérieure de sa veste, son téléphone vibra de nouveau. Il s'en saisit, énervé, et se dit qu'il n'avait sans doute pas été assez clair avec Sonya, lorsqu'il découvrit le message de Beatriz.

Salut Didier, j'ai une surprise pour toi. Je dois te rencontrer au plus vite. De quel côté traînes-tu ?

Intrigué, Didier écrivit à Beatriz qu'il arrivait bientôt à Lucerne par le train. Il donna rendez-vous à son amie sous le portique de la gare, un peu après 18 h. Grâce aux couleurs chatoyantes de ses vêtements, il la repéra à plus de cent mètres. Elle semblait en pleine forme et contrastait avec Didier qui ne parvenait pas à récupérer. Il avait vu ses traits tirés, le matin même dans le miroir, et son dos commençait à se voûter. Il se jura de passer bientôt à l'hôpital pour effectuer un bilan de santé complet.

—Alors mon pote ! Tu es bien pâle. J'ai quelque chose qui va te requinquer. Suis-moi !

Épuisé, Didier s'exécuta sans poser de question.

Beatriz entraîna son ami au bord du lac, en direction opposée à la vieille ville. Ils marchèrent le long du quai qui abritait les bateaux à vapeur durant la nuit, quittèrent la rue principale puis obliquèrent vers les voies de garage du chemin de fer pour pénétrer dans la zone industrielle. La neige n'était que partiellement dégagée. Ils s'approchèrent d'ateliers devant lesquels des embarcations en hivernage attendaient le retour des beaux jours.

Beatriz s'arrêta en face d'un hangar et frappa quatre fois contre un portail métallique. Une voix murmura :

—Qui c'est ?

—Beatriz !

—Qui ça ?

—*Dona Quichotte*, si tu préfères. Quel abruti, marmonna-t-elle à l'intention de son ami.

Un homme au physique de videur de night-club entrouvrit la porte qui coulissa avec un léger couinement. Didier aperçut deux bateaux à moteur installés sur des remorques, du matériel d'accastillage, de nombreuses cordes de diamètres différents enroulées à même le sol. Une faible lueur de bougie brillait au fond de la pièce. L'individu qui avait accueilli Didier et Beatriz les guida au faisceau de sa lampe torche. Didier avait l'impression de l'avoir déjà croisé quelque part. Il fouilla dans sa mémoire et un sentiment de malaise fit surface, sans qu'il en comprenne la raison. L'homme désigna deux banquettes de voitures appuyées contre un mur, il demanda aux deux nouveaux venus de patienter un court moment.

—Qu'est-ce qu'on fait ici ? Et c'est qui ce gars ? chuchota Didier.

—Je vais t'expliquer. Voilà, depuis le temps que je parcours les rues, j'ai côtoyé pas mal de monde à Lucerne. Il n'y a guère que le milieu de la criminalité à col blanc que je ne connais pas.

Didier ne saisissait pas bien où Beatriz voulait en venir.

—Cet enfoiré de Martin Koch ne pourra plus parler, mais il reste Walter Murer. Une sorte d'union sacrée s'est constituée pour le retrouver. J'exècre ces nazillons, mais il faut parfois mettre ses haines de côté. Ceux-là ont été très efficaces : Walter est entre leurs mains.

—Quoi ? Que comptent-ils en faire ? Ils ne vont tout de même pas le zigouiller ?

—Personne ne parle de zigouiller qui que ce soit. Ils veulent juste l'interroger.

—Dans ce cas, pourquoi ne le remettent-ils pas à la police ?

—Je dois rectifier ce que je viens de dire, ils ne souhaitent pas seulement l'interroger, mais plutôt le faire parler. Si nécessaire, ils utiliseront la manière forte.

—Attends un peu! Je pense qu'une légère persuasion n'est pas disproportionnée. Je crois même que la violence est parfois salutaire, mais je ne tiens pas à cautionner n'importe quoi.

—Tu oublies qu'il sait probablement où se trouve Catherine!

Au claquement d'une porte, ils tournèrent leur tête à l'unisson. Un personnage qui aurait pu être le frère de l'homme qui les avait accueillis sortit d'un bureau et s'approcha de ses invités.

—Salut *Dona Quichotte*! fit-il avec une poignée de main vigoureuse.

—Salut Franz! Alors, il a parlé?

—On n'a pas encore commencé les festivités, on t'attendait.

Il tendit sa main vers Didier et le dévisagea. Une étincelle parcourut le regard de Franz, il lança à Didier dans la langue de Shakespeare:

—Mais c'est mon ami le Français! Ça fait un bail. Je savais bien que nous nous reverrions.

Didier comprit aussitôt ce qui l'avait troublé en pénétrant dans le hangar: il avait reconnu l'un des acolytes de Franz. Il avait fait appel à leurs services lorsqu'il avait fallu asséner une raclée à l'ancien compagnon de Sonya qui la persécutait et l'aurait violée si ces hommes n'étaient pas intervenus à temps.

—Salut Franz! J'aurais préféré te revoir dans d'autres circonstances, mentit-il. Il aurait tout simplement préféré ne pas le revoir du tout.

Beatriz suivait l'échange, interloquée.

—Vous vous connaissez ?

—Je m'aperçois que la captivité a aiguisé ton esprit de déduction. Bravo, *Dona Quichotte*! Disons que ça remonte à une autre époque... ce qui nous intérese maintenant, c'est l'ami du monstre de Lucerne. Je peux te dire qu'il ne faisait pas le malin quand nous l'avons attrapé.

—Il y a de quoi, intervint Didier. Avec tout ce monde à ses trousses. C'est quand même l'homme le plus recherché de Suisse. Où se cachait-il ?

—Il s'était planqué dans un chalet de montagne. Il y est entré par effraction. Pas de chance pour lui, il appartient à un de nos potes qui y entrepose de la marchandise. Il était parti s'approvisionner lorsqu'il est tombé dessus. Notre pote a ligoté ce pourri et nous a téléphoné. Au début, on voulait l'interroger sur place pour être tranquille, mais notre ami s'y est opposé. Il ne souhaitait pas mêler son business avec cette histoire. D'un côté, je le comprends. Nous l'avons trimbalé dans le coffre d'une voiture jusqu'à ce hangar ; il nous sert parfois de QG. Nous avons vidé le bureau à la va-vite et nous disposons maintenant d'une vraie salle d'interrogatoire, précisa-t-il fièrement.

Il les invita à constater par eux-mêmes en jetant un œil au travers des nombreuses vitres du bureau. En face d'eux, Walter était ligoté sur une chaise, avec une puissante lampe baladeuse braquée sur son visage. Dans un réflexe, Didier recula afin de ne pas être reconnu.

—Ne t'inquiète pas ! le rassura Franz. Avec l'éclairage

qu'il a en pleine poire, il ne voit rien. Il ne sait pas qui nous sommes et cette pièce est parfaitement insonorisée. On va pouvoir commencer. Patrick va m'aider, précisa-t-il en désignant l'homme qui les avait accompagnés.

Trois autres complices apparurent des coins du hangar restés dans l'ombre. Franz et Patrick passèrent une cagoule, ils vinrent s'asseoir dans le bureau sur les deux chaises disposées devant Walter. Franz mena l'interrogatoire :

— Bon ! Maintenant, on va passer aux choses sérieuses.

— Mais qu'est-ce que je fais ici ? J'étais tranquillement en train de me reposer quand ce type venu de nulle part m'est tombé dessus.

— O.K., avertit Franz. Tu nous prends pour des cons, ça commence plutôt mal. Tu n'as pas une petite idée de la raison pour laquelle tu as le cul posé sur cette chaise ?

— Non ! Lâchez-moi !

Franz et Patrick se mirent à rire. Les complices qui se tenaient à l'extérieur du bureau assistaient à la scène au travers de la vitre sans rien comprendre. Un des hommes passa une cagoule, pénétra dans le réduit, puis alluma une caméra qui filmait Walter en gros plan. L'image et le son furent retransmis sur un écran dans l'atelier. Franz voulait rapidement mettre les choses au clair. Il fit un signe à Patrick qui noua un bâillon autour du cou de Walter, prêt à être positionné sur la bouche. La peur se lisait dans ses yeux. Franz s'approcha, il lui retourna une puissante gifle.

— Jusqu'à présent, j'ai été gentil. Maintenant, le temps presse et, crois-moi, tu vas nous dire où est Catherine.

—J'en sais rien... C'est Martin Koch qui l'a sans doute enlevée, j'ai rien à voir avec cette histoire.
—Bon! Je t'aurai prévenu. La règle du jeu est relativement simple: je vais te poser des questions. Pour chaque question, j'attends une réponse. C'est bien compris?

Walter acquiesça d'un léger clignement des yeux. Franz se plaça juste devant lui:

—Je vais commencer par le début. Connais-tu Martin Koch?
—Oui, nous habitons le même quartier. Nous sommes allés à l'école primaire ensemble. Mais qu'est-ce que vous me voulez au juste?
—C'est nous qui posons les questions! *Capito*?

Walter opina de la tête.

—Depuis combien de temps faites-vous ces saloperies tous les deux?
—Je le connais, c'est tout. Je n'ai rien à voir avec les enlèvements...
—Ce n'est pas la réponse que j'attendais.
—Mais c'est la vérité!
—Deuxième tentative: depuis combien de temps faites-vous ces saloperies ensemble?
—Je vous répète que je n'ai rien à me reprocher. Mais laissez-moi partir, j'en ai marre. Au secours! hurla-t-il.

Il allait crier de nouveau lorsqu'il reçut un violent crochet de Franz à la mâchoire.

—Comme tu l'auras voulu. Nous allons passer au niveau supérieur, affirma Franz en remontant le bâillon sur la bouche.

Il sortit un paquet de cigarettes de sa poche. En alluma une et poursuivit :

—La règle est maintenant légèrement différente : à chaque fois que tu te foutras de moi, tu en paieras le prix.

Il tira une bouffée, tint la cigarette entre le pouce et l'index, regarda le bout incandescent et l'appliqua contre le torse de Walter. Le cri à peine étouffé par le bâillon franchit la paroi du bureau. Un des hommes baissa le volume sonore de la télévision. Franz reprit la parole :

—Tu dois comprendre quelque chose : je ne suis pas flic ! Tu le sais, mais tu dois vraiment intégrer ce paramètre. Fous-toi bien dans le crâne que j'utiliserai mes propres techniques, et elles ne sont pas inscrites dans la convention de Genève.

Il partit d'un grand éclat de rire, qui stoppa net après quelques secondes :

—Après tout, avec une saloperie comme toi, il faut passer aux grands moyens. Tu possèdes deux choses ballantes que tu ne dois plus jamais utiliser. Ça va faire mal, conclut-il d'une grimace.

Il marcha d'un pas assuré vers le coin de la pièce, s'agenouilla et attrapa une caisse à outils qu'il déposa sur la table. Il en sortit une paire de tenailles.

Didier se retourna vers Beatriz :

—Il ne va tout de même pas le castrer ?

—Je n'en sais rien. C'est sans doute un coup de bluff.

Franz murmura à l'oreille de son camarade qui partit dans l'atelier. Il revint avec un chalumeau portatif.

Walter était livide.

—Ça va trop loin, on ne peut pas laisser faire ça ! s'exclama Didier.

—Attends un peu. Il doit cracher tout ce qu'il sait.

Franz reprit l'interrogatoire, tout en gardant un sang-froid absolu.

—Ce qui m'intéresse, c'est de comprendre les relations que tu entretenais avec ce tas de merde qui est tombé du pont et de connaître l'endroit où vous avez caché Catherine Bucher. Je te conseille de te mettre à table et vite. Si tu t'obstines à me raconter des bobards, je m'occuperai d'une de tes valseuses. Mais comme je suis bon prince, je te laisserai choisir laquelle... ainsi que la technique : le tranchant ou la flamme. Qu'en dis-tu ?

Patrick alluma le chalumeau. Franz vérifia d'un geste théâtral que les tenailles n'étaient pas rouillées.

—Alors ! Ça vient ? On n'a pas toute la nuit.

Walter était terrifié. Pas un son ne sortait de sa bouche. Une odeur nauséabonde s'échappa de lui pour envahir le local.

—Pour ma part, j'ai une préférence pour la flamme. Tiens-le bien, ordonna-t-il à Patrick.

Pendant que son complice le ceinturait, Franz lui ôta son pantalon. Lentement, il approcha la flamme des parties génitales. Walter pleurait comme un gamin. Une nouvelle odeur emplit la pièce. Cette fois-ci, cela sentait le cochon brûlé.

Pour Didier, Franz allait trop loin. Il se précipita vers la porte et fut retenu par les membres du gang.

—Arrêtez ! C'est trop violent !

—Tais-toi ! menaça un des gars. On sait ce qu'on fait.

Soudain, un cri perçant retentit, puis Walter essaya de s'exprimer. Franz ferma l'arrivée de gaz et ôta le bâillon.

—Arrêtez ! Je vais parler ! Après tout, je ne vois pas pourquoi je paierais pour ce salaud. Mais avant, apportez-moi un verre d'eau.

—Comment dit-on ?

—S'il vous plaît.

—Voilà qui est raisonnable.

Franz fit un signe en direction de la vitre. Un des hommes se dirigea vers le lavabo de l'atelier. Il remplit un grand verre et passa le bras par la porte pour le donner à Franz.

Après s'être désaltéré, Walter demanda que ses liens soient desserrés. Franz obtempéra.

—Bon ! Maintenant, on t'écoute, et t'as intérêt à être bavard.

—Par où je commence ?

—Par votre rencontre, tout simplement.

Walter rassembla ses esprits et se lança dans un long monologue :

—Nous avons sympathisé sur les bancs de l'école primaire. Alors que tout le monde semblait l'éviter, moi, il me fascinait, je ne sais même pas pourquoi. En fait, je crois que j'étais son seul ami. Nous avons fait les quatre cents coups ensemble et ce que nous préférions avant tout c'était d'espionner les gens. La meilleure période pour assouvir notre voyeurisme naissant était le tout début de l'automne ; la nuit tombe tôt, et il fait encore doux. On se traînait tous les deux dans les jardins en rampant dans l'herbe fraîche, on s'approchait des fenêtres, qui souvent n'étaient recouvertes que d'un simple voilage. Nous avons assisté à des tranches de vie pour le moins choquantes : beaucoup d'engueulades violentes, parfois même des coups. Je ne vais pas noircir le tableau, nous avons aussi été témoins de scènes touchantes et harmonieuses. Pour moi et Martin, c'était assez étrange, car chez nous l'amour se manifestait sous forme de paires de claques. C'était soi-disant pour notre bien... Nous sommes enfin entrés au collège. Nos jeux ont perduré, mais nous étions alors plus intéressés à mater des femmes en tenues légères.

Walter prit une pause pour boire. Le silence régnait, il poursuivit :

—Un jour, sans que j'y prenne garde, Martin s'est masturbé devant moi en reluquant une ado qui se promenait à poil chez elle, elle était seule. À partir de ce moment, nos séances d'espionnage sont devenues des séances de masturbation. Martin devenait de plus en plus imprudent et incontrôlable. Plusieurs fois, nous avons failli nous faire attraper. Puis, nous avons découvert un couple. Nous étions témoins d'actes qui dépassaient nos fantasmes les plus fous. Chaque fois que nous les voyions dans le salon, qui donnait directement sur le jardin, ils faisaient l'amour ou plutôt, il la baisait. C'était puissant ! Il la dominait, elle en redemandait. Souvent, l'homme plaquait le visage de sa compagne contre la vitre en l'attrapant par les cheveux pendant qu'il la besognait.

Beaucoup plus tard, nous avons compris qu'il la sodomisait. Nous étions devenus accrocs de ces jeux et de la masturbation qui en découlait. C'est lors d'un voyage scolaire à Lausanne que tout a basculé. Un soir, nous avons fait la belle sans que personne ne le remarque ; pour voir à quoi ressemblaient les Vaudoises. Nous ne connaissions pas le coin, et l'épaisseur des rideaux nous empêchait de distinguer quoi que ce soit. Nous sommes revenus bredouilles. Quand nous sommes sortis des fourrés, nous avons aperçu cette jolie brune, légèrement plus âgée que nous. Elle avait un corps tout mince, de longs cheveux soyeux… Qu'est-ce qu'elle était belle ! D'un seul coup, Martin s'est élancé sur elle en silence. Il l'a ramenée dans les fourrés et l'a violée comme un animal.

Walter se tut. De l'autre côté de la vitre, Beatriz servait d'interprète à Didier. Elle marqua une pause, puis parla du viol.

Franz rompit le silence de Walter en lui assénant une gifle du revers de la main.

—Et toi, bien sûr, tu n'as rien fait !

—Non, non ! C'était Martin ! Moi, j'étais pétrifié.

Franz maîtrisa son énervement en fermant les yeux quelques secondes, puis en inspirant profondément. Il s'approcha à moins d'un mètre de Walter, le regarda fixement puis, telle une furie, lui envoya une série d'uppercuts et de crochets. Il s'acharna sur lui comme sur un punching-ball. Didier se leva pour intervenir, mais Beatriz posa la main sur l'avant-bras de son ami. Franz s'arrêta de cogner aussi subitement qu'il avait commencé. Didier s'assit de nouveau. Le nez de Walter saignait. Son bourreau ramassa un chiffon qui traînait sur une chaise et le lui tendit. Franz reprit la parole avec sang-froid, comme si de rien n'était :

—Tu veux me faire croire que tu ne l'as pas touchée ?

Walter réfléchit un certain temps avant de répondre :

—La fille était allongée sur la terre au milieu des ronces, la jupe relevée sur la taille. Elle pleurait en silence. Martin l'a regardée. Il m'a ensuite dévisagé d'un air méprisant... Je n'avais pas le choix, j'étais sous son emprise. Moi aussi, je l'ai pénétrée, finit-il par avouer. C'est ce salaud qui m'a forcé.

Maintenant que la parole était libérée, Franz comprit qu'il ne devait plus trop le brusquer pour ne pas interrompre le flot des confessions.

—Ensuite, que s'est-il passé ?

—Nous sommes rentrés dans notre chambre, sans que personne ne se soit rendu compte de notre escapade. Nous avons lu dans le journal du surlendemain un article concernant l'affaire. Elle s'appelait Patricia. Elle ne nous a ni vus, ni entendus, et ne pouvait donc pas savoir que nous étions Suisses allemands.

Curieusement, Walter semblait libéré d'un poids. Il enchaîna :

—Patricia était vierge. La virginité a été ensuite une obsession pour Martin. À partir de ce moment, j'aurais dû m'éloigner de ce psychopathe, car c'est bien ce qu'il est devenu au fil du temps. Il a continué à rechercher des femmes qui ressemblaient à celle qu'il nommait son « premier amour ». J'étais très jeune et influençable.

J'avais posé le pied de l'autre côté d'une barrière que j'aurais auparavant définie comme infranchissable. J'ai sombré avec lui. Je me rends bien compte de l'horreur de ce qu'il a fait et de ce que j'ai laissé faire. Lorsque je suis devenu adulte, j'ai également développé un penchant pour les femmes au physique enfantin. Martin a ensuite mis en place une sorte de business à l'échelle européenne. Il louait pour quelques jours des maisons meublées de grand standing sous une fausse identité. Puis, il passait des annonces pour recruter du personnel. Il ramenait une ou deux filles à chaque voyage. Martin gardait pour lui celles qui ressemblaient à Patricia. En fait, il ne l'a jamais vraiment quittée de vue.

— Que lui a-t-il fait subir d'autre ? s'emporta Franz.

— Étrangement, rien ! C'est un peu comme s'il la vénérait. Je n'ai jamais compris, parce qu'avec les autres femmes...

Walter hésita un moment.

— Que se passait-il avec elles ?

— Il les classait en deux catégories. Il se contentait de violer celles qui ressemblaient à Patricia et avec lesquelles il prenait du plaisir, expliqua-t-il presque naturellement. S'il ne jouissait pas ou qu'il n'arrivait tout simplement pas à bander, alors elles en bavaient. Il les torturait et les offrait à ses clients.

— Attends un peu ! Il avait des clients, c'est quoi cette histoire ?

— C'est le business dont je parlais. Il gardait chez lui les copies conformes de son grand amour. La grange de Flüeli-Ranft était destinée aux autres.

Un long silence s'abattit dans la pièce. Même Franz était sous le choc de cette révélation. Il tournait en rond, hésitant sur la façon de procéder. Il s'approcha de Walter qui baissa sa tête pour se protéger.

—Ces femmes, que sont-elles devenues ? poursuivit Franz. Combien étaient-elles ?

—Il ne me disait pas tout !

—Combien ? s'impatienta-t-il.

—Peut-être une dizaine, je ne sais pas précisément.

—Où sont-elles maintenant ?

—Je ne sais pas ! Ce n'est vraiment que ces derniers temps qu'il s'est focalisé sur Lucerne. Avant, il les ramenait de l'étranger, elles ignoraient même qu'elles étaient en Suisse. Il m'a raconté qu'il les relâchait quelque part en Europe lorsqu'il n'en avait plus besoin.

—Et tu l'as cru ?

—Qu'aurais-je dû croire selon vous ? J'ai bien essayé de l'arrêter, mais il devenait menaçant, je me suis retrouvé dans une spirale infernale. J'étais coincé !

—Cet enculé n'est plus là pour témoigner, il ne reste qu'un gros porc : toi ! La grange t'appartient, qui me dit que tu n'inverses pas les rôles ?

—Je la lui louais. Il m'avait raconté qu'il voulait utiliser l'espace pour en faire un studio photo. Ce n'est que plus tard que j'ai compris de quel genre de photos il s'agissait.

Franz était de plus en plus nerveux. La tension devenait également palpable de l'autre côté de la vitre. Walter compléta :

—D'ailleurs, je peux le prouver. Si ton pote avait fait un peu plus attention lorsqu'il m'a trouvé, il aurait remarqué que je possédais une sacoche. Vous m'avez embarqué en la laissant là-haut. Dans cette sacoche, il y a des carnets dans lesquels Martin consignait tout. Ça faisait partie de ses lubies. Il était vraiment étrange ce mec ! Il y inscrivait le nom des filles et les sévices qu'elles subissaient. Il avait mis en place une tarification pour les viols et les tortures. Dans la catégorie «pénétrations», il avait listé tout un tas d'objets plus bizarres les uns que les autres dont les clients pouvaient se servir, à la seule condition de ne pas abîmer les filles.

J'ai essayé de consulter ces barèmes, mais je n'ai jamais pu, c'était trop dégueulasse. L'unique tarif dont je me souvienne, c'est que pour dix mille francs, les clients avaient carte blanche. Si vous retrouvez ce carnet, vous verrez bien que Martin était dingue à lier.

—Comment se fait-il que ce soit toi qui aies récupéré ces documents ?

—Je les ai tout simplement trouvés un matin dans ma boîte aux lettres. C'était juste après la première intervention de la police à Kriens. Il a dû s'apercevoir que ça sentait le brûlé pour lui. Il ne pouvait pas détruire ces carnets, il y tenait autant qu'à sa vie. Il me les a sans doute confiés pour que je les planque. Mais ça chauffait aussi de mon côté à cause de ce connard de Français qui n'a pas pu s'empêcher de fouiller dans mes affaires.

—À t'entendre, tu es une pauvre victime... Bon ! Maintenant, ça suffit ! Tu vas nous dire où est Catherine ?

—Si je le savais... Il ne m'informait pas de toutes ses nouvelles «conquêtes» comme il les appelait, mais je l'ai tout de même interrogé sur Catherine. La première tentative d'enlèvement le long de la Reuss, c'était lui. Il était également présent dans le parking souterrain de la gare. Il m'a confié qu'à force de tourner autour de Catherine, il a découvert sa fille, Julie. Il est tombé immédiatement dingue d'elle... elle ressemblait tellement à Patricia. Quand Catherine a disparu, il n'a pas compris ce qui se passait, il s'est alors rabattu sur la fille.

—Je répète ma question : où est Catherine ?

Franz sortit un briquet de sa poche et alluma la flamme du chalumeau. La panique apparut dans les yeux de Walter.

—J'ai dit tout ce que je savais !

—Bon ! C'est ton choix.

D'un signe de la tête, Franz demanda à Patrick d'écarter les jambes de Walter. Il avança la flamme vers les parties génitales. Walter hurla. Franz posa le chalumeau tranquillement au sol, remonta le bâillon sur la bouche de Walter et approcha de nouveau l'engin de torture vers l'entrecuisse. Aussitôt, Beatriz et Didier se levèrent à l'unisson et bondirent vers le bureau. Tandis que Didier faisait diversion, Beatriz réussit à ouvrir la porte en criant « stop ! » Perturbé, Franz ferma la molette d'alimentation en gaz et se dirigea vers le hangar :

—C'est quoi ce bordel ?

—Après tout ce qu'il a raconté, s'il savait quelque chose sur Catherine, il aurait déjà craché le morceau, s'interposa Beatriz. J'ignore quel est son vrai rôle. J'ai comme l'impression qu'il veut tout mettre sur le dos de

Martin Koch, c'est facile, il n'est plus là pour se défendre. Mais on ne peut pas se transformer en bourreau, juste pour le plaisir.

—Tu dis toi-même qu'il ment, il faudrait savoir !

—Il ment probablement sur les rôles respectifs, mais je ne pense pas qu'il mente sur les faits. Rendons-le maintenant aux flics.

—Tu fais chier *Dona Quichotte*, pour une fois qu'on s'amusait, mais tu as sans doute raison. On va monter l'enregistrement, on ne gardera que les réponses de ce salaud, sans ma voix. Et j'ai mon idée pour la suite...

À bord d'un SUV, Franz et ses acolytes roulèrent vers Kriens en compagnie de Beatriz et Didier avec un colis encombrant à bord : Walter, proprement ligoté et bâillonné. Les deux amis comprirent où ils se rendaient lorsqu'ils abordèrent une rue en zigzag. Ils se dévisagèrent, tandis que Franz descendait du véhicule pour repérer les alentours. Il revint quelques minutes plus tard :

—C'est bon, on peut y aller. Il n'y a aucun flic dans les parages.

Ils garèrent le véhicule à une cinquantaine de mètres du pavillon de l'horreur. Tous surveillèrent les accès tandis que le plus costaud d'entre eux écartait deux planches de bois qui protégeaient les lieux. Quand le passage fut suffisamment grand pour s'y glisser, le SUV s'approcha du portail au pas et Franz se délesta de Walter sans même s'arrêter. Le patron de *Swiss Quality Extracts* fut emmené manu militari au premier étage. Patrick le ligota contre un radiateur. En quittant la pièce, ils allumèrent une lampe-tempête près de la fenêtre... sans oublier de laisser à proximité du pédophile un enregistrement de ses aveux.

Le véhicule partit ensuite vers les montagnes dans le canton d'Obwald. Trois quarts d'heure plus tard, ils arrivèrent au chalet dans lequel Walter avait trouvé refuge. Ils fouillèrent le logis de fond en comble, mais ne découvrirent aucune sacoche comme l'avait indiqué Walter. A posteriori, Patrick s'était pourtant souvenu de l'avoir vue. Franz proposa alors de faire un détour par Kriens sur le chemin du retour, afin d'essayer d'obtenir des réponses concrètes.

À peine arrivée dans l'agglomération lucernoise, l'équipée croisa deux véhicules de police avec gyrophares et sirènes hurlantes. En avançant sur la route principale, le complice de Franz ralentit aux abords de la rue qui menait au pavillon de Martin Koch, puis passa la vitesse supérieure en apercevant une escouade de policiers.

Oetterli arriva à tombeau ouvert à Kriens. Bruno se trouvait déjà sur les lieux, il s'approcha de son chef qui lui demanda aussitôt un résumé de la situation.

—Je tiens à te prévenir Armin, ça ne va pas te plaire du tout.

—Au lieu d'essayer de deviner comment je vais réagir, va droit au but !

—Bon ! Juste après le boulot, j'ai été invité chez des amis pour manger un morceau. On voulait régler quelques détails concernant une randonnée qu'on a planifiée pour cet été. Je ne suis pas resté très longtemps, mais cette pause m'a fait du bien au milieu de cette tourmente dans laquelle nous sommes tous plongés.

Devant les signes d'impatience de son chef, Bruno rentra dans le vif du sujet :

— Comme ils vivent à Obernau, Kriens est sur le chemin du retour. Je sais bien que des policiers s'y rendent régulièrement sur place, mais j'ai tout de même ressenti le besoin d'y aller. Au début, je n'ai rien vu de suspect, jusqu'à ce que j'aperçoive une lumière à la fenêtre du pavillon de l'horreur. Je me suis garé et j'ai tourné tout autour de la palissade, j'ai alors distingué deux planches qui avaient été écartées. Je m'y suis glissé. J'ai appelé le commissariat pour savoir si des collègues étaient sur place, on m'a répondu que ce n'était pas le cas. D'un seul coup, j'ai pressenti le pire. Je suis entré dans le pavillon et je suis monté directement au premier étage. Dans l'escalier, j'ai trouvé Walter Murer. L'angle que formait sa tête avec son tronc ne laissait présager rien de bon. En prenant son pouls, j'ai constaté qu'il était livide et qu'il ne respirait plus. La température dans le pavillon n'est que de quelques degrés supérieurs à la température extérieure et il m'a semblé que son corps n'était plus vraiment à 37 °C. J'ai préféré ne pas tenter de le ranimer pour ne pas effacer les indices.

— Tu as bien fait ! A-t-on un médecin sur place ?

— Il est arrivé une dizaine de minutes avant toi. Je sais juste que Walter Murer était bel et bien mort avant mon arrivée. D'un côté, ça m'a rassuré de ne pas avoir commis de bourde.

— Les hommes ont-ils découvert autre chose ?

— Pour le moment, rien ! On pense qu'il est venu se réfugier ici, c'était plutôt futé de sa part. S'il y a un endroit auquel on n'aurait pas songé, c'est bien dans ce qu'il reste de ce pavillon. Par contre, nous n'avons trouvé aucune nourriture. On ne peut pas non plus s'imaginer qu'il dormait dans une maison sans chauffage et envahie de courants d'air.

À ce moment, le médecin sortit et avança vers Oetterli :

— Salut Armin ! Je viens de signer le certificat de décès. D'après sa température corporelle, il a rendu son dernier soupir environ deux heures avant sa découverte. Mais je vais laisser ton équipe déterminer cela de façon plus précise, car il n'existe pas de règle absolue. Comme il fait très froid dans le pavillon, il est possible que la mort soit intervenue plus tard que je ne le pense. Encore une chose, je ne suis pas de la police scientifique, mais pas besoin d'être expert en criminalistique pour comprendre que ce gars a été torturé. Moi, je n'ai plus rien à faire ici, maintenant c'est à tes hommes de prendre la relève.

Alors que le médecin se dirigeait vers l'ambulance, Bruno pesta :

— C'est quoi ce bordel ? Des personnes qui en savent plus que nous ont-elles voulu venger les victimes de Martin Koch en le torturant et en l'assassinant sur les lieux de ses forfaits présumés ?

— Ou bien, il s'est enfui de l'endroit dans lequel il était séquestré pour trouver refuge ici, puis s'est tout simplement tué en tombant dans l'escalier. En tout cas, on est en plein brouillard. On va tout fouiller de fond en comble afin de s'assurer que nous ne sommes pas passés à côté de quelque chose d'important, lança Oetterli.

15 – *Escapade lausannoise*

Installé chez Ruth et Sébastien, Didier récupérait sur un matelas posé à même le sol de leur bureau et se repassait le fil des événements. Il était avant tout perturbé par le laps de temps qu'il avait mis pour s'interposer lors de la séance de torture. Pour se rassurer, il l'interpréta comme une conséquence de la colère qui grondait en lui et se promit de la juguler rapidement... enfin, quand il en aurait le temps. Martin Koch grillait sans doute en enfer, Walter l'avait plus ou moins secondé dans sa basse besogne, mais Didier n'arrêtait pas de penser au troisième individu, le chef. Toutes les pistes menaient à une impasse. Il ne pouvait pas se résoudre à laisser tomber Catherine, tant qu'une chance de la retrouver perdurait, aussi mince soit-elle.

Il consulta l'heure sur son portable. À 8 heures, Ruth et Sébastien étaient probablement déjà partis travailler. Il se leva péniblement, le corps toujours endolori. En se dirigeant vers la machine à café, il aperçut un mot sur la porte du réfrigérateur.

Salut Didier,

On espère que tu as réussi à dormir un peu. Ce matin, nous avons entendu à la radio que Walter a été retrouvé mort dans le pavillon de l'horreur, la police n'a donné aucun détail.

Tu trouveras tout ce dont tu as besoin dans le frigo. Surtout, fais comme chez toi. Repose-toi bien et à ce soir.

Ruth

Didier culpabilisa aussitôt : « Le décès fait-il suite aux tortures de la veille ? » Il eut un doute, puis se ravisa. « C'est impossible ! Franz s'est montré brutal, mais pas au point de tuer quelqu'un. Il n'a jamais touché un seul organe vital. Peut-être une hémorragie interne ? » Il devait en avoir le cœur net et appela Beatriz en se disant qu'elle possédait sans doute des informations intéressantes. Il lui donna rendez-vous au *Bistronomie*.

L'*Originale* ne rayonnait pas autant que d'habitude ; elle avait les traits tirés. Elle salua la salle et s'assit tout près de Didier qui finissait son croissant. Il but son café d'un trait, puis confia :

— Je ne veux pas être parano, mais je pense qu'on ne doit plus rien échanger par téléphone. Vu notre implication, ce serait un miracle, peut-être même une faute professionnelle, si la police ne nous a pas déjà mis sur écoute.

Beatriz opina de la tête.

— As-tu entendu la nouvelle concernant Walter ? murmura-t-il.

—Oui, bien sûr ! Lorsque j'ai vu tous ces renforts de police hier soir, j'ai immédiatement su qu'il s'était passé quelque chose de grave. En rentrant chez moi, j'ai tout d'abord pensé à appeler Bruno, mais je me suis abstenue. La seule chose sensée était de l'attendre devant son appartement. J'ai préparé un thermos de café et après une heure à faire le pied de grue, je me suis demandé ce que j'allais lui raconter. Je ne me voyais pas lui annoncer qu'on avait un peu bousculé Walter. Plus le temps passait, plus je me disais que je faisais une connerie. Qu'allait imaginer Bruno s'il me trouvait devant chez lui en plein milieu de la nuit ? Je suis partie et j'ai pensé que c'était sans doute plus facile de le coincer ce matin sur le chemin du commissariat. Autant te dire que je n'ai presque pas dormi. Avant sept heures, je me suis installée dans un bar en surveillant les allées et venues par la fenêtre. Je sais qu'il passe devant ce bar chaque matin pour prendre le bus. Vu le ramdam de la nuit précédente, j'ai supposé que toute l'équipe de la *Crim'* allait être convoquée pour une réunion en tout début de journée. Ça n'a pas loupé. Lorsque j'ai aperçu Bruno, j'ai frappé contre la vitre et nous avons discuté un peu. Cette fois-ci, il n'était pas bavard. J'ai juste appris que c'était lui qui avait retrouvé Walter mort dans l'escalier.

—Comment est-ce possible ? Tu crois qu'il serait tombé dans les marches après avoir réussi à desserrer les liens.

—Ça me semble gros. Ce n'est pas tout : ils ont aussi découvert du matériel pédopornographique dans la grange de Flüeli-Ranft. D'après ce qu'a entendu Bruno, les images sont insoutenables.

—Ça va donc bien au-delà de ce que nous a raconté ce porc. Tu sais s'ils ont trouvé la vidéo avec les aveux ?

—Je n'en ai aucune idée et comme tu t'en doutes bien, je ne pouvais pas le lui demander. Mais j'espère qu'ils ne l'ont pas. Sinon, ils pourraient penser que les gars qui l'ont torturé ont ensuite voulu faire justice eux-mêmes. Dans tous les cas, ils vont finir par savoir que nous avons essayé de créer une union sacrée pour retrouver ce salopard. Ça ne m'étonnerait pas que nous soyons convoqués dans les prochains jours. Si jamais ils ont cette vidéo et que les soupçons s'orientent vers nous, on est dans la merde. Le temps de demander l'accès à la géolocalisation de nos téléphones, ils comprendront que nous étions ensemble hier soir. S'ils perquisitionnent les lieux, ils n'auront aucun mal à reconnaître le décor de la vidéo.

—Et merde !

—Tu l'as dit. La seule chance qui nous reste est d'espérer qu'il s'agit bien d'un meurtre. Dans ce cas, on peut imaginer que le ou les assassins ont récupéré le DVD. Croisons les doigts pour qu'ils le détruisent. La théorie du troisième homme me paraît de plus en plus crédible. Elle expliquerait également la disparition de la sacoche du chalet dans lequel Walter a été capturé. Ce gars est bougrement bien informé et déterminé.

La fatigue cumulée à la douleur diminuait les facultés de concentration de Didier. Il ne voyait plus comment avancer dans ce chaos. Comment trouver cette troisième personne ? Les policiers étaient bien mieux armés que lui pour ce travail et les chances de retrouver Catherine vivante lui semblaient maintenant infimes. Il espérait que

Julie parlerait lorsqu'elle sortira de son mutisme. Mais il sera sans doute trop tard. D'ailleurs, savait-elle quelque chose ? Un détail lui avait sûrement échappé. Il devait absolument marcher et faire tourner la question en boucle dans sa tête, l'exercice en plein air restait pour Didier le meilleur moyen de réfléchir. Quant à Walter, il n'avait probablement pas été assez imprudent pour laisser des traces dans ses mails. Mais qui sait ? Thomas devrait continuer d'explorer cette piste.

Didier marchait dans les rues de Lucerne, dubitatif, lorsque son téléphone vibra. Il avait la désagréable sensation de ne pas pouvoir s'isoler un seul instant. À ce moment, il eut envie de jeter son portable au fond d'une poubelle. Le nom de Sonya s'inscrivit sur son écran. Il décrocha même s'il pensait lui avoir déjà tout dit. Un flot de paroles se déversa dans ses oreilles :

—Didier ! Je suis vraiment désolée de ma réaction, j'ai été conne ! Je sais bien que tu m'as demandé de te laisser du temps, mais je n'en dors plus. Je dois absolument te parler pour réparer le mal que je t'ai causé. Je te promets de faire tout mon possible pour soigner ma jalousie, même si je dois consulter un psy. Il faut me comprendre…

Didier ne l'écoutait déjà plus, préoccupé par la discussion qu'il avait eue avec Beatriz.

—… je voulais aussi te dire que ta maison, c'est chez moi. Reviens, s'il te plaît ! Je ne t'embêterai plus et on causera de tout cela lorsque le moment sera venu, pas avant…

—Merci pour ta proposition! Mais Catherine est encore retenue quelque part.

—Les deux principaux suspects ne sont-ils pas morts?

—Oui! Et c'est pour cela qu'il faut faire vite. Je dois continuer à chercher une piste, il y en a sûrement une. Ensuite, je te contacterai, affirma-t-il, même s'il n'en avait à ce moment précis aucune envie.

—Si c'est ton vœu, je le respecte. Sache cependant que je suis prête à t'aider dans tes recherches, si jamais tu en as besoin.

Rassurée, Sonya raccrocha en lui souhaitant bonne chance.

Armin Oetterli avait rassemblé toute son équipe dans la salle de réunion. Il ferma la porte et tenta d'analyser les événements le plus calmement possible:

—Bon! Ça ne va pas du tout! Dans cette affaire, on a une femme découpée en morceaux, deux squelettes enterrés dans un champ, deux mômes traumatisées et les deux principaux suspects sont morts, dont un dans des conditions pour le moins mystérieuses. Pourquoi est-il retourné dans le pavillon de l'horreur? La direction met la pression, il faut rapidement comprendre les rôles respectifs de Walter Murer et Martin Koch. Mais la priorité absolue reste Catherine Bucher. Où ces fumiers l'ont-ils planquée? Avez-vous de nouvelles pistes? Bruno! Toi qui t'es souvent retrouvé aux premières loges, quelles sont tes hypothèses?

—La culpabilité de Martin Koch n'est plus à démontrer quant à celle de Walter Murer, c'est plus délicat. Sa collection de revues pédopornographiques n'a été aperçue que par un seul témoin, même si nos équipes ont relevé des marques au sol semblant confirmer les dires de Didier d'Orville. Cependant, le fait que la grange appartienne à Walter Murer, qu'il se soit vite sauvé du commissariat et qu'il ait disparu nous porte à croire qu'ils étaient complices.

—Mais pourquoi est-il allé dans le pavillon de l'horreur? Et les traces de brûlures sur son corps?

—Je peux imaginer qu'il est allé récupérer un indice qui prouvait sa culpabilité...

—Si c'est le cas, l'interrompit Cornelia, comment savait-il que nous n'avions pas déjà mis la main sur cet indice?

—Parce que nous n'avions pas lancé de mandat de recherche contre lui. Peut-être possédait-il également une source d'information dont nous ignorons tout? Jusqu'à présent, il a été assez malin pour qu'on ne découvre rien qui l'incrimine. Je pense que c'était le chef.

—Et les brûlures, comment les expliques-tu? argumenta Oetterli.

—Ça reste une zone d'ombre. Est-il possible qu'il se soit trouvé dans le pavillon lors de l'incendie et qu'il ait ensuite pris la poudre d'escampette?

—D'après les conclusions provisoires du légiste, seules les parties génitales ont été touchées, sans compter les hématomes sur son visage. Cela ressemble plutôt à de la torture.

Les policiers étaient plongés dans leurs réflexions quand Oetterli ordonna :

— Bruno ! Cornelia ! Vous me ramenez Didier d'Orville, j'aimerais l'interroger de nouveau. Il était toujours présent sur les lieux avant tout le monde. Ce gars nous cache quelque chose.

— Peut-être ! confirma Bruno. On va le trouver rapidement. Veux-tu aussi parler à *Dona Quichotte* ?

— Plus tard ! On se concentre sur le Français, les fouilles de Flüeli-Ranft et les enregistrements pédopornographiques. On continue de consulter les comptes bancaires de Koch et de Murer, sans oublier leurs différentes messageries. Allez, au boulot !

Les policiers se dispersèrent en silence. Au bout du couloir, Cornelia interpella Bruno :

— Tu peux me donner ton avis sur le rôle de Didier d'Orville ? J'ai du mal à le croire coupable de quoi que ce soit en dehors d'une curiosité malsaine.

— Je ne sais moi-même plus quoi penser. C'est vrai qu'il était souvent sur place avant moi. Il y a aussi eu cet épisode sur *Mühlenplatz*…

Bruno se tut, conscient d'avoir commis une bourde.

— Tu en as trop dit ou pas assez ! Continue !

— Je veux bien t'en parler, mais tu le gardes pour toi !

— Promis ! Tu connais mon surnom : la tombe.

— Mais oui, c'est ça ! sourit-il. Je ne me suis pas vanté de cette histoire, parce que j'étais à ce moment au plus bas dans l'estime d'Armin, enfin presque au plus bas. Je venais de commencer ma surveillance de Catherine Bucher sur *Mühlenplatz*. Il faisait encore plus froid que ces derniers jours. J'étais sous le pont pendant que Didier et Catherine soupaient tranquillement dans un restaurant. Je ne sais pas comment il a fait, car j'étais très discret, mais il m'a tout de même repéré en sortant dans la rue. Il a fait semblant de quitter son amie. J'ai poursuivi ma filature et il m'est tombé dessus comme une furie, sans que je le voie venir. Il m'a étalé dans la neige. Je pense qu'il a aperçu mon arme, mais c'est quand Catherine Bucher a crié que j'étais dans la police qu'il s'est calmé.

—Ça prouve seulement que c'est un excellent observateur et que ce n'est pas la première fois qu'il neutralise un homme, rien de plus!

—Je m'interrogeais, c'est tout. Mais tu as raison, on n'a plus qu'à suivre les ordres de notre chef. Quand on retrouvera Didier, j'espère qu'on pourra facilement démontrer qu'il n'est pas impliqué dans cette terrible histoire.

À son réveil en début d'après-midi, Thomas découvrit sur son smartphone que le programme malveillant envoyé à Marcel depuis la messagerie de Catherine avait été activé. Il sauta sur son ordinateur. Surpris, Thomas vérifia par deux fois qu'il n'avait commis aucune erreur d'interprétation. Il devait s'en tenir à l'évidence: le filtrage des mails ne provenait pas de *Swiss Quality Extracts* mais d'une certaine Anne-Sophie Hunkeler qui travaillait pour *von Steiner Active Plants*. Elle avait installé le virus en cliquant sur le fichier joint. Il fouilla plus profondément et s'aperçut que cette femme espionnait tous les employés du groupe. Thomas n'en revint pas. Elle avait créé une liste de mots qui, lorsqu'ils apparaissaient dans le corps du texte, déclenchaient une sauvegarde automatique dans sa boîte mail. Un deuxième registre de mots détournait purement et simplement les messages, sans qu'ils arrivent aux destinataires.

Thomas lança une copie de toute la messagerie du groupe sur un disque dur externe, puis se dirigea vers la douche. L'eau chaude, en plus de le réveiller, stimula ses neurones. «La donne change, pensa-t-il. Si ce Walter est un gros porc qu'il faut balancer, c'est un vrai amateur en comparaison de cette femme. Elle a mis en place des techniques d'espionnage très sophistiquées.» Soudain, il se remémora le mail de Catherine qui menaçait directement la compagnie lausannoise. «Eh Merde! Qu'est-ce qu'elle disait déjà?»

Il se concentra et se souvint qu'elle parlait d'un produit toxique. Les détails ne lui revinrent pas à l'esprit, mais il sut maintenant par quel bout prendre le problème. Il se sécha rapidement, passa un peignoir et retourna à son ordinateur qui continuait de copier les données. Il retrouva le message dans lequel Catherine affirmait avoir trouvé du méthanol et menaçait de prévenir les autorités sanitaires. Il avait été envoyé et détourné de sa destination initiale mercredi à 19h07. Anne-Sophie Hunkeler l'avait ouvert cinq minutes plus tard, et Catherine disparaissait très vraisemblablement entre 20h30 et 21h.

Il était perdu dans ses réflexions lorsqu'une icône annonciatrice de la fin du téléchargement apparut.

Didier reçut un texto de Thomas, qui renvoyait vers un nuage de données dans lequel étaient stockées les messageries de *Swiss Quality Extracts* et de *von Steiner Group*. Il prit le temps de lire le petit mot de Thomas qui accompagnait le lien :

« Salut Didier, j'espère que tu as bien récupéré. Je te fais parvenir des milliers de mails de nos deux groupes industriels préférés. Je ne sais pas où tu en es dans tes recherches, mais si j'ai réussi à hacker le système informatique de von Steiner Group, c'est parce qu'une certaine Anne-Sophie Hunkeler a cliqué sur le fichier joint. C'est également elle qui a bloqué le message envoyé par Catherine à Marcel Combe. Appelle-moi dès que tu peux pour que je t'explique tout ce que j'ai découvert ».

Didier contacta aussitôt Marcel Combe chez *von Steiner Active Plants*. En entendant le nom d'Anne-Sophie Hunkeler, il marqua un temps d'arrêt et demanda à Didier de le rejoindre au plus vite.

Au commissariat de Lucerne, Bruno et Cornelia progressaient dans la mission que leur avait confiée Oetterli. Ils venaient de recevoir le rapport de l'opérateur de téléphonie mobile de Didier d'Orville. Celui-ci avait passé un appel à Lausanne et le dernier relevé GPS indiquait que Didier voyageait justement dans le train qui se rendait à la capitale vaudoise.

Bruno avait commencé sa journée aux aurores, la fatigue s'abattit sur lui comme un coup de massue :

—Je crois que j'ai assez travaillé pour aujourd'hui. On reprend tout ça demain.

Il souhaita une bonne fin d'après-midi à sa collègue, puis monta dans sa voiture afin de rentrer chez lui au plus vite pour s'offrir un repos mérité.

Didier d'Orville et Marcel Combe se retrouvèrent dans un restaurant à proximité de la gare de Lausanne. Le chimiste lança la conversation :

—Quand tu as mentionné le nom d'Anne-Sophie, je me suis demandé pourquoi tu m'en parlais ? Elle ne fait plus partie des effectifs depuis des années ! Ça m'a doublement surpris car lors de la visite de Catherine, je me suis souvenu qu'elle a voulu voir *Frau* Hunkeler. Ces coïncidences sont extrêmement étranges.

—Et si tu me racontais tout simplement ce que tu sais sur Anne-Sophie Hunkeler ?

—Son histoire est assez singulière, tu vas t'en rendre compte par toi-même. Je suis employé par *von Steiner* depuis longtemps et je ne devrais probablement pas être trop bavard, mais si ça peut aider à retrouver Catherine, alors j'aurai bien fait. Voilà, Anne-Sophie était la pharmacienne responsable de la validation des résultats analytiques.

Didier suivit Marcel attentivement.

—Il s'est passé quelque chose avec Anne-Sophie. Elle a démissionné, mais ne m'en a jamais donné la raison.

J'ai cependant compris qu'il s'agissait d'une histoire de qualité de produit. À cette époque, notre projet le plus important, mais surtout le seul vrai projet qu'on ait eu, concernait le développement d'un nouveau médicament contre le diabète. Anne-Sophie avait quitté notre groupe bien avant l'audit qui devait aboutir à une autorisation de mise sur le marché. Même si elle ne faisait plus partie des effectifs, on s'écrivait souvent ; je lui racontais les derniers potins. Je n'aurais sûrement pas dû, mais je ne lui dévoilais rien de compromettant. Lorsque j'ai reçu la liste des auditeurs, je n'ai pas pu m'empêcher de la lui faire suivre. C'était sans doute anodin, mais je me souviens très bien avoir été surpris par sa joie presque jubilatoire.

Soudain, Marcel se tut, perdu dans ses réflexions :

—Elle m'avait demandé quelques précisions non pas par mail, comme nous en avions l'habitude, mais par messagerie instantanée. Comme si elle ne souhaitait pas que ses questions apparaissent dans l'historique de nos courriels. Je crois que c'est une des dernières fois que nous avons été en contact l'un avec l'autre... Non, attends, ça me revient ! Je l'ai croisée quelques semaines plus tard lors d'une conférence. Elle semblait complètement déprimée. Je lui ai demandé ce qui n'allait pas. Elle m'avait donné une explication confuse : elle était traquée et, d'après ses dires, elle avait même reçu de la visite dans son appartement. Ça ressemblait à un délire paranoïaque. Ensuite, je l'ai perdue de vue. Un peu plus tard, notre médicament a été accepté par les autorités, mais nous n'avons pas eu de chance, car plusieurs patients ont été victimes de chocs anaphylactiques. Il y a eu un décès si ma mémoire ne me fait pas défaut ; je n'ai plus tous les détails en tête. *Von Steiner Pharma* n'a pas survécu, et par un tour de passe-passe dont notre patron a le secret, nous nous sommes transformés en *von Steiner Active Plants*. Plus j'y repense et plus je trouve bizarre que Catherine ait parlé d'Anne-Sophie.

— Que lui as-tu répondu ?

— Tout simplement qu'Anne-Sophie ne travaillait plus pour *von Steiner Group*. Elle a paru déçue. Mais au fait ! Pourquoi recherches-tu des informations sur elle ?

— Bonne question… Dis-moi, j'en ai un peu marre de ce bar. Et si on prenait l'air ? Je ne connais quasiment pas Lausanne, on pourrait descendre vers le lac tout en discutant.

— C'est une excellente idée !

Sur le chemin qui le menait vers le Léman, alors qu'un redoux apportait un léger réconfort à l'âme, Didier s'interrogea. Il y avait plus d'un an qu'il avait décidé de changer de vie pour se consacrer à la photographie sous-marine. Depuis, il avait vécu des joies, des traumatismes aussi. Il se demanda ce qu'il faisait en Suisse. Était-ce ce dont il avait toujours rêvé ? Une sécurité illusoire plutôt que les aléas de la liberté ? Il se donnait encore une semaine pour retrouver Catherine. Puis, quoi qu'il advienne, il se promit de prendre du repos afin de mettre de l'ordre dans sa vie et dans ses idées. Marcel le tira de ses pensées :

— Tu me racontes pourquoi tu t'intéresses à Anne-Sophie ?

—Bien sûr ! Excuse-moi, j'étais ailleurs. Tu te souviens de l'ami *geek* dont je t'ai parlé ?

—Oui, très bien ! Tu étais assez mystérieux à son sujet.

—Hier, as-tu reçu un message de Catherine Bucher ?

—Non, mais ça va pas de faire des blagues comme ça ? s'emballa-t-il.

—J'aurais dû m'exprimer autrement : as-tu reçu un message depuis la boîte mail de Catherine ?

—Quelle est la différence ? reprit-il d'un ton sec.

—Thomas, c'est le nom de cet ami, t'a envoyé un mail depuis la messagerie de Catherine. En fait, je sais que tu ne l'as pas ouvert, car c'est quelqu'un d'autre qui s'en est chargé à ta place.

—Qui ?

—Je te le donne en mille...

—Non, ce n'est pas vrai ! Il ne s'agit tout de même pas d'Anne-Sophie ?

—Bingo ! Étonnant, n'est-ce pas ?

—C'est impossible ! Elle n'est plus employée par von Steiner, elle n'a donc plus de mail.

Contrarié, Marcel essaya de comprendre. La céphalée qu'il traînait depuis le matin refit violemment surface. Comme ils passaient à proximité de la pharmacie où il avait ses habitudes depuis des années, Marcel entra dans l'officine. Didier resta à l'extérieur pour se concentrer une nouvelle fois sur l'affaire qui l'occupait depuis presque deux semaines.

Après lui avoir donné un analgésique, le pharmacien se renseigna :

—Dites-moi, monsieur Combe ! Vous travaillez toujours chez *von Steiner* ?

—Oui ! Pourquoi me posez-vous cette question ?

—En tant que chimiste, vous avez sans doute eu vent de ma réclamation ?

Une alarme se déclencha dans son cerveau.

—Je ne m'en souviens pas. Pouvez-vous me rappeler de quoi il s'agit ?

—J'avais un client toxicomane qui cumulait de nombreuses pathologies. Vu son état de santé, je n'ai malheureusement pas été surpris d'apprendre son décès. Cependant, il est intervenu un peu plus tôt que je n'aurais pensé. La pharmacovigilance de Swissmedic m'a contacté pour me demander de dresser la liste de tous les médicaments qu'il achetait chez nous. Dans cette longue liste, il y avait une teinture de *von Steiner Active Plants* qu'il prenait contre un mal de gorge. Comme il était polytoxicomane, je peux bien imaginer qu'il en buvait des doses bien plus élevées que ce qu'il aurait dû. Enfin, bref ! Les autorités sanitaires m'ont informé que la plupart des laboratoires n'avaient détecté aucune anomalie. J'ai cependant cru comprendre que votre groupe traînait pour répondre. Je ne m'attends à aucune révélation, j'aimerais juste classer ce dossier. D'autant plus, qu'un auditeur de Swissmedic nous a rendu visite pour récupérer les lots de tous les produits que nous fournissions à cette personne.

Intrigué, Marcel affirma qu'il se renseignerait et ferait tout son possible pour accélérer la procédure.

Il rapporta aussitôt à Didier la discussion qu'il venait d'avoir. Toutes les réclamations liées à la qualité passaient entre les mains de Marcel, il était certain de n'en avoir traité aucune en provenance de cette pharmacie. Didier avait gardé dans son téléphone les noms des trois cent cinquante extraits vendus en Inde, puis réacheminés en Europe par une compagnie turque. Ils vérifièrent aussitôt et constatèrent que la teinture dont parlait le pharmacien figurait bien dans la liste.

—Tu crois que cette teinture pourrait être à l'origine du décès du toxicomane ? s'enquit Didier.

—Je n'en sais rien ! Il faudrait qu'il en ait absorbé une quantité importante, mais d'après le pharmacien c'est dans l'ordre du possible. Vu les bidouilles que les Turcs ou les Indiens ont effectuées, on doit se pencher sur d'éventuelles impuretés toxiques en plus du méthanol. Ce qui m'interpelle le plus c'est que je bosse au laboratoire et que j'aurais dû être informé de cette réclamation.

—Cette question a peut-être été traitée par quelqu'un d'autre ? Elle aurait ensuite été classée sans suite ?

—Ce n'est pas comme cela que ça fonctionne. À chaque audit ou inspection, nous devons montrer la liste des réclamations ; une compagnie qui en a trop peu n'est pas crédible. Elles sont saisies dans notre base de données. Une fois qu'elles y sont inscrites, on ne peut plus les effacer. Nous avons hérité du système qualité de *von Steiner Pharma*, qui est conforme aux normes les plus exigeantes.

—Si une réclamation est considérée comme particulièrement délicate, est-il techniquement possible de ne pas la consigner ?

—Laisse-moi réfléchir... on pourrait imaginer qu'un numéro d'enregistrement bidon soit communiqué à Swissmedic avec un rapport d'analyse fictif.

—Voilà, on a trouvé !

—Le problème est qu'à la prochaine inspection, les autorités sanitaires pourraient demander à consulter les documents relatifs à cette réclamation. Il y a quelque chose que je ne comprends pas.

—Es-tu sûr qu'elle n'est pas inscrite dans votre système ?

—J'en suis certain.

—Alors, je ne vois que trois hypothèses : le pharmacien s'est trompé, Swissmedic n'a pas transmis la réclamation ou elle n'a pas été enregistrée chez vous.

—En théorie, oui ! Mais aucune ne tient la route. Le pharmacien me connaît bien. Il utilise nos teintures depuis longtemps ; il sait ce dont il parle. C'est Swissmedic qui a demandé la liste des médicaments, une réclamation officielle est donc ouverte. Le dossier ne peut pas être bouclé sans une investigation complète. Et si jamais quelqu'un au sein de *von Steiner Active Plants* ne l'a pas enregistrée, cette personne prendrait un immense risque, celui que le pot aux roses soit découvert.

En plus d'enquêter sur les disparitions lucernoises, Didier se trouvait au beau milieu d'une histoire de qualité de produit pour le moins louche. Il s'interrogea sur la possible passerelle qui pouvait exister entre les deux affaires. Il en voyait bien une : Catherine. Était-ce juste une coïncidence ? Il se dit qu'il devait discuter avec Anne-Sophie

Hunkeler rapidement afin d'en apprendre plus. Marcel lui expliqua qu'elle habitait à Fribourg. Il chercha ses coordonnées dans les contacts de son téléphone, mais depuis qu'il avait changé d'appareil, certains des noms avaient été effacés. Marcel se souvint alors de Marianne qu'il avait rencontrée grâce à Anne-Sophie, qui jouait de temps en temps le rôle d'entremetteuse. Tous les deux étaient célibataires et partageaient une passion commune pour la botanique. Marcel collectionnait les orchidées, Marianne quant à elle s'engageait bénévolement dans une association qui réintroduisait dans la nature des plantes autochtones menacées d'extinction. Sur le papier, ils étaient faits l'un pour l'autre. Ils s'étaient trouvés sympathiques, mais n'avaient développé aucune affinité particulière. Après quelques rendez-vous, ils avaient décidé d'en rester là et avaient perdu contact. Marcel mit la main sur le numéro de Marianne et l'appela. La conversation qui s'ensuivit lui sembla étrange. Elle affirmait ne pas savoir ce qu'Anne-Sophie était devenue alors, qu'à l'époque, elles étaient de très bonnes amies. Marcel eut l'impression qu'elle prétextait être au volant de sa voiture pour abréger la discussion. Il resta dubitatif et résuma la situation à Didier.

—Ça devient de plus en plus compliqué, il faudrait qu'on ait quelques réponses plutôt qu'une multitude d'interrogations.

—Justement! Il y aurait bien une façon d'en avoir. Quand on parle du loup, il montre le bout de sa queue. Regarde sur l'autre trottoir les deux hommes qui viennent de passer derrière la fourgonnette noire, tu les vois?

— Oui ! En quoi pourraient-ils nous aider ?

— Le gars à droite avec le long manteau bleu marine, c'est Bernhard von Steiner.

— En effet, c'est une coïncidence pour le moins étrange !

— On va s'approcher sans se faire remarquer.

Didier et Marcel accélérèrent le pas le plus discrètement possible. Juste avant que Bernhard von Steiner et l'inconnu tournent à gauche, le chimiste chuchota en direction de Didier :

— Qu'est-ce qu'il fait avec ce gars ? L'autre, c'est Daniel Lehmann, un des auditeurs qui a délivré l'autorisation de mise sur le marché de notre médicament contre le diabète. Ces deux-là ne devraient pas se rencontrer en dehors du cadre du travail. J'aimerais bien savoir ce qu'ils se racontent. Tu pourrais me rendre un service, demanda-t-il à Didier tandis que les deux hommes rentraient dans un hôtel.

Intrigué, Didier l'encouragea à poursuivre d'un signe de la tête :

— Ça n'a sans doute pas grand-chose à voir avec tes propres recherches, mais si tu réussissais à espionner leur conversation, je pourrais y voir plus clair dans cet imbroglio. Je ne peux pas y aller moi-même, ils me repéreraient aussitôt, mais toi, personne ne te connaît.

— Je veux bien essayer, mais il faudra me rendre la pareille lorsque l'occasion se présentera et je crois que ça ne va pas tarder.

— Si je peux te rendre service au sujet de la disparition

de Catherine, je n'hésiterai pas. D'ailleurs, je l'aurais fait naturellement.

Didier entra dans le hall de l'hôtel. Il était vide, il ne sût quel couloir emprunter. À droite ? À gauche ? Il se dirigea vers la réception :

— Bonjour, deux de mes amis viennent juste d'arriver, je dois les voir, c'est important ! Pouvez-vous me dire par où ils sont allés ?

Le réceptionniste, sur ses gardes, le détailla.

— Monsieur, je ne sais pas de quoi vous parlez !

— Mais, si ! Il s'agit de messieurs von Steiner et Lehmann.

L'évocation des deux patronymes fonctionna comme un sésame. Le réceptionniste indiqua la direction en précisant le nom de la salle où les deux hommes se rendaient.

Après avoir traversé deux couloirs et autant de salles, Didier les aperçut. Les tables étaient installées à distance, les unes des autres. Des îlots de plantes vertes les séparaient, apportant une plus grande intimité aux personnes qui s'y rencontraient. Didier réussit à s'asseoir dans leur dos, malgré l'inscription « Réservé » posée sur la table. Il recula la chaise afin de mieux entendre la conversation. Le patron de Marcel parlait avec un accent guttural, tandis que son interlocuteur possédait une désagréable voix aiguë. Cela lui permit de suivre facilement l'échange. Bernhard von Steiner avait l'air passablement énervé :

— Il va falloir que tu t'occupes rapidement de cette réclamation ! Si on avait eu un peu plus de chance avec notre médicament contre le diabète, je n'aurais pas été obligé de m'aventurer sur cette pente glissante. Maintenant, c'est ton rôle de régler tout ça.

— C'est bien gentil de me refiler tes problèmes, mais si tu n'avais pas pris tous ces risques inconsidérés, ça aurait été plus facile, répliqua l'auditeur.

— Walter Murer était tellement bête que lorsque j'ai appris que nous travaillions dans le même business, je me suis dit que je pouvais profiter de sa cupidité. J'avais trouvé le pigeon idéal pour me procurer à moindre coût des teintures bas de gamme, les transformer artificiellement en produits concurrentiels et les revendre à très bon prix aux pharmacies. L'occasion était trop belle, tu le sais !

— Je veux bien t'aider à boucler ce dossier, mais tu dois m'en dire un peu plus. Je vais aussi m'informer sur d'éventuelles réclamations relatives à ces extraits qui seraient ouvertes ailleurs ; ça va être coton. En Suisse, je sais où me renseigner. Pour les autres pays, je ne vois pas comment procéder. Au moins, tu as été très rusé, il est quasiment impossible de remonter au fournisseur initial : *Swiss Quality Extracts*. Comment as-tu réussi à brouiller la traçabilité à ce point ?

— J'ai indirectement fait miroiter à Walter une commande importante lorsque j'ai appris qu'il confectionnait des échantillons d'un litre gratuitement. Tu connais mon associé, Hakan Arslan ?

— Oui, tu me l'as présenté.

— Hakan possède des parts dans une compagnie basée à Mumbai. Cette société est active dans le négoce de plantes séchées. Il a contacté Mandar Bhat, c'est le patron de cette compagnie indienne. Hakan lui a demandé de passer une commande auprès de *Swiss Quality Extracts.*

—Attends! Je ne te suis plus! Pourquoi acheter en Suisse des produits sans intérêt?

—Ils ne sont pas tout à fait inintéressants. *Swiss Quality Extracts* travaille à l'ancienne. L'équipe de Walter prépare des extractions à froid qui macèrent deux à trois jours. Ils n'ont cependant aucune spécification technique valorisable dans l'industrie. C'est un excellent boulot d'amateur. Ces extraits sont tout juste bons à être incorporés dans des lingettes pour bébé pour avoir le droit d'inscrire le nom de la plante sur l'emballage, même si ça n'apporte rien du point de vue de l'efficacité, par contre pour ce qui est du marketing...

La conversation devenait passionnante. Didier eut alors la présence d'esprit de glisser son portable, en mode enregistreur, entre les plantes vertes.

—... depuis les coulisses, j'ai dressé une liste de trois cent cinquante plantes de la pharmacopée européenne, mais aussi des médecines traditionnelles chinoises et ayurvédiques. Les cartes ont été brouillées lorsque nous avons passé notre commande à cette compagnie turque, dans laquelle Hakan possède également des parts. Il leur a suggéré de contacter la société de Mumbai.

—En effet, ce n'est pas facile à suivre, mais la boucle est bouclée. Mais comment en sommes-nous arrivés à cette enquête?

—Les trois cent cinquante extraits ont subi un relooking en Inde: les teintures ont été diluées dix fois, afin d'obtenir plus de marchandises. De la matière active synthétisée en Chine a été incorporée aux extraits pour simuler une concentration élevée en plantes. Voilà comment on procède pour faire des affaires, sourit-il. Je ne saisis cependant pas où ça a foiré. Où en es-tu de tes investigations ?

—Tout d'abord, tu peux t'estimer heureux que mon collègue de la pharmacovigilance m'en ait parlé à la cafétéria. Ça s'est produit un peu par hasard, juste parce qu'il savait que j'avais déjà inspecté ton groupe. J'ai cru comprendre qu'au vu du profil de polytoxicomane du zigoto qui a passé l'arme à gauche, il ne s'acharnera pas sur le dossier. D'ailleurs, j'ignore la raison pour laquelle il avait ouvert une réclamation. Sans doute un excès de zèle.

—Qu'ont donné les résultats des échantillons que tu as récupérés à la pharmacie ?

—Là, c'est assez problématique ! Le laboratoire italien a trouvé une grande quantité de méthanol et d'impuretés potentiellement toxiques.

Bernhard von Steiner ne sembla pas surpris outre mesure. Daniel Lehmann poursuivit :

—Pourquoi les Indiens ont-ils travaillé avec des ingrédients dangereux pour la santé ?

—J'imagine que Mandar Bhat ne connaissait pas l'usage qui serait fait des teintures. Il a sans doute cru qu'elles allaient être incorporées dans des produits cosmétiques. Il était probablement à cent lieues de penser qu'elles seraient utilisées en usage oral. Les teintures ont transité par Istanbul avec de beaux certificats fictifs leur conférant des propriétés remarquables. Tout le monde a eu une marge confortable, sauf cet idiot de Walter Murer, ricana-t-il. Comme cela, les parts du gâteau étaient plus grandes.

Bernhard von Steiner devint alors plus sérieux :

—J'aurais préféré avoir une part plus petite et éviter tous ces ennuis. Attends un moment, mon téléphone sonne.

Par réflexe, Didier bloqua sa respiration. Un coup de chaleur le prit lorsqu'il s'aperçut qu'il avait oublié de régler son portable sur le mode avion. Il essaya de le saisir maladroitement, puis la sonnerie cessa. Soulagé, Didier comprit qu'il ne s'agissait pas de son téléphone, mais bien de celui de Bernhard von Steiner.

À ce moment, le serveur arriva et lui signala que la table à laquelle il se trouvait était réservée. Il lui en proposa une autre. Didier tenta de s'expliquer, mais le serveur réitéra son offre. Didier remarqua qu'il attirait l'attention de Daniel Lehmann, il obtempéra.

Soudain, le manager se leva, mit fin à sa conversation téléphonique et annonça :

—Je te laisse. Mon système informatique a été piraté, je dois me rendre au travail.

Il quitta les lieux précipitamment, tandis que Didier récupérait son portable et s'installait à l'autre bout de la salle.

Didier envoya aussitôt un texto à Thomas pour le prévenir de la situation. Son ami le rassura, il lui confirma qu'il avait téléchargé la messagerie complète en prenant bien soin de brouiller les pistes.

Après ce court échange, Didier brancha ses oreillettes et vérifia la qualité de l'enregistrement ; la discussion entre les deux hommes était parfaitement compréhensible. Entre-temps, Daniel Lehmann avait quitté la salle. Didier attendit quelques minutes avant de rejoindre Marcel qui s'impatientait.

Il lui résuma le début de la conversation, puis tendit son téléphone à Marcel. Après l'avoir écouté attentivement, Marcel fut choqué par les malversations de Bernhard von Steiner. Il demanda à Didier un accès aux e-mails de sa compagnie afin de comprendre les tenants et aboutissants. Le Français accepta et proposa même de l'aider à les examiner. Il ne voyait pas bien le rapport avec les kidnappings de Lucerne, mais se dit que les messages le mèneraient peut-être sur une nouvelle piste.

Ils se rendirent chez Marcel qui habitait à proximité de la gare.

Lorsque Didier voyageait en train, il prenait toujours son portable avec lui. À l'appartement, chacun alluma son ordinateur et ils se partagèrent la tâche. Après deux heures, ils prirent conscience du travail phénoménal qui les attendait. Ils commandèrent des pizzas et poursuivirent les recherches. Vers minuit, après que Didier, fourbu, eut accepté l'invitation de Marcel à dormir sur place, il conclut qu'il serait temps de s'offrir une pause et d'aller faire quelque pas dehors.

L'air frais le saisit tout entier. Il descendit le long de la rue sans cesser de cogiter. Il se dit qu'Anne-Sophie Hunkeler possédait certainement les clefs de ces énigmes. Il ne savait pas encore comment procéder pour la retrouver, mais il décida de se rendre le lendemain matin à Fribourg pour essayer de la rencontrer. Espionnait-elle son ancien groupe à l'insu de tous? Didier était perplexe. Il traversa la rue sans prêter attention à la voiture qui fonça sur lui et manqua de le renverser. Didier sauta à temps vers le trottoir et se cogna contre un container de poubelles, tandis que le véhicule filait à vive allure. Il se releva aussitôt et tenta de noter le numéro d'immatriculation, mais il était déjà trop loin. Il se baissa pour poser la main sur sa cheville douloureuse et leva la tête lorsqu'un radar, surgi de la nuit, prit la voiture en photo pour excès de vitesse.

Didier eut le réflexe de téléphoner à Bruno, son ami policier lucernois, pour lui demander de contacter ses collègues lausannois. Il espérait qu'ils pourraient le renseigner rapidement sur l'identité du chauffard qui venait d'être flashé. Il ne répondit pas. Didier se rendit alors compte de l'heure tardive et raccrocha. Il rentra à l'appartement en clopinant, puis prit le temps de raconter toute la scène à Marcel qui s'inquiéta:

—Tu crois que cette personne a délibérément tenté de te renverser?

—Je ne pense pas... À vrai dire, je n'en sais rien! C'est peut-être juste un chauffard qui a un peu trop picolé pour fêter le début de week-end. En tout cas, la chute a ravivé mes douleurs. J'ai vachement mal!

—Tu veux qu'on aille voir le médecin de garde?

—Non, non! Après une nuit, ça ira mieux, enfin, j'espère. En attendant, j'ai bien réfléchi à notre problème. On pourra éplucher les mails dans tous les sens, ils ne délivreront aucun secret à court terme. Il faut aller de l'avant et privilégier les bonnes vieilles méthodes.

Marcel signifia par une grimace qu'il ne comprenait pas les propos de son ami.

—Je veux dire que nous devons remettre l'humain au centre. Demain, ou plutôt tout à l'heure je me rendrai à Fribourg pour discuter avec ton ancienne collègue. Quand je serai dans le train, je contacterai le cousin d'Éric, un de mes potes français qui travaille pour une compagnie d'armement. Il emprunte de temps en temps un peu de matériel ; il est capable de géolocaliser un portable. Comme ça, on avancera en parallèle sur les deux affaires : Anne-Sophie me dira ce qu'elle sait sur Catherine et pourquoi elle voulait la rencontrer. On pourra également pister Bernhard von Steiner grâce à son téléphone, on en apprendra sans doute plus sur les magouilles de ton boss. J'ignore où tout ça va nous mener, mais on n'a rien sans rien.

Marcel approuva le plan, puis partit chercher une couverture dans son armoire, afin que Didier puisse s'installer confortablement sur le canapé.

16 – *En terres romandes*

Marcel s'approcha de Didier qui gémissait, allongé sur le canapé. Il posa la main sur son épaule et murmura :

—Didier, réveille-toi !

Il le secoua légèrement. Didier ouvrit les yeux et se redressa brutalement. Il eut besoin de quelques secondes pour reprendre ses esprits.

—Mon Dieu ! J'étais plongé en plein cauchemar. J'ai de plus en plus de mal à les supporter. Je rêve d'enfermement dans des endroits confinés, de tortures, tout ça baigne dans le sang. Ça ressemble à un vieux film de Dario Argento.

Il marqua un temps avant de poursuivre :

—Dans mes cauchemars, tout est sombre, tout pue. Mais bon ! A priori, je suis à Lausanne et tout va bien, du moins pour moi. Il est quelle heure ?

—Huit heures trente. J'ai eu le temps de passer à la boulangerie.

Marcel hésita, puis dévisagea son ami avant de suggérer :

—Tu ne penses pas que tu devrais voir un médecin ?

Devant l'air interloqué de Didier, Marcel enchaîna :

— Mais auparavant, on va prendre un déjeuner copieux pour démarrer la journée, tu en as bien besoin. Pendant que tu te lèves, je vais préparer le café. Comment le veux-tu ?

— Double et bien noir, s'il te plaît.

Didier se dirigea péniblement vers la douche. Dix minutes plus tard, il était de retour dans le salon. Marcel lui expliqua qu'il s'était réveillé à six heures et qu'il avait poursuivi les recherches dans les messageries sans rien trouver d'intéressant. Il lui tendit un bout de papier :

— Tu comptes toujours aller à Fribourg ce matin ?

— Oui, bien sûr !

Didier déplia la feuille. Il y lut les coordonnées d'Anne-Sophie.

— C'est son ancienne adresse, précisa Marcel. Je ne sais pas si elle y habite encore, tu devras te renseigner sur place. Tu as un train direct toutes les demi-heures, le prochain est dans vingt minutes, mais je pense qu'il faut plutôt viser celui de 9 h 44.

Sur le quai de la gare, Didier appela Bruno pour lui relater l'incident de la veille. Il donna des précisions en expliquant qu'il avait eu très peur. Le policier tenta de le rassurer, mais avant de se renseigner auprès de ses collègues vaudois, il voulut savoir si Didier poursuivait ses recherches sur la disparition de Catherine. Il lui mentit en racontant qu'il rendait visite à un ami lausannois pour s'éloigner du tumulte de Lucerne. Bruno lui promit alors de le tenir informé dès qu'il aurait des nouvelles.

Arrivé à Fribourg, Didier partit d'un pas ferme vers le bus qui l'emmena à l'orée du quartier du *Schoenberg*. Puis, grâce à une application de géolocalisation, il se dirigea à l'ancienne adresse de la pharmacienne. Tout en consultant l'écran de son smartphone, Didier veillait à ne pas poser les pieds dans un des tas de neige gorgée d'eau sale qui traînait par-ci par-là. Il s'arrêta devant un petit immeuble bâti entre les champs et une barre HLM. Il hésita ; devait-il sonner au hasard et demander si quelqu'un connaissait Anne-Sophie Hunkeler ? Il doutait que cette approche soit du goût des locataires. Il chercha une idée en lisant les noms et remarqua alors une étiquette singulière qui portait juste un numéro d'appartement, le 9. Il sonna, patienta une vingtaine de secondes, puis renouvela l'opération. À ce moment, une femme sortit de l'immeuble. Didier l'interrogea de but en blanc :

—Bonjour, je recherche Anne-Sophie Hunkeler. Je n'ai que son ancienne adresse, savez-vous où elle vit maintenant ?

La femme détailla Didier de la tête aux pieds :

—Qui êtes-vous et que lui voulez-vous ?

—Pardonnez-moi ! J'ai oublié la plus élémentaire des politesses. Je me nomme Didier d'Orville, j'ai une information très importante à lui communiquer. J'ai fait le chemin depuis Lucerne pour lui parler.

—Vous n'avez pas beaucoup d'accent pour un Lucernois.

—C'est parce que je suis Français. Vous savez, il n'y a pas que des Suisses alémaniques à Lucerne. En fait, j'y suis installé depuis moins d'un an. Je ne suis donc que partiellement *Bourbine*⁽¹²⁾.

La dame rit aux éclats :

— Je vois que vous connaissez déjà vos classiques. C'est bien ! Je laisse Anne-Sophie vous dire elle-même où elle habite. Elle travaille dans une pharmacie de la Basse-Ville, vous n'avez qu'à y aller. Donnez-moi votre téléphone, je vais vous montrer où c'est.

Didier ouvrit une application. La femme zooma sur une carte et indiqua l'endroit. Didier la remercia d'un sourire charmeur :

— Vous savez si elle travaille aujourd'hui ?

— Oui, je l'ai vu partir ce matin de bonne heure.

Elle se rendit alors compte qu'elle venait de lui annoncer implicitement qu'Anne-Sophie habitait toujours dans cet immeuble. Ils se sourirent et en s'éloignant, Didier la remercia de nouveau.

Il trouva l'officine sans aucune difficulté. La personne qui vint à lui portait un badge sur lequel était inscrit *A.S. Hunkeler*. Didier avait réfléchi durant tout le trajet à la façon dont il l'aborderait, mais n'était pas plus avancé maintenant qu'elle se tenait devant lui. La pharmacienne le sortit de ses pensées :

— Bonjour !

— Bonjour ! Voilà… Je suis un ami de Marcel Combe et j'aurais souhaité vous voir au sujet de votre ancienne

---

[12] Référence au personnage de Marie-Thérèse Porchet interprétée par l'humoriste Joseph Gorgoni

compagnie. Pouvons-nous discuter un moment ensemble ?

— Je ne sais pas ce que Marcel vous a raconté, mais je ne veux plus rien avoir à faire avec Bernhard von Steiner.

— Marcel m'a averti. Je ne me serais jamais permis de vous déranger si ce n'était pas important. Je suis un très bon ami de Catherine Bucher…

Anne-Sophie Hunkeler ouvrit de grands yeux, soudain attentive.

— … nous sommes un petit groupe à essayer de la retrouver avant qu'il ne soit trop tard. Les deux principaux suspects sont morts. Nous explorons les moindres pistes et comme il semblerait que vous vous connaissiez, je suis venu spécialement de Lucerne pour vous rencontrer.

La pharmacienne réfléchit un court instant :

— Je prends ma pause dans trois quarts d'heure. Je ne sais pas en quoi je peux vous aider, mais je vous propose que nous nous retrouvions dans le restaurant juste en face, dit-elle en désignant l'endroit du doigt. On y sera plus tranquille pour parler de tout ça.

Dès que Didier fut sorti de la pharmacie, Anne-Sophie prit son portable, puis vérifia les appels entrants. C'était sans doute Marcel qui lui avait téléphoné le matin même. Elle pressa la touche de rappel. Après un échange de quelques minutes, son ancien collègue lui confirma les dires de Didier. Rassurée, elle se rendit au rendez-vous.

Didier se lança rapidement dans le vif du sujet :

— Je ne vais pas y aller par quatre chemins. J'ai vu que vous réagissiez lorsque j'ai évoqué le nom de Catherine Bucher. Est-ce une de vos amies ?

—Vous êtes direct, on dirait un flic !

—Excusez-moi, toutes ces disparitions me rendent dingue.

Anne-Sophie donna alors quelques explications :

—Nous avons fait connaissance devant un stand lors d'un grand salon professionnel sur les technologies analytiques. La même journée, nos chemins se sont croisés plusieurs fois. Nous avons discuté un long moment autour d'un jus de fruits, puis nous avons échangé nos cartes de visite. Nous nous sommes revues à d'autres occasions. Je pense que c'est la raison pour laquelle elle a essayé de me rencontrer quand elle est allée à Lausanne.

—C'est tout ? Il n'y a rien d'autre ?

—Non ! En dehors du fait que sa disparition m'a bouleversée.

—Mais il y a sûrement autre chose. D'après Marcel, vous avez toutes les deux dû faire face à un grave problème d'assurance qualité. Vous pouvez m'en dire plus ?

—Si ça vous aide à y comprendre quelque chose, mais je vous préviens que je ne veux pas d'ennuis. Ce n'est pas par gaieté de cœur que j'ai quitté la pharma pour vendre des cachets en officine. Cette histoire m'a coûté ma place et cet enfoiré... excusez-moi pour ma vulgarité, mais je ne connais pas d'autres mots pour qualifier Bernhard von Steiner. Qu'est-ce que je disais déjà ? Ah, oui ! Après mon départ, cet enfoiré a tout fait pour me griller dans l'industrie pharmaceutique.

—Ça vous dérange si je prends des notes ? J'ai peur de ne pas me souvenir de tous les détails, précisa Didier en sortant un carnet.

—Du moment que je ne suis pas enregistrée et qu'on ne peut pas remonter à moi, alors c'est d'accord.

—Je ne sais pas ce que vous a raconté Marcel, mais je travaillais pour *Dreiländereck-Pharma* lorsque notre compagnie a été rachetée par von Steiner. Nous étions une start-up et nous développions une molécule innovante dans la lutte contre le diabète de type 2. Nous n'avions que cette molécule dans notre portefeuille et nous étions en fin de phase clinique II. Après la fusion, nous avons débuté l'ultime phase clinique avant la demande de mise sur le marché. Mon rôle était de valider les résultats analytiques. Et un peu par hasard, en contrôlant directement les données brutes dans l'ordinateur qui pilote la chromatographie liquide, je suis tombée sur un problème technique.

—Vous pouvez vulgariser ? Ce serait gentil, sourit-il. Je ne suis pas du tout de la partie.

—Je vais essayer de faire simple.

Il la remercia et se concentra.

—Un équipement analytique ne fournit pas de résultats sans programmation. Ça semble évident, mais on oublie parfois l'humain qui est derrière la machine. Lors de la validation de la méthode, un paramètre lié au calcul des impuretés avait justement été mal programmé. Je ne vais pas rentrer dans les détails, mais les concentrations de ces éventuelles impuretés étaient minorées d'un facteur vingt.

—Mais c'est énorme ! Comment avez-vous pu louper ça ?

— C'est beaucoup en effet. On ne parle cependant pas du principe actif, mais d'impuretés qui sont normalement absentes. Donc vingt fois zéro, ça fait toujours zéro. Quand on découvre une telle erreur, on doit immédiatement remplir des formulaires et vérifier l'incidence sur les résultats. Mais lorsque nous sommes passés sous le giron de *von Steiner Group*, les cadres ont reçu des consignes en marge des règles de l'industrie pharmaceutique : au moindre problème sérieux, on devait en référer directement au *big boss,* sans prendre d'initiative. Je l'ai donc prévenu avant de lancer la procédure qualité.

Jusque-là, Didier suivait le raisonnement, même s'il devait fournir un gros effort de concentration.

— Il m'a demandé de contrôler tous les lots produits et d'en discuter avec lui. J'ai tout recalculé manuellement et par malchance, le seul lot qui contenait cette impureté et qui n'était pas non plus dans les normes était celui qui servait à la phase clinique III.

— En quoi était-ce un problème ? Il n'était pas sur le marché, il suffisait d'en fabriquer un nouveau !

— Vu de l'extérieur, ça paraît simple, mais ça ne l'est pas. De plus, produire un lot coûte cher. Nous devons suivre de nombreuses règles pour protéger les futurs patients, mais aussi les volontaires lors des tests cliniques. Mais le problème principal est que si on détecte une anomalie sur un lot de validation, on doit recommencer toutes les expériences conduites sur ce lot, car on ne peut pas chiffrer l'influence de cette impureté sur l'étude. Nous en étions à la dernière phase avant la mise en vente, la phase la plus coûteuse. Je ne suis pas en train d'excuser Bernhard von Steiner, mais juste de vous expliquer les motivations.

—Et alors ? Avec tous les profits que fait la pharma, elle peut bien payer.

—On parle ici de quelques bons millions de francs suisses !

—Ah, oui ! Quand même.

—Grosso modo, le développement d'un nouveau médicament coûte un milliard de francs, qui ne tombent pas du ciel. Je dois reconnaître que mon ancien patron est plutôt doué pour lever des fonds, mais les investisseurs s'impatientaient et n'auraient pas bien accepté que la mise sur le marché soit retardée d'un an, voire plus. Sans compter qu'on n'est jamais certain que le médicament passe cette dernière étape. Il aurait aussi fallu trouver de l'argent, nous n'en avions que pour achever les tests et fonctionner pendant huit mois.

—C'était grave cette impureté ?

—Franchement, je ne pense pas qu'elle ait pu changer quoi que ce soit aux résultats cliniques, mais nous devons suivre des règles strictes. Il m'a ordonné de fermer les yeux et de rechercher ce qui avait pu provoquer cette impureté afin qu'elle ne réapparaisse pas lors des prochaines fabrications. Vous devez bien comprendre que je ne suis pas particulièrement fière d'avoir obéi, mais si j'avais eu le moindre doute sur une dangerosité potentielle, je n'aurais pas agi de la sorte. Comme j'avais tous les mots de passe des équipements de laboratoire, j'ai modifié le paramètre incriminé sans que personne ne s'en aperçoive, pour que les futures analyses livrent les bons résultats. J'ai également identifié ce qui avait provoqué l'apparition de cette impureté lors de ce qu'on appelle dans notre jargon le *upscaling*; c'est-à-dire la fabrication d'un lot en de plus grandes quantités. Parfois, des choses bizarres se produisent.

—Mais pourquoi êtes-vous ensuite partie ?

—Je ne me suis plus sentie à ma place dans ma position de responsable du contrôle qualité. Je dormais mal et j'allais au travail à reculons, j'ai donc démissionné. J'ai quitté le groupe un mois plus tard. J'avais fait mon boulot pour rétablir la situation à moindre coût, et je m'en veux. Ensuite, cet enfoiré s'est arrangé pour que je culpabilise. Maintenant, je m'aperçois que ça me libère la conscience de vous raconter tout ça, et si ça peut aider Catherine, alors ce sera encore mieux. Même si je ne vois pas comment.

Didier sentit une forme d'enthousiasme dans la voix d'Anne-Sophie, comme si elle prenait du plaisir à dévoiler les arnaques de son ancien patron.

—Je suis tout ouïe pour écouter la suite, ajouta Didier malicieusement.

—J'étais à l'époque toujours en contact avec Marcel et quand il m'a envoyé la liste des audits, j'ai jubilé en découvrant le nom de Daniel Lehmann. Je le connais bien, c'était un collègue du temps d'avant *Dreiländereck-Pharma*. Pour me venger, j'ai décidé de le rencontrer et de lui raconter l'histoire de l'impureté. Les auditeurs sont doués pour poser le doigt là où il y a un problème. Moi, je voulais donner un coup de pouce au destin. Je n'ai ensuite jamais compris comment l'autorisation de mise sur le marché a tout de même été délivrée. Après ma démission, j'ai entamé un chemin de croix. Je consacrais une énergie folle à la recherche d'un nouvel emploi. Souvent, je ne franchissais même pas l'étape de l'entretien. Je trouvais cela étrange.

Anne-Sophie fit une pause dans son témoignage. Ce rappel du passé semblait douloureux :

— En Suisse, l'industrie pharmaceutique est florissante, mais le territoire n'est pas bien grand. On rencontre toujours quelqu'un avec qui on a une connaissance commune. C'est de cette façon que j'ai appris que Bernhard von Steiner faisait tout son possible pour me chasser de cette industrie. J'ai finalement trouvé cet emploi. Ce n'est pas ce dont je rêvais lorsque j'ai commencé mes études, mais tout compte fait, c'est pas mal. On a de nombreux contacts humains et surtout on se sent utile. Je me suis forcée à me désintéresser de mon ancienne compagnie dès que j'ai pris ma nouvelle fonction.

— Marcel m'a aussi parlé d'un décès.

— Suis-je bête ? Comment ai-je pu oublier ça ? Après quelques semaines de commercialisation, un choc anaphylactique est survenu sur quatre patients. L'un d'entre eux en est mort. Le médicament a été immédiatement retiré des pharmacies par les autorités sanitaires. Bernhard von Steiner n'avait qu'une seule molécule dans son portefeuille, il a été obligé de fermer la division pharma qu'il a recyclée en *von Steiner Active Plants*. L'institution pharmaceutique dans son ensemble en a pris un sacré coup, un de plus.

—Vous pensez que ça pourrait être relié à cette impureté ?

—Non, je ne le crois pas ! J'ai pris les dispositions nécessaires pour qu'elle n'apparaisse plus en cours de fabrication. Si elle est à nouveau synthétisée, elle sera détectée par l'analyse, sauf s'il y a eu de nouvelles magouilles. On ne peut pas l'exclure. Je pencherais plutôt pour le « pas de chance ». Lors des tests en phase clinique, l'échantillon de patients est bien moins important que lors de la commercialisation. C'est la raison pour laquelle des effets secondaires rares qui n'ont pas été identifiés peuvent survenir.

—Votre ancien patron a-t-il été inquiété ?

—Il y a sûrement eu une enquête. Je pense qu'elle n'a rien donné, sinon j'en aurais entendu parler. Il y a un autre point qui me revient. Un peu après le décès du patient, j'ai fait une découverte étrange en arrivant chez moi après le travail. Sur certains aspects, je suis très maniaque, ce sont presque des TOC[13]. Par exemple, quand je ferme la porte d'entrée, c'est toujours à deux tours. Ce soir-là, j'ai tourné la clef une seule fois pour rentrer chez moi. J'ai donc pensé que mon mari était déjà à la maison. L'appartement était vide. Je suis retournée vers la porte. J'ai bien observé la serrure : elle portait quelques rayures, mais je ne l'avais auparavant jamais regardée en détail. Sinon, tout était en ordre dans l'appartement. Comme j'étais pressée, j'ai essayé de me convaincre que j'avais fermé la porte trop rapidement, jusqu'à ce que je discute avec ma voisine lorsque je suis allée chercher le courrier.

---

[13] Troubles obsessionnels compulsifs

Elle m'a dit qu'on devait faire attention de bien verrouiller l'entrée de l'immeuble, car elle avait rencontré dans la cage d'escalier un homme qu'elle n'avait jamais vu. Elle habite au troisième, moi au quatrième et dernier étage. Il venait du dessus. Vous pouvez imaginer le choc ! Depuis, on a retiré notre nom de la boîte à lettres, c'est plus pour des raisons psychologiques que par mesure d'efficacité.

—Vous avez porté plainte ?

—Non, nous n'avions aucune preuve. Nous sommes maintenant sur nos gardes en permanence. J'ai eu à l'époque de nombreux cauchemars. Ils sont de moins en moins fréquents, même s'ils persistent toujours un peu.

—Si nécessaire, seriez-vous prête à témoigner ?

—Au début de notre entretien, je vous ai autorisé à prendre des notes en précisant que je ne voulais pas être citée directement. Je m'aperçois que je me sens beaucoup mieux maintenant. Je dois tout de même en discuter avec mon mari, vous comprendrez sans doute l'incidence que mon témoignage pourrait avoir sur mon emploi actuel et sur notre couple. Revenez vers moi quand vous verrez plus clair dans votre enquête.

Didier était de plus en plus troublé. Il ne voyait toujours pas les liens qui pourraient exister entre toutes ces affaires, mais les coïncidences étaient bien trop grandes pour qu'elles soient juste le fruit du hasard. Il était maintenant persuadé qu'Anne-Sophie n'avait détourné aucun message. Quelqu'un utilisait son ancienne boîte mail à cette fin, sans doute pour éviter de remonter trop facilement jusqu'à lui. Didier se dit que seul von Steiner avait la possibilité d'agir de la sorte.

Confortablement installé dans le train, il se souvint que Sonya lui avait proposé son aide. Il la contacta et son amie fut d'accord pour parcourir les messageries des deux compagnies que Didier avait en ligne de mire. Didier disposait maintenant d'une équipe de plus en plus nombreuse pour l'épauler. Il souhaitait mettre le paquet afin de trouver des pistes concrètes d'ici quarante-huit heures. Puis, Didier appela Beatriz et l'informa de la situation. Elle contacta à son tour Sonya pour qu'elles poursuivent ensemble les recherches depuis Lucerne.

Didier était fatigué, il avait froid. Son état de santé commençait à l'inquiéter. Alors qu'il s'engageait sur un passage pour piétons, juste en face de la gare de Lausanne, il se mit à tomber de la neige fondue et son téléphone sonna ; c'était Bruno :

— Salut, Didier ! Je viens d'avoir mes collègues vaudois. La nuit dernière, il n'y a eu que cinq voitures qui ont été flashées à proximité de l'endroit où tu as failli être renversé. En étudiant plus précisément le créneau horaire que tu as mentionné, un seul véhicule s'est fait prendre par le radar. Malheureusement, le numéro de la plaque minéralogique est illisible. Mon collègue n'a pas réussi à identifier le moindre chiffre, ni même le canton d'immatriculation.

Didier déçu commença à perdre espoir, il avait l'impression que la malchance ne finirait jamais de le poursuivre.

Avant de raccrocher, Bruno ajouta :

—Tu n'hésites surtout pas à me faire signe si tu as encore besoin de moi.

—Je n'y manquerai pas, merci pour ton aide.

Didier retourna chez Marcel. Il désirait faire le point sur la situation avant de regagner Lucerne. Tout s'accéléra dès le moment où il franchit la porte. Le cousin de son ami Éric avait réussi à pister le téléphone mobile de Bernhard von Steiner.

—Il est également parvenu à géolocaliser celui de Daniel Lehmann, précisa Marcel en posant la paume de sa main sur le microphone de son portable. Ils convergent tous les deux vers Lausanne. Attends un instant, je prends de quoi écrire.

Marcel gribouilla quelques notes sur un coin de feuille, remercia son interlocuteur puis raccrocha. Il avala son café d'un trait :

—A priori, ils vont de nouveau se rencontrer pour poursuivre leur discussion. On doit arriver sur place en même temps qu'eux si on veut apprendre la vérité.

—Mais où vont-ils ?

—Je crois que nous devons jouer au poker. Mon boss est vieux, il a des habitudes de vieux. On peut viser l'hôtel d'hier. De toute façon, j'ai le téléphone du cousin de ton copain, il m'a promis de nous tenir informés en temps réel. Il est bien ce mec, je ne savais pas qu'on pouvait espionner des gens aussi facilement.

—Illégalement, tout est possible, mais il y a un problème. Tu ne peux pas t'y rendre toi-même ; tu serais immédiatement repéré. Si c'est moi, j'ai peur qu'ils me reconnaissent.

—On n'a pas le choix, c'est un risque à prendre. Comme nous avons la même corpulence, tu vas passer des vêtements qui m'appartiennent. Si on ajoute une casquette, ça devrait faire l'affaire.

Tandis que Didier se changeait, Marcel reçut un texto annonçant que les deux hommes rentraient dans Lausanne. Cinq minutes plus tard, Didier et Marcel montaient dans un taxi. En arrivant à l'hôtel, ils surent par les différents textos qui s'affichaient sur le portable de Marcel que leur pari se révélerait payant.

Devant l'entrée de l'hôtel, Didier proposa :

—Notre coup de poker a fonctionné. Que penses-tu d'un deuxième ? Si la table d'hier est libre, je les devance et je cache mon téléphone en mode enregistrement avant qu'ils ne s'y installent.

—Et s'ils vont à une autre table ?

—Tu as raison, ça ne serait pas discret de me lever pour le reprendre. Est-ce que tu peux me prêter le tien ? J'en place un et je garde le deuxième à disposition au cas où.

—Bonne idée ! Je t'attends là, derrière ce muret.

En ce milieu d'après-midi, la salle était peu fréquentée. Les deux tables de la veille étaient libres.

Après avoir activé le mode avion, Didier démarra l'enregistrement puis cacha le portable de Marcel parmi les plantes. Il brancha ses écouteurs Bluetooth, se dissimula derrière un journal et patienta.

Bernhard von Steiner et Daniel Lehmann s'installèrent à l'endroit prévu. Didier reconnut tout de suite les deux timbres caractéristiques et mit un nom sur chacune des voix.

—Tu as pu en apprendre plus sur le piratage de ton système informatique ? interrogea Lehmann.

—Toute notre messagerie a été siphonnée. J'ai consulté des experts en cybercriminalité qui n'ont pas été capables de m'en dire davantage. A priori, il s'agit de professionnels ou de gars qui s'y connaissent, sûrement pas d'un dilettante qui aurait acheté un logiciel de piratage sur le *darknet*. C'est quand même un comble, je surveille tous les mails qui transitent par notre messagerie en utilisant un ancien compte, et il a fallu que mon système soit piraté. Le voleur volé, en quelque sorte. Peut-être essaient-ils de me faire chanter ?

—Risquent-ils de trouver des informations gênantes ?

—Je ne crois pas. J'ai fait bien attention de ne rien laisser de compromettant dans ma messagerie.

—Même concernant cette vieille affaire de médicament contre le diabète ?

—Ah, oui ! Je l'avais presque oubliée celle-là. Je te dois toujours une fière chandelle d'ailleurs, mais c'est une affaire classée.

—Tu es sûr que plus rien ne peut refaire surface ?

—Je ne le pense pas. Je vais tout de même demander à mon garde du corps de surveiller mon ancienne employée de près.

—Tu parles d'Anne-Sophie Hunkeler ?

—Oui, bien sûr ! Elle pourrait encore témoigner contre moi. Au fait, c'est depuis son ancienne boîte mail que je surveille ce qui se passe dans mon groupe.

—Si elle avait voulu remuer la merde, elle l'aurait fait depuis longtemps. D'ailleurs que sait-elle ? Probablement rien !

Lehmann réfléchit un instant avant de poursuivre :

—Je n'ai jamais remis en cause son sérieux et son professionnalisme. Mais à l'époque, lorsqu'elle m'a donné rendez-vous pour m'expliquer que tu avais dissimulé un problème d'impureté sur un lot de validation, j'ai eu du mal à la croire. J'avais souhaité te rencontrer pour en avoir le cœur net.

—Tu as su fermer les yeux, c'est bien ! Grâce à ton initiative, nous avons reçu l'autorisation de mise sur le marché. S'il n'y avait pas eu ces chocs anaphylactiques et ce mort, on aurait évité bien des soucis. Au fait, en parlant de prudence, j'espère que tu n'as pas pris de risques inconsidérés avec le petit bonus que je t'ai offert ?

—Tu n'as rien à craindre ! Je l'ai investi dans des matériaux pour la rénovation de mon pavillon de campagne. J'ai tout payé en espèces, pas de facture, pas de trace.

—Bien ! Au moins de ce côté, il n'y a pas de mauvaise surprise à attendre. Aujourd'hui, je peux t'avouer que j'avais été très intrigué par ton invitation. Nous nous étions retrouvés à Bâle pour en discuter. C'était déjà dans un restaurant. On devrait faire plus attention à notre ligne, plaisanta-t-il. Tout compte fait, je n'ai jamais su quelle était ton intention initiale. Voulais-tu me faire chanter ?

Tu peux me le dire maintenant que nous sommes non seulement amis, mais liés l'un à l'autre.

—Pour être franc, je l'ignore moi-même. Je suis sans doute venu te voir parce que nous partageons le même goût pour les mets de choix. Il n'y a pas à dire, ça crée des liens de se retrouver autour d'une adolescente dans une tournante, ou plutôt à l'intérieur, pouffa Lehmann content de son bon mot.

—Tu as raison, il va me manquer ce brave Martin Koch, rigola von Steiner.

—Tout tient à peu de choses, quand on y pense. Si nous ne nous étions pas rencontrés dans cette grange de Flüeli-Ranft, la mise sur le marché de ton médicament aurait été repoussée, et tu aurais eu beaucoup plus de difficultés pour transformer ton activité pharmaceutique en *von Steiner Active Plants*. Les investisseurs veulent bien suivre quelqu'un qui a tout perdu à cause du «pas de chance», mais ils tiquent beaucoup plus pour soutenir un raté qui n'a pas réussi à mener son entreprise à terme.

—Merci pour le «raté», répliqua von Steiner.

—Ce n'est pas ce que j'ai voulu dire, tu le sais bien. Mais il faudrait que tu sois un peu plus maître de ton destin. Si la chance n'avait pas poussé mon collègue de la pharmacovigilance à me parler de cette histoire de teintures frauduleuses, je ne serais pas en train de te sortir de la merde une nouvelle fois. D'ailleurs, pourquoi as-tu mis en place de telles magouilles de seconde zone? Ce n'est pas digne de toi.

—J'avais perdu trop d'argent à cause de ce médicament contre le diabète. Sans le savoir, Walter m'a offert la possibilité de me remplir les poches. Si j'avais su qu'il était le complice de Martin, j'aurais été plus prudent. Il ne faut jamais mélanger les affaires et la vie privée, on voit ce que ça donne. Bon, maintenant que Walter est mort, la police conclura sans doute à un accident. Sauf si elle apprend qu'il était ligoté sur une chaise avant qu'elle ne le retrouve la nuque brisée dans l'escalier, mais ça, ça relève de la science-fiction avec cette bande d'incompétents.

—Comment sais-tu tout ça, toi ?

—Ne viens pas compliquer les choses et surtout mêle-toi de tes affaires.

—J'aimerais bien, si je n'étais pas toujours obligé de te sortir du pétrin.

—Tu peux garder tes commentaires pour toi. Ce qui me préoccupe, c'est cette histoire de teintures. Il y a une enquête ouverte en Suisse, mais également tous ces autres cas de décès en Turquie qui ne sont pas encore remontés aux autorités. Toi, tu enterres le dossier suisse et moi je continue de m'occuper du reste. Souviens-toi que nos destins sont liés.

—Il reste le cas de Catherine Bucher. Quand elle refera surface, ça risque de nous poser des problèmes.

—Maintenant que cette fouineuse gît six pieds sous terre, nous ne devrions plus avoir aucun souci. Et avec ça, ajouta le manager en brandissant un carnet qu'il remit aussitôt dans la poche de sa veste, je peux faire tomber beaucoup de monde.

—Quoi ? Tu l'as éliminée ? Et qu'est-ce que tu fais avec le carnet de Martin Koch ? Tu ferais mieux de t'en débarrasser.

—Pas question, c'est mon assurance vie !

Bernhard von Steiner sortit alors son téléphone de sa poche. Il regarda le nom de la personne qui essayait de le joindre et demanda à Daniel Lehmann de l'excuser un instant. Il prit l'appel tout en se levant et s'éloignant de la table.

Interdit, Didier retint sa respiration. Il était anéanti. Catherine était donc morte. Elle avait été assassinée par le salaud qui se trouvait devant lui. La colère le gagna, il n'eut qu'une envie : tuer von Steiner et son acolyte. S'il avait eu une arme sur lui, il n'aurait sans doute pas hésité une seconde. Il se calma en respirant profondément. Pour le moment, la rage l'emportait sur la tristesse. « Quel est précisément le rôle de cette ordure dans les enlèvements lucernois ? » s'interrogea-t-il. Didier essaya de synthétiser la discussion dont il avait été le témoin, mais, trop ébranlé, il n'y parvint pas. Il pensa alors à son enregistrement. Il possédait les preuves qui causeraient la perte de Bernhard von Steiner, mais est-ce qu'un fichier audio suffirait ? Il eut soudain des doutes. Que disait la loi suisse à ce sujet ? Didier avait besoin d'une réponse rapidement pour calmer sa colère et éviter un faux pas. Il jura en lui-même que ce salaud devrait payer, quelles qu'en soient les conséquences. Il se tourna tout naturellement vers Bruno, la seule personne qui pourrait l'aider dans ces circonstances. Il l'appela et lui résuma succinctement la situation. Le policier parut embarrassé. Il ne semblait pas persuadé qu'un enregistrement audio volé suffise pour ouvrir une enquête, mais les informations pouvaient sans aucun doute orienter les policiers dans leurs recherches. Didier attendit le retour de Bernhard von Steiner à la table en essayant de rester inaperçu. Le manager rangea le portable dans sa poche et le ressortit aussitôt. Il écouta son interlocuteur pendant une trentaine de secondes, sans prendre la peine de répondre il raccrocha.

Von Steiner parla à l'oreille de son ami, puis se dirigea vers les toilettes. Didier comprit qu'il avait devant lui l'unique opportunité de s'emparer de la seule preuve tangible : le carnet. Après avoir volé le document, il savait qu'il n'aurait plus la possibilité de retourner au restaurant. Il laissa un billet de dix francs pour son café, et récupéra discrètement son portable dans les plantes vertes, avant d'emboîter le pas au manager, à bonne distance tout de même. Didier passa devant plusieurs salles de réunions vides qui lui donnèrent une idée. Il s'engagea dans celle qui était la plus proche des toilettes puis attendit que sa cible revienne au restaurant. Il regarda autour de lui afin de trouver au plus vite un moyen de neutraliser celui qu'il considérait comme une *raclure de la société*. « Après tout, pourquoi prendre des gants ? » songea-t-il. Une carafe d'eau posée sur la table ferait parfaitement l'affaire, il s'en saisit. Maintenant, toutes les pièces du puzzle étaient assemblées. Daniel Lehmann avait prévenu Bernhard von Steiner de l'entretien qu'il avait eu avec Anne-Sophie au sujet d'un problème d'impureté dans un lot de validation du médicament contre le diabète. Tout semblait partir de là. C'était sans doute von Steiner qui avait organisé l'entrée par effraction dans l'appartement d'Anne-Sophie, avant qu'il ne contacte ses relations afin qu'elle ne trouve plus de travail dans l'industrie pharmaceutique. Si Didier avait bien compris, les deux hommes se connaissaient déjà, car ils avaient, pour reprendre leurs termes abjects, « le même goût pour les mets de choix ». Ils avaient alors mentionné le nom de Martin Koch et la grange de Flüeli-Ranft. Ensuite, Didier n'était plus tout à fait sûr d'avoir bien interprété. Une chose était cependant certaine : Bernhard von Steiner savait que Walter avait été ligoté sur une chaise dans le pavillon de l'horreur. Lui ou un complice se trouvaient donc sur les lieux un peu avant le décès de Walter provoqué par une chute dans l'escalier. Mais l'information qui anéantit Didier fut la disparition de Catherine. Il ne pouvait ôter cette monstrueuse image de son esprit. Catherine était selon toute vraisemblance bien morte. Bernhard von Steiner avait-il ordonné son assassinat en essayant d'en faire porter la responsabilité au kidnappeur en série ? Martin Koch était-il le seul coupable ? Avaient-ils agi ensemble ? Toutes ces interrogations tournaient dans sa tête lorsque le manager apparut dans l'encadrement de la porte. Les toilettes étaient par chance situées à l'écart des allées et venues des clients. Didier se ressaisit et se jeta sur von Steiner qui, surpris, n'eut pas le temps de réagir tandis que la carafe s'abattait sur son crâne. Il s'effondra sur la moquette. Didier inspecta brièvement le couloir à droite puis à gauche ; aucun témoin potentiel ne traînait par là. Il tira von Steiner par les pieds, referma la porte derrière lui et fouilla les poches du veston à la recherche du précieux carnet. Il l'ouvrit au hasard, ses mains tremblèrent lorsqu'il parcourut la liste des tortures que les clients pouvaient infliger aux esclaves sexuelles. Mais ce n'était pas tout, en face de chaque ligne étaient inscrits les tarifs. Ce carnet avait bien appartenu au serial kidnappeur, aucun doute n'était possible. Les dernières pages étaient recouvertes des noms et prénoms des clients. Didier en connaissait deux : Bernhard von Steiner et Daniel Lehmann. Fébrile, il sortit son téléphone pour envoyer une photo de cette pièce à conviction à ses amis. Tandis qu'il réglait les paramètres photographiques de son portable, il gardait à l'œil le manager qui revenait lentement à lui. Il ne prêta pas attention à la porte qui s'entrouvrit. Un homme corpulent pénétra dans la salle. Le léger sourire de von Steiner mit la puce à l'oreille de Didier, mais trop tard. Il se retourna pour recevoir un spray de gaz lacrymogène en plein visage, suivi d'un coup de pied dans les parties. Il tomba au sol, tandis que l'inconnu sortait en emmenant Bernhard von Steiner, sans avoir oublié de reprendre le carnet et de faire main basse sur le téléphone de Didier.

Marcel, frigorifié, commençait à s'impatienter. Il estima qu'il n'était pas près de rentrer au chaud chez lui. Il prit une cigarette puis sortit son briquet lorsqu'il vit passer un homme qui soutenait Bernhard von Steiner par les épaules. Surpris, il écarquilla les yeux et entrouvrit la bouche ; la cigarette en tomba sur le sol. Marcel s'accroupit aussitôt derrière le bosquet. Il perçut un fragment de discussion «… quand tu m'auras conduit à la voiture, va retrouver ce mec. Tu dois le faire parler pour savoir qui il est et pour le compte de qui il travaille. Je te laisse ensuite décider de son sort. »

Marcel s'engouffra dans l'hôtel sans même réfléchir. De quel côté devait-il aller ? La grande salle de restaurant ne lui sembla pas adaptée, car Daniel Lehmann le reconnaîtrait sans aucun doute. Il emprunta le premier couloir qu'il croisa. En apercevant le panneau désignant les toilettes, Marcel eut une intuition et suivit l'indication. Arrivé aux sanitaires, il ne trouva personne. Il en ressortit aussitôt et repartit dans l'autre direction. Derrière une porte, il entendit un gémissement. Il l'entrouvrit et découvrit Didier qui se relevait difficilement. Marcel aida son ami. Il l'entraîna en dehors de l'hôtel par une entrée annexe. Ils s'éloignèrent aussi vite qu'ils le pouvaient pour s'engager dans une petite ruelle.

Didier avait encore mal aux yeux; l'intense brûlure du gaz lacrymogène persistait. Ils s'abritèrent sous un porche d'immeuble jusqu'à ce qu'il se sente mieux.

Il résuma la conversation de von Steiner et Lehmann à Marcel, la gorge nouée par l'émotion. Il dut s'arrêter à plusieurs reprises même si les mots qu'il avait entendus ne laissaient planer aucun doute, Didier refusait de croire à la mort de Catherine. Existait-il un espoir, aussi infime soit-il? Mais la brûlure de ses yeux et le désespoir l'empêchaient de raisonner.

Le froid les engourdissait tous les deux. Aux aguets, ils reprirent le chemin du domicile de Marcel en restant soigneusement à l'écart des routes principales.

Arrivés devant l'immeuble de Marcel, ils aperçurent un homme qui semblait guetter.

—Qui c'est? Qu'est-ce qu'on fait? murmura Didier.

—On observe et on réfléchit.

Pendant les cinq minutes qui suivirent, il ne bougea pas d'un mètre.

—Tu crois que c'est un homme de main de von Steiner ? s'inquiéta Marcel. Si c'est le cas, comment sait-il que je suis impliqué ?

—Aucune idée, mais nous devons en avoir le cœur net. Je vais m'avancer discrètement. Quand je serai juste derrière lui, toi tu rentres chez toi comme si de rien n'était. S'il s'approche de toi, j'interviens et on le ceinture. À nous deux, nous n'aurons aucun mal à le maîtriser.

—Tu en es sûr ? Et s'il est armé, que se passera-t-il ?

—Ouais, tu n'as pas tort ! Nous devons trouver de quoi nous défendre.

Didier fouilla du regard tout autour de lui. Il n'aperçut aucun objet contondant.

—Et si on appelait les flics ? suggéra Marcel.

—C'est une mauvaise idée. Que veux-tu leur expliquer ? De toute façon, il décampera dès qu'ils pointeront le bout de leur nez. Nous devons régler ça nous-mêmes.

—Comme on ne peut pas rentrer chez moi pour prendre de quoi nous défendre, on va aller chercher mon vélo électrique qui se trouve à l'intérieur d'une cave à deux pâtés de maisons.

Didier ne comprenait pas où Marcel voulait en venir.

—Dans la sacoche, j'ai du matériel de bricolage. Il y a un cutter, tu crois que ça suffira ?

—Ça fera l'affaire ! Va le récupérer, je t'attends ici.

Un quart d'heure plus tard, Marcel revint. L'homme n'avait bougé que de quelques pas. Didier résuma sa stratégie :

— On fait comme on a dit : je remonte la file de voitures. Dès que j'arrive au niveau de l'Audi noire, tu rentres chez toi. Au moindre geste suspect, je lui tombe dessus. Ainsi on sera fixé.

— Je n'aime pas ça du tout ! Tu es sûr de ton coup ?

— Parfaitement ! Tu n'as rien à craindre, mentit-il.

Didier partit aussitôt afin de ne pas donner à son ami le loisir de réfléchir. Il traversa la rue et progressa, accroupi, de voiture en voiture. Derrière l'Audi, Didier fit un signe de la main en direction de Marcel. Il sembla hésiter, puis s'élança. Marcel était nerveux, cela se ressentait dans son pas. Didier eut peur que l'homme distingue quelque chose d'anormal dans la démarche de son ami. Devant la porte d'entrée, tandis que Marcel cherchait ses clefs, l'inconnu sortit de sa cachette et s'avança vers sa proie. Didier bondit sans un bruit, lui sauta dans le dos et plaça la lame sous la gorge en le menaçant d'un ton presque théâtral :

— Tu fais un seul geste et t'es un homme mort.

— Didier ?

— Troublé d'entendre son nom, le Français se positionna face à lui tout en maintenant la pression du cutter.

Il faillit le laisser tomber lorsqu'il reconnut Bruno. Il reprit aussitôt ses esprits :

— Qu'est-ce que tu fous ici ?

— C'est moi, Bruno ! Ça ne t'embêterait pas d'ôter ton arme de mon cou ?

— Je sais bien qui tu es ! Mais tu n'as pas répondu à ma question : qu'est-ce que tu fous ici ?

— Mais ça ne va pas ? Toute cette histoire t'a monté à la tête !

Marcel arriva alors à la hauteur des deux hommes.

— Tu le reconnais ? demanda aussitôt Didier. Est-ce le gars qui est sorti de l'hôtel en soutenant Bernhard von Steiner ?

— Non ! Il ne lui ressemble pas du tout !

— Tu en es sûr !

— Sûr et certain ! L'autre était plus jeune, les cheveux longs et une gueule patibulaire.

— Maintenant que t'es rassuré, Didier, puis-je t'expliquer ?

— T'as intérêt à être convaincant !

— Tu m'emmerdes à la fin, appelle plutôt Beatriz ! C'est elle qui m'a informé que tu étais à Lausanne chez un dénommé Marcel Combe. Je suppose que c'est vous ? demanda-t-il en regardant le chimiste qui acquiesça d'un léger signe de la tête. Il enchaîna :

— Beatriz avait peur que tu fasses une grosse connerie. Pour ma part, j'avais depuis longtemps misé sur toi. J'étais persuadé que tu suivais de meilleures pistes que les nôtres. Quand tu m'as téléphoné, j'ai tout de suite compris qu'on n'allait pas tarder à en apprendre davantage sur les crimes lucernois.

Soudain, de sombres pensées passèrent dans son regard.

— Je suis vraiment désolé pour Catherine. Tu es certain qu'il n'y a plus aucun espoir ?

—Malheureusement, oui! Von Steiner n'a laissé planer aucun doute.

La colère monta en Bruno:

—Cette ordure va payer pour ses crimes! Si ton enregistrement est de bonne qualité, on va tout faire pour qu'il soit inculpé avec ses complices. J'ignore comment nous allons procéder, car juridiquement parlant ce n'est pas une...

—Je n'ai plus l'enregistrement, articula péniblement Didier.

—Pardon!

—Je me suis fait voler mon portable quand le garde du corps de von Steiner m'est tombé dessus et m'a balancé une lacrymo en pleine gueule.

—Et merde!

Didier étudiait les expressions et analysait les réflexions de Bruno. Le policier lui sembla sincèrement attristé. Maintenant qu'ils se jaugeaient, yeux dans les yeux, Didier se souvint d'un aspect troublant: Bruno était toujours arrivé sur les lieux du crime très rapidement, souvent avant ses collègues. C'était le cas lorsqu'il avait trouvé la voiture de Catherine abandonnée dans les rues de Lucerne. Il l'avait également surpris en train de les espionner, tandis qu'il sortait du restaurant en compagnie de Catherine. Le policier leur avait expliqué qu'il était en mission, mais Didier s'aperçut qu'il n'avait jamais eu l'opportunité de contrôler ses dires. À cet instant, il réalisa que Bruno était seul lors de la découverte du cadavre de Walter dans la maison de l'horreur; un frisson de terreur parcourut son corps, mais il se ressaisit. Soudain, il se demanda s'il ne s'était pas lui-même jeté dans la gueule du loup quand il avait appelé le policier depuis le restaurant. Il s'adressa à Bruno d'une voix déterminée en prononçant distinctement chaque syllabe :

—Donne ton téléphone à Marcel.

—Non, mais c'est du délire !

—Tu le lui passes sans geste brusque ni commentaire. On vérifie quelque chose et on sera fixé.

Le policier s'exécuta d'un air contrarié.

—Maintenant, tu nous communiques ton code !

Bruno le dévoila tout en se disant qu'il était dans un mauvais film.

—Marcel ! Peux-tu vérifier quel est le dernier appel qu'il a passé ou reçu ?

Marcel examina la liste, tandis que Didier tenait toujours le policier en respect.

—C'était avec toi !

—Mais ensuite, a-t-il contacté Bernhard von Steiner ?

—Non, votre coup de fil est le dernier de l'historique, mais un peu avant, il a discuté avec une certaine Beatriz Frey, c'est sûrement la femme dont il parle !

Didier était soudain gêné. Il relâcha légèrement la pression de son cutter, tandis que Marcel appuyait sur le numéro de l'*Originale*.

C'est alors que leurs regards se tournèrent simultanément vers le bout de la rue ; un véhicule en maraude s'y engageait.

Marcel stoppa l'appel quand il reconnut la voiture de son patron :

— Merde ! C'est von Steiner. Qu'est-ce qu'il vient faire devant chez moi ?

La voiture s'approcha lentement. Ils s'accroupirent et se cachèrent derrière un véhicule en stationnement. Bruno profita de ce moment de stupeur pour désarmer Didier. D'une puissante clef de bras dans le dos, il le plaqua contre la portière, tandis que von Steiner passait devant eux. Il était assis à côté du chauffeur. Un homme détaillait les abords des trottoirs depuis la banquette arrière. Didier pensa que sa chance venait de tourner. Bruno ramassa le cutter qui reposait dans le caniveau, rentra la lame dans le manche et le rangea dans la poche de Didier, alors que la voiture s'éloignait. En relâchant sa prise, il chuchota :

— Bon ! T'es rassuré maintenant ?

Marcel restitua le portable à Bruno, au moment où la voiture tournait dans la rue suivante. Il appela Beatriz, puis tendit l'appareil à Didier.

L'*Originale* confirma les propos du policier lucernois ; elle l'avait prié de se rendre à Lausanne pour l'aider dans leur quête de vérité. Didier raccrocha, il eut besoin d'un certain temps pour se remettre de son erreur. Il ne savait plus sur quel pied danser.

— Écoute Bruno, je suis désolé ! J'ignore quelle mouche m'a piqué. Quand nous t'avons repéré en planque devant chez Marcel, on a cru que tu étais le sbire de von Steiner.

— Je l'ai sans doute un peu cherché, j'aurais dû te dire que j'étais à Lausanne. Mais c'est la deuxième fois que tu me tombes dessus, il ne faudrait pas en faire une habitude, conclut-il. Et si tu me racontais en détail ce que tu as découvert, cela m'aiderait à comprendre cet imbroglio.

— En ce qui me concerne, répliqua Marcel, j'aimerais savoir si von Steiner se doute que je suis mêlé à cette histoire. Il est quand même passé dans ma rue !

— Je ne le crois pas, tenta de le rassurer Bruno. Il remonte sûrement toutes les rues les unes après les autres depuis la rive afin de retrouver Didier.

Celui-ci renchérit :

— Il n'a même pas ralenti devant chez toi, tu n'as donc rien à craindre. Par contre, le temps joue clairement contre nous. Je dois récupérer mon portable et le carnet que détient von Steiner pour démontrer sa culpabilité. Tu ne peux pas organiser une perquisition ? s'enquit-il naïvement auprès de Bruno.

Le policier eut un étrange sourire :

— Aujourd'hui, c'est samedi et je suis venu en dehors des heures de travail. Il serait d'ailleurs préférable que mes supérieurs n'en sachent rien. Je recevrais un blâme ou je serais peut-être même licencié. En supposant que je sois en mission, je n'aurais aucun droit de mener une enquête à Lausanne sans un accord préalable entre les polices lucernoise et vaudoise. Comme tu le vois, c'est bien plus complexe que dans une série télévisée. Par contre, en tant que citoyen, je peux bien vous filer un coup de main, si ça reste entre nous.

—Que recommandez-vous ? questionna Marcel.

—Je préfère que tu me tutoies, ce sera plus facile. Nous devons nous emparer des preuves avant qu'elles ne disparaissent. Tu connais l'adresse de ton patron.

—Oui, je sais où il habite, confirma Marcel. Au bord du Léman, à Pully.

—Bon ! On y fonce, lança Didier.

—Comme ça, sans rien préparer ? s'inquiéta Marcel.

—Tu peux être sûr que si on les intercepte maintenant on retrouvera toutes les preuves dans la voiture. Après, ce sera trop tard ! Je propose qu'on y aille, on improvisera un plan en voyant comment la situation évolue.

La nuit était tombée depuis longtemps quand ils prirent le métro pour Ouchy. Une gadoue de neige sale recouvrait le sol le long de la promenade du lac. Ils marchèrent en silence jusqu'à la villa de Bernard von Steiner et se heurtèrent à une haute haie doublée d'un mur. Les trois hommes en firent le tour, sans trouver un seul passage. Ils se dirigèrent vers la rue principale, puis empruntèrent une allée menant à un portail fermé. Ils rebroussèrent chemin. Un bâtiment public voisin leur offrit finalement un point de vue surélevé d'où ils pouvaient observer l'habitation. La villa était plongée dans l'obscurité. Ils pensèrent alors que Bernhard von Steiner et ses acolytes roulaient toujours dans les rues de Lausanne à la recherche de l'agresseur de l'hôtel.

—Mais qu'est-ce qu'on fait ici ? s'exclama Didier. C'est quand il rentrera chez lui qu'on aura toutes les chances de lui tomber dessus pour récupérer mon téléphone et le carnet. On doit retourner tout de suite au portail.

Ils descendirent les escaliers quatre à quatre. Bruno prit de l'avance sur ses complices. Il entendit le bruit d'un moteur et décupla sa foulée en laissant Didier loin derrière lui. Il arriva au bout de l'allée tandis que le portail se refermait sur les feux arrière d'une voiture.

—Et merde! pesta Bruno en serrant les poings.

Ils revinrent sur leurs pas. La villa brillait de mille feux. En quittant Lucerne, Bruno avait heureusement pensé à se munir de jumelles. Deux hommes se tenaient à l'extérieur, devant une baie vitrée. Le policier passa les jumelles à Marcel qui reconnut Bernhard von Steiner ainsi que la personne qui l'avait soutenu en sortant de l'hôtel. Ils discutaient. Von Steiner rentra en laissant le garde du corps dehors. Vingt minutes plus tard, un homme vint prendre la relève. Marcel rompit le silence :

—Qu'est-ce qu'on fait maintenant?

—Rien! pesta Bruno. Sa villa est sous la protection d'au moins deux sbires, sans parler d'une éventuelle alarme. Seul un commando pourrait investir les lieux, nous devons être réalistes. Il est hors de question que j'y sois mêlé. Il va falloir procéder différemment.

—Mais comment?

—Si je savais...

Didier, abattu, voulut alors tout abandonner, il était épuisé. De nombreuses images envahissaient son esprit. Catherine était morte et son assassin vivait à moins de cent mètres d'où il se tenait. Il l'imaginait buvant un vieux whisky, confortablement installé dans un fauteuil. Une rage intérieure déclenchant un flot de larmes s'empara de Didier. Bruno essaya de le réconforter en lui passant maladroitement son bras sur l'épaule. Ils repartirent tous silencieusement vers Ouchy et s'arrêtèrent dans un bar.

17 – *Les Squatteurs*

Sur le chemin qui menait Didier et Bruno chez Marcel, les trois hommes discutèrent longuement de la façon la plus efficace pour coincer Bernhard von Steiner et Daniel Lehmann. Le défi semblait difficile. Martin Koch était tombé d'un pont. Walter était mort, selon toute vraisemblance tué sur les ordres de von Steiner qui possédait les carnets du kidnappeur en série. La seule chance, bien mince, de remonter cette filière était de découvrir une autre personne impliquée dans ce trafic sexuel. Même s'ils y arrivaient, comment prouver la culpabilité des deux hommes ? Bruno avait alors pensé à mener des investigations pour retrouver le corps de Catherine, mais où chercher ? Trouverait-il des indices probants ? Ce qui les frustrait plus que tout était de connaître le rôle de Bernhard von Steiner et Daniel Lehmann tout en sachant qu'ils risquaient de ne jamais être inculpés. Ils étaient également conscients que la discussion entendue par Didier n'avait aucune chance d'aboutir à la moindre condamnation. Ce serait sa parole contre celles des deux hommes, qui pourraient même réclamer des dommages et intérêts.

Marcel émit alors l'idée de faire tomber son patron en révélant au grand jour toutes ses magouilles professionnelles. Il savait qu'il risquait de perdre son emploi, mais Marcel se dit qu'il s'agissait de la meilleure alternative. En y réfléchissant bien, il était persuadé que d'autres affaires remonteraient à la surface. La consolation serait bien mince, mais en réunissant suffisamment d'éléments à charge contre von Steiner, celui-ci irait sans doute en prison. Il suffisait de dévoiler ensuite son passé de pédophile pour lui rendre la vie carcérale la plus pénible possible. L'idée séduisit Bruno.

Jusque-là silencieux, Didier se manifesta enfin avec une autre idée :

—On pourrait cambrioler la villa de von Steiner pour récupérer l'enregistrement et le carnet ! Elle est bien gardée, mais avec une bonne équipe, cela ne devrait pas être insurmontable.

Puis il se tut. Ses pensées vagabondèrent du côté de l'Île-de-France. Un infime sourire s'afficha alors sur ses lèvres.

—Je connais un gang qui pourrait bien être intéressé par l'affaire.

Bruno se leva, renversa maladroitement sa chaise.

—Je ne veux pas en entendre plus, il ne faudrait pas oublier que je suis flic. Vous pouvez compter sur moi pour vous aider à accumuler des preuves, mais j'ai déjà pris assez de risques comme ça, je ne peux pas aller plus loin. Désolé ! Il est tard, je crois qu'il est temps de rentrer à Lucerne. Didier, tu m'accompagnes ?

—Ne t'énerve pas comme ça.

—Je ne m'énerve pas. C'est juste que je suis fatigué. J'ai comme toi envie de vomir en pensant que ces deux gars sont libres, comme toutes les autres personnes dont le nom figure dans le carnet de Martin Koch. J'ai fait tout ce que je pouvais, je ne veux pas basculer dans le banditisme. Alors Didier, tu viens ou tu restes ici ?

—C'est sympa de proposer de me ramener, mais je crois que je vais me reposer un peu, si tu es d'accord ? demanda-t-il à Marcel qui acquiesça d'un signe de la tête. Je prendrai le train demain. Et surtout ne t'inquiète pas Bruno, tu ne seras mêlé à rien d'illégal ! se sentit-il obligé d'ajouter.

Didier avait pensé à une ancienne connaissance qui vivait dans la banlieue chic de Paris. Il attendit que Bruno soit sur la route pour contacter Stevie, le chef du gang des Squatteurs. Il se dit, bien à propos, que cette heure avancée de la nuit ne devrait pas être un problème pour le joindre. Stevie répondit rapidement. Il demanda aussitôt à Didier de raccrocher pour le rappeler depuis un autre appareil.

—Alors, mon pote ! Il y a une semaine, je pensais à toi en prenant un verre à l'hôtel des Conférenciers de la porte-Maillot. Ça fait un bail, comment vas-tu ? Et surtout, que me vaut l'honneur de t'avoir au bout du fil ?

—Pour être franc, ça pourrait aller nettement mieux, mais je ne vais pas rentrer dans les détails, j'en aurais pour toute la nuit. Je t'appelle parce que j'ai un nouveau job pour toi et tes amis. Contrairement à l'autre fois, il n'y a pas de danger de tomber sur une organisation criminelle, quelle qu'elle soit[14]. Ça t'intéresse ?

---

[14] Voir *Ah ! Si Isokelekel était resté sur son île...* du même auteur.

—Je ne sais pas encore. Vas-y, raconte! Mais dis-moi, ton numéro commence par l'indicatif 41, depuis quel pays me téléphones-tu?

—Depuis la Suisse.

—Ah! Ah! se réjouit-il.

—Je ne t'appelle pas depuis mon portable, on me l'a volé. Et puis, je suis probablement sur écoute. J'ai pris celui d'un ami qui n'est pas dans le collimateur de la police.

—Cette histoire m'intéresse de plus en plus. Dis-moi, tu as vraiment le chic pour te fourrer dans le pétrin! Ne t'inquiète pas, notre conversation est cryptée. Je suis cependant sensible à ta délicatesse. Continue!

—J'ai besoin de récupérer mon smartphone, il est caché dans une villa lausannoise.

—Un moment! l'interrompit Stevie. Tu ne m'appelles tout de même pas pour un simple vol de téléphone?

—Bien sûr que non! C'est plus que ça, il contient un enregistrement qui pourrait faire tomber le patron d'une petite compagnie, qui est justement le propriétaire des lieux. Cette pourriture est responsable de la mort d'une amie, et c'est aussi une saloperie de pédophile.

—Je vois! Tu es toujours le chevalier au service de la veuve et de l'orphelin.

—C'est sérieux, Stevie! Je choisirais plutôt la métaphore suivante: au service de l'amie assassinée et des gamines violées sous la torture.

Didier avait jeté un froid sans l'avoir réellement cherché. Sur un ton grave, il poursuivit:

—Cet homme détient également un carnet dans lequel un kidnappeur en série a consigné, parmi tout un tas de saloperies, les noms de ses clients. Je dois mettre la main sur ce carnet pour faire tomber toutes ces pourritures. Le hic est qu'on doit agir vite, avant qu'il n'ait l'idée de détruire ces deux pièces à conviction.

—Qu'appelles-tu, vite ?

—Dès que possible ! La nuit prochaine, après-demain, mais pas dans une semaine, ce sera sans doute trop tard.

—Ouais, je vois ! Et cette villa, comment est-elle protégée ?

—Deux gardes du corps et probablement une alarme. Je n'en sais pas plus.

—Si on doit agir rapidement et sans reconnaissance des lieux, ce sera plus facile de neutraliser quelques personnes plutôt que de s'attaquer à un système anti-intrusion. On pénétrera dans cette propriété quand la cible y sera. Peux-tu m'assurer qu'on n'aura pas de nouveau une triade aux fesses ?

—Je te promets que cela n'a rien à voir avec l'affaire pour laquelle tu es déjà intervenu.

—Et pour le paiement de notre prestation ?

—Je n'ai cette fois-ci aucun mécène. Je connais cependant un homme qui travaille pour ce gars. Il n'a jamais été invité dans la propriété de son patron, mais il a vu quelques photos et a également surpris plusieurs conversations. Il m'a assuré que de nombreuses œuvres d'art sont accrochées aux murs. Il a des penchants pour la fin du XIXe siècle et le début du XXe. Il possède des tableaux d'Ernst Ludwig Kirchner, des aquarelles d'Emil Nolde, des dessins de Matisse et Picasso. A priori, il aurait même une sculpture de Jeff Koons dans son bureau.

—Quel mauvais goût pour le Koons, mais je pourrai le refourguer sans problème. C'est facile de trouver des amateurs plus intéressés par l'investissement que par les qualités intrinsèques des œuvres d'art. Les autres artistes me tentent! Ça nous permettrait également de respirer l'air du Léman, ce qui ne gâte rien. Je te rappelle dans une heure au même numéro.

Didier luttait difficilement contre le sommeil lorsqu'il reçut l'appel de Stevie:

—Bon, c'est d'accord! On t'aide à une condition.

—Laquelle?

—Si la villa ne recèle rien d'intéressant, tu te débrouilles pour nous loger et nous proposer des plans qui nous permettront d'amortir notre voyage et nos frais.

Didier ne voyait pas bien ce qu'il pourrait offrir d'autre. Il pensa alors à la banlieue chic lucernoise et plus précisément à Horw dont le taux d'imposition particulièrement bas attirait les millionnaires et même certains milliardaires. Une de ces propriétés le long du lac des Quatre-Cantons pourrait sans doute se révéler une bonne alternative. Didier accepta le marché. Son interlocuteur poursuivit:

—On partira demain à deux voitures. L'une servira de reconnaissance, la deuxième transportera un peu de matériel. On se retrouve à Lausanne?

— La villa est à Lausanne, mais je ne connais qu'une seule personne sur place. Je préfère que notre base arrière soit située à Lucerne, ça nous permettra de brouiller les pistes. Comme les polices sont cantonales et que les échanges d'informations ne s'effectuent pas en temps réel, il faut profiter de cet avantage, s'amusa-t-il.

— À quelle distance ces deux villes se trouvent-elles l'une de l'autre ?

— Environ deux heures et demie en voiture.

— Et quel est le meilleur endroit pour franchir la frontière sans être contrôlé ? Par Genève ?

— Pour Lausanne, c'est en effet Genève. Mais comme vous venez dans un premier temps à Lucerne, je vous recommande de passer par l'Est. Sinon, vous feriez un détour de plusieurs centaines de kilomètres. Mais attention, évitez Bâle ! J'ai un ami cuisinier qui habite au sud de l'Alsace, dans la région du Sundgau. Je vais lui demander le chemin. Comme vous ne connaissez pas la région, vous devez faire attention de quitter l'autoroute suffisamment tôt pour ne pas foncer directement sur la douane fixe de Bâle. À quelle heure partez-vous ?

— Vers midi. Auras-tu les informations d'ici là ?

— Pas de problème ! Je t'envoie un message dans la matinée avec l'itinéraire et notre lieu de rencontre. Combien serez-vous ?

— Probablement cinq. Je te le confirmerai lorsque nous aurons pris la route.

— Parfait ! Je ferai tout le nécessaire demain matin.

Après avoir raccroché, Didier s'endormit sur le canapé en moins d'une minute.

Didier sortait brusquement d'un violent cauchemar dont les bribes se dissipaient dès qu'il reprit connaissance. Malgré l'air glacial s'infiltrant par l'entrebâillement de la fenêtre dans la chambre, il était en nage. La lumière de la rue filtrait au travers des stores, de rares voitures roulaient au loin. Didier estima n'avoir dormi qu'une poignée d'heures. Il contrôla sa montre, elle indiquait 4 h 25. Il préféra rester au lit pour reposer son corps, même s'il savait qu'il ne regagnerait pas le sommeil avant l'aube. De terribles images de Catherine enfouie sous terre dans un bois s'immiscèrent dans son esprit. Il essaya de penser à des choses agréables, de revivre ses meilleures plongées sous-marines dans le Pacifique Sud, mais rien n'y fit. Il ne parvint pas à retrouver le plus petit semblant de sérénité. Avant de se lever, Didier s'assit sur le canapé et respira profondément. Il avança à tâtons jusqu'à la cuisine pour se servir un café.

Didier appela Beatriz dans la matinée. Elle lui expliqua qu'elle squattait l'appartement d'un ami parti en vacances de ski. Elle avait ainsi accès à un ordinateur connecté au très haut débit. Avec Sonya, elles s'étaient réparti l'analyse des mails et des dossiers volés par Thomas dans les systèmes informatiques des compagnies de Bernhard von Steiner et Walter Murer. Elles commençaient à avoir une bonne vue d'ensemble des différentes fraudes mises en place au sein du groupe von Steiner. Beatriz lui annonça également que Thomas était en route pour Lucerne afin de les aider avec ses outils informatiques.

Didier raccrocha, rassuré de l'avancée des investigations.

Dans le train qui le ramenait en Suisse centrale, Didier prépara son message à l'attention de Stevie :

Après Belfort, tu vas à Altkirch. Ainsi, tu es sûr d'éviter la douane de Bâle. Puis, tu programmes Ferrette sur ton navigateur. Aux abords de la frontière, c'est plus prudent de laisser tomber ton GPS. Tu suivras alors la route départementale 23 jusqu'au village de Biederthal. Là, il y a un petit café sympa que je te recommande si vous voulez vous offrir une pause. Puis, direction Rodersdorf, tu auras franchi la frontière sans t'en apercevoir. Tu as ensuite plusieurs alternatives, la plus simple est de repasser en France puis de reprogrammer ton navigateur pour aller à Ettingen. Quand tu prends l'autoroute, tu m'envoies un message pour que je me prépare. Surtout, respectez bien la limitation de vitesse, ce serait bête de vous faire flasher. Rendez-vous sur l'aire de repos de Neuenkirch. À bientôt, Didier.

Momo conduisait la voiture de Stevie ; elle ouvrait la route jusqu'en Suisse. Julia les suivait à bonne distance avec deux autres complices. Les deux véhicules étaient reliés en permanence par téléphone. Ils arrivèrent en Suisse alémanique sans encombre et retrouvèrent Didier comme prévu. Ils se laissèrent guider jusqu'à Lucerne puis cherchèrent des places de parking dans la *Neustadtstrasse*. Didier avait obtenu de Sonya que la réunion de coordination se déroule chez elle. Il se gara le long de la ligne de chemin de fer tandis que Stevie et son acolyte allaient au bout de la rue pour effectuer un demi-tour. La deuxième voiture avait quant à elle trouvé une place aux abords du centre culturel.

Afin d'être le plus discret possible, Didier avait demandé à Stevie et à son équipe de se séparer et de le rejoindre en deux groupes distincts à l'appartement.

En cette fin d'après-midi dominical, il n'y avait pas un chat dans les rues. Seuls deux hommes profitaient du temps maussade pour réparer une moto de grosse cylindrée devant un hangar. Didier s'approchait de l'appartement. Il aperçut Stevie et Momo qui remontaient la rue en voiture lorsqu'un des hommes enfourcha sa moto précipitamment tandis que le second prenait place sur la selle. Ils démarrèrent en trombe. Le passager saisit un revolver dans sa veste et le braqua en direction de Didier. Momo fit crisser les pneus en fonçant à tombeau ouvert sur les deux motards. Didier n'avait aucun endroit où se cacher. Il courut aussi vite que ses jambes le lui permettaient, sans regarder en arrière. Un premier coup de feu l'atteignit au bras, puis une seconde balle siffla à son oreille. Il poursuivait sa course éperdue tandis qu'il entendait la moto s'éloigner. Didier passa l'angle de la rue. Il s'arrêta à bout de souffle. Il respirait profondément en toute hâte, quand la voiture arriva à sa hauteur. Stevie ouvrit la portière en grand :

—Monte ! On dégage d'ici ! C'est pas le moment de se faire repérer.

Didier s'engouffra dans le véhicule en tenant son bras droit. Une tache de sang colorait son manteau.

— T'es blessé? C'étaient qui ces mecs?

— Je ne sais pas! À part les hommes de main de von Steiner, je ne vois pas. Mais c'est impossible, il ignore qui je suis et où j'habite. À moins que... mais oui! Il m'a retrouvé grâce au portable qu'il m'a piqué à l'hôtel. Avec tous ces événements, je n'ai pas eu le temps de le désactiver à distance. Merde!

— Pas besoin de chercher plus loin. On va où maintenant?

— Un couple d'amis m'héberge. On pourrait s'arrêter chez eux, mais je n'ai pas envie de les impliquer dans cette histoire. On se pose un instant, on ira ensuite discuter tranquillement dans un bar.

Le gang des Squatteurs quitta aussitôt le quartier de *Neustadt*.

Ruth et Sébastien n'étaient pas chez eux. Didier fut rassuré. Il ôta sa veste avec l'aide de Julia. Elle examina la blessure attentivement:

— Tu as de la chance, enfin façon de parler. La balle n'est pas rentrée dans ton bras, elle t'a éraflé en emportant un bout de peau au passage. On va désinfecter tout ça et un bandage serré devrait suffire.

— On dirait que tu as l'habitude.

— Ouais, chez les Squatteurs je suis la seule à avoir mon brevet de secourisme, rigola-t-elle.

Ils profitèrent de l'absence de Ruth et Sébastien pour faire le point chez eux sans perdre un instant. Ils souhaitaient intervenir le plus rapidement possible, pour ne pas laisser à von Steiner le temps de se retourner. S'ils se dépêchaient, ils seraient peut-être même sur place avant l'arrivée des deux sbires. Ils se mirent d'accord pour que Didier reste à distance pendant toute l'opération et pour masquer le tout en cambriolage. Avant de partir, Didier se souvint qu'il avait acheté deux vignettes d'autoroute. Il expliqua à Stevie et ses amis, qui en rigolèrent franchement, que ce serait trop idiot de se faire attraper pour non-paiement de la taxe autoroutière. Il renouvela également ses conseils de prudence quant à la vitesse maximale, surtout en sortant de Lucerne et sur le contournement de la capitale fédérale.

Un sourire en coin, l'équipe monta à bord de leurs voitures.

Un peu après Berne, alors que les deux véhicules sortaient des bouchons et roulaient de nouveau à 120 km/h, Momo s'écria :

—Regardez la moto ! Juste devant nous.

Stevie n'eut pas besoin de plus d'explication :

—Tu as raison ! Ce sont les deux gars qui attendaient Didier devant chez lui.

—Qu'est-ce que je fais ? Je les fous en l'air ?

—Déconnez pas ! intervint Didier. Il y a trop de caméras dans le coin. Vous n'avez qu'à rouler à la parisienne pour arriver avant eux.

Devant l'interrogation silencieuse des deux hommes, Didier précisa à l'intention de Momo :

—Patiente un peu ! Je suis certain que nous serons doublés sous peu par un Genevois ou un Zurichois. On le colle et s'il y a un radar tu le verras en même temps qu'eux, mais toi tu auras le temps de freiner.

Deux minutes plus tard, Momo s'élança derrière une Mercedes de grosse cylindrée, puis dépassa la moto.

Les quais du Léman étaient déserts. Stevie, Momo et Didier se dirigèrent vers le bâtiment repéré la veille, tandis que Julia et ses deux compagnons surveillaient l'allée. La lumière était allumée dans la maison. Ils distinguèrent une ombre qui passa dans le salon.

—Bon! lança Stevie. On n'a pas de temps à perdre. On doit avoir une petite dizaine de minutes d'avance sur les deux motards. Les alarmes ne sont probablement pas branchées, de toute façon il faut prendre des risques. Toi, Didier, tu restes ici et tu observes. Si les choses tournent au vinaigre et qu'on ne peut pas te récupérer, tu files incognito par le train. Avec Momo et Julia, on passe par-dessus le portail. Nos deux autres gars attendent. On pénètre dans la maison, on neutralise la cible. Ensuite, ce sera au tour des motards s'ils rappliquent dans le coin. On ouvrira enfin le portail pour rentrer les voitures et charger les œuvres d'art. C'est clair pour vous deux?

—Parfaitement! répondirent-ils à l'unisson.

—Alors, on y va!

Les trois Squatteurs s'avancèrent dans l'allée. Ils passèrent leur cagoule et sautèrent par-dessus la grille. Un détecteur de mouvement alluma un puissant projecteur. Ils continuèrent sans s'en soucier jusqu'à la porte d'entrée, qui n'était pas verrouillée. Tout semblait bien trop facile pour Stevie. Sans un bruit, ils investirent les lieux. Ils suivirent le son d'une musique de jazz et traversèrent un long couloir qui débouchait sur un salon spacieux. Ils distinguèrent, de dos, un homme assis dans un fauteuil face à un feu de cheminée. Momo partit inspecter les autres pièces, tandis que Stevie et Julia cherchaient le meilleur angle pour atteindre le fauteuil sans être repérés. Ils revinrent sur leurs pas, passèrent par la cuisine et s'approchèrent de lui. L'homme sentit une présence. Il se retourna vivement au moment où Julia lui asséna un violent coup de matraque sur le crâne. Ils reconnurent Bernhard von Steiner d'après les photos qu'ils avaient consultées sur Internet. Stevie le bâillonna et lui masqua les yeux en un tournemain. Tandis qu'ils le ligotaient, Momo entra dans le salon. En suivant le code de communication non verbale développé par le gang des Squatteurs depuis des années, Momo leva le pouce. Ses deux complices comprirent que le reste de la villa était vide.

Stevie reçut alors un texto des deux hommes qui surveillaient la propriété : la moto s'arrêtait à l'instant même devant le portail. Il finit de neutraliser von Steiner. Momo et Julia foncèrent vers la porte d'entrée. Ils perçurent le bruit du portail qui coulissait puis celui des pneus de la moto qui crissaient sur le gravier. Ils attendirent patiemment dans le couloir le revolver à la main, espérant profiter de l'effet de surprise. Le timbre du carillon retentit. Julia ouvrit la porte en grand. Tandis qu'elle menaçait de son arme l'homme qui se tenait devant elle, Momo posa le canon de son revolver contre le front du deuxième motard et l'entraîna à l'intérieur de l'habitation. Les deux autres Squatteurs arrivèrent à ce moment, ils entreprirent de ligoter les nouveaux venus aux côtés de von Steiner. Le reste du gang se dispersa dans la villa. Les consignes données par Stevie avant l'intervention étaient claires : « si les alarmes ne sont pas branchées, on décroche tous les tableaux, on ramasse les sculptures et on s'empare de tous les téléphones. Mais avant tout, nous devons faire main basse sur un ou plusieurs carnets noirs. C'est la raison pour laquelle nous sommes en Suisse. »

Une demi-heure plus tard, les œuvres d'art étaient rassemblées dans le salon. Les Squatteurs retournèrent la maison de fond en comble et Stevie trouva les notes de Martin Koch tout simplement dans le tiroir du bureau de von Steiner. Il le feuilleta et n'eut aucun doute ; il tenait entre ses mains le carnet du kidnappeur en série.

Momo découvrit quant à lui les restes du portable de Didier dans la poubelle du garage. Il avait été réduit en morceaux avec acharnement, sans doute à l'aide d'un marteau. Afin de ne pas éveiller de soupçons, il le laissa à sa place, de toute façon il serait impossible d'en tirer quoi que ce soit. Puis, en moins d'un quart d'heure, ils rentrèrent leurs voitures dans l'allée, emballèrent les tableaux dans des bâches et embarquèrent le tout pour Lucerne avec un bonus à la clef : dix mille francs en espèces et l'ordinateur portable de von Steiner.

Le retour vers la Suisse centrale se déroula sans encombre. Stevie avait rapidement estimé la valeur de leur butin, il était satisfait de cette opération éclair. Les Squatteurs déposèrent Didier sur le parking de la poste principale de Lucerne. Ils sortirent de leurs véhicules pour se dégourdir les jambes. L'air frais les revigora. Didier se dirigea vers Julia, Momo et leur chef.

—Ce n'est pas qu'on s'ennuie avec toi, Didier! expliqua Stevie. Mais avec la marchandise qu'on transporte, je préfère que nous ne fassions pas de vieux os.

—Vous repartez directement?

—Oui! C'est plus prudent!

—Au contraire, vous risquez de vous endormir au volant.

—Ah! Ah! C'est gentil de t'inquiéter pour nous, mais ne t'en fais pas. Nous avons l'habitude et nous sommes assez nombreux pour conduire à tour de rôle. Nous serons à Paris à l'heure où les honnêtes gens se lèvent, se moqua-t-il. On ne s'est pas autant amusés qu'à ta conférence de l'an dernier, mais ce n'est que partie remise, n'est-ce pas?

—J'ignore s'il y aura une prochaine fois.

—En tout cas, tu sais comment me joindre. Si tu passes à Paris, téléphone-moi, on prendra un verre ensemble, il faudrait tout de même qu'on finisse par faire connaissance... c'est également bon pour les affaires, lança-t-il en remontant dans son véhicule.

Stevie s'arrêta à la hauteur de Didier, descendit sa vitre et l'avertit:

—Surtout, fais gaffe à toi! Et j'espère que tu auras la peau de tous ces fumiers qui sont listés dans le carnet.

Le lendemain midi, Didier perçut l'activité frénétique dès qu'il franchit la porte de l'appartement de Sonya. Elle se précipita vers lui et l'embrassa avec fougue. Didier resta impassible. Sonya recula d'un pas. Elle l'examina et sembla inquiète par l'aspect physique de son partenaire. Elle décida de l'enlacer pour le réconforter, mais il poussa un léger cri quand elle appuya par inadvertance sur son bras.

Il lui raconta la façon dont il avait été blessé sans toutefois entrer dans les détails :

— Quand j'ai reçu cette balle, j'ai ressenti une douleur atroce. J'ai cru qu'il avait explosé mon bras et que la suivante serait pour ma tête. J'étais terrorisé. En fait, la balle a juste emporté un morceau de peau. Ça fait mal, même si ce n'est rien du tout.

— Mon pauvre! Dans quelle galère t'es-tu encore fourré? Enlève ton manteau et rejoins-nous au salon.

— Volontiers! Mais je ne peux pas rester, c'est trop dangereux pour moi, et pour toi peut-être aussi. Ils pourraient revenir et cette fois-ci ne pas rater leur cible. Je ne dois plus traîner dans la *Neustadtstrasse*.

Didier rencontra alors Thomas pour la première fois. Quant à Beatriz, elle épluchait des dossiers, affalée dans le canapé.

Didier hésita! Il aurait voulu déposer le carnet sur la table basse, mais ne souhaita pas briser l'ambiance studieuse. Il préféra les laisser travailler et en parler le lendemain. En attendant, il partit se reposer chez Ruth et Sébastien.

Sonya, Thomas et Beatriz rassemblèrent de nombreuses preuves sur les malversations de Bernhard von Steiner. Le *geek* de l'équipe réussit à infiltrer le système informatique de la compagnie indienne qui avait trafiqué les teintures, dont celle qui avait provoqué la mort du toxicomane lausannois. Ils trouvèrent également la trace d'autres décès en Turquie. La petite équipe se dépêchait de boucler les recherches avant que l'affaire du kidnappeur en série et des sinistres découvertes dans la grange de Flüeli-Ranft ne disparaissent des journaux. Ruth, Sébastien et Bruno leur prêtèrent main-forte. Huit jours plus tard, Didier et ses amis disposaient d'un épais dossier qui débutait par l'impureté cachée du médicament contre le diabète, pour finir par une copie du carnet de l'horreur.

Ils l'envoyèrent anonymement aux autorités policières, à la presse, ainsi qu'aux clients de *von Steiner Active Plants* et de *Swiss Quality Extracts*. Ils publièrent aussi la totalité du dossier sur différents sites Internet et attendirent que la grenade dégoupillée explose.

Mercredi, un article parut dans un journal romand au sujet de Daniel Lehmann ; il avait été retrouvé mort chez lui, après avoir tué sa femme et leurs deux enfants. La police semblait pencher pour un acte de folie.

Sur les conseils de Didier, Anne-Sophie Hunkeler emménagea provisoirement avec son mari chez une de leurs amies qui possédait une villa spacieuse à Bulle.

Après une semaine, le constat était amer : personne ne s'intéressait à l'affaire von Steiner en dehors d'eux-mêmes. Didier organisa une réunion au *Rüüdig Bar*. Avec ses amis, ils s'attablèrent à l'écart des autres clients et, après avoir passé la commande, Didier lança la discussion :

—Nous qui pensions provoquer un «von Steiner-Leaks» on s'est bien foutus dedans. Ce mec ne mérite pas de vivre, mais j'ai bien peur qu'il en réchappe. Combien de morts a-t-il au juste sur la conscience ?

—Au moins six ! calcula Bruno. Car je ne crois pas un seul instant au coup de folie de Lehmann.

—J'estime que tu es bien en deçà de la vérité.

—Là, tu ne parles que des morts, intervint Beatriz. Tu peux ajouter tous les enfants qu'il a violés chez Martin Koch ou ailleurs ?

—Entre Martin Koch et Bernhard von Steiner, je me demande quel est le pire des deux ! Le sort du kidnappeur en série est réglé. Ça me rend malade de penser que ce salaud de von Steiner risque d'en réchapper. Comme des cons, nous avions cru que le contenu du carnet servirait de preuve irréfutable. Mais comment démontrer qu'il a appartenu à Martin Koch et que les noms mentionnés sont bien de dangereux pédophiles ? Avant cette affaire, j'avais des cauchemars récurrents, maintenant je ne ferme presque plus l'œil de la nuit. Je vous ai réunis pour vous remercier de tous vos efforts, vous avez été fantastiques, vraiment ! On a fait tout ce qui était possible en franchissant de temps en temps les limites de la légalité. Je pars à la dérive, je dois avant tout préserver ma santé mentale. J'en ai discuté hier avec Sonya et j'ai décidé de faire un break, j'ai vraiment besoin de m'éloigner de toute cette merde. Pendant quelque temps vous n'entendrez plus parler de moi, je reviendrai un jour vers vous, je ne sais pas quand. Voilà, c'est dur ! Je vous laisse et j'espère que notre quête de la vérité n'aura pas été vaine.

Sans plus un mot, Didier se leva, la gorge serrée. Il fit le tour de la table et embrassa tout le monde. Il s'approcha de Sonya, déposa un baiser sur ses lèvres, lui sourit puis quitta le restaurant sans se retourner.

Dans les semaines qui suivirent, Bernhard von Steiner fut interrogé par la police. Il ne fut pas plus inquiété. Par contre, de nombreuses rumeurs circulèrent sur la toile. Plusieurs personnes firent pression sur les clients du groupe allemand et de la compagnie suisse qui plongèrent dans les chiffres rouges. *Swiss Quality Extracts* ne s'en releva pas.

Épilogue

Le lendemain du dimanche des Rameaux, le 15 avril 2019, Bernhard von Steiner combinait un voyage d'affaires à un séjour touristique à Paris pour essayer de redresser son groupe. En début de soirée, il se promenait le long du quai Branly. Il passa devant le mur végétal du Musée des arts premiers, puis aperçut la tour Eiffel. Il se désola du voile de pollution qui l'empêchait de resplendir. Son rendez-vous n'avait lieu qu'à 21 heures ; il pouvait flâner encore un peu. Von Steiner emprunta le pont d'Iéna. De l'autre côté de la Seine, il s'arrêta pour admirer la Dame de fer. Son regard fut aussitôt attiré, sur sa gauche, par un immense panache de fumée noire. Il se visualisa la carte de Paris dans sa tête et situa l'incendie du côté du Quartier latin. Afin de comprendre ce qui se passait, il monta au Trocadéro. Arrivé en haut des escaliers, essoufflé, l'incendie lui parut encore plus imposant. La majorité des touristes ne se rendaient pas compte du drame qui se déroulait à quelques kilomètres de là : ils se prenaient en photo devant l'attraction parisienne dans des pauses toutes les plus saugrenues les unes que les autres. Les vendeurs ambulants tournaient de temps en temps la tête vers l'endroit d'où provenait la fumée, la mine triste.

Une vingtaine de personnes contemplaient ce spectacle de désolation. Bernhard von Steiner, le pédophile meurtrier, fut étrangement ému aux larmes lorsqu'il chercha des informations sur son smartphone et découvrit en direct l'incendie de Notre-Dame de Paris. À 19 h 50, il aperçut une flamme, la flèche venait de s'effondrer. Après quelques minutes, il reprit son chemin ; il ne devait pas manquer son rendez-vous de 21 heures à la porte-Maillot.

Il se tenait devant l'hôtel des Conférenciers, contrôla l'heure sur sa montre lorsqu'un homme lui tapota sur l'épaule. Bernhard von Steiner se retourna. Il eut un mouvement de recul en découvrant un homme au visage entièrement tatoué qui le dévisageait et sortit un couteau à cran d'arrêt. D'un geste vif, celui-ci lui trancha la gorge de part en part.

Cet assassinat ne fit pas une ligne dans les journaux du lendemain.

JOUVE-Print - 733, rue Saint Léonard, 53100 Mayenne - Imprimé sur presse numérique
N° 2965200Y - Dépôt légal : février 2021 - Imprimé en France